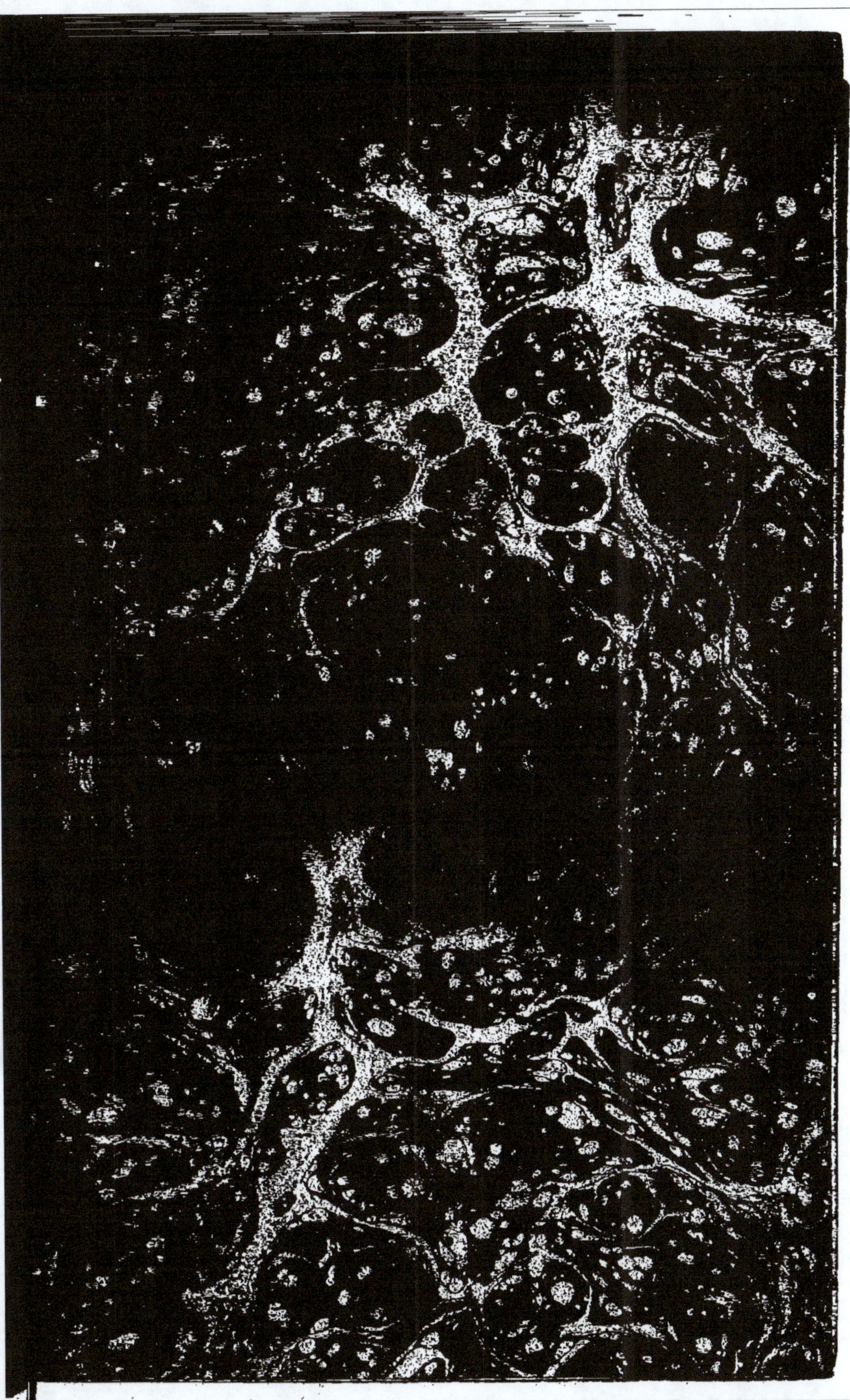

MURAT

PRINCE, Gd AMIRAL, MARal D'EMPIRE,

Né le 25 Mars 1771.

Isabey del.t *I. Simon Sculp.t*

HISTOIRE

DU COURONNEMENT,

OU

RELATION

DES CÉRÉMONIES RELIGIEUSES, POLITIQUES ET MILITAIRES,

Qui ont eu lieu pendant [illegible] consacrés à célébrer le Couronnement [illegible] de Sa Majesté Impériale NAPOLÉON [illegible] Empereur des Français;

DÉDIÉE À SON ALTESSE [illegible],

M. LE PRINCE [illegible],

GRAND AMIRAL, MARÉCHAL DE L'EMPIRE,

GOUVERNEUR [illegible], etc. etc.

À PARIS,

[illegible], Imprimeur [illegible] Napoléon [illegible] rue [illegible]

[illegible]

[illegible] 1805.

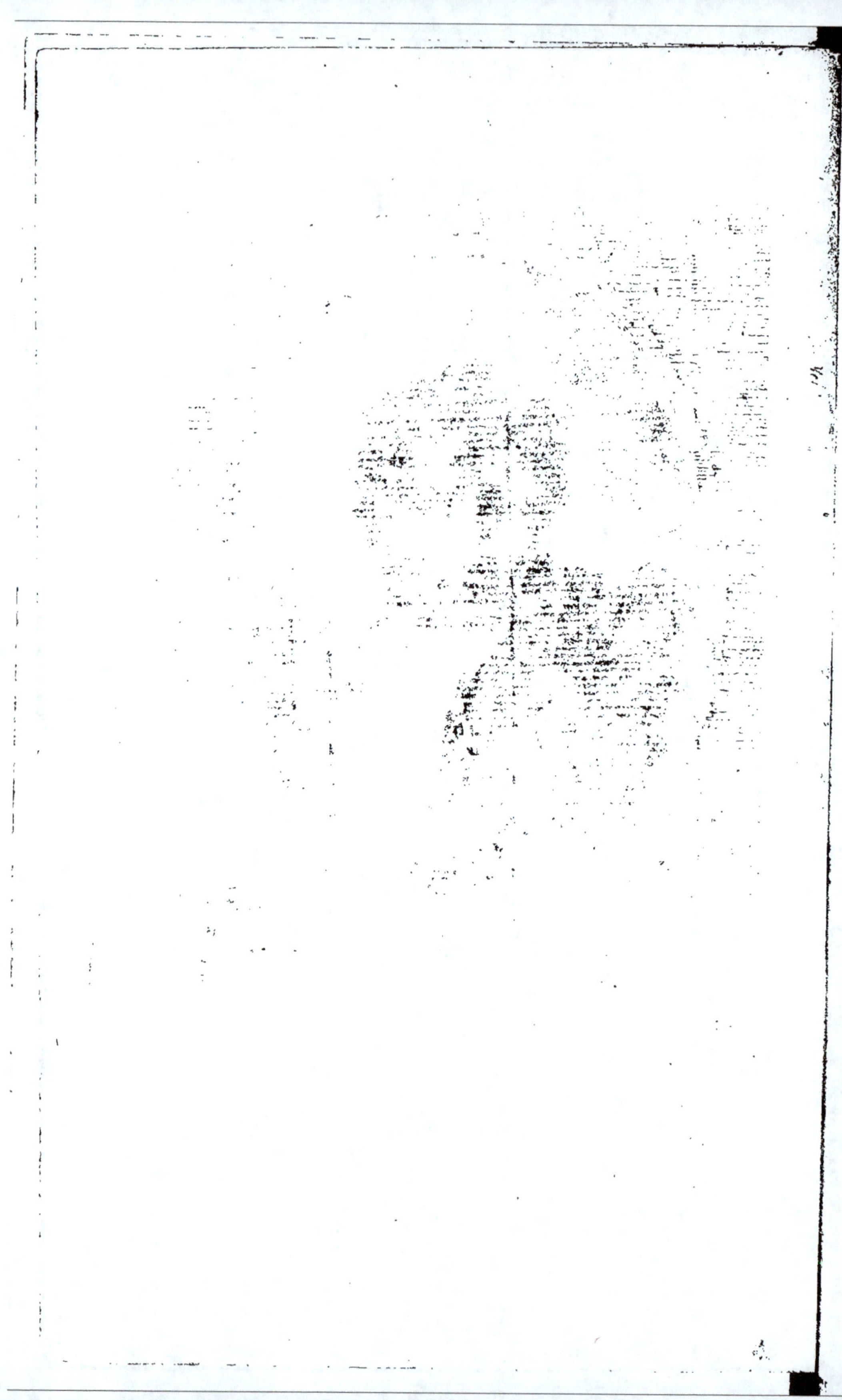

HISTOIRE
DU COURONNEMENT,
OU
RELATION
DES CÉRÉMONIES RELIGIEUSES, POLITIQUES ET MILITAIRES,

QUI ont eu lieu pendant les jours mémorables consacrés à célébrer le Couronnement et le Sacre de Sa Majesté Impériale NAPOLÉON I.er, Empereur des Français;

DÉDIÉE A SON ALTESSE SÉRÉNISSIME,

M.gr LE PRINCE MURAT,

GRAND AMIRAL, MARÉCHAL DE L'EMPIRE, GOUVERNEUR DE PARIS, etc. etc.

A PARIS,
Chez P. L. DUBRAY, Imprimeur du Musée Napoléon, rue Ventadour, N.o 474;
Et à l'Imp.rie GALLETTY, rue et Maison des Capucines.

THERMIDOR AN 13. — 1805.

A

SON ALTESSE SÉRÉNISSIME,

M.GR LE PRINCE MURAT,

GRAND AMIRAL,

MARÉCHAL DE L'EMPIRE,

GOUVERNEUR DE PARIS, etc. etc.

PRINCE,

Enhardis par l'auguste protection dont Votre Altesse Sérénissime a daigné nous honorer, nous osons lui présenter l'hommage d'un Recueil que l'admiration de la postérité pour le plus grand Homme que les siècles ayent produit, se plaira souvent à consulter. Réunir dans un cadre unique tout ce que le juste enthousiasme d'une gratitude profonde a payé d'hommages au Vainqueur de l'Europe et de l'Afrique ; au Héros, triomphateur heureux des factions que l'on ne calme que par la patience, que l'on ne dompte que par la raison, que l'on n'enchaîne que par le génie; au Monarque, régulateur habile de tous les sentimens généreux de la plus grande des nations, de tous les genres de la gloire, de tous les élémens de la prospérité publique ; éterniser les souvenirs de tout ce que la religion a répandu de pompe sur la plus grande époque de notre histoire, de tout ce que la politique y déploya d'imposant, de tout ce que la reconnaissance nationale y mêla d'amour et d'expansion touchante, c'est payer notre dette à nos contemporains et aux races futures, c'est acquitter le tribut que tout homme de bien doit à la vérité, c'est nous unir d'intention avec les littérateurs qui nous ont secondés pour faire de concert le plus noble emploi de nos facultés, c'est enfin donner à Votre Altesse Sérénissime la preuve la plus irréprochable de notre profond respect pour elle.

Prince, de doubles nœuds vous unissent à ce Héros. L'alliance de la gloire précéda l'alliance du sang. Si notre admiration vous retrouve toujours près de Napoléon, dans les champs de la victoire, la France, avec un sentiment plus tendre encore, se plaît à vous compter parmi les Princes de sa famille. Il était bien juste que vos vertus vous plaçassent près de son trône, puisque vos lauriers vous placèrent toujours près de son char de triomphe. Que l'indulgente bienveillance de Votre Altesse Sérénissime daigne donc accueillir un Ouvrage que les peuples ne pourront lire sans que votre propre gloire soit présente à leur pensée.

Nous sommes, avec un très-profond respect,

PRINCE,

De Votre Altesse Sérénissime,

Les très-humbles et obéissans serviteurs,

Dubray et les Éditeurs.

DISCOURS PRÉLIMINAIRE.

JAMAIS les fastes de la France n'offrirent aux burins de l'historien d'époque plus intéressante à décrire, que le commencement du dix-neuvième siècle. Depuis deux mille ans les Gaules occupent les trompettes de la Renommée ; depuis quatorze cents ans que les Francs se sont mêlés avec les Gaulois, le nom français appelle sur lui l'attention de la terre ; en effet, qui refuserait à ces Gaulois de puissans titres à la gloire, soit que dans leurs belliqueuses émigrations ils aillent menacer le berceau de Rome, ou que plus audacieux ils s'enfoncent dans la Phocide pour s'enrichir des dépouilles de Delphes; soit que sur leurs foyers ils vendent si cher à Domitius les lauriers de la victoire, et balancent encore après trois siècles de revers la fortune de César ? Qui disputerait aux Français les palmes de l'héroïsme, lorsque, sur les pas de Charles Martel, ils délivrent l'Europe de l'oppression des Maures ; qu'ils ressuscitent, sous les drapeaux de Charlemagne, l'empire d'Occident ; qu'ils ébranlent l'Orient sous Philippe-Auguste et Louis IX; qu'ils ressaisissent sous Charles VII le sceptre de la France, ce sceptre que les Anglais durent bien plus à leur constant et perfide usage de mettre à profit les malheurs des nations, qu'à la noblesse du courage qui légitime les conquêtes? Qui n'estimerait le caractère de ces français supérieur aux événemens, lorsqu'on les voit mesurer sans pâlir, et réparer sans murmure, les désastres de François I.er; supérieur aux préjugés de leur siècle, lorsqu'ils triomphent avec Henri IV du fanatisme, cet ennemi commun des peuples et des rois, et qu'ils chantent avec ce monarque la loyauté, la victoire et l'amour; enfin, supérieur à l'infortune, lorsqu'instrumens des ambitieuses destinées de Louis XIV, et si long-tems favoris des combats, on les voit intimider encore l'Europe autant par leur constance invincible que par le phénomène de leurs défaites. Mais ces vertus nationales, dont les nuances diverses impriment à chacun de ces événemens mémorables un sceau particulier, semblent s'être toutes réunies pour donner aux circonstances actuelles un caractère de grandeur que leurs devancières n'ont point égalé. L'on pourrait dire qu'il ne manquait vraiment à la nation française, pour être la première nation du monde, qu'un héros digne de la connaître, de l'apprécier et de la conduire; et que dès l'instant où le ciel mit en équilibre le génie, les talens et les vertus et du chef et du peuple, il fut arrêté que leur commune gloire ne connaîtrait plus de limites.

Lorsque l'on considère l'état de prospérité auquel la France est maintenant parvenue, et que l'on reporte les yeux sur le tableau qu'elle présentait il y a si peu d'années, l'on se convainct sans peine que l'on chercherait inutilement parmi les nations antiques et modernes, des exemples d'un changement aussi rapide. En effet, quelle était la situation de la France avant le 18 Brumaire? Des écrivains l'ont représentée comme avilie, dégradée, réduite à un état d'abjection qui, si l'on voulait les en croire, la rendait bien plutôt un objet digne de mépris que de pitié. L'on n'a pas l'honneur d'être Français, quand on raisonne de la sorte. Les Français, comme tous les hommes, peuvent être infortunés; ils peuvent être victimes de grands revers, être froissés entre les partis, gémir sur la ruine de leur commerce, de leur industrie, de leurs propriétés, ressentir toutes les alarmes qu'inspirent le dérangement des finances, les projets hostiles et injustes de voisins jaloux et ambitieux, les discordes civiles et sanglantes qu'entraîne à sa suite le fanatisme aveugle des opinions politiques; mais pour être courbée sous le joug de ces circonstances déplorables, la nation française n'en est pour cela ni dégradée ni avilie ; le caractère national ne change pas, l'honneur n'en est pas moins la base ; le sentiment de sa grandeur n'en est pas moins entier ; son énergie n'en est pas moins prompte à se réveiller : elle souffre, mais ne s'humilie pas ; et c'est à la puissance inaltérable de ce caractère, dont toutes les ressources se sont développées comme un éclair dès qu'un grand homme a connu l'art d'en régulariser habilement les ressorts, qu'il faut imputer ce passage subit d'une détresse en apparence irréparable, à une splendeur inespérée. Une simple réflexion prouvera cette vérité jusqu'à l'évidence. Que l'on étudie l'histoire de telle autre nation puissante en territoire, en richesses, en population, en armées ; qu'on la suppose éprouvée pendant dix ans par les crises d'une révolution semblable à celle dont la France vient d'être le théâtre, à peine un demi-siècle lui suffira-t-il pour réparer les sacrifices de tout genre qu'il lui aura fallu faire. Rome possédait le monde ; et cependant la longue période des Nerva, des Trajan, des Hadrien, des Antonins ne cicatrisa qu'en partie les profondes plaies que la fureur des dissentions civiles et les sanglans excès de quelques-uns des douze Césars avaient faites à l'Empire. Que de tems ne fallut-il pas à la Hollande pour se créer une prospérité quand elle eut secoué le joug de Philippe II? La Suède ne languit-elle pas long-tems énervée, avant que Gustave Vasa vînt lui rendre son énergie fatiguée par ses longues commotions? Quel observateur oserait affirmer qu'au bout de cent ans l'Angleterre soit entièrement guérie des maux que lui causèrent les *Lewelers?* Est-il bien certain que sa politique si étrangère au droit des gens, ne soit encore une trace de cette révolution démagogique dont les derniers Stuarts aggravèrent tous les malheurs en se vantant de l'avoir terminée? Et dans une semblable hypothèse, la France ne peut-elle pas être mise en parallèle avec la France elle-même? Quelle époque dans son histoire est plus comparable à ces années de terreur agissante et réagissante, que les ennemis de notre gloire intercalèrent dans cette révolution si remarquable par la sagesse, la pureté, la générosité de ses principes. Prenons pour exemple l'époque de Charles VI. Que s'est-il passé parmi nous vers la fin du dernier siècle, qui ne se soit réalisé avec plus d'excès encore pendant la longue démence de ce monarque infortuné. Si de nos jours la guerre fondit sur notre terre des quatre points cardinaux; si les Français armés les uns contre les autres pour la défense d'opinions qu'ils n'entendaient pas peut-être, s'égorgèrent sur le sol qui les avait nourris ; si le fer des échafauds immola la vieillesse inhabile aux combats, les femmes inhabiles aux forfaits politiques, les factieux eux-mêmes inhabiles au succès ; si la hache du vandalisme brisa les sciences, les lettres, les arts, les monumens de la gloire, les monumens des cultes, les monumens même de la mort ; si le génie de la destruction tenta d'étouffer le génie des connaissances humaines ; si la barbare ignorance prétendit écraser la philosophie et consomma ses attentats en l'accusant des maux dont elle la rendait la première victime ; si les champs restèrent sans moissons, les cités sans manufactures, le fisc sans argent, la population sans nourriture, que présente ce tableau hideux que l'on ne rencontre sous le règne de Charles VI ? Ne sont-ce pas mêmes orages politiques, même oppression de toutes les tyrannies, même déchirement de tous les liens sociaux, même dévergondage de l'anarchie, même oubli de toutes les lois, de tous les devoirs, de tous les sentimens, de toute morale, de toute sagesse, de toutes convenances, de toute vertu, de toute humanité. Alors, comment se fait-il que cinq années nous ayent suffi pour effacer tant de calamités. Que dis-je ? pour élever la France à un degré de gloire qu'elle n'a pas même connu dans ses tems de plus hautes prospérités, tandis que Charles VII avec son courage, Louis XI avec sa politique, Charles VIII avec sa loyauté, Louis XII avec sa popularité, François I.er avec son urbanité, ne parvinrent pas à rendre à la France dévastée, déchirée, ensanglantée, presque anéantie sous Charles VI, une splendeur assez grande pour l'offrir à l'admiration et à l'envie de l'Europe? C'est que pour imprimer au caractère national l'élan nécessaire pour apercevoir et féconder les germes de tous les principes restaurateurs de la prospérité publique, il ne suffit pas au chef de cette nation de posséder soit les qualités guerrières, soit les vertus administratives; il ne suffit pas qu'un roi politique succède à un roi conquérant; un monarque, ami des arts, à un monarque ami du peuple; il faut que ces qualités réunies marchent de front dans l'esprit, l'ame et le cœur du même homme; qu'elles frappent ensemble, et qu'émanées du même centre elles obtiennent à la fois les résultats que l'on doit attendre des efforts de tant de volontés diverses; et ce phénomène si rare s'est rencontré.

Cette assertion est-elle un roman de l'esprit, ou bien est-elle fondée sur l'expérience? Un coup-d'œil rapide sur la marche politique, administrative et guerrière de S. M. l'Empereur et roi, depuis le 18 Brumaire jusqu'à ce jour, suffira pour décider la question.

Investi du pouvoir dans cette journée fameuse, y parvenant entouré de cette confiance générale si bien acquise par des triomphes militaires que nuls revers n'avaient semés d'amertume; qu'un penchant toujours prononcé pour la paix illustrait encore; que des traités dont l'éclat rejaillissait sur sa seule personne rendaient sacrés aux yeux de l'Europe; que la conquête des deux Egyptes embellissait de cette témérité d'héroïsme si puissante sur les grandes ames, et de ce noble enthousiasme que les expéditions lointaines impriment aux imaginations ardentes, quand la nouvelle des succès est la compagne inséparable de la description des dangers; son premier bienfait fut de centraliser l'autorité. Toujours vainqueur quand son emploi se borne à combattre, mais magistrat dès qu'il gouverne, la paix est sa première pensée. Il l'offre aux ennemis extérieurs, et laissant au tems le soin d'éclairer les gouvernemens étrangers sur leurs véritables intérêts, il enlève à leurs inimitiés leur plus féconde ressource en pacifiant la Vendée. C'est peu d'étouffer les discordes civiles, il faut leur ravir leur prétexte et leur aliment, c'est-à-dire l'injustice et la partialité des agens de l'autorité. Les administrations se peuplent par lui d'hommes éclairés, les tribunaux de juges intègres. C'est déjà beaucoup, mais ce n'est point assez ; il faut que la sagesse des lois vienne au secours de la vertu des magistrats, et le Code civil est écrit. Mais quel succès obtiendrait la sagesse des lois et la pureté des juges, si l'ignorance du peuple le rendait indifférent à la puissance des unes et à la raison des autres ; l'instruction publique est donc créée. Mais tous les devoirs de la souveraineté envers une nation sont-ils remplis par celui qui l'exerce, quand il lui prépare la paix extérieure, quand il en réconcilie les membres divisés, quand il confie les destinées des portions diverses de ce grand tout à des hommes habiles, quand il met les intérêts individuels sous l'égide de lois méditées avec profondeur, appropriées au caractère national, et calculées sur les besoins présens et les besoins futurs ? Non, sans doute. Cette société se compose d'hommes que les maux physiques assiégent, que la nécessité du travail tourmente, que l'appétit des jouissances dévore; et le Consul rétablit, régularise et multiplie les hospices et les hôpitaux ; il ressuscite les manufactures ; il réveille l'industrie ; il ranime le commerce et le rappelle à son antique loyauté ; il enhardit les arts en les encourageant, et sûr

«
d'avoir fait ainsi rentrer l'étincelle de la vie dans tous les membres du corps social, il leur assure l'usage d'une activité impérieuse désormais, en surveillant la réparation des routes, en perfectionnant la législation et le recouvrement des droits consacrés à leur entretien, en perçant de nouveaux débouchés, en désobstruant la navigation intérieure, en ouvrant de nombreux canaux, en rendant à la liberté les fleuves encore captifs sous le joug de quelques usages enfans de l'égoïsme de l'ancienne féodalité.

Voilà donc la place que chaque homme doit occuper dans la patrie, marquée pour ainsi dire à chaque individu ; voilà l'itinéraire de sa route que lui trace le génie de Bonaparte, s'il veut être utile à lui-même, à sa famille, à ses concitoyens. Le Consul alors abandonne les détails pour embrasser la masse des besoins généraux ; il organise le trésor public, il éclaire l'assiette et la perception des impositions, il crée la caisse d'amortissement, il fonde la banque nationale ; et me servant ici de l'expression d'un ministre, à la tribune du corps législatif, pour la première fois depuis la révolution, l'on voit une année s'écouler opulente de ses seuls revenus, et marcher sans emprunter sur le passé, sans anticiper sur l'avenir. Au milieu de tant de soins, l'indulgente humanité obtient encore des heures pour exercer sa puissance. Elle rappelle dans leur patrie des Français infortunés, que des erreurs bien plus que des ressentimens en avaient éloignés.

Cependant nos armées rendues à la victoire s'étendent depuis les frontières de la Prusse jusqu'aux rives de l'Adriatique; l'armée d'Orient est conservée; là où les mers commandent une autre science de bataille, les débris de la marine sont recueillis, les ports se repeuplent, de nouveaux dangers s'accumulent pour l'Angleterre, et le triomphe de Marengo est la dernière défense faite aux ennemis de la France, par le Dieu qui préside aux Empires, de troubler dans ses nobles travaux l'architecte puissant de ce grand monument de notre prospérité publique.

Qui ne croirait, en lisant cet aperçu, que j'ai voulu simplement faire l'esquisse d'un ouvrage où l'on prétendrait tracer les devoirs du chef d'un grand Empire envers les peuples qu'il serait appelé à gouverner? Et cependant, c'est l'exacte analyse de l'histoire de France pendant la première année du consulat.

Celles qui lui succédèrent hâtèrent le développement de ces grandes et premières bases de la restauration de l'État. La paix fut jurée et respectée sur le continent; la foi punique n'eût d'autre asile que l'Angleterre, et forcée pour un moment à se couvrir du masque de l'hypocrisie, elle assista silencieuse au traité d'Amiens, et nul serment n'y fut sacré pour elle, que le serment tacite de le rompre bientôt. Par tout les bienfaits de la paix se firent sentir, et lorsque l'Angleterre, par la plus insigne perfidie, ralluma, au bout de quelques mois, le flambeau de la guerre, l'influence du génie du premier Consul avait donné à ces mêmes bienfaits une si grande puissance progressive, elle était devenue tellement incalculable, que la France ne s'aperçut pas même qu'un ennemi jaloux tentait d'en entraver la marche. En effet, des milliers de bras étaient rendus à l'agriculture, et le sol le plus productif de l'Europe, répondait avec usure aux efforts renaissans de la charrue. Les forêts étaient ravies aux dévastations. Les haras, sortis de leur long avilissement, rendaient l'espérance au laboureur et à la cavalerie. Les moutons castillans venaient accroître la richesse de nos nombreux troupeaux. Les fleuves se gonflaient sous le poids des vaisseaux que la réputation de nos vins appelait sur nos bords. La liberté des exportations, sagement combinée avec les besoins de notre consommation intérieure, imposait un tribut aux capitaux de l'étranger. Nos denrées, nos productions et les résultats de notre industrie reparaissaient avec autant d'orgueil que d'abondance dans tous les marchés de l'Europe; et ces éloquens interprètes de notre fécondité territoriale allaient au loin imposer silence à la calomnie, dont la voix n'osant insulter à notre gloire, s'en dédommageait par le tableau menteur de notre indigence.

Le ciel dit-on fut libéral envers la France; et c'est là que se bornent les réflexions de l'homme ordinaire. Il ne voit dans l'abondance des productions que la générosité du sol; et, s'arrêtant à ce principe général, qu'avec de la terre et des bras une nation est toujours opulente, il émancipe, pour ainsi dire, la richesse nationale de la tutelle des Gouvernemens. L'homme d'Etat et l'homme reconnaissant n'en jugent pas ainsi; et s'il m'est permis d'employer encore la figure dont j'usais tout à l'heure, je dirai qu'ils savent que la richesse d'une nation est toujours mineure; que ses intérêts se conservent, s'accroissent ou se dénaturent suivant le caractère et le plus ou moins d'aptitude des tuteurs qu'il lui faut recevoir par la force même des choses résultant de l'organisation des grandes sociétés, et qu'il ne lui est pas plus possible de s'affranchir de cette loi, qu'il n'est possible à chaque individu, s'il veut obtenir de sa propriété, soit territoriale, soit industrielle, le rapport qu'il a droit d'en attendre, de se séparer du mouvement, plus ou moins favorable, imprimé à la richesse nationale. Les meilleurs élémens de toute richesse nationale sont sans doute dans la fertilité du territoire; mais qui ne sait que les élémens en toutes choses restent inertes, ou ne forment que le chaos, sans le secours de la puissance créatrice qui les anime, les vivifie, les coordonne et leur imprime l'impulsion la meilleure et la plus rapide possible vers le but qu'ils doivent atteindre. C'est donc sur la tête qui gouverne qu'il faut porter ses regards, si l'on veut se faire une idée juste de la puissance réelle et durable de la richesse d'une nation. S'il suffisait de la libéralité du sol et de l'activité industrielle des habitans pour constituer la richesse d'une nation quelconque, il n'y aurait point de nuances entre les siècles; l'histoire serait mal venue à compter des règnes malheureux; car enfin, les élémens ne changent pas. Tout dépend donc de la manière de les mettre en œuvre. La reconnaissance qui ne s'adresse qu'au sol, n'est qu'un subterfuge de l'ingratitude.

Rien ne se perfectionnerait si l'on s'en tenait à cette idée de tout devoir à la nature, et de rester ainsi dans l'apathie d'une gratitude aussi mal raisonnée que funeste au bonheur des nations. Si, dans cet esprit, qui n'est le partage que des hommes à vue étroite, on s'arrêtait, par exemple, à considérer la position topographique de la France, on se contenterait donc de remercier la nature de l'avoir arrosée par des fleuves profonds et navigables, dans presque toute la longueur de leur immense cours; d'avoir multiplié dans le vaste circuit de ses côtes maritimes, des golfes nombreux, pour favoriser son commerce et recéler ses flottes; d'avoir élevé sur celles de ses frontières que ne baignent pas les mers, ces énormes chaînes de montagnes audacieuses, dont les barrières semblent la défendre contre les irruptions de ses voisins. Qui ne sent que si dans cet examen on ne se bornait qu'à cette admiration stérile des faveurs de la nature, la prospérité d'une nation ne ferait jamais aucun progrès? L'homme de génie ne procède pas ainsi: il s'attache bien moins à contempler les avantages que la nature prodigua à l'Etat qu'il gouverne, qu'à se rendre compte à lui-même des oublis qu'elle a pu faire. Il voit moins les facilités qu'elle a données que les secours qu'elle a refusés; et sans s'arrêter à la froide analyse de l'ouvrage de la nature, il ne s'occupe que du supplément dont il a besoin. Ainsi, par exemple, ces fleuves ne lui paraissant que de faibles ressources, il en centuplera les avantages en unissant par des canaux les ondes de la Seine, de la Saône, du Doubs et du Rhin; il les asservira de la sorte aux besoins des contrées que leur position retient éloignées de leurs rives. Il voit que la splendeur de la plus grande des cités, l'existance physique de sa population, la tranquillité politique de ses habitans, exigent qu'il vienne lui même au secours du fleuve qui la traverse, et vers le nord comme vers le midi, il ira s'approprier quelques rivières lointaines, et les forcera de venir multiplier la facilité des approvisionnemens, accroître la salubrité par leur heureuse distribution, et embellir les monumens par le concours de leurs ondes. Aux extrémités de l'Empire, il unira la Rance avec la Vilaine, le Rhône avec les flots d'Aigues-Mortes ; il rendra d'immenses superficies à l'agriculture, en desséchant les marais de la Charente-Inférieure et du Cotentin ; il retiendra les mers dans leurs limites, en relevant les digues de Cadsand, d'Ostende et des côtes du Nord ; il creusera de nouveaux bassins dans les ports ; et par la force ingénieuse des écluses de chasse, il repoussera dans l'abyme des Océans, les sables et les grès qu'ils amoncellent dans les rades ; il restaurera les ports de la Rochelle, de Cette, de Marseille, de Nice.

Au dessus des vaines craintes des invasions, il applanira pour le voyageur les sommets du Mont-Cenis, du St.-Bernard, du Mont Genève; par des routes nouvelles il joindra Gênes et Marseille, St.-Esprit et Gap, Rennes et Brest, Bingen et Coblentz. Voilà ce que l'homme de génie ajoute aux bienfaits de la nature ; marâtre, il la remplace ; bienfaitrice, il la seconde. Ainsi Bonaparte.

Tel donc le vaste plan qu'il s'était tracé, et que la marche d'un petit nombre d'années développe dans toutes ses parties. Et pourquoi ce développement rapide ? Parce qu'ici une volonté forte seconde le génie, assemblage si rare de deux qualités que leur nature même semblerait rendre incompatibles dans le même homme ; car le génie, par son élévation habituelle, ne paraîtrait pas appelé à descendre aux détails de ce qu'il conçoit si bien, tandis que de son côté l'opiniâtre volonté pour l'exécution, aurait besoin, du moins en apparence, d'être dirigée par une impulsion totalement étrangère, et ne devrait se rencontrer dans toute sa plénitude, que dans l'individu incapable d'être distrait par ses propres conceptions. C'est donc dans cette alliance si peu commune entre la puissance de la volonté et l'autorité du génie, qu'il faut chercher l'explication du phénomène dont nos regards sont frappés chaque jour, de ce phénomène offert par tant d'institutions encore dans l'enfance; que le lendemain de leur création, l'activité, la solidité, la maturité, fruits heureux de longues années, ont enveloppé tout-à-coup, et dont la vigueur toujours croissante reporterait leur origine à des tems éloignés au jugement de tous ceux qui n'en auraient pas été spectateurs comme nous l'avons été nous-même. En effet, l'organisation de l'instruction publique est déjà commune à tout l'empire; les lycées sont ouverts dans les villes principales, les élèves s'y rendent en foule; des proviseurs entourés de l'estime publique les dirigent; des professeurs recommandables y dispensent l'enseignement. Eh! qui peut, sans attendrissement, parcourir les nombreuses classes de la maison de St.-Cyr, et contempler à combien de détails est descendue la bonté paternelle d'un héros, pour assurer aux enfans que la gloire des combats a privés de leurs pères, la meilleure des éducations possible, et acquitter envers eux d'une manière digne de la grandeur nationale, la reconnaissance si bien due au généreux dévouement des auteurs de leurs jours? Que de perfectionnement dans la tactique militaire, que d'heureuses découvertes dans l'art de la manœuvre, que de victoires futures enfin germent maintenant dans l'école spéciale de Fontainebleau! Quelle garantie pour le maintien des sciences, quel vaste espoir pour leurs progrès que l'instruction donnée dans l'école polytechnique! Quelle prévoyance favorable, en dirigeant l'organisation de l'école de Compiègne, rendit hommage à cette admirable variété répandue par la nature dans l'intelligence des hommes, et sut offrir aux diverses vocations la diversité des professions utiles à la société! Que d'hommes importans à l'Etat sont déjà sortis de ces institutions si célèbres, et cependant si modernes encore; et qui pourrait compter les services promis à toutes les parties des connaissances humaines, par ces écoles de droit, de génie, d'artillerie, de navigation, des mines, des ponts et chaussées, de médecine, de pharmacie, de l'art vétérinaire, de langues orientales, de dessin, de musique, etc., toutes créées ou rétablies, ou ranimées par la main puissante qui gouverne la France.

L'étonnement de la postérité, toujours bien meilleur juge des grandes actions et des grands règnes que les contemporains, redoublera, lorsqu'en lisant l'histoire de Napoléon, elle verra qu'au milieu de tant d'opérations exécutées en moins de cinq années, et dont le nombre surprendrait encore, si la vie entière des monarques les plus actifs en présentait le tableau, lorsque, dis-je, elle verra que les préparatifs de guerre les plus formidables ont dû dérober tant d'heures aux méditations de celui dont l'infatigable puissance, non-seulement relevait les ruines du plus grand empire du monde, mais encore l'illustrait par des créations que la sagacité des hommes les plus recommandables par le génie, n'avait pas même pressenties; réalisait d'un côté les plus chères espérances conçues par les meilleurs esprits à l'origine de la révolution, et de l'autre effaçait à jamais les traces de tant de maux causés par les méchans salariés pour la flétrir ; prouvait enfin, par son exemple, que ces principes régénérateurs de la félicité publique, énoncés par tant d'hommes illustres, n'étaient point un roman désastreux de la philosophie moderne, ainsi que quelques pervers cherchent encore à le faire entendre ; et que l'autorité du chef, la tranquillité du peuple, la puissance des lois, la gloire des états croissent constamment en proportion de l'accroissement des lumières.

Si la direction donnée aux préparatifs de la guerre actuelle doit être aux yeux de la postérité l'un des grands objets de son admiration pour l'Empereur, on peut dire que l'impossibilité de la prévoir fut pour le gouvernement anglais l'origine d'une erreur dont les suites l'ont rendu la fable de l'Europe. Ici, ce n'est pas précisément sa prévoyance qui se trouve compromise, mais son caractère, mais sa politique. Il ne faut pas croire que le ministère anglais, en violant sans motif le traité d'Amiens, se soit dissimulé la puissance de l'adversaire qu'il défiait; il s'est imaginé que les hommes, accoutumés en général à ne juger que sur les apparences, seraient émerveillés de l'audace de cette levée de bouclier, que la témérité de l'entreprise imprimerait un grand caractère à sa détermination, et que l'on prendrait cette effronterie dans le danger, pour la mesure de la justice de la cause. Malgré tous ces faux semblans de gigantesque fierté, la lâcheté dans les espérances n'en perce pas moins. Les Anglais se sont dit: Bonaparte ne peut nous atteindre par ses armées, que nous importent ses victoires? La mer élève entr'elles et nous une barrière insurmontable : déclarons la guerre, non pour la gloire de combattre, mais pour briser sans obstacle le berceau du commerce français. Charions sans péril l'or du monde dans notre île; que, retenu dans ses ports déserts, ce vainqueur soit témoin de notre heureuse piraterie, et qu'il ne puisse ni venger son offense, ni sauver l'une des plus chères portions de son ouvrage, ni protéger les nations victimes de notre avarice. Ces ministres anglais! ils ont payé bien cher la bassesse de cette politique spéculative. Ces hommes, dont l'insolence se flattait d'insulter sans coup férir, de braver sans être atteints, de spolier sans être punis, ont vu de jour en jour les alarmes, les anxiétés, les angoisses se fixer au milieu d'eux. Ces ports qu'ils croyaient abandonnés se sont tout-à-coup peuplés de flottes menaçantes; des anses que jusqu'alors leurs mépris délaissaient à de timides pêcheurs, sont devenues pour eux les arsenaux de la foudre. Ils ont vu ces armées dont les approches leur semblaient impossibles, échanger en un jour la tactique des camps contre celle des mers; ils ont vu sourdre autour d'eux une science inconnue de navigation guerrière; ils se sont confiés à leurs colosses maritimes, et de frêles chaloupes ont écrasé ces colosses; déçus par leurs vaisseaux, ils ont eu recours aux crimes; et le métier d'incendiaires ne leur a pas été plus propice que celui de guerriers. Qu'est-il devenu leur espoir de dessécher les trésors des deux Mondes? Depuis la Baltique jusqu'aux extrémités de la Sicile, les cent portes de l'Europe se sont fermées à leur commerce. Dans un immense circuit de mille lieues, toutes les côtes sont devenues d'airain pour eux; leurs vaisseaux par tout repoussés, promenant sur les mers le poids de leurs inutiles richesses, honteux, sont retournés attester, par leurs cargaisons intactes, le mépris des nations pour un peuple infidelle à la foi des traités. Leurs manufactures se sont fermées; le silence s'est introduit dans leurs ateliers; ils ont échangé les outils contre des armes, et n'ont pu réussir à créer un soldat: la misère s'est établie dans leur île; la famine s'est assise sur leur or. En proie, sans avoir combattu, à toutes les horreurs de la guerre, à tant de fléaux réunis s'est réuni le plus insupportable de tous, l'Incertitude, qui doute et frémit de l'attaque; l'Incertitude, dont l'oreille ouverte à tous les bruits, confond la perfidie avec la sagesse, la vérité avec le mensonge, la fausse crainte avec la prudence; l'Incertitude s'agitant toujours, et n'agissant jamais; veillant par tout, et ne veillant sur rien; dressant en tous lieux le théâtre des alarmes, et le parcourant sous la livrée de la riante Espérance; ballotée entre les illusions du triomphe et les fantômes de la terreur panique; rêvant la défaite au seul nom de combat, et préludant à la défaite en rêvant la victoire. Il sait aujourd'hui, ce ministère anglais, ce qu'il en coûte à lutter contre le génie, et à irriter le ressentiment d'un homme qui sait faire de la vengeance même un instrument de gloire.

Quand on se retrace ainsi tout ce que Napoléon a fait de grand et d'héroïque à la tête des armées, avant que les rênes du gouvernement lui fussent remises; quand on se rappelle tout ce que ses hautes conceptions ont enfanté pour l'affermissement de la félicité publique en France, depuis qu'il exerce la puissance souveraine; quand on reporte son attention sur la formation subite de cette fameuse armée de réserve, sur son passage des Alpes, sur la gloire qui s'en est suivie, sur les traités glorieux que ses victoires ont amenés; quand on examine la sagesse sur laquelle reposent tant d'institutions, la force de mouvement imprimée à tant de rouages de l'administration publique; tant de bases solides préparées pour reconstruire l'édifice des mœurs; tant de monumens projetés, commencés et terminés en si peu d'années; tant de ressources d'existence assurée à l'intéressante classe des ouvriers; tant d'honorables récompenses présentées aux talens, et si capables d'irriter l'émulation; tant de connaissance profonde du caractère national, et de prescience de l'avenir dans la création de la légion d'honneur; tant de loyauté dans les relations étrangères, tant de fermeté dans la marche intérieure, tant d'habileté à concilier les esprits, à éteindre les haines, à effacer les souvenirs, à fondre toutes les opinions dans la seule opinion raisonnable, l'intérêt, la gloire et l'amour de la patrie; tant d'aptitude à saisir les circonstances, de patience à attendre le bénéfice du tems, de secret dans les opérations, au milieu d'un peuple impétueux dans sa curiosité, volage dans ses désirs, avide de deviner, d'apprendre et de répéter, préférant sans cesse au repos silencieux de la confiance, le plaisir de discuter, de contredire et de douter : quand on pèse, enfin, tout ce qu'il a fallu vaincre de difficultés pour créer une marine dont la nature, l'organisation, les moyens, sont sans exemple dans l'histoire; tout ce qu'il a fallu d'habileté pour rendre son inaction même si désastreuse à l'ennemi; tout ce qu'il a fallu de profondeur dans les combinaisons pour faire à la Tamise la plus terrible des guerres, sans qu'une goutte de sang versé réclamât une seule larme de l'humanité, on ne peut s'empêcher de dire que si le vaste ensemble de tant de gloire s'est reproduit à l'imagination des témoins du couronnement de Napoléon, toute la grandeur de ces pompes augustes et solennelles a disparu devant la grandeur même du héros qui en était l'objet.

Ce seul mot suffit pour faire connaître le but que nous nous sommes proposé en réunissant en un seul corps d'ouvrage la description de ces solennités politiques. Notre intention n'a pas été d'être les historiens du faste des cérémonies et des fêtes; nous avons voulu mettre, pour ainsi dire, en présence la gratitude nationale et les services immortels d'un grand homme; rendre inséparables, dans l'esprit du lecteur, l'infatigable sublimité de ceux-ci et la noble majesté de celle-là, et forcer sa mémoire, par le détail même du triomphe, à se reporter sur les années de tant de gloire. *

* Les Éditeurs doivent ce Discours préliminaire à M. Lavallée (Joseph), la rédaction du corps de l'Ouvrage, à M. J. Dusaulchoy, le classement et la vérification des listes, à M. A. Coupé, officier de l'état major, et l'exécution des Portraits, à MM. Isabey et Desnoyers.

NAPOLÉON.

EMPEREUR DES FRANÇAIS.

Né le 15 Août 1769.

Aug. Desnoyers del.t *B. Roger Soulp.t*

RELATION

DES CÉRÉMONIES ET FÊTES

DU SACRE ET DU COURONNEMENT

DE LEURS MAJESTÉS

IMPÉRIALES.

Depuis dix ans, victime des différentes factions qui l'avaient tour à tour égaré, asservi, opprimé, le peuple français soupirait après un ordre de choses qui terminât pour jamais les secousses révolutionnaires, ramenât la confiance et la paix dans les ames, et fît succéder les bienfaits de l'ordre aux convulsions de l'anarchie.

Le Gouvernement électif et divisé auquel il s'était soumis, ne renfermait en lui-même aucun des élémens capables d'amener ces heureux résultats; les publicistes, les amis des mœurs, les financiers, les commerçans, étaient convaincus de cette vérité, et les citoyens les moins instruits la sentaient comme par instinct. Les vœux de tous se portaient naturellement et d'un commun accord,

1

vers un pouvoir centralisé, placé dans les mains d'un seul homme, et assez vigoureux pour entreprendre tout ce que le bien public exigerait, sans nuire à la liberté civile.

Une funeste expérience avait aussi fait sentir à tous, qu'afin de rendre stables les avantages d'un tel pouvoir, il était indispensable de le perpétuer dans une seule famille. Mais quel homme, quelle famille choisir? Le ciel lui-même, le ciel, touché des malheurs de la France, et qui voulait les terminer, nous indiqua les seuls objets dignes de notre choix, en ramenant miraculeusement, à travers mille périls, du fond de l'Egypte et de la Syrie, où il marchait de triomphes en triomphes, un héros que la Providence semblait avoir exprès formé pour rendre la paix au monde, et assurer la gloire et le bonheur de la grande nation.

Cet homme étonnant pouvait, avec une noble confiance, regarder en arrière, offrir sa vie passée comme garant de sa vie future ; chacun de ses jours avait été marqué par de grandes choses : tantôt guerrier, tantôt homme d'Etat, en prenant la robe virile il avait déjà effacé les plus fameux capitaines, les plus habiles politiques, les plus sages législateurs ; aucune époque de nos désastres révolutionnaires n'avait souillé son nom, et sa célébrité était aussi pure que son cœur.

Voilà celui qu'un Dieu tutélaire a choisi pour cicatriser nos plaies, pour nous ramener au port après tant d'orages! se sont écriés tous les Français, à l'aspect de ce héros dont la gloire avait tant de fois rejailli sur eux.

Bientôt le 18 Brumaire brille d'un jour consolateur ; il répand jusque dans la plus humble chaumière la flatteuse espérance d'un nouveau siècle d'or.

Mais il faut donner au héros tous les moyens de la réaliser, cette espérance. Il est consul à vie!... On n'a pas encore atteint, par cet acte de la confiance nationale, le but fortuné auquel on tend de tous les points de la France; des millions de voix retentissent jusqu'aux cieux, et ne forment qu'un seul concert : QUE NAPOLÉON SOIT EMPEREUR DES FRANÇAIS, ET QUE L'EMPIRE SOIT HÉRÉDITAIRE DANS SON AUGUSTE FAMILLE !!!

Ce vœu souverain d'une nation pénétrée enfin de son véritable intérêt; ce vœu que l'Eternel même avait inspiré, il a soudain été saisi par les premiers organes des volontés du peuple, et la séance extraordinaire que le tribunat a tenue le 10 Floréal an 12, a été consacrée à le manifester légalement.

C'est le tribun Curée qui a eu la gloire de porter le premier la parole dans cette mémorable circonstance.

Sa motion, que les bornes de cet ouvrage ne nous permettent pas de rapporter, avait pour objet de retracer au sénat le vœu suivant :

1.° Que NAPOLÉON BONAPARTE, actuellement PREMIER CONSUL, soit déclaré EMPEREUR, et, en cette qualité, demeure chargé du Gouvernement de la République française ;

2.° Que la dignité impériale soit déclarée héréditaire dans sa famille;

3.° Que celles de nos institutions qui ne sont que tracées, soient définitivement arrêtées.

Les tribuns Siméon, Duveyrier, Jaubert (de la Gironde), Duvidal, Gillet (de Seine et Oise), Fréville, Carrion de Nisas, Delpiere, Koch, Faure, Arnould, Costaz, Albisson, Delaistre, Challan, Carret (du Rhône), Chassiron, Perrin, Favart, Gallois et Sahuc ont appuyé cette motion par des discours où la solidité du raisonnement et l'éloquence se prêtaient une force mutuelle.

Tous se sont accordés pour prouver d'une manière invincible, 1.° la nécessité du rétablissement du Gouvernement d'un seul pour le bonheur de la France; 2.° les avantages qui résultent de l'hérédité; 3.° les titres incalculables de Napoléon Bonaparte à l'Empire; 4.° combien il était de l'intérêt de la nation française, de le choisir pour son chef suprême; 5.° le droit qu'elle avait de changer la forme de son Gouvernement, et de le faire passer dans une nouvelle dynastie; 6.° enfin la nullité des prétentions de la famille des Bourbons, et les justes motifs que le peuple a eus de la répudier.

Tout le tribunat a manifesté le même vœu que les orateurs ci-dessus nommés. Sur les diverses observations qu'ils avaient faites, la commission a présenté un rapport lumineux, tendant à arrêter les propositions du tribun Curée, et elles ont été adoptées à l'unanimité. Une députation a été envoyée au sénat, le 14 Floréal an 12. Le tribun Jard-Panvilliers, rapporteur de la commission, a porté la parole. Le sénat a fait éclater une vive satisfaction, en entendant l'expression d'un vœu qui était aussi le sien.

« Citoyens tribuns, ce jour est remarquable, a répondu le vice-président, François (de Neufchâteau); c'est celui où vous exercez pour la première fois près du sénat conservateur, cette initiative républicaine et populaire que vous ont déléguée nos lois fondamentales. Vous ne pouviez ni l'essayer dans un moment plus favorable, ni l'appliquer jamais à un plus grand objet. Citoyens tribuns, vous venez exprimer aux conservateurs des droits nationaux, un vœu vraiment national. Je ne puis déchirer le voile qui couvre momentanément les travaux du sénat sur cette matière importante. Je dois vous dire cependant, que depuis le 6 Germinal, le sénat a fixé sur le même sujet la pensée attentive du premier magistrat.

» La prévoyance du sénat avait dès-lors sondé l'opinion publique, et le Gouvernement a été averti. Mais connaissez vos avantages; ce que depuis deux mois nous méditons dans le silence, votre institution vous a permis de le livrer à la discussion en présence du peuple. Vous avez servi à la fois le peuple et le Gouvernement, en faisant retentir, avec l'accent de l'éloquence, cette opinion tutélaire, émanée d'abord en secret du sein de cette enceinte où vous venez la reporter d'une manière si brillante. Les développemens heureux que vous avez donnés à cette grande idée, procurent au sénat, qui vous a ouvert la tribune, la satisfaction de se complaire dans ses choix, et d'applaudir à son ouvrage.

» Dans vos discours publics nous avons retrouvé le fonds de toutes nos pensées ; comme vous, citoyens tribuns, nous ne voulons pas des Bourbons, parce que nous ne voulons pas la contre-révolution, seul présent que puissent nous faire ces malheureux transfuges, qui ont emporté avec eux le despotisme, la noblesse, la féodalité, la servitude et l'ignorance, et dont le dernier crime est d'avoir supposé qu'un chemin pour rentrer en France, pouvait passer par l'Angleterre.

» Comme vous, citoyens tribuns, nous voulons élever une nouvelle dynastie, parce que nous voulons garantir au peuple français tous ses droits qu'il a reconquis, et que des insensés ont le projet de lui reprendre. Comme vous, citoyens tribuns, nous voulons que la liberté, l'égalité et les lumières ne puissent plus rétrograder. Je ne parle pas du grand homme appelé par sa gloire à donner son nom à son siècle, et qui doit l'être par nos vœux, à nous consacrer désormais sa famille et son existence. Ce n'est pas pour lui, c'est pour nous qu'il doit se dévouer. Ce que vous proposez avec enthousiasme, le sénat le pèse avec calme.

» Citoyens tribuns, c'est ici qu'est la pierre angulaire de l'édifice social ; mais c'est dans le Gouvernement d'un chef héréditaire qu'est la clef de la voûte. Vous déposez dans notre sein le vœu que cette voûte soit enfin cimentée ; en recevant ce vœu, le sénat ne perd pas de vue que ce que vous sollicitez est moins un changement de l'état de la République, qu'un moyen de perfection et de stabilité. C'est ce qui nous touche le plus. Dans ce temple national la constitution doit reposer, en quelque sorte, sur l'autel du Dieu *Therme*. Si nous nous permettons de toucher à quelques articles de ce pacte sacré dont la garde nous est remise, ce ne sera jamais que pour ajouter à sa force, et pour étendre sa durée. »

Ce discours atteste que long-tems avant que le tribunat ne lui manifestât son vœu sur la régénération de notre pacte social, le sénat s'en occupait dans le calme d'une sage méditation. Dès le 2 Germinal an 12, époque où le grand-juge, ministre de la justice, avait fait part au nom du Gouvernement, des complots tramés par l'envoyé d'Angleterre à Munich, tous les membres de cette assemblée conservatrice des droits du peuple, avaient frémi à la pensée qu'un seul instant pouvait faire perdre tout le fruit des travaux de Bonaparte, des dangers auxquels il s'était voué, et des nombreuses victoires dont il avait illustré son nom et son pays. Ils avaient dès-lors reconnu, ces vénérables pères de la patrie, que tout ce qu'on avait fait était encore insuffisant pour assurer en même tems et la vie et l'ouvrage du héros, si l'on n'y joignait pas des institutions tellement combinées que leur système lui survécut, et si en fondant une ère nouvelle, il ne l'éternisait pas.

En conséquence de ces pensées, leur inquiète sollicitude leur avait dicté, le 6 Germinal, une adresse au Premier Consul, pour pressentir ses intentions. « Vous êtes, disaient-ils au héros, dans

» cette adresse, vous êtes pressé par le tems, par » les événemens, par les conspirateurs, par les am- » bitieux. Vous l'êtes, dans un autre sens, par une » inquiétude qui agite tous les Français. Vous pou- » vez enchaîner le tems, maîtriser les événemens, » mettre un frein aux conspirateurs, désarmer les » ambitieux, tranquilliser la France entière, en lui » donnant des institutions qui cimentent votre édi- » fice, et prolongent pour les enfans ce que vous » fîtes pour les pères. CITOYEN PREMIER CONSUL, » soyez bien assuré que le sénat vous parle aujour- » d'hui au nom de tous les citoyens. Tous vous ad- » mirent et vous aiment; mais il n'en est aucun » qui ne songe souvent avec anxiété, à ce que de- » viendrait le vaisseau de la république, s'il avait » le malheur de perdre son pilote avant d'avoir été » fixé sur des ancres inébranlables. Dans les villes, » dans les campagnes, si vous pouviez interroger » tous les Français, l'un après l'autre, il n'y en a » aucun qui ne vous dit, ainsi que nous : *Grand* » *homme, achevez votre ouvrage, en le rendant* » *immortel comme votre gloire. Vous nous avez tiré* » *du chaos du passé; vous nous faites bénir les* » *bienfaits du présent; garantissez-nous de l'ave-* » *nir.* »

La réponse de Bonaparte, à une proposition si enivrante pour une ambition commune, démontre jusqu'à quel degré, chez le véritable grand homme, la modestie, la simplicité s'allient au dévouement pour la cause du peuple et de l'humanité : « Nous avons été constamment guidés par cette

» grande vérité, dit-il dans son message du 5 Floréal; que la souveraineté réside dans le peuple français, en ce sens que tout, tout sans exception, doit être fait pour son intérêt, pour son bonheur et pour sa gloire...... A mesure que j'ai arrêté mon attention sur ces grands objets, je me suis convaincu davantage de la vérité des sentimens que je vous ai exprimés, et j'ai senti de plus en plus que, dans une circonstance aussi nouvelle qu'importante, les conseils de votre sagesse et de votre expérience m'étaient nécessaires pour fixer toutes mes idées.

» Je vous invite donc à me faire connaître votre pensée toute entière.

» Le peuple français n'a rien à ajouter aux honneurs et à la gloire dont il m'a environné; mais le devoir le plus sacré pour moi, comme le plus cher à mon cœur, est d'assurer à ses enfans les avantages qu'il a acquis par cette révolution qui lui a tant coûté, sur-tout par le sacrifice de ce million de braves, morts pour la défense de ses droits. »

Le héros qui a laissé couler de son cœur ces lignes modestes et touchantes, s'il est un ambitieux, proclamons-le avec assurance, avec l'effusion du sentiment : semblable à celle d'une divinité tutélaire, l'essence de son ambition est d'être toujours utile au monde.

Après la réception du message, le sénat adopta, le 14 Floréal, un projet de réponse et un mémoire profondément réfléchi, qui furent portés au premier consul, par une députation composée du bureau et des membres de la commission.

Donnons-en très-succinctement le résumé : « Les Français ont conquis la liberté, disent les pères conscrits ; ils veulent conserver leur conquête ; ils veulent le repos après la victoire. Ce repos glorieux, ils le devront au gouvernement héréditaire d'un seul qui, élevé au-dessus de tous, investi d'une grande puissance, environné d'éclat, de gloire et de majesté, défende la liberté publique, maintienne l'égalité, et baisse ses faisceaux devant l'expression de la volonté souveraine du peuple qui l'aura proclamé. — C'est ce gouvernement que voulait se donner la nation française dans ces beaux jours de 89, dont le souvenir sera cher à jamais aux amis de la patrie. — C'est ce gouvernement limité par la loi, que le plus grand génie de la Grèce, l'orateur le plus célèbre de Rome et le plus grand homme d'état du dix-huitième siècle, ont déclaré le meilleur de tous. — C'est le seul qui peut mettre un frein aux rivalités dangereuses, dans un pays couvert de nombreuses armées commandées par de grands capitaines. — L'histoire le montre comme un obstacle invincible où viennent se briser et les efforts insensés d'une anarchie sanglante, et la violence d'une tyrannie audacieuse, et les coups perfides d'un despotisme plus dangereux encore, qui, tendant dans les ténèbres ses redoutables rêts, saurait attendre avec une patience hypocrite, le moment de jeter le masque et de lever sa massue de fer. — Quelle autre égide que ce Gouvernement peut repousser pour toujours ces complots auxquels se livrent, en aveugles furieux, ces hommes qui, dans leur délire coupable, croient pouvoir reconstruire, pour une famille que le peuple a proscrite, un trône uniquement composé de trophées féodaux et d'instrumens de servitude que la foudre nationale a réduits en poudre? Et enfin, quel autre Gouvernement peut conserver à jamais cette propriété si chère à une nation généreuse, ces palmes du génie, et ces lauriers de la victoire, dont les ennemis de la France affranchie de l'antique joug féodal, voudraient, de leurs mains sacriléges, dépouiller son front auguste?. — Ce Gouvernemeat héréditaire ne peut être confié qu'à Napoléon Bonaparte et à sa famille. — La gloire, la reconnaissance, l'amour, la raison, l'intérêt de l'Etat, tout proclame Napoléon Empereur héréditaire. »

Telle est, en substance, la réponse du sénat. A peine son vœu et celui du tribunat furent-ils connus, par un mouvement spontané, toutes les autorités administratives, judiciaires et militaires, le clergé, les différens corps qui composent les armées de terre et de mer, les plus petites municipalités, les sociétés littéraires, tout ce qui tient au commerce, et jusqu'aux Français vivant dans les pays lointains, se sont empressés, comme à l'envi les uns des autres, de faire parvenir au Gouvernement, des adresses par lesquelles ils demandent avec des transports de reconnaissance et d'ivresse, que Napoléon soit couronné Empereur des Français.

Pourquoi la briéveté de cet ouvrage s'oppose-t-elle à ce que nous rapportions, du moins par analyse, ce que ces nombreuses adresses renferment d'énergique, de noble, de touchant ! Quelle éloquence à la fois brûlante, persuasive, entraînante, inépuisable ! De combien de témoignages d'amour elles éclatent ! de quel caractère profond de vérité elles sont empreintes ! Quels sublimes, quels durables faisceaux de gloire elles ajoutent à ceux dont le héros qui en est l'objet s'est entouré ! On dirait que la reconnaissance avait fait de tous les Français des orateurs dignes de lutter avec ceux de la Grèce et de l'ancienne Rome. Tels sont les prodiges qui s'opèrent naturellement dans les cœurs fortement émus : lorsqu'un digne objet en pénètre toutes les facultés, la plume devient éloquente.

Il était donc du devoir du sénat, de ne pas tarder à se conformer à la volonté générale, prononcée dans un accord si majestueux, si attendrissant. L'ouverture des registres des votes dans les municipalités, et leur recensement, ne pouvait plus être qu'une formalité destinée seulement à prouver légalement, qu'en faisant monter NAPOLÉON sur le trône, on avait obéi au peuple français. NAPOLÉON fut donc proclamé Empereur héréditaire. Le sénatus-consulte du 28 Floréal an 12, qui consacre ce grand acte de la souveraineté nationale, étant devenu notre unique pacte social et celui de nos derniers neveux, nous le rapportons en entier, précédé du rapport du sénateur Lacépède, qui en motive les dispositions.

Rapport fait par le Sénateur Lacépède, *au nom de la Commission spéciale du Sénat*, *le* 28 *Floréal an* 12.

Citoyen Consul, président, *

Le sénat a renvoyé à sa commission spéciale le projet de sénatus-consulte organique qui lui a été présenté par des orateurs du Gouvernement, et dont je viens de faire lecture.

La commission m'a chargé d'avoir l'honneur de soumettre au sénat les résultats de l'examen qu'elle a fait de ce projet.

Ce sera une grande époque dans l'histoire des nations, que celle où le peuple français faisant entendre de nouveau sa volonté souveraine, met un frein à la fureur des discordes civiles, termine la plus mémorable des révolutions, fixe ses glorieuses destinées, et consacre un monument digne de lui, à la Liberté, à l'Egalité, à la Raison, à la Reconnaissance, en assurant dans la famille de son héros, cette couronne impériale qui va briller sur un front décoré tant de fois des lauriers de la victoire.

C'est vous, citoyens sénateurs, qui avez pressenti ce grand événement, qui l'avez préparé, et dont la décision que désire avec tant d'ardeur la

* Le consul Cambacérès.

France attentive, va donner le mouvement aux élans généreux de la grande nation.

Mais les pères de la patrie doivent commander à l'enthousiasme du sentiment. Vous avez émis un vœu solennel pour que le Gouvernement de la République fût confié à Napoléon, Empereur héréditaire. Vous avez désiré que nos institutions fussent en même tems perfectionnées, pour assurer à jamais le règne de la liberté et de l'égalité. Les mesures qui doivent garantir et les droits de la nation et la durée de l'Empire héréditaire, vous sont aujourd'hui présentées dans les formes prescrites par les constitutions de la République. Le projet de sénatus-consulte qui les renferme est sous vos yeux; l'orateur du Gouvernement vous en a développé les motifs : vous avez pu en méditer la nature, en rechercher les résultats, en observer les liaisons.

Vous avez sur-tout étudié ces rapports secrets qui lient les unes aux autres les différentes parties de ces nombreuses dispositions.

Ils peuvent échapper à des yeux vulgaires, ces rapports qui font concourir au même but tant de moyens divers, qui rapprochent tant d'objets éloignés, qui fortifient tant de ressorts, qui modèrent tant de mouvemens, et qui établissent dans le tout cette correspondance, cette harmonie et cet équilibre, garans de la stabilité.

Mais qui sait mieux que vous, citoyens sénateurs, que les grandes institutions ne peuvent être bien jugées que d'en-haut; qu'en cherchant à perfectionner un détail on dénature souvent l'ensemble, et que tant de lois n'ont produit des effets opposés à ceux que l'on attendait, que parce que dans leur examen, on n'avait considéré qu'une face, on n'avait écouté qu'une crainte, on n'avait consulté qu'une espérance ?

Votre commission a donc cru superflu de vous retracer des dispositions que vous connaissez, des motifs que chacun de vous a pesés, des mesures dont vous avez vu l'enchaînement.

Vous avez dû remarquer, citoyens sénateurs, avec quelle attention on a prévu tous les événemens qui auraient pu, en rendant le droit de succéder douteux et l'hérédité incertaine, exposer la patrie à ces guerres désastreuses dont elle a tant souffert, et ramener ces calamités effroyables sous lesquelles nos pères braves, mais malheureux contemporains de l'infortuné Charles VI, ont vu la France presque expirante par les coups d'enfans dénaturés de la mère commune, et par ceux d'un ennemi audacieux et perfide.

L'ordre prescrit pour la succession à l'Empire, présente le nom du sage que la patrie reconnaissante a vu à Lunéville et dans les murs d'Amiens, faire briller du doux éclat de la paix, l'olivier consolateur que lui avait remis la main triomphante de son auguste frère, et celui de ce jeune Louis qui, compagnon de l'Hercule français, dès l'âge le plus tendre, et combattant près du héros de l'Europe, de l'Afrique et de l'Asie, dans les plaines de l'Italie, sur les rives du Nil, et non loin des ruines de l'antique Sidon, a pu de bonne heure accoutumer ses yeux à tout l'éclat de la gloire.

En ordonnant que les pères de la patrie régleront avec le chef suprême de l'Empire, l'éducation des princes appelés à gouverner un jour la République, la loi fondamentale de l'Etat assure à nos neveux, que les premières pensées de ceux qui devront perpétuer leur bonheur, seront pour les devoirs que leur imposera la patrie, et leurs premières affections pour le peuple qui aura élevé leur race sur le pavois impérial.

Admis de bonne heure dans cette enceinte et dans celle du conseil d'Etat, ils y trouveront au milieu des nombreux résultats d'une longue expérience, cette suite imposante de maximes fondamentales et sacrées, qui ne se développent et ne se conservent que dans les corps dont le renouvellement est insensible, et qui donnent aux institutions et tant de durée, et tant de force, et tant de majesté.

La régence établie avec prévoyance, n'étant jamais ni usurpée, ni contestée, ni livrée à des mains trop faibles ou étrangères, ne confère le pouvoir de conserver qu'en enchaînant l'autorité qui tendrait à détruire.

De grandes dignités ajoutant à la splendeur du trône, en fortifient la base sans pouvoir l'ébranler, en détournent la foudre dans des tems orageux, donnent aux conseils plus de maturité; peuvent, en écartant toute barrière funeste, ne laisser aucune pensée utile perdue pour l'Empereur, aucune action vertueuse perdue pour l'Etat, aucune affection de l'Empereur perdue pour le peuple ; offrent aux plus grands services la plus brillante palme ; ne deviennent l'objet de toutes les ambitions, que pour les éloigner de tout dessein pervers ; n'inspirent les grands projets et les grandes actions, qu'en forçant à maintenir la constitution de l'Etat, et n'élèvent des citoyens dans un rang éclatant, que pour faire voir de plus loin le triomphe de l'égalité.

Toutes les fois qu'un nouveau prince prend les rênes du Gouvernement, un serment solennel lui rappelle ses devoirs, les droits inviolables de la propriété, et tous les autres droits imprescriptibles du peuple.

Le dépôt sacré de la liberté individuelle et de la liberté de la presse, est remis au sénat plus spécialement que jamais.

Et dans quelles mains pourrait-il être plus en sûreté ?

Ne trouve-t-on pas dans le sénat,

Le *nombre*, qui par la diversité des opinions, des affections et des intérêts, écarte de la majorité tous les genres de séduction ; l'*âge*, qui fait taire toutes les passions devant celle du devoir ; la *perpétuité*, qui ôte à l'avenir toute influence dangereuse sur le présent ; l'*étendue de l'autorité* et la *prééminence du rang*, qui délivrent des illusions funestes l'ambition satisfaite ?

La liberté sainte devant laquelle sont tombés les remparts de la Bastille, déposera donc ses craintes ; l'homme d'Etat sera satisfait ; et les ombres illustres du sage l'Hôpital, du grand Montesquieu et du vertueux Malesherbes, seront consolées de n'avoir pu que proposer l'heureuse institution que consacre le sénatus-consulte.

Les difficultés relatives aux opérations des colléges électoraux, ne pouvant être résolues qu'avec l'intervention du sénat, le vœu du peuple ne sera jamais méconnu.

Les listes des candidats que ces colléges choisissent, étant souvent renouvelées, l'une des plus belles parties de la souveraineté du peuple sera fréquemment exercée.

Les membres du corps législatif, rééligibles sans intervalle, seront, s'il est possible, des organes plus fidelles de la volonté nationale ; les discussions auxquelles ils se livreront, et leurs communications plus grandes avec le tribunat, éclaireront de plus en plus les objets soumis à leur approbation ; et une plus longue durée des fonctions des tribuns, ajoutera à leur expérience dans les affaires.

Une haute-cour impériale, garante des prérogatives nationales confiées aux grandes autorités, de la sûreté de l'Etat et de celle des citoyens, formera un tribunal véritablement indépendant et auguste, consacré à la justice et à la patrie.

Son siége tutélaire et redoutable sera dans cette enceinte.

Les conservateurs du pacte social, les dépositaires des lois civiles, y rassureront l'innocence en faisant trembler le crime, qu'aucun asile ne pourra dérober à la puissance de la nation.

L'aréopage d'Athènes jugeait au milieu des ombres de la nuit ; c'était un emblême de l'impartiale équité : la France aura la réalité de cette image.

La haute-cour, placée au sommet de l'Etat, n'apercevra ni les intérêts privés, ni les affections particulières, que leur distance fera disparaître.

Elle ne verra que la République et la loi.

Elle assurera sur-tout la responsabilité des grands fonctionnaires, de ceux, particulièrement, qu'un grand éloignement de la métropole pourrait soustraire à la crainte de la vengeance des lois.

Elle assurera sur-tout la responsabilité des ministres, cette responsabilité sans laquelle *la liberté n'est qu'un fantôme derrière lequel se cache le despotisme.*

Enfin, le sénatus-consulte organique rend l'hommage le plus éclatant à la souveraineté nationale.

Il détermine que le peuple prononcera lui-même sur la proposition d'établir l'hérédité impériale dans la famille de NAPOLÉON BONAPARTE.

Il fait plus, et je prie qu'on soit attentif à cette observation ; il consacre et fortifie par de sages institutions le Gouvernement que la nation française a voulu dans les plus beaux jours de la révolution, et lorsqu'elle a manifesté sa volonté avec le plus d'éclat, de force et de grandeur.

La commission a donc pensé, à l'unanimité, qu'elle devait proposer au sénat d'adopter le projet de sénatus-consulte qui lui a été présenté.

Que NAPOLÉON BONAPARTE soit Empereur des Français !

Et puisse-t-il faire le bonheur de nos arrière-neveux, comme il fera à jamais l'admiration de la postérité !

Ce sentiment nous amène à l'expression de la reconnaissance publique envers les deux consuls qui, pendant tout le cours de leur haute magistrature, n'ont cessé de bien mériter de la patrie, et que l'estime du sénat suivra dans tous les rangs où le bien de l'Etat les portera.

Mais, citoyens sénateurs, lorsque vous aurez adopté le projet de sénatus-consulte qui vous est présenté, il vous restera encore un grand devoir à remplir envers la patrie.

Le peuple sera consulté sur la proposition de l'hérédité de la dignité impériale dans la famille de NAPOLÉON BONAPARTE.

Nous attendrons avec respect sa décision souveraine sur cette importante proposition.

Mais c'est par le sénatus-consulte organique qui vous est soumis, que la dignité consulaire est changée en dignité impériale pour NAPOLÉON, et pour le successeur que les constitutions actuelles de la République lui donnent le droit de présenter.

A l'instant où vous aurez imprimé le sceau de votre autorité au sénatus-consulte, NAPOLÉON *est Empereur des Français.*

Hâtez-vous de satisfaire la juste impatience des citoyens, des magistrats, de l'armée, de la flotte, de la France entière.

Donnez le signal qu'on vous demande de toutes

parts, et qu'une démarche solennelle proclame l'Empereur.

Votre commission a donc l'honneur de vous proposer à l'unanimité,

Premièrement, d'adopter le projet de sénatus-consulte organique présenté par les orateurs du Gouvernement ;

Secondement, de rendre le décret suivant :

Le Sénat, en corps, présentera immédiatement après sa séance, le sénatus-consulte organique de ce jour, à Napoléon Bonaparte, *Empereur des Français.*

Le Président du sénat, Cambacérès, portera la parole.

SENATUS-CONSULTE

ORGANIQUE.

Napoléon, par la grâce de Dieu et par les constitutions de la République, Empereur des Français, à tous présens et à venir, salut :

Le sénat, après avoir entendu les orateurs du conseil d'Etat, a décrété et nous ordonnons ce qui suit :

Extrait des registres du Sénat conservateur, du 28 Floréal an 12.

Le sénat conservateur, réuni au nombre de membres prescrit par l'article XC de la constitution ; vu le projet de sénatus-consulte rédigé en la forme prescrite par l'article LVII du sénatus-consulte organique, en date du 16 Thermidor an 10 ;

Après avoir entendu, sur les motifs dudit projet, les orateurs du Gouvernement, et le rapport de sa commission spéciale, nommée dans la séance du 26 de ce mois ;

L'adoption ayant été délibérée au nombre de voix prescrit par l'article LVI du sénatus-consulte organique, du 16 Thermidor an 10,

Décrète ce qui suit :

TITRE PREMIER.

Art. I.er Le Gouvernement de la République est confié à un Empereur qui prend le titre d'Empereur des Français.

La justice se rend, au nom de l'Empereur, par les officiers qu'il institue.

II. Napoléon Bonaparte, premier consul actuel de la République, est Empereur des Français.

TITRE II.

De l'Hérédité.

III. La dignité impériale est héréditaire dans la descendance directe, naturelle et légitime, de Napoléon Bonaparte, de mâle en mâle, par ordre de primogéniture, et à l'exclusion perpétuelle des femmes et de leur descendance.

IV. Napoléon Bonaparte peut adopter les

enfans ou petits-enfans de ses frères, pourvu qu'ils aient atteint l'âge de dix-huit ans accomplis, et que lui-même n'ait point d'enfans mâles au moment de l'adoption.

Ses fils adoptifs entrent dans la ligne de sa descendance directe.

Si postérieurement à l'adoption il lui survient des enfans mâles, ses fils adoptifs ne peuvent être appelés qu'après les descendans naturels et légitimes.

L'adoption est interdite aux successeurs de NAPOLÉON BONAPARTE et à leurs descendans.

V. A défaut d'héritier naturel et légitime, ou d'héritier adoptif de NAPOLÉON BONAPARTE, la dignité impériale est dévolue et déférée à *Joseph Bonaparte* et à ses descendans naturels et légitimes, par ordre de primogéniture et de mâle en mâle, à l'exclusion perpétuelle des femmes et de leur descendance.

VI. A défaut de *Joseph Bonaparte* et de ses descendans mâles, la dignité impériale est dévolue et déférée à *Louis Bonaparte* et à ses descendans naturels et légitimes, par ordre de primogéniture et de mâle en mâle, à l'exclusion perpétuelle des femmes et de leur descendance.

VII. A défaut d'héritier naturel et légitime ou d'héritier adoptif de NAPOLÉON BONAPARTE;

A défaut d'héritiers naturels et légitimes de *Joseph Bonaparte* et de ses descendans mâles;

De *Louis Bonaparte* et de ses descendans mâles,

Un sénatus-consulte organique, proposé au sénat par les titulaires des grandes dignités de l'Empire, et soumis à l'acceptation du peuple, nomme l'Empereur, et règle dans sa famille l'ordre de l'hérédité, de mâle en mâle, à l'exclusion perpétuelle des femmes et de leur descendance.

VIII. Jusqu'au moment où l'élection du nouvel Empereur est consommée, les affaires de l'Etat sont gouvernées par les ministres, qui se forment en conseil de Gouvernement, et qui délibèrent à la majorité des voix. Le secrétaire d'Etat tient le registre des délibérations.

TITRE III.

De la Famille impériale.

IX. Les membres de la famille impériale, dans l'ordre de l'hérédité, portent le titre de *Princes français.*

Le fils aîné de l'Empereur porte celui de *Prince impérial.*

X. Un sénatus-consulte règle le mode de l'éducation des princes français.

XI. Ils sont membres du sénat et du conseil d'Etat, lorsqu'ils ont atteint leur dix-huitième année.

XII. Ils ne peuvent se marier sans l'autorisation de l'Empereur.

Le mariage d'un prince français, fait sans l'autorisation de l'Empereur, emporte privation de tout droit à l'hérédité, tant pour celui qui l'a contracté que pour ses descendans.

Néanmoins, s'il n'existe point d'enfant de ce mariage, et qu'il vienne à se dissoudre, le prince qui l'avait contracté recouvre ses droits à l'hérédité.

XIII. Les actes qui constatent la naissance, les mariages et les décès des membres de la famille impériale, sont transmis, sur un ordre de l'Empereur, au sénat, qui en ordonne la transcription sur ses registres et le dépôt dans ses archives.

XIV. Napoléon Bonaparte établit par des statuts auxquels ses successeurs sont tenus de se conformer,

1.° Les devoirs des individus de tout sexe, membres de la famille impériale, envers l'Empereur;

2.° Une organisation du palais impérial, conforme à la dignité du trône et à la grandeur de la nation.

XV. La liste civile reste réglée ainsi qu'elle l'a été par les articles I.er et IV du décret du 26 Mai 1791.

Les princes français *Joseph* et *Louis Bonaparte*, et à l'avenir les fils puînés naturels et légitimes de l'Empereur, seront traités conformément aux articles I.er, X, XI, XII et XIII du décret du 21 Décembre 1790.

L'Empereur pourra fixer le douaire de l'Impératrice, et l'assigner sur la liste civile; ses successeurs ne pourront rien changer aux dispositions qu'il aura faites à cet égard.

XVI. L'Empereur visite les départemens : en conséquence, des palais impériaux sont établis aux quatre points principaux de l'Empire.

Ces palais sont désignés, et leurs dépendances déterminées par une loi.

TITRE IV.

De la Régence.

XVII. L'Empereur est mineur jusqu'à l'âge de dix-huit ans accomplis ; pendant sa minorité il y a un régent de l'Empire.

XVIII. Le régent doit être âgé au moins de vingt-cinq ans accomplis.

Le femmes sont exclues de la régence.

XIX. L'Empereur désigne le régent parmi les princes français ayant l'âge exigé par l'article précédent, et à leur défaut, parmi les titulaires des grandes dignités de l'Empire.

XX. A défaut de désignation de la part de l'Empereur, la régence est déférée au prince le plus proche en degré, dans l'ordre de l'hérédité, ayant vingt-cinq ans accomplis.

XXI. Si, l'Empereur n'ayant pas désigné le régent, aucun des princes français n'est âgé de vingt-cinq ans accomplis, le sénat élit le régent parmi les titulaires des grandes dignités de l'Empire.

XXII. Si, à raison de la minorité d'âge du prince appelé à la régence dans l'ordre de l'hérédité, elle a été déférée à un parent plus éloigné, ou à l'un des titulaires des grandes dignités de l'Empire, le régent entré en exercice, continue ses fonctions jusqu'à la majorité de l'Empereur.

XXIII. Aucun sénatus-consulte organique ne peut être rendu pendant la régence, ni avant la fin de la troisième année qui suit la majorité.

XXIV. Le régent exerce jusqu'à la majorité de l'Empereur toutes les attributions de la dignité impériale.

Néanmoins il ne peut nommer ni aux grandes dignités de l'Empire, ni aux places des grands officiers qui se trouveraient vacantes à l'époque de la régence, ou qui viendraient à vaquer pendant la minorité, ni user de la prérogative réservée à l'Empereur, d'élever des citoyens au rang de sénateur.

Il ne peut révoquer ni le grand-juge ni le secrétaire d'Etat.

XXV. Il n'est pas personnellement responsable des actes de son administration.

XXVI. Tous les actes de la régence sont au nom de l'Empereur mineur.

XXVII. Le régent ne propose aucun projet de loi ou de sénatus-consulte, et n'adopte aucun réglement d'administration publique, qu'après avoir pris l'avis du conseil de régence, composé des titulaires des grandes dignités de l'Empire.

Il ne peut déclarer la guerre, ni signer des traités de paix, d'alliance ou de commerce, qu'après en avoir délibéré dans le conseil de régence, dont les membres, pour ce seul cas, ont voix délibérative. La délibération a lieu à la majorité des voix; et s'il y a partage, elle passe à l'avis du régent.

Le ministre des relations extérieures prend séance au conseil de régence, lorsque ce conseil délibère sur des objets relatifs à son département.

Le grand-juge, ministre de la justice, peut y être appelé par l'ordre du régent.

Le secrétaire d'Etat tient le registre des délibérations.

XXVIII. La régence ne confère aucun droit sur la personne de l'Empereur mineur.

XXIX. Le traitement du régent est fixé au quart du montant de la liste civile.

XXX. La garde de l'Empereur mineur est confiée à sa mère, et à son défaut, au prince désigné à cet effet par le prédécesseur de l'Empereur mineur.

A défaut de la mère de l'Empereur mineur et d'un prince désigné par l'Empereur, le sénat confie la garde de l'Empereur mineur à l'un des titulaires des grandes dignités de l'Empire.

Ne peuvent être élus pour la garde de l'Empereur mineur, ni le régent et ses descendans, ni les femmes.

XXXI. Dans le cas où Napoléon Bonaparte usera de la faculté qui lui est conférée par l'art. IV, titre II, l'acte d'adoption sera fait en présence des titulaires des grandes dignités de l'Empire, reçu par le secrétaire d'Etat, et transmis aussitôt au sénat pour être transcrit sur ses registres et déposé dans ses archives.

Lorsque l'Empereur désigne, soit un régent pour la minorité, soit un prince pour la garde d'un

Empereur mineur, les mêmes formalités sont observées.

Les actes de désignation, soit d'un régent pour la minorité, soit d'un prince pour la garde d'un Empereur mineur, sont révocables à volonté par l'Empereur.

Tout acte d'adoption, de désignation ou de révocation de désignation, qui n'aura pas été transcrit sur les registres du sénat avant le décès de l'Empereur, sera nul et de nul effet.

TITRE V.

Des grandes Dignités de l'Empire.

XXXII. Les grandes dignités de l'Empire sont celles

De grand-électeur,
D'archi-chancelier de l'Empire,
D'archi-chancelier d'Etat,
D'archi-trésorier,
De connétable,
De grand-amiral.

XXXIII. Les titulaires des grandes dignités de l'Empire sont nommés par l'Empereur.

Ils jouissent des mêmes honneurs que les princes français, et prennent rang immédiatement après eux.

L'époque de leur réception détermine le rang qu'ils occupent respectivement.

XXXIV. Les grandes dignités de l'Empire sont inamovibles.

XXXV. Les titulaires des grandes dignités de l'Empire sont sénateurs et conseillers d'Etat.

XXXVI. Ils forment le grand-conseil de l'Empereur ;

Ils sont membres du conseil privé ;

Ils composent le grand-conseil de la légion d'honneur.

Les membres actuels du grand-conseil de la légion d'honneur conservent, pour la durée de leur vie, leurs titres, fonctions et prérogatives.

XXXVII. Le sénat et le conseil d'Etat sont présidés par l'Empereur.

Lorsque l'Empereur ne préside pas le sénat ou le conseil d'Etat, il désigne celui des titulaires des grandes dignités de l'Empire qui doit présider.

XXXVIII. Tous les actes du sénat et du corps législatif sont rendus au nom de l'Empereur, et promulgués ou publiés sous le sceau impérial.

XXXIX. Le grand-électeur fait les fonctions de chancelier, 1.° pour la convocation du corps législatif, des colléges électoraux et des assemblées de canton ; 2.° pour la promulgation des sénatus-consultes portant dissolution, soit du corps législatif, soit des colléges électoraux.

Le grand-électeur préside en l'absence de l'Empereur, lorsque le sénat procède aux nominations des sénateurs, des législateurs et des tribuns.

Il peut résider au palais du sénat.

Il porte à la connaissance de l'Empereur les réclamations formées par les colléges électoraux ou par les assemblées de canton, pour la conservation de leurs prérogatives.

Lorsqu'un membre d'un collége électoral est dénoncé, conformément à l'art. XXI du sénatus-consulte organique du 16 Thermidor an 10, comme s'étant permis quelque acte contraire à l'honneur ou à la patrie, le grand-électeur invite le collége à manifester son vœu. Il porte le vœu du collége à la connaissance de l'Empereur.

Le grand-électeur présente les membres du sénat, du conseil d'Etat, du corps législatif et du tribunat, au serment qu'ils prêtent entre les mains de l'Empereur.

Il reçoit le serment des présidens des colléges électoraux de département et des assemblées de canton.

Il présente les députations solennelles du sénat, du conseil d'Etat, du corps législatif, du tribunat et des colléges électoraux, lorsqu'elles sont admises à l'audience de l'Empereur.

XL. L'archi-chancelier de l'Empire fait les fonctions de chancelier pour la promulgation des sénatus-consultes organiques et des lois.

Il fait également celles de chancelier du palais impérial.

Il est présent au travail annuel dans lequel le grand-juge, ministre de la justice, rend compte à l'Empereur, des abus qui peuvent s'être introduits dans l'administration de la justice, soit civile, soit criminelle.

Il préside la haute-cour impériale.

Il préside les sections réunies du conseil d'Etat et du tribunat, conformément à l'article XCV, titre XI.

Il est présent à la célébration des mariages et à la naissance des princes, au couronnement et aux obsèques de l'Empereur. Il signe le procès-verbal que dresse le secrétaire d'Etat.

Il présente les titulaires des grandes dignités de l'Empire, les ministres et le secrétaire d'Etat, les grands-officiers civils de la couronne et le premier président de la cour de cassation, au serment qu'ils prêtent entre les mains de l'Empereur.

Il reçoit le serment des membres et du parquet de la cour de cassation, des présidens et procureurs-généraux des cours d'appel et des cours criminelles.

Il présente les députations solennelles et les membres des cours de justice admis à l'audience de l'Empereur.

Il signe et scelle les commissions et brevets des membres des cours de justice et des officiers ministériels; il scelle les commissions et brevets des fonctions civiles administratives, et les autres actes qui seront désignés dans le réglement portant organisation du sceau.

XLI. L'archi-chancelier d'Etat fait les fonctions de chancelier pour la promulgation des traités de paix et d'alliance, et pour les déclarations de guerre.

Il présente à l'Empereur, et signe les lettres de

créance et la correspondance d'étiquette avec les différentes cours de l'Europe, rédigées suivant les formes du protocole impérial, dont il est le gardien.

Il est présent au travail annuel dans lequel le ministre des relations extérieures rend compte à l'Empereur de la situation politique de l'État.

Il présente les ambassadeurs et ministres de l'Empereur dans les cours étrangères, au serment qu'ils prêtent entre les mains de S. M. I.

Il reçoit le serment des résidans, chargés d'affaires, secrétaires d'ambassade et de légation, et des commissaires généraux, et commissaire des relations commerciales.

Il présente les ambassades extraordinaires et les ambassadeurs et ministres français et étrangers.

XLII. L'archi-trésorier est présent au travail annuel dans lequel les ministres des finances et du trésor public rendent à l'Empereur les comptes des recettes et des dépenses de l'Etat, et exposent leurs vues sur les besoins des finances de l'Empire.

Les comptes des recettes et des dépenses annuelles, avant d'être présentés à l'Empereur, sont revêtus de son visa.

Il préside les sections réunies du conseil d'État et du tribunat, conformément à l'article XCV du titre XI.

Il reçoit, tous les trois mois, le compte des travaux de la comptabilité nationale, et tous les ans le résultat général et les vues de réforme et d'amélioration dans les différentes parties de la comptabilité ; il les porte à la connaissance de l'Empereur.

Il arrête, tous les ans, le grand-livre de la dette publique.

Il signe les brevets des pensions civiles.

Il reçoit le serment des membres de la comptabilité nationale, des administrations de finances, et des principaux agens du trésor public.

Il présente les députations de la comptabilité nationale et des administrations de finances admises à l'audience de l'Empereur.

XLIII. Le connétable est présent au travail annuel dans lequel le ministre de la guerre et le directeur de l'administration de la guerre rendent compte à l'Empereur des dispositions à prendre pour compléter le système de défense des frontières, l'entretien, les réparations et l'approvisionnement des places.

Il pose la première pierre des places fortes dont la construction est ordonnée.

Il est gouverneur des écoles militaires.

Lorsque l'Empereur ne remet pas en personne les drapeaux aux corps de l'armée, ils leur sont remis en son nom par le connétable.

En l'absence de l'Empereur, le connétable passe les grandes revues de la garde impériale.

Lorsqu'un général d'armée est prévenu d'un délit spécifié au code pénal militaire, le connétable peut présider le conseil de guerre qui doit juger.

Il présente les maréchaux de l'Empire, les colonels généraux, les inspecteurs généraux, les officiers généraux et les colonels de toutes les armes, au serment qu'ils prêtent entre les mains de l'Empereur.

Il reçoit le serment des majors, chefs de bataillon et d'escadron de toutes les armes.

Il installe les maréchaux de l'Empire.

Il présente les officiers généraux et les colonels, majors, chefs de bataillon et d'escadron de toutes les armes, lorsqu'ils sont admis à l'audience de l'Empereur.

Il signe les brevets de l'armée et ceux des militaires pensionnaires de l'Etat.

XLIV. Le grand-amiral est présent au travail annuel dans lequel le ministre de la marine rend compte à l'Empereur, de l'état des constructions navales, des arsenaux et des approvisionnemens.

Il reçoit annuellement, et présente à l'Empereur, les comptes de la caisse des invalides de la marine.

Lorsqu'un amiral, vice-amiral ou contre-amiral commandant en chef une armée navale, est prévenu d'un délit spécifié au code pénal maritime, le grand-amiral peut présider la cour martiale qui doit juger.

Il présente les amiraux, les vice-amiraux, les contre-amiraux et les capitaines de vaisseau, au serment qu'ils prêtent entre les mains de l'Empereur.

Il reçoit le serment des membres du conseil des prises, et des capitaines de frégate.

Il présente les amiraux, les vice-amiraux, les contre-amiraux, les capitaines de vaisseau et de frégate, et les membres du conseil des prises, lorsqu'ils sont admis à l'audience de l'Empereur.

Il signe les brevets des officiers de l'armée navale et ceux des marins pensionnaires de l'Etat.

XLV. Chaque titulaire des grandes dignités de l'Empire préside un collége électoral de département.

Le collége électoral séant à Bruxelles est présidé par le grand-électeur.

Le collége électoral séant à Bordeaux est présidé par l'archi-chancelier de l'Empire.

Le collége électoral séant à Nantes est présidé par l'archi-chancelier d'Etat.

Le collége électoral séant à Lyon est présidé par l'archi-trésorier de l'Empire.

Le collége électoral séant à Turin est présidé par le connétable.

Le collége électoral séant à Marseille est présidé par le grand-amiral.

XLVI. Chaque titulaire des grandes dignités de l'Empire, reçoit annuellement, à titre de traitement fixe, le tiers de la somme affectée aux princes, conformément au décret du 21 Décembre 1790.

XLVII. Un statut de l'Empereur règle les fonctions des titulaires des grandes dignités de l'Empire, auprès de l'Empereur, et détermine leur costume dans les grandes cérémonies. Les successeurs de l'Empereur ne peuvent déroger à ce statut que par un sénatus-consulte.

TITRE VI.

Des Grands-Officiers de l'Empire.

XLVIII. Les grands-officiers de l'Empire sont :

Premièrement, des maréchaux de l'Empire, choisis parmi les généraux les plus distingués.

Leur nombre n'excède pas celui de seize.

Ne font point partie de ce nombre les maréchaux de l'Empire qui sont sénateurs.

Secondement, huit inspecteurs et colonels généraux de l'artillerie et du génie, des troupes à cheval et de la marine.

Troisièmement, des grands-officiers civils de la couronne, tels qu'ils seront institués par les statuts de l'Empereur.

XLIX. Les places des grands-officiers sont inamovibles.

L. Chacun des grands-officiers de l'Empire préside un collége électoral, qui lui est spécialement affecté au moment de sa nomination.

LI. Si, par un ordre de l'Empereur, ou par toute autre cause que ce puisse être, un titulaire d'une grande dignité de l'Empire, ou un grand-officier, vient à cesser ses fonctions, il conserve son titre, son rang, ses prérogatives et la moitié de son traitement : il ne les perd que par un jugement de la haute-cour impériale.

TITRE VII.

Des Sermens.

LII. Dans les deux ans qui suivent son avénement ou sa majorité, l'Empereur accompagné

Des titulaires des grandes dignités de l'Empire,

Des ministres,

Des grands-officiers de l'Empire,

Prête serment au peuple français sur l'Evangile, et en présence

Du sénat,

Du conseil d'Etat,

Du corps législatif,

Du tribunat,

De la cour de cassation,

Des archevêques,

Des évêques,

Des grands-officiers de la légion d'honneur,

De la comptabilité nationale,

Des présidens des cours d'appel,

Des présidens des colléges électoraux,

Des présidens des assemblées de canton,

Des présidens des consistoires,

Et des maires des trente-six principales villes de l'Empire.

Le secrétaire d'Etat dresse procès-verbal de la prestation du serment.

LIII. Le serment de l'Empereur est ainsi conçu :

« Je jure de maintenir l'intégrité du territoire

» de la République; de respecter et de faire respecter les lois du concordat, et la liberté des » cultes; de respecter et faire respecter l'égalité » des droits, la liberté politique et civile, l'irrévo- » cabilité des ventes des biens nationaux; de ne » lever aucun impôt, de n'établir aucune taxe » qu'en vertu de la loi; de maintenir l'institution » de la légion d'honneur; de gouverner dans la seule » vue de l'intérêt, du bonheur et de la gloire du » peuple français. »

LIV. Avant de commencer l'exercice de ses fonctions, le régent accompagné

Des titulaires des grandes dignités de l'Empire,

Des ministres,

Des grands-officiers de l'Empire,

Prête serment sur l'Evangile, et en présence

Du sénat,

Du conseil d'Etat,

Du président et des questeurs du corps législatif,

Du président et des questeurs du tribunat,

Et des grands-officiers de la légion d'honneur.

Le secrétaire d'Etat dresse le procès-verbal de la prestation du serment.

LV. Le serment du régent est conçu en ces termes:

« Je jure d'administrer les affaires de l'Etat, » conformément aux constitutions de l'Empire, aux » sénatus-consultes et aux lois; de maintenir dans » toute leur intégrité le territoire de la République, » les droits de la Nation et ceux de la dignité im- » périale, et de remettre fidellement à l'Empereur,

» au moment de sa majorité, le pouvoir dont » l'exercice m'est confié. »

LVI. Les titulaires des grandes dignités de l'Empire, les ministres et le secrétaire d'Etat, les grands-officiers, les membres du sénat, du conseil d'Etat, du corps législatif, du tribunat, des colléges électoraux et des assemblées de canton, prêtent serment en ces termes :

« Je jure obéissance aux constitutions de l'Empire et fidélité à l'Empereur. »

Les fonctionnaires publics, civils et judiciaires, et les officiers et soldats de l'armée de terre et de mer, prêtent le même serment.

TITRE VIII.

Du Sénat.

LVIII. Le sénat se compose,

1.° Des princes français ayant atteint leur dix-huitième année ;

2.° Des titulaires des grandes dignités de l'Empire ;

3.° Des quatre-vingts membres nommés sur la présentation de candidats choisis par l'Empereur, sur les listes formées par les colléges électoraux de département,

4.° Des citoyens que l'Empereur juge convenable d'élever à la dignité de sénateur.

Dans le cas où le nombre des sénateurs excédera celui qui a été fixé par l'article LXIII du sénatus-consulte organique, du 16 Thermidor an 10, il sera, à cet égard, pourvu par une loi à l'exécution de l'art. XVII du sénatus-consulte du 14 Nivôse an 11.

LVIII. Le président du sénat est nommé par l'Empereur, et choisi parmi les sénateurs.

Ses fonctions durent un an.

LIX. Il convoque le sénat sur un ordre du propre mouvement de l'Empereur, et sur la demande, ou des commissions dont il sera parlé ci-après, art. LX et LXIV, ou d'un sénateur, conformément aux dispositions de l'article LXX, ou d'un officier du sénat, pour les affaires intérieures du corps.

Il rend compte à l'Empereur, des convocations faites sur la demande des commissions ou d'un sénateur, de leur objet, et des résultats des délibérations du sénat.

LX. Une commission de sept membres nommés par le sénat, et choisis dans son sein, prend connaissance, sur la communication qui lui en est donnée par les ministres, des arrestations effectuées conformément à l'article XLVI de la constitution, lorsque les personnes arrêtées n'ont pas été traduites devant les tribunaux, dans les dix jours de leur arrestation.

Cette commission est appelée *commission sénatoriale de la liberté individuelle.*

LXI. Toutes les personnes arrêtées et non mises en jugement après dix jours de leur arrestation, peuvent recourir directement, par elles, leurs parens ou leurs représentans, et par voie de pétition, à la commission sénatoriale de la liberté individuelle.

LXII. Lorsque la commission estime que la détention, prolongée au-delà de dix jours de l'arrestation, n'est pas justifiée par l'intérêt de l'Etat, elle invite le ministre qui a ordonné l'arrestation, à faire mettre en liberté la personne détenue, ou à la renvoyer devant les tribunaux ordinaires.

LXIII. Si, après trois invitations consécutives, renouvelées dans l'espace d'un mois, la personne détenue n'est pas mise en liberté, ou renvoyée devant les tribunaux ordinaires, la commission demande une assemblée du sénat, qui est convoqué par le président, et qui rend, s'il y a lieu, la déclaration suivante :

« Il y a de fortes présomptions que N. est détenu » arbitrairement. »

On procède ensuite conformément aux dispositions de l'article CXII, titre XIII, de la haute-cour impériale.

LXIV. Une commission de sept membres nommés par le sénat et choisis dans son sein, est chargée de veiller à la liberté de la presse.

Ne sont point compris dans son attribution les ouvrages qui s'impriment et se distribuent par abonnement et à des époques périodiques.

Cette commission est appelée *commission sénatoriale de la liberté de la presse.*

LXV. Les auteurs, imprimeurs ou libraires qui se croient fondés à se plaindre d'empêchement mis à l'impression ou à la circulation d'un ouvrage, peu vent recourir directement, et par voie de pétition, à la commission sénatoriale de la liberté de la presse.

LXVI. Lorsque la commission estime que les empêchemens ne sont pas justifiés par l'intérêt de l'Etat, elle invite le ministre qui a donné l'ordre à le révoquer.

LXVII. Si, après trois invitations consécutives, renouvelées dans l'espace d'un mois, les empêchemens subsistent, la commission demande une assemblée du sénat, qui est convoqué par le président, et qui rend, s'il y a lieu, la déclaration suivante :

« Il y a de fortes présomptions que la liberté de » la presse a été violée. »

On procède ensuite, conformément aux dispositions de l'article CXII, titre XIII de la haute-cour impériale.

LXVIII. Un membre de chacune des commissions sénatoriales cesse ses fonctions tous les quatre mois.

LXIX. Les projets de lois décrétées par le corps législatif, sont transmis, le jour même de leur adoption, au sénat, et déposés dans ses archives.

LXX. Tout décret rendu par le corps législatif peut être dénoncé au sénat par un sénateur, 1.° comme tendant au rétablissement du régime féodal; 2.° comme contraire à l'irrévocabilité des ventes des domaines nationaux; 3.° comme n'ayant pas été délibéré dans les formes prescrites par les constitutions de l'Empire, les réglemens et les lois; 4.° comme portant atteinte aux prérogatives de la dignité impériale et à celles du sénat : sans préjudice de l'exécution des articles XXI et XXXVII de l'acte des constitutions de l'Empire, en date du 22 Frimaire an 8.

LXXI. Le sénat, dans les six jours qui suivent l'adoption du projet de loi, délibérant sur le rapport d'une commission spéciale, et après avoir entendu trois lectures du décret dans trois séances tenues à des jours différens, peut exprimer l'opinion, *qu'il n'y a pas lieu à promulguer la loi.*

Le président porte à l'Empereur la délibération motivée du sénat.

LXXII. L'Empereur, après avoir entendu le conseil d'Etat, ou déclare par un décret son adhésion à la délibération du sénat, ou fait promulguer la loi.

LXXIII. Toute loi dont la promulgation, dans cette circonstance, n'a pas été faite avant l'expiration du délai de dix jours, ne peut plus être promulguée, si elle n'a été de nouveau délibérée et adoptée par le corps législatif.

LXXIV. Les opérations entières d'un collége électoral, et les opérations partielles qui sont relatives à la présentation des candidats au sénat, au corps législatif et au tribunat, ne peuvent être annullées pour cause d'inconstitutionnalité, que par un sénatus-consulte.

TITRE IX.

Du Conseil d'Etat.

LXXV. Lorsque le conseil d'Etat délibère sur les

projets de lois ou sur les réglemens d'administration publique, les deux tiers des membres du conseil en service ordinaire doivent être présens.

Le nombre des conseillers d'Etat présens ne peut être moindre de vingt-cinq.

LXXVI. Le conseil d'Etat se divise en six sections; savoir :

Section de la législation,
Section de l'intérieur,
Section des finances,
Section de la guerre,
Section de la marine,
Et section du commerce.

LXXVII. Lorsqu'un membre du conseil d'Etat a été porté pendant cinq années sur la liste des membres du conseil en service ordinaire, il reçoit un brevet de conseiller d'Etat à vie.

Lorsqu'il cesse d'être porté sur la liste du conseil d'Etat en service ordinaire ou extraordinaire, il n'a droit qu'au tiers du traitement de conseiller d'Etat.

Il ne perd son titre et ses droits que par un jugement de la haute-cour impériale, emportant peine afflictive ou infamante.

TITRE X.

Du Corps Législatif.

LXXVIII. Les membres sortant du corps législatif peuvent être réélus sans intervalle.

LXXIX. Les projets de lois présentés au corps

législatif sont renvoyés aux trois sections du tribunat.

LXXX. Les séances du corps législatif se distinguent en séances ordinaires et en comités généraux.

LXXXI. Les séances ordinaires sont composées des membres du corps législatif, des orateurs du conseil d'Etat, des orateurs des trois sections du tribunat.

Les comités généraux ne sont composés que des membres du corps législatif.

Le président du corps législatif préside les séances ordinaires et les comités généraux.

LXXXII. En séance ordinaire, le corps législatif entend les orateurs du conseil d'Etat, et ceux des trois sections du tribunat, et vote sur le projet de loi.

En comité général, les membres du corps législatif discutent entr'eux les avantages et les inconvéniens du projet de loi.

LXXXIII. Le corps législatif se forme en comité général,

1.° Sur l'invitation du président, pour les affaires intérieures du corps;

2.° Sur une demande faite au président, et signée par cinquante membres présens;

Dans ces deux cas, le comité général est secret, et les discussions ne doivent être ni imprimées ni divulguées;

3.° Sur la demande des orateurs du conseil d'Etat, spécialement autorisés à cet effet.

Dans ce cas, le comité général est nécessairement public.

Aucune délibération ne peut être prise dans les comités généraux.

LXXXIV. Lorsque la discussion en comité général est fermée, la délibération est ajournée au lendemain en séance ordinaire.

LXXXV. Le corps législatif, le jour où il doit voter sur le projet de loi, entend, dans la même séance, le résumé que font les orateurs du conseil d'Etat.

LXXXVI. La délibération d'un projet de loi ne peut, dans aucun cas, être différée de plus de trois jours au delà de celui qui avait été fixé pour la clôture de la discussion.

LXXXVII. Les sections du tribunat constituent les seules commissions du corps législatif, qui ne peut en former d'autres que dans le cas énoncé art. CXIII du titre XIII *de la haute cour impériale.*

TITRE XI.

Du Tribunat.

LXXXVIII. Les fonctions des membres du tribunat durent dix ans.

LXXXIX. Le tribunat est renouvelé par moitié tous les cinq ans.

Le premier renouvellement aura lieu, pour la session de l'an 17, conformément au sénatus-consulte organique du 16 Thermidor an 10.

XC. Le président du tribunat est nommé par l'Empereur, sur une présentation de trois candidats, faite par le tribunat au scrutin secret, et à la majorité absolue.

XCI. Les fonctions du président du tribunat durent deux ans

XCII. Le tribunat a deux questeurs.

Ils sont nommés par l'Empereur, sur une liste triple de candidats choisis par le tribunat au scrutin secret et à la majorité absolue.

Leurs fonctions sont les mêmes que celles attribuées aux questeurs du corps législatif, par les articles XIX, XX, XXI, XXII, XXIII, XXIV et XXV du sénatus-consulte organique du 24 Frimaire an 12.

Un des questeurs est renouvelé chaque année.

XCIII. Le tribunat est divisé en trois sections; savoir :

Section de la législation,

Section de l'intérieur,

Section des finances.

XCIV. Chaque section forme une liste de trois de ses membres, parmi lesquels le président du tribunat désigne le président de la section.

Les fonctions de président de section durent un an.

XCV. Lorsque les sections respectives du conseil d'Etat et du tribunat demandent à se réunir, les conférences ont lieu sous la présidence de l'archichancelier de l'Empire, ou de l'archi-trésorier, suivant la nature des objets à examiner.

XCVI. Chaque section discute séparément et en assemblée de section, les projets de lois qui lui sont transmis par le corps législatif.

Deux orateurs de chacune des trois sections, portent au corps législatif le vœu de leurs sections, et en développent les motifs.

XCVII. En aucun cas les projets de lois ne peuvent être discutés par le tribunat en assemblée générale.

Il se réunit en assemblée générale, sous la présidence de son président, pour l'exercice de ses autres attributions.

TITRE XII.

Des Colléges électoraux.

XCVIII. Toutes les fois qu'un collége électoral de département est réuni pour la formation de la liste des candidats au corps législatif, les listes de candidats pour le sénat sont renouvelées.

Chaque renouvellement rend les présentations antérieures de nul effet.

XCIX. Les grands-officiers, les commandans et les officiers de la légion d'honneur, sont membres du collége électoral du département dans lequel ils ont leur domicile, ou de l'un des départemens de la cohorte à laquelle ils appartiennent.

Les légionnaires sont membres du collége électoral de leur arrondissement.

Les membres de la légion d'honneur sont admis

au collége électoral dont ils doivent faire partie, sur la présentation d'un brevet qui leur est délivré à cet effet par le grand électeur.

C. Les préfets et les commandans militaires des départemens, ne peuvent être élus candidats au sénat, par les colléges électoraux des départemens dans lesquels ils exercent leurs fonctions.

TITRE XIII.

De la Haute-Cour impériale.

CI. Une haute-cour impériale connaît :

1.° Des délits personnels commis par des membres de la famille impériale, par des titulaires des grandes dignités de l'Empire, par des ministres et par le secrétaire d'Etat, par de grands-officiers, par des sénateurs, par des conseillers d'Etat ;

2.° Des crimes, attentats et complots contre la sûreté intérieure et extérieure de l'Etat, la personne de l'Empereur et celle de l'héritier présomptif de l'Empire ;

3.° Des délits de *responsabilité d'office* commis par les ministres et les conseillers d'Etat chargés spécialement d'une partie d'administration publique ;

4.° Des prévarications et abus de pouvoir commis, soit par des capitaines-généraux des colonies, des préfets coloniaux et des commandans des établissemens français hors du continent, soit par des administrateurs-généraux employés extraordinaire, ment, soit par des généraux de terre ou de mer, sans préjudice, à l'égard de ceux-ci, des poursuites de la juridiction militaire, dans les cas déterminés par les lois.

5.° Du fait de désobéissance des généraux de terre ou de mer, qui contreviennent à leurs instructions;

6.° Des concussions et dilapidations dont les préfets de l'intérieur se rendent coupables dans l'exercice de leurs fonctions;

7.° Des forfaitures ou prises à partie qui peuvent être encourues par une cour d'appel, ou par une cour de justice criminelle, ou par des membres de la cour de cassation;

8.° Des dénonciations pour cause de détention arbitraire et de violation de la liberté de la presse.

CII. Le siége de la haute-cour impériale est dans le sénat.

CIII. Elle est présidée par l'archi-chancelier de l'Empire;

S'il est malade, absent ou légitimement empêché, elle est présidée par un autre titulaire d'une grande dignité de l'Empire.

CIV. La haute-cour impériale est composée des princes, des titulaires des grandes dignités et grands-officiers de l'Empire, du grand-juge ministre de la justice, de soixante sénateurs, des six présidens de sections du conseil d'Etat, de quatorze conseillers d'Etat, et de vingt membres de la cour de cassation.

Les sénateurs, les conseillers d'État et les membres de la cour de cassation, sont appelés par ordre d'ancienneté.

CV. Il y a auprès de la haute-cour impériale un procureur-général, nommé à vie par l'Empereur.

Il exerce le ministère public, étant assisté de trois tribuns, nommés chaque année par le corps législatif, sur une liste de neuf candidats présentés par le tribunat, et de trois magistrats que l'Empereur nomme aussi, chaque année, parmi les officiers des cours d'appel ou de justice criminelle.

CVI. Il y a auprès de la haute-cour impériale un greffier en chef, nommé à vie par l'Empereur.

CVII. Le président de la haute-cour impériale ne peut jamais être récusé; il peut s'abstenir pour des causes légitimes.

CVIII. La haute-cour impériale ne peut agir que sur les poursuites du ministère public. Dans les délits commis par ceux que leur qualité rend justiciables de la haute-cour impériale, s'il y a un plaignant, le ministère public devient nécessairement partie jointe et poursuivante, et procède ainsi qu'il est réglé ci-après.

Le ministère public est également partie jointe et poursuivante dans les cas de forfaiture ou de prise à partie.

CIX. Les magistrats de sûreté et les directeurs de jury sont tenus de s'arrêter et de renvoyer, dans le délai de huitaine, au procureur-général près la haute-cour impériale, toutes les pièces de la procédure, lorsque, dans les délits dont ils poursuivront la réparation, il résulte, soit de la qualité des personnes, soit du titre de l'accusation, soit des circonstances, que le fait est de la compétence de la haute-cour impériale.

Néanmoins les magistrats de sûreté continuent à recueillir les preuves et les traces du délit.

CX. Les ministres ou les conseillers d'Etat chargés d'une partie quelconque d'administration publique, peuvent être dénoncés par le corps législatif, s'ils ont donné des ordres contraires aux constitutions et aux lois de l'Empire.

CXI. Peuvent être également dénoncés par le corps législatif,

Les capitaines-généraux des colonies, les préfets coloniaux, les commandans des établissemens français hors le continent, les administrateurs-généraux, lorsqu'ils ont prévariqué ou abusé de leur pouvoir;

Les généraux de terre ou de mer qui ont désobéi à leurs instructions;

Les préfets de l'intérieur qui se sont rendus coupables de dilapidation ou de concussion.

CXII. Le corps législatif dénonce pareillement les ministres ou agens de l'autorité, lorsqu'il y a eu, de la part du sénat, déclaration de *fortes présomptions de détention arbitraire*, ou *de violation de la liberté de la presse.*

CXIII. La dénonciation du corps législatif ne peut être arrêtée que sur la demande du tribunat, ou sur la réclamation de cinquante membres du corps législatif, qui requièrent un comité secret à l'effet de faire désigner, par la voie du scrutin, dix d'entr'eux pour rédiger le projet de dénonciation.

CXIV. Dans l'un et l'autre cas, la demande ou la réclamation doit être faite par écrit, signée par le président et les secrétaires du tribunat, ou par les dix membres du corps législatif.

Si elle est dirigée contre un ministre ou contre un conseiller d'Etat chargé d'une partie d'administration publique, elle leur est communiquée dans le délai d'un mois.

CXV. Le ministre ou le conseiller d'état dénoncé ne comparaît point pour y répondre.

L'Empereur nomme trois conseillers d'Etat pour se rendre au corps législatif le jour qui est indiqué, et donner des éclaircissemens sur les faits de la dénonciation.

CXVI. Le corps législatif discute en comité secret les faits compris dans la demande ou dans la réclamation, et il délibère par la voie du scrutin.

CXVII. L'acte de dénonciation doit être circonstancié, signé par le président et par les secrétaires du corps législatif.

Il est adressé par un message à l'archi-chancelier de l'Empire, qui le transmet au procureur-général près la haute-cour impériale.

CXVIII. Les prévarications ou abus de pouvoir des capitaines-généraux des colonies, des préfets coloniaux, des commandans des établissemens hors le continent, des administrateurs-généraux, les faits de désobéissance, de la part des généraux de terre ou de mer, aux instructions qui leur ont été données, les dilapidations et concussions des préfets, sont aussi dénoncés par les ministres, chacun dans ses attributions, aux officiers chargés du ministère public.

Si la dénonciation est faite par le grand-juge ministre de la justice, il ne peut point assister ni prendre part aux jugemens qui interviennent sur sa dénonciation.

CXIX. Dans les cas déterminés par les articles CX, CXI, CXII et CXVIII, le procureur-général informe sous trois jours l'archi-chancelier de l'Empire, qu'il y a lieu de réunir la haute-cour impériale.

L'archi-chancelier, après avoir pris les ordres de l'Empereur, fixe dans la huitaine l'ouverture des séances.

CXX. Dans la première séance de la haute-cour impériale, elle doit juger sa compétence.

CXXI. Lorsqu'il y a dénonciation ou plainte, le procureur-général, de concert avec les tribuns et les trois magistrats officiers du parquet, examine s'il y a lieu à poursuites.

La décision lui appartient : l'un des magistrats du parquet peut être chargé par le procureur-général de diriger les poursuites.

Si le ministère public estime que la plainte ou la dénonciation ne doit pas être admise, il motive les conclusions sur lesquelles la haute-cour impériale prononce, après avoir entendu le magistrat chargé du rapport.

CXXII. Lorsque les conclusions sont adoptées, la haute-cour impériale termine l'affaire par un jugement définitif.

Lorsqu'elles sont rejetées, le ministère public est tenu de continuer les poursuites.

CXXIII. Dans le second des cas prévus par l'article précédent, et aussi lorsque le ministère public estime que la plainte ou la dénonciation doit être admise, il est tenu de dresser l'acte d'accusation dans la huitaine, et de le communiquer au commissaire et au suppléant que l'archi-chancelier de l'Empire nomme parmi les juges de la cour de cassation, qui sont membres de la haute-cour impériale. Les fonctions de ce commissaire, et, à son défaut, du suppléant, consistent à faire l'instruction et le rapport.

CXXIV. Le rapporteur ou son suppléant soumet l'acte d'accusation à douze commissaires de la haute-cour impériale, choisis par l'archi-chancelier de l'Empire; six parmi les sénateurs, et six parmi les autres membres de la haute-cour impériale. Les membres choisis ne concourent point au jugement de la haute-cour impériale.

CXXV. Si les douze commissaires jugent qu'il y a lieu à accusation, le commissaire-rapporteur rend une ordonnance conforme, décerne les mandats d'arrêt et procéde à l'instruction.

CXXVI. Si les commissaires estiment au contraire qu'il n'y a pas lieu à accusation, il en est référé par le rapporteur à la haute-cour impériale, qui prononce définitivement.

CXXVII. La haute-cour impériale ne peut juger à moins de soixante membres. Dix de la totalité des membres qui sontappelés à la composer, peuvent être récusés sans motifs déterminés par l'accusé, et dix par la partie publique. L'arrêt est rendu à la majorité absolue des voix.

CXXVIII. Les débats et le jugement ont lieu en public.

CXXIX. Les accusés ont des défenseurs : s'ils n'en présentent point, l'archi-chancelier de l'Empire leur en donne d'office.

CXXX. La haute-cour impériale ne peut prononcer que des peines portées par le code pénal.

Elle prononce, s'il y a lieu, la condamnation aux dommages et intérêts civils.

CXXXI. Lorsqu'elle acquitte, elle peut mettre ceux qui sont absous, sous la surveillance ou à la disposition de la haute-police de l'Etat, pour le tems qu'elle détermine.

CXXXII. Les arrêts rendus par la haute-cour impériale ne sont soumis à aucun recours.

Ceux qui prononcent une condamnation à une peine afflictive ou infamante, ne peuvent être exécutés que lorsqu'ils ont été signés par l'Empereur.

CXXXIII. Un sénatus-consulte particulier contient le surplus des dispositions relatives à l'organisation et à l'action de la haute-cour impériale.

TITRE XIV.

De l'Ordre judiciaire.

CXXXIV. Les jugemens des cours de justice sont intitulés ARRÊTS.

CXXXV. Les présidens de la cour de cassation, des cours d'appel et de justice criminelle sont nommés à vie par l'Empereur, et peuvent être choisis hors des cours qu'ils doivent présider.

CXXXVI. Le tribunal de cassation prend la dénomination de *cour de cassation.*

Les tribunaux d'appel prennent la dénomination de *cour d'appel.*

Les tribunaux criminels, celle de *cour de justice criminelle.*

Le président de la cour de cassation et celui des cours d'appel divisées en sections, prennent le titre de *premier président.*

Les vices-présidens prennent celui de *président.*

Les commissaires du Gouvernement près de la cour de cassation, des cours d'appel et des cours de justice criminelle, prennent le titre de *procureurs-généraux impériaux.*

Les commissaires du Gouvernement auprès des autres tribunaux, prennent le titre de *procureurs impériaux.*

TITRE XV.

De la Promulgation.

CXXXVII. L'Empereur fait sceller et fait promulguer les sénatus-consultes organiques.

Les sénatus consultes,

Les actes du sénat,

Les lois.

Les sénatus-consultes organiques, les sénatus-consultes, les actes du sénat sont promulgués au plus tard le dixième jour qui suit leur émission.

CXXXVIII. Il est fait deux expéditions originales de chacun des actes mentionnés en l'article précédent.

Toutes deux sont signées par l'Empereur, visées par l'un des titulaires des grandes dignités, chacun suivant leurs droits et leurs attributions, contresignées par le secrétaire d'Etat et le ministre de la justice, et scellées du grand sceau de l'Etat.

CXXXIX. L'une de ces expéditions est déposée aux archives du sceau, et l'autre est remise aux archives de l'autorité publique de laquelle l'acte est émané.

CXL. La promulgation est ainsi conçue :

N. (*le prénom de l'Empereur*), par la grâce de Dieu et les constitutions de la République, Empereur des Français, à tous présens et à venir; Salut :

Le sénat, après avoir entendu les orateurs du

conseil d'Etat, a décrété ou arrêté, et nous ordonnons ce qui suit :

(*Et s'il s'agit d'une loi*) Le corps législatif a rendu, le..... (*la date*) le décret suivant, conformément à la proposition faite au nom de l'Empereur, et après avoir entendu les orateurs du conseil d'Etat et des sections du tribunat, le

Mandons et ordonnons que les présentes, revêtues des sceaux de l'Etat, insérées au bulletin des lois, soient adressées aux cours, aux tribunaux et aux autorités administratives, pour qu'ils les inscrivent dans leurs registres, les observent et les fassent observer; et le grand-juge ministre de la justice, est chargé d'en surveiller la publication.

CXLI. Les expéditions exécutoires des jugemens sont rédigées ainsi qu'il suit :

N. (*le prénom de l'Empereur*), par la grâce de Dieu et les constitutions de la République, Empereur des Français, à tous présens et à venir; SALUT :

La cour de...... ou le tribunal de....... (*si c'est un tribunal de première instance*) a rendu le jugement suivant :

(*Ici copier l'arrêt ou jugement*).

Mandons et ordonnons à tous huissiers sur ce requis, de mettre ledit jugement à exécution; à nos procureurs-généraux, et à nos procureurs près les tribunaux de première instance d'y tenir la main; à tous commandans et officiers de la force publique, de prêter main forte lorsqu'ils en seront légalement requis.

En foi de quoi le présent jugement a été signé par le président de la cour ou du tribunal, et par le greffier.

TITRE XVI ET DERNIER.

CXLII. La proposition suivante sera présentée à l'acceptation du peuple, dans les formes déterminées par l'arrêté du 20 Floréal an 10.

« Le peuple veut l'hérédité de la dignité impériale » dans la descendance directe, naturelle, légitime » et adoptive de *Napoléon Bonaparte*, et dans la » descendance directe, naturelle et légitime de » *Joseph Bonaparte* et de *Louis Bonaparte*, ainsi » qu'il est réglé par le sénatus-consulte organique » du 28 Floréal an 12. »

Signé CAMBACÉRÈS, *second Consul*, *président*,

MORARD-DE-GALLES, JOSEPH CORNUDET, *secrétaires*.

Vu et scellé.

Le chancelier du sénat, signé LAPLACE.

MANDONS et ordonnons que les présentes, revêtues des sceaux de l'Etat, insérées au Bulletin des lois, soient adressées aux cours, aux tribunaux et aux autorités administratives, pour qu'ils les inscrivent dans leurs registres, les observent et les fassent observer; et le grand-juge, ministre de la justice, est chargé d'en surveiller l'exécution.

DONNÉ au palais de Saint-Cloud, le 28 Floréal an 12, de notre règne le premier.

Signé NAPOLÉON.

Par l'Empereur,

Le secrétaire d'Etat, signé H. B. MARET.

Vu par nous archi-chancelier de l'Empire,

Signé CAMBACÉRÈS.

Le grand-juge, ministre de la justice,

RÉGNIER.

Chargé par le sénat de présenter le sénatus-consulte qu'on vient de lire, à NAPOLÉON BONAPARTE, et de le saluer Empereur héréditaire, au nom du peuple français, le second consul *Cambacérès* s'est exprimé en ces termes :

« SIRE,

» Le décret que le sénat vient de rendre, et qu'il s'empresse de présenter à Votre Majesté Impériale, n'est que l'expression authentique d'une volonté déjà manifestée par la nation.

» Ce décret qui vous défère un nouveau titre, et qui, après vous, en assure l'hérédité à votre race, n'ajoute rien ni à votre gloire ni à vos droits.

» L'amour et la reconnaissance du peuple français ont, depuis quatre années, confié à Votre Majesté les rênes du Gouvernement; et les constitutions de l'Etat se reposaient déjà sur vous du choix d'un successeur.

» La dénomination plus imposante qui vous est décernée, n'est donc qu'un tribut que la nation paie à sa propre dignité, et au besoin qu'elle sent de vous donner chaque jour des témoignages d'un respect et d'un attachement que chaque jour voit augmenter.

» Eh! comment le peuple français pourrait-il trouver des bornes pour sa reconnaissance, lorsque vous n'en mettez aucune à vos soins et à votre sollicitude pour lui?

» Comment pourrait-il, conservant le souvenir des maux qu'il a soufferts lorsqu'il fut livré à lui-même, penser sans enthousiasme au bonheur qu'il éprouve depuis que la Providence lui a inspiré de se jeter dans vos bras?

» Les armées étaient vaincues, les finances en désordre, le crédit public anéanti; les factions se disputaient les restes de notre antique splendeur; les idées de religion et même de morale s'étaient obscurcies; l'habitude de donner et de reprendre le pouvoir, laissait les magistrats sans considération, et même avait rendu odieuse toute espèce d'autorité.

» Votre Majesté a paru : elle a rappelé la victoire sous nos drapeaux; elle a établi la règle et l'économie dans les dépenses publiques; la nation, rassurée par l'usage que vous en avez su faire, a repris confiance dans ses propres ressources; votre sagesse a calmé la fureur des partis; la religion a vu relever ses autels; les notions du juste et de l'injuste se sont réveillées dans l'ame des citoyens, quand on a vu la peine suivre le crime, et d'honorables distinctions récompenser et signaler les vertus.

» Enfin, et c'est là sans doute le plus grand des miracles opérés par votre génie, ce peuple, que l'effervescence civile avait rendu indocile à toute contrainte, ennemi de toute autorité, vous avez su lui faire chérir et respecter un pouvoir qui ne s'exerçait que pour sa gloire et son repos.

» Le peuple français ne prétend point s'ériger en juge des constitutions des autres Etats.

» Il n'a point de critiques à faire, point d'exemples à suivre; l'expérience désormais devient sa leçon.

» Il a, pendant des siècles, goûté les avantages attachés à l'hérédité du pouvoir;

» Il a fait une épreuve courte, mais pénible, du système contraire;

» Il rentre, par l'effet d'une délibération libre et réfléchie, dans un sentier conforme à son génie.

» Il use librement de ses droits, pour déléguer à Votre Majesté Impériale une puissance que son intérêt lui défend d'exercer par lui-même.

» Il stipule pour les générations à venir; et, par un pacte solennel, il confie le bonheur de ses neveux à des rejetons de votre race.

» Ceux-ci imiteront vos vertus ;

» Ceux-là hériteront de notre amour et de notre fidélité.

» Heureuse la nation qui, après tant de troubles et d'incertitudes, trouve dans son sein un homme digne d'appaiser les tempêtes des passions, de concilier tous les intérêts et de réunir toutes les voix !

» S'il est dans les principes de notre constitution, et déjà plusieurs exemples semblables ont été donnés, de soumettre à la sanction du peuple la partie du décret qui concerne l'établissement d'un Gouvernement héréditaire, le sénat a pensé qu'il devait supplier Votre Majesté Impériale d'agréer que les dispositions organiques reçussent immédiatement leur exécution ; et pour la gloire comme pour le bonheur de la République, il proclame à l'instant même Napoléon, Empereur des Français. »

L'Empereur a répondu en ces termes :

« Tout ce qui peut contribuer au bien de la patrie, est essentiellement lié à mon bonheur.

» J'accepte le titre que vous croyez utile à la gloire de la nation.

» Je soumets à la sanction du peuple la loi de l'hérédité. — J'espère que la France ne se repentira jamais des honneurs dont elle environnera ma famille.

» Dans tous les cas, mon esprit ne sera plus avec ma postérité, le jour où elle cesserait de mériter l'amour et la confiance de la grande nation. »

Le sénat a été ensuite admis à l'audience de Sa Majesté l'Impératrice.

Le consul Cambacérès, président, lui a dit :

« MADAME,

« Nous venons de présenter à votre auguste époux le décret qui lui donne le titre d'EMPEREUR, et qui, établissant dans sa famille le Gouvernement héréditaire, associe les races futures au bonheur de la génération présente.

» Il reste au sénat un devoir bien doux à remplir ; celui d'offrir à Votre Majesté Impériale l'hommage de son respect et l'expression de la gratitude de Français.

» Oui, Madame, la renommée publie le bien que vous ne cessez de faire. Elle dit, que toujours accessible aux malheureux, vous n'usez de votre crédit auprès du chef de l'Etat, que pour soulager leur infortune; et qu'au plaisir d'obliger, Votre Majesté ajoute cette délicatesse aimable qui rend la reconnaissance plus douce, et le bienfait plus précieux.

» Cette disposition présage que le nom de l'Impératrice Joséphine sera le signal de la consolation et de l'espérance ; et comme les vertus de NAPOLÉON serviront toujours d'exemple à ses successeurs

JOSÉPHINE.

IMPÉRATRICE DES FRANÇAIS.

Née le 24 Juin 1768.

Aug. Desnoyers del.t *John Godefroy Sculp.t*

pour leur apprendre l'art de gouv rner les nations, la mémoire vivante de votre bonté apprendra à leurs augustes compagnes, que le soin de sécher les larmes est le moyen le plus sûr de régner sur tous les cœurs.

» Le sénat se félicite de saluer le premier Votre Majesté Impériale, et celui qui a l'honneur d'être son organe, ose espérer que vous daignerez le compter au nombre de vos plus fidelles serviteurs. »

Proclamé Empereur par le sénat, aux acclamations d'alégresse de tous les citoyens de Paris, qui, dans cet instant solennel, étaient l'écho de ceux de tous les départemens de la République, le premier acte que Napoléon fit de son autorité, fut un hommage à la souveraineté du peuple. Il rendit à St-Cloud, le 29 Floréal, le décret impérial suivant, portant réglement sur le mode de la présentation à l'acceptation du peuple, de la proposition énoncée en l'article 142 du sénatus-consulte organique du 28 du même mois.

« Napoléon, par la grâce de Dieu et les constitutions de la République, Empereur des Français, sur le rapport des ministres, le conseil d'Etat entendu,

Vu le sénatus-consulte du 28 Floréal,

Décrète le réglement dont la teneur suit :

Art. I.er Il sera ouvert aux secrétariats de toutes les municipalités, aux greffes de tous les tribunaux, chez les juges de paix et chez tous les notaires,

Des registres sur lesquels les Français seront appelés à consigner leur vœu sur la proposition suivante :

« Le peuple veut l'hérédité de la dignité impériale dans la descendance directa, naturelle, légitime et adoptive de NAPOLÉON BONAPARTE, et dans la descendance directe, naturelle et légitime de *Joseph Bonaparte* et de *Louis Bonaparte*, ainsi qu'il est réglé par le sénatus-consulte du 28 Floréal an 12. »

II. Ces registres seront ouverts pendant douze jours.

III. Aussitôt après l'expiration du tems donné pour voter, chaque dépositaire d'un registre l'arrêtera, portera au bas le relevé des votes, certifiera le tout et l'adressera, dans les deux jours suivans, au maire de sa municipalité. Celui-ci, dans les vingt-quatre heures suivantes, les fera passer au sous-préfet de son arrondissement, avec un relevé de lui certifié, et qui sera conforme au modèle joint au présent réglement, sous le N.° 1.

IV. Vingt-un jours après la publication du présent réglement, le sous-préfet transmettra au préfet tous les registres de son arrondissement, avec un relevé de lui certifié, et qui sera conforme au modèle N.° 2.

V. Vingt-cinq jours après la publication du présent réglement, chaque préfet adressera au ministre de l'intérieur tous les registres de son département, avec un relevé général de lui certifié, et qui sera conforme au modèle N.° 3.

VI. Les préfets sont autorisés à mettre en réquisition extraordinaire la gendarmerie nationale, pour la prompte transmission des ordres relatifs à l'exécution du présent réglement, et au prompt transport des registres des diverses municipalités.

VII. Les ministres sont chargés de l'exécution du présent réglement, qui sera inséré au Bulletin des lois.

Signé NAPOLÉON.

Par l'Empereur,

Le secrétaire d'Etat, *signé* H.-B. MARET.

Le 30 Floréal, en conséquence d'un ordre de l'Empereur, transmis par l'archi-chancelier de l'Empire au chancelier du sénat, le sénatus-consulte organique a été proclamé solennellement, dès huit heures du matin, 1.° devant le Palais du Sénat; 2.° à la place du Corps législatif; 3.° à la place Vendôme; 4.° devant le palais du Tribunat; 5.° à la place du Carrousel; 6.° à la place de l'Hôtel-de-Ville; 7.° enfin devant le Palais de justice.

La proclamation se renfermait dans les seules expressions du décret du sénat, portant : « Le » Gouvernement de la République est confié à un » Empereur, qui prend le titre d'EMPEREUR DES » FRANÇAIS.—NAPOLÉON BONAPARTE, premier consul » actuel de la République, est EMPEREUR DES » FRANÇAIS. » Ce peu de mots, il eut plus de puissance sur l'ame des citoyens rassemblés, que les déclamations oratoires les plus savamment préparées. Dans cette précision, le peuple saisissait à l'instant ce qui était l'objet de son avide espérance ; la garantie de la fin de ses maux et d'un avenir doux et brillant. Aussi, quelles acclamations d'alégresse se firent entendre soudain ! quels innombrables cris de *vive* BONAPARTE ! *vive* L'EMPEREUR DES FRANÇAIS ! s'élevèrent jusqu'aux cieux. Par sa joie vive et naturelle, chaque citoyen ressemblait à l'enfant abandonné qui retrouve un tendre père.

La composition et l'ordre du cortége étaient ainsi qu'il suit :

Les maires des douze arrondissemens municipaux de Paris, le préfet du département, le préfet de police, précédés d'un corps de trompettes, des dragons de la garde de Paris, et d'un peloton de musiciens ; le chancelier du sénat, ayant à sa droite le président du corps législatif, et à sa gauche le président du tribunat ; le garde des archives du sénat, portant l'original du sénatus - consulte organique; différens officiers supérieurs de l'état-major, et des aides de camp ; le général en chef, gouverneur de Paris ; le général Lefèvre, préteur du sénat ; le général Moncey, premier inspecteur général de la gendarmerie ; les généraux en chef Bernadotte et Macdonald ; le général, chef des états-majors généraux et du Gouvernement, César Berthier ; le général Broussier, commandant des troupes de la garnison de Paris, et plusieurs généraux de division, généraux de brigade, adjudans commandans, colonels et autres officiers supérieurs. Venaient ensuite un escadron de gendarmerie d'élite, un peloton de trompettes et timballiers, et quatre escadrons de cuirassiers. Ce mélange imposant de magistrats et de guerriers annonçait, du premier coup-d'œil, la consolante mission dont ils étaient chargés, et tous les cœurs accueillaient les uns et les autres comme les messagers du bonheur.

La veille de la proclamation (29 Floréal), par un décret impérial, l'Empereur avait nommé maréchaux de l'Empire, les généraux Berthier, Murat, Moncey, Jourdan, Massena, Augereau, Bernadotte, Soult, Brune, Lannes, Mortier, Ney, Davoust, Bessières; et Sa Majesté avait donné ce titre illustre aux sénateurs Kellermann, Lefebvre, Pérignon et Serrurier, qui avaient commandé en chef. Cette promotion des plus valeureux et des plus sages capitaines, a été d'autant plus flatteuse pour eux, qu'elle a mis dans tout son jour une vérité : c'est que, du faîte de la gloire, le héros seul sait distinguer et récompenser dignement les héros.

Dès que dans toute la France on fut certain que Napoléon avait accepté le fardeau de l'Empire, des députations des premières autorités, des colléges électoraux, des départemens, des villes, des armées, des églises, etc. etc. etc., furent envoyées pour le féliciter, le remercier de ce généreux dévouement, et lui présenter l'hommage d'une inviolable fidélité. Nous regrettons d'être contraints de passer sous silence leurs discours, ainsi que nous avons fait des adresses contenant le vœu des Français. Ces discours sont également des modèles de l'éloquence la plus brûlante et la plus expansive; on voit dans tous combien la génération présente s'applaudit d'avoir testé si glorieusement, si utilement, en faveur des générations futures.

L'impératrice JOSÉPHINE a partagé avec son auguste époux ces marques d'admiration, de respect et d'amour. « Nous revenons, lui a dit le président » du tribunat, Fabre (de l'Aude), nous revenons » d'une manière chaque jour plus sensible, à ces » habitudes sociales, à ces mœurs douces, à ce caractère aimant qui distinguait les Français par» dessus tous les autres peuples. — Les femmes » reprennent le rang dont une grossière démagogie » les avait écartées ; nous ne séparons plus l'épouse » de l'époux, les honneurs leur sont communs. » Qui, plus que votre Majesté, est digne de partager ceux du trône avec ce héros dont vous avez » partagé la fortune, adouci les travaux, charmé » les instans de loisir? — Si d'éminens services et » son génie l'appellent au rang suprême, la dou» ceur et la bienfaisance de votre caractère, vos » qualités aimables, cette inépuisable bonté qui ne » s'est jamais démentie, et la constante expérience » qu'en ont faite ceux qui ont eu recours à vous, » font bénir l'heureuse étoile qui vous a placée à » côté de lui. » Par ces expressions vivement senties, qui annonçaient la réhabilitation du véritable caractère français, le président du tribunat a été l'organe des sentimens de toute la nation ; elle sait apprécier l'avantage de voir la grâce aimable et la bienfaisance assises à côté de la valeur et de la sagesse.

On peut juger sur l'exposé que nous avons fait,

avec quel empressement, avec quelle religieuse émotion les membres du sénat, du corps législatif, du tribunat, du tribunal de cassation, des autres tribunaux, des autorités civiles, militaires et du clergé, ont prêté le serment prescrit par le sénatus-consulte organique. Il était naturel qu'un attendrissement involontaire vînt les saisir dans cette auguste et touchante circonstance : ils assuraient des jours prospères à leur postérité.

En attendant que le relevé des votes qui devait constater la légalité de son avénement à l'Empire fût connu, NAPOLÉON consulta son cœur aussi sensible que magnanime, et son cœur lui dit qu'il serait digne de lui de signaler cette mémorable époque par la clémence et par des bienfaits. Il rendit, en conséquence, le décret impérial du 13 Prairial an 12, qui ordonne : 1.° la mise en liberté des individus condamnés correctionnellement, qui ne sont plus détenus que pour le payement de l'amende et des frais ; 2.° qu'il lui soit fait un rapport sur les débiteurs de l'Etat, contraints ou poursuivables par corps, qui pourront être déchargés de la contrainte par corps ; 3.° le payement, par le trésorier de la liste civile, des mois de nourrices dûs par les habitans de Paris et de la banlieue, qui seront jugés hors d'état de payer eux-mêmes ; 4.° la dotation d'une fille pauvre et honnête par arrondissement communal, et par chaque municipalité des villes de Paris, Lyon, Bordeaux, Marseille ; 5.° enfin, amnistie aux sous-officiers et soldats des troupes de terre et de mer, déserteurs à l'intérieur, qui rejoindront au terme fixé, et remise de l'amende encourue par eux ou leurs pères et mères. Ainsi, Titus et Marc-Aurèle faisaient bénir leur Empire; ainsi Henri IV sut mériter qu'en le nommant, on joignit au surnom de *grand*, celui de *bon Henri*.

Mais lorsque, par une telle conduite, Napoléon prouvait que son ame était au niveau du rang suprême; lorsque la volonté unanime et forte de trente-quatre millions d'hommes venait de se prononcer, pour que le trône impérial fût héréditaire dans sa famille, lorsque l'alégresse publique éclatait de toutes parts à la nouvelle de l'acceptation du héros, croirait-on que l'allié, le salarié des ennemis de la France, parce qu'il fait partie des descendans dégénérés d'un grand homme qui a été couronné comme l'est aujourd'hui Napoléon; croirait-on, dis-je, que ce fantôme de prince, se soit cru des titres assez puissans pour protester contre l'acte le plus juste et le plus légal de la souveraineté nationale, et pour nommer usurpation le pacte le plus légitime et le plus sacré? C'est cependant ce que dans son aveugle, dans son impuissant orgueil, a fait le comte de Lille, par sa protestation, datée de Varsovie, le 6 Juin 1804, et dont voici la teneur:

«En prenant le titre d'Empereur, en voulant le rendre héréditaire dans sa famille, Bonaparte vient de mettre le sceau à son usurpation. Ce nouvel acte d'une révolution où tout, dès l'origine, a été nul, ne peut sans doute infirmer mes droits. Mais, comptable de ma conduite à tous les souverains, dont les droits ne sont pas moins lésés que les miens, et dont les trônes sont tous ébranlés par les principes dangereux que le sénat de Paris a osé mettre en avant; comptable à la France, à ma famille, à mon propre honneur, je croirais trahir la cause commune en gardant le silence en cette occasion. Je déclare donc (après avoir, au besoin, renouvelé mes protestations contre tous les actes illégaux qui, depuis l'ouverture des états-généraux de France, ont amené la crise effrayante dans laquelle se trouvent et la France et l'Europe) : Je déclare, en présence de tous les souverains, que loin de reconnaître le titre impérial que Bonaparte vient de se faire déférer par un corps qui n'a pas même d'existence légitime, je proteste et contre ce titre et contre tous les actes subséquens auxquels il pourrait donner lieu. »

Si le respect qu'inspirent la faiblesse et le malheur ne prescrivait des égards, la réponse que l'on pourrait faire à cette étrange et ridicule protestation, ne serait pas flatteuse pour l'homme au nom de qui elle a été publiée : mais la discussion du tribunat, les dispositions motivées du sénatus-consulte organique, les nombreuses adresses et les discours auxquels ont donné lieu la régénération du Gouvernement français, y répondent d'une manière invincible.

Cependant, ajoutons à ces réponses un exposé rapide des titres glorieux qui ont fait un intérêt national d'élever Bonaparte au rang suprême.

La valeur française, toujours la même, quel que soit le Gouvernement qui la mette en action, avait forcé plusieurs souverains à traiter de la paix ; mais des fanatiques dont la fureur ne tendait qu'à révolutionner par tout, au mépris du droit des gens, avaient bientôt après détruit la confiance nécessaire dans les traités, et forcé la ligue presque dissoute des puissances, à se rallier contre la nation française, et à rompre les palmes de l'olivier pour reprendre le fer de Bellone. Alors on vit d'indignes fonctionnaires, d'avides traitans, spéculer sur la bravoure du soldat, et s'enrichir en même tems de sa substance et des dépouilles des vaincus.

C'est au milieu de ces calamités que s'élève un jeune homme de vingt-deux ans ; comme simple officier d'artillerie, il fait ses premières armes au siége de Toulon ; son courage impétueux, sa sage et savante tactique annoncent l'aurore d'un héros. L'espérance que donnent ses brillantes qualités, ses talens supérieurs excitent l'admiration des uns et l'envie des autres : ces derniers l'abreuvent de dégoûts. Mais l'armée d'Italie est sans vivres, sans vêtemens, en présence de l'ennemi : il faut un homme extraordinaire pour changer sa position, et la conduire à la victoire : tous les yeux se tournent spontanément vers Bonaparte, et ceux même auxquels l'éclat de son entrée dans la carrière cause de l'ombrage, sont forcés de se réunir à ceux qui lui en défèrent le commandement. Prêt à partir : *Vous êtes bien jeune*, lui dit-on, *pour commander une armée. — J'en reviendrai vieux*, répond-il.

Il arrive : le dénuement absolu des braves qui

vont marcher sous ses ordres, déchire son cœur; mais il sait ranimer leur constance : il leur montre les Alpes qu'ils ont à gravir, exténués par le besoin. « Soldats, leur dit-il, vous voyez ces montagnes, » vous devez les franchir; bientôt vous entrèrez » dans ces plaines fertiles. Là, vous trouverez du » pain, des vêtemens et des munitions en tout » genre; là, vous serez vainqueurs, et vous jouirez de vos conquêtes. Soldats, comme vous je » coucherai sur la paille au sein des camps; comme » vous je partagerai la misère et l'intempérie des » saisons; comme vous enfin je serai vainqueur. »

Ce discours porte l'enthousiasme dans tous les rangs; la faim est oubliée; les corps sans vêtemens se durcissent, comme par enchantement, contre l'inclémence du climat; les pieds à nu ne sentent plus les douloureuses empreintes des rochers, des neiges et des glaces; chaque soldat se croit invincible. Bientôt les Alpes franchies, les campagnes de *Montelesimo*, de *Millesimo*, *de Lodi;* les forts et citadelles de *Mondovi*, *Pizzighitone*, *Milan*, *Pavie*, *Crémone*, *Peschiera* et *Vérone;* les fleuves du *Pô*, de l'*Adda* et le pont d'*Arcole;* les armées de Beaulieu et de Provera, en partie taillées en pièces, en partie mises en fuite; Mantoue, enfin, au pouvoir des Français, attestent qu'en effet, avec un chef tel que Bonaparte, le destin du soldat est de toujours vaincre.

Le héros français vole, aussi prompt que la victoire qui le guide; il n'est plus qu'à trente lieues de Vienne : l'Empereur d'Allemagne tremble pour sa capitale ; c'est Bonaparte qui, du haut de son char de triomphe, lui offre l'olivier de la paix : les préliminaires de Léoben sont signés. D'un autre côté, voyez le héros marchant sur Rome, alliant ce qu'il doit à l'intérêt et à la gloire de sa patrie, avec le respect pour la religion et le souverain pontife, et signant un traité de paix avec la cour de Rome.

Lisez sa proclamation à ses soldats après la reddition de Mantoue, et vous connaîtrez combien sont inappréciables les services que dans un si court espace de tems il a déjà rendus. « Soldats ! la » prise de Mantoue vient de finir une campagne » qui vous a donné des titres éternels à la re- » connaissance de la patrie. Vous avez remporté » la victoire dans quatorze batailles rangées et » soixante-dix combats ; vous avez fait à l'ennemi » plus de cent mille prisonniers, pris cinq cents » pièces de canon de campagne, deux mille de » gros calibre, et quatre équipages de pont. Le » pays que vous avez conquis, a nourri, entretenu » et soldé l'armée pendant toute la campagne, et » vous avez envoyé trente millions au ministre des » finances, pour le soulagement du trésor public. » —Vous avez enrichi le Muséum de Paris, de plus » de trois cents objets, chefs-d'œuvres de l'ancienne » et de la nouvelle Italie, et qu'il a fallu trente » siècles pour produire. — Les Républiques lom- » barde et cisalpine vous doivent leur liberté ; les » rois de Sardaigne et de Naples, le pape et le duc » de Parme se sont détachés de la coalition de nos

» ennemis, et ont brigué notre amitié; vous avez » chassé les Anglais de Livourne et de la Corse, » mais vous n'avez pas encore tout achevé..... » De tant d'ennemis qui se coalisèrent pour étouf- » fer la République à sa naissance, l'Empereur » d'Allemagne reste seul devant vous..... Nous » ne trouvons d'espérance pour la paix, qu'en » allant la chercher dans le cœur des Etats de la » maison d'Autriche, etc. etc. etc. »

C'est par tant de prodiges que l'Empereur d'Allemagne est forcé, pour faire la paix, de renoncer à ce partage de la France que la coalition avait projeté, de reconnaître la République et de signer le traité de Campo-Formio. Le territoire français est augmenté des riches provinces de la Belgique et du Palatinat, des forteresses de Mayence et de Luxembourg; la France, enfin, n'a plus d'autres limites que le Rhin. Voilà le fruit de la première campagne de notre héros en Italie.

Nous le revoyons ensuite à Rastadt. Après s'être montré tantôt Alexandre, tantôt Scipion, tantôt Fabius, tantôt César dans les combats, il développe dans les négociations les talens, l'habileté, la prudence du grand homme d'Etat.

Mais une autre carrière appelle le vainqueur de l'Italie; d'autres lauriers l'attendent dans une contrée lointaine. L'inexpugnable rocher de Malte ne peut lui résister; bientôt les rives fertiles du Nil, les sables brûlans de l'Egypte, sont chaque jour témoins de nouveaux exploits, de nouveaux actes de savoir et de sagesse. Il est en même tems guerrier, législateur, administrateur; il ramène l'humanité où régnait le despotisme barbare; il fait refleurir les arts et les sciences dans le séjour de la plus stupide ignorance; il rend une ame aux esclaves abrutis; Thèbes et Memphis pressentent l'instant de sortir de leurs ruines; les fameuses pyramides, pendant la durée des siècles de leur existence, n'ont point vu de si grandes choses.

Cependant, tandis que le héros parcourt cette belle carrière, rien ne se termine à Rastadt; le tems se consume en intrigues, en vains débats; les plénipotentiaires français sont assassinés; la victoire, indignée à l'aspect de chefs ineptes et immoraux, s'éloigne des drapeaux français; l'Italie est reprise; nos frontières sont menacées, et ceux qui tiennent les rênes du Gouvernement, au lieu de pourvoir aux besoins du soldat, ne savent que porter des lois oppressives et révolutionnaires.

Mais Bonaparte nous est rendu; le 18 Brumaire l'élève au consulat; il sonde les plaies de la France, qu'il avait laissé triomphante; il la voit à deux doigts de sa perte; il relève la confiance, éteint les haines et les vengeances, abolit les lois tyranniques, ramène par la clémence les Français égarés, pacifie la Vendée, réorganise les administrations civiles et militaires, assure le payement des créanciers de l'Etat, offre la paix aux souverains; mais en cas de refus, avec autant de célérité que Jupiter fit sortir Minerve de son cerveau, il lève cette superbe armée de réserve à la tête de laquelle on le voit bientôt.

Tout ce que la nature peut offrir de plus âpre, de plus horrible, de plus épouvantable, se présente ; d'immenses obstacles s'accumulent. Ils sont tels, qu'il ne semble pas donné aux forces humaines de les surmonter; cependant Bonaparte et les braves qui l'accompagnent ne font que paraître : les roches hérissées et comme suspendues dans les airs, les neiges amoncelées par les siècles, les précipices voisins des enfers, sont franchis avec ce courage audacieux, cette impétueuse ardeur qui distinguent la valeur française. On dirait que les Alpes s'applanissent; le St-Bernard s'étonne de voir flotter sur son sommet les étendards de Bellone. Enflammée par le génie de son chef, qui lui dit : *Souvenez-vous que j'ai l'habitude de coucher sur le champ de bataille*, l'armée d'Italie reprend aussi son habitude, celle de la victoire : chaque jour amène des triomphes; chaque jour ajoute des lauriers aux lauriers déjà cueillis ; chaque jour fait paraître Bonaparte plus illustre; enfin, par les coups plus qu'humains qu'il porte à Maringo, le héros sauve de nouveau la France. *Pour Dieu, monsieur le général, faites cesser le carnage*, lui écrit le commandant ennemi ; *je consens à tout*. . . . .

De nouveaux préliminaires de paix sont bientôt signés ; le traité de Campo-Formio est rétabli ; la République cisalpine renaît ; douze places fortes d'Italie sont remises, comme ôtages, aux Français, jusqu'à la signature de la paix définitive.

Alors, aussi éclatant que la gloire qui l'accompagne, mais grand par sa simplicité, Bonaparte revient à Paris, qui le revoit avec ivresse ; il se repose des fatigues de la guerre, en rétablissant la bonne harmonie entre les Etats-Unis et la nation française, et son vertueux frère Joseph est l'heureux négociateur à qui l'on doit le traité d'union.

Mais l'Empereur d'Allemagne élude lorsqu'il s'agit de réaliser les promesses faites à Maringo ; Bonaparte charge la brave armée du Rhin de fixer son indécision. Soudain l'immortelle bataille de Hohenlinden force l'archiduc Charles à reconnaître la supériorité des armes françaises ; l'Empereur d'Allemagne mesure le précipice où les menées du perfide Gouvernement anglais allaient le plonger ; il ordonne à son ministre de signer le traité définitif de paix à Lunéville ; l'Allemagne et la France reviennent à ces relations amicales, toujours faciles à renouer entre deux nations qui s'estiment.

Cette paix, l'objet des vœux de Bonaparte, ne suffit pas encore à son cœur ; il veut que toute l'Europe, l'Angleterre même, en goûte les fruits. Par son intervention à la diète de Ratisbonne, les intérêts des princes d'Allemagne sont décidés ; la Russie, la Suède, le Danemarck et la Porte ottomane acceptent de ses mains l'olivier de la paix. Il persuade au roi de Sardaigne de rester à Cagliari ; il rend à celui de Naples son autorité royale, au pape son pouvoir temporel ; il érige la Toscane en royaume ; il fait des alliées fidelles de l'Espagne, de la Hollande, de la Cisalpine, de la Ligurie, de la Suisse ; enfin, il signe la paix avec l'Angleterre et le Portugal.

Le Dey d'Alger insulte notre pavillon : « Dieu a » décidé, lui écrit Bonaparte, que tous ceux qui » seraient injustes à mon égard, seraient punis. Si » vous voulez vivre en bonne intelligence avec moi, » il ne faut pas que vous me traitiez en puissance » faible. » *Je veux être l'ami de Bonaparte*, répond le Dey au brave général Hullin, envoyé du héros.

Toujours vainqueur, toujours sage, Bonaparte ajoute à ses travaux l'organisation définitive de la République cisalpine. Personne, plus que lui, ne paraît digne d'être le président de ce rempart de la France. Il organise aussi le Gouvernement de la Suisse sur une base d'autant plus stable, qu'elle s'accorde avec les mœurs des divers cantons ; il s'immortalise enfin en donnant aux Français un Code civil dans lequel leur existence et leurs droits semblent fixés par Minerve elle-même.

C'est pendant le cours de tant de bienfaits, qu'un Gouvernement qui vient de jurer la paix et de reconnaître Bonaparte premier magistrat de la République, prodigue l'or pour soudoyer des assassins, ourdir des conspirations, et construire des machines infernales. Il veut, ce Gouvernement pervers, il veut priver la France, ou plutôt le Monde, de celui qui travaille à préserver son siècle et la postérité de la trop longue oppression du léopard britannique ; mais le ciel, qui veille sur les destinées du héros triomphateur et pacificateur, se plaît à rendre vains tous les complots tramés contre lui : Albion ne jouira pas encore cette fois de l'exécrable plaisir de faire partager à l'Europe le sort déplorable de l'Inde.

Cependant, à l'aspect de tant de trames sacriléges, on tremble que Bonaparte ne finisse par être la victime des parjures et des traîtres. Les dépositaires de la charte constitutionnelle pensent que le moyen d'assurer ses jours précieux, est de lui déférer le consulat pour toute la durée de son existence. Le peuple est consulté à ce sujet, et le peuple vote pour le consulat à vie.

Cette nouvelle marque de la confiance publique rend la marche de Bonaparte plus assurée pour l'exécution des vastes projets que son génie a formés. La prospérité future du peuple français ne laisse plus aucun doute : les lettres, les sciences, les arts, l'industrie, le commerce, par l'impulsion que Bonaparte va leur donner, brilleront d'un éclat jusqu'alors inconnu. Ses palmes triomphales sont suspendues au temple de la Victoire et de la Paix ; il visite les ports, les manufactures, les établissemens publics ; par tout il encourage, il récompense, il inspire des choses utiles ; les manufacturiers, les fabricans, les ouvriers même, ressentent l'influence de sa protection et de son savoir ; les anciennes routes sont réparées, de nouvelles sont tracées même au sein des montagnes. Ici, l'on ouvre des canaux qui porteront les bienfaits du commerce dans plusieurs provinces ; là, on construit des ponts, des quais, des fontaines publiques ; dans plusieurs quartiers de la capitale, des démolitions de maisons font respirer un air plus salubre ;

de nouvelles rues, heureusement percées, découvrent de superbes points de vue; de nombreux aqueducs facilitent l'écoulement des eaux; enfin, ce chef-d'œuvre de l'architecture, que les rois avaient dédaigné de couvrir d'un toit, le Louvre s'achève et devient le palais des sciences et des arts.

Ainsi l'infatigable activité du premier consul ne se ralentit pas un instant; toutes les sources de la richesse, de la puissance et de la splendeur nationales, sont ouvertes par son génie. Il prévoit qu'il sera forcé un jour de punir l'insolente Albion : il fait sortir la marine de ses ruines. Bientôt il a lieu de s'applaudir de sa prévoyance; car, au mépris de la foi des traités, sans aucune déclaration de guerre préalable, les vaisseaux anglais pillent nos vaisseaux; le cabinet de St-James refuse de rendre Malte, et par les circonstances odieuses de sa nouvelle rupture, il se couvre d'ignominie à la face du Monde. On sait quelle a été, depuis, la conduite de ce perfide cabinet; on sait quelle a été sa tactique envers la France. Par tout où il a pu exciter des troubles, des déchiremens intérieurs, et susciter des conjurations contre notre héros, il n'a cessé de le faire; ses envoyés mêmes chez les différentes puissances, n'ont pas rougi d'avilir le respectable caractère dont ils étaient revêtus, de violer les lois les plus saintes du pacte des nations, et de se constituer les chefs des brigands, les régulateurs de leurs lâches complots.

On sait aussi de quelle manière Napoléon s'apprête à terminer le cours de tant de scélératesses....

Que l'œil s'arrête sur cet admirable camp de Boulogne, sur ces nombreuses flottilles qui couvrent nos plages, sur ces intrépides guerriers qui savent tout affronter, tout vaincre, et dont le courage impatient brûle de s'exercer contre les tyrans des mers ; et que l'on doute, après cela, si Napoléon saura le châtier de ses innombrables forfaits.

Tels sont les titres de ce grand homme à l'Empire. Si le comte de Lille en eût présenté de semblables, il lui eût été permis de les produire pour établir un droit quelconque à un trône dont sa race a été justement éloignée ; mais, dans l'hypothèse même où ces titres n'auraient pas été chimériques, sa protestation n'en serait pas moins sans force et sans valeur, puisqu'elle est en opposition avec la volonté souveraine de la nation qui a couronné Bonaparte.

Le lecteur nous pardonnera la digression que nous venons de faire ; nous croyons même qu'il nous en saura gré, en considérant qu'elle rassemble sous ses yeux une partie des actes éclatans qui distinguent le héros que tous les Français s'enorgueillissent d'avoir pour chef. Reprenons la narration des faits relatifs au couronnement.

Le 3 Messidor an 12, un décret impérial a désigné les maires des trente-six villes, qui, en exécution de l'article LII du sénatus-consulte organique, devaient assister au serment de l'Empereur.

Ces villes sont : Paris, Marseille, Bordeaux, Lyon, Rouen, Turin, Nantes, Bruxelles, Anvers, Gand, Lille, Toulouse, Liége, Strasbourg, Aix-la-Chapelle, Orléans, Amiens, Angers, Montpellier, Metz, Caen, Alexandrie, Clermont, Besançon, Nancy, Versailles, Rennes, Genève, Mayence, Tours, Bourges, Grenoble, la Rochelle, Dijon, Reims et Nice.

Le 17 Messidor, par un autre décret impérial, Napoléon a nommé les grands officiers de l'Empire. Parmi tant de guerriers dignes de cette haute distinction, son choix éclairé s'est porté sur des hommes chers à la victoire, chers à la patrie; voici leurs noms, suivis de la désignation de la qualité qui les constitue grands-officiers : le vice-amiral *Bruix*, inspecteur des côtes de l'Océan; — le vice-amiral *Latouche-Tréville*, inspecteur des côtes de la Méditerranée; — le général *Songis*, inspecteur-général de l'artillerie; — le général *Marescot*, inspecteur-général du génie; — le général *Gouvion-St-Cyr*, colonel-général des cuirassiers, — le colonel *Beauharnais*, colonel-général des chasseurs; — le général *Baraguay-d'Hilliers*, colonel-général des dragons; — le général *Junot*, colonel-général des hussards.

Le même jour, un nouveau décret a nommé procureur-général de la haute cour impériale, M. *Regnaud de St-Jean-d'Angely*, conseiller d'Etat, président de la section de l'intérieur, magistrat aussi distingué par ses talens que par son affabilité.

Le 21 Messidor, Sa Majesté s'est occupée des dispositions qui devaient être prises pour la solennité de sa prestation de serment, de son couronnement, et des cérémonies ultérieures. Ce décret impérial est du nombre de ceux dont nous devons rendre textuellement les articles.

SECTION PREMIÈRE.

De la prestation de serment, et du couronnement.

Art. I.er La prestation de serment et le couronnement de l'EMPEREUR auront lieu le 18 Brumaire prochain.

II. Une proclamation annoncera cette solennité à tout l'Empire, et appellera ceux qui doivent y assiter, aux termes du sénatus-consulte du 28 Floréal dernier, à se rendre à Paris avant le 10 Brumaire.

III. Il leur sera, en outre, adressé des lettres closes par Sa Majesté.

IV. Les fonctionnaires publics convoqués feront connaître leur arrivée au grand-maître des cérémonies, qui leur indiquera les lieux où ils devront se rendre pour la cérémonie.

V. La solennité de la prestation de serment et du couronnement, aura lieu en présence de l'Impératrice, des princes, princesses, des grands dignitaires et de tous les fonctionnaires publics désignés au sénatus-consulte du 28 Floréal, dans la chapelle des Invalides.

SECTION II.

De la cérémonie qui aura lieu au Champ de Mars.

VI. Après la solennité de la prestation de serment

et du couronnement, S. M. l'Empereur se rendra au Champ de Mars.

VII. Les gardes nationales de chaque département de l'Empire, enverront à Paris un détachement de seize hommes, avec un drapeau par détachement, dont moitié fusiliers ou grenadiers, un quart de sous-officiers et un quart d'officiers.

VIII. Les arrondissemens maritimes, escadres, flottilles et vaisseaux armés de l'Empire, enverront cinquante détachemens de dix hommes, avec un pavillon par détachement.

IX. Chaque corps de troupe de l'armée et de toute armé, enverra une députation de seize hommes, dont moitié de grenadiers, fusiliers, soldats, dragons, chasseurs ou cavaliers, un quart de sous-officiers, un quart d'officiers, avec le drapeau, étendard ou guidon.

X. L'article précédent est applicable aux régimens d'artillerie de la marine.

XI. L'arme du génie enverra trois députations de seize hommes chacune.

XII. Les vingt-six légions de la gendarmerie enverront chacune une députation de quatre hommes et un guidon.

XIII. Les invalides de l'hôtel de Paris, et ceux des succursales de Louvain et Avignon, enverront trois députations, dont la composition sera réglée par une instruction du ministre de la guerre.

XIV. Toutes ces députations prêteront successivement serment de fidélité et obéissance à S. M. l'Empereur.

XV. Les députations des gardes nationales, celles des arrondissemens maritimes, et celles des corps ayant des drapeaux, guidons ou étendards, recevront ensuite de sa Majesté, pour leurs départemens ou régimens, un drapeau par département, un pavillon par détachement de la marine, et un drapeau, guidon ou étendard par bataillon ou escadron.

XVI. Les drapeaux des départemens resteront au chef-lieu, à l'hôtel de la préfecture, sous la garde déjà réglée pour les préfets.

Ils n'en sortiront que portés par un officier nommé par l'Empereur; ils seront déployés et montrés au peuple dans toutes les solennités.

XVII. Les pavillons seront répartis entre les arrondissemens maritimes selon qu'il sera réglé, et déposés à l'hôtel de la marine sous une garde d'honneur, au chef-lieu des sept arrondissemens, y compris Anvers, pour être confiés aux escadres, armées navales, flottilles ou autres armemens et expéditions, selon les ordres de l'Empereur.

Au débarquement, ces pavillons seront rapportés à l'hôtel de la marine, où ils seront gardés dans la salle du conseil jusqu'à un nouvel armement.

XVIII. Les drapeaux, étendards et guidons des corps seront remis à chaque bataillon ou escadron.

Ceux qui, par les événemens de la guerre, viendront à les perdre, n'en recevront de pareils que par une décision directe de Sa Majesté, rendue après qu'il aura été reconnu qu'ils n'ont pas été perdus par la faute du régiment. Les corps qui les auront perdus par leur faute, n'en recevront point d'autres de l'Empereur.

Dispositions générales.

XIX. Tout ce qui est relatif aux cérémonies et aux fêtes du jour du couronnement, sera ultérieurement réglé.

Ce décret peut être considéré comme un hommage aussi sincère que délicat, rendu par Napoléon à la souveraineté nationale : il veut environner du plus grand éclat, de la pompe la plus auguste, son couronnement, qui est le résultat d'un acte sacré de cette souveraineté ; lorsqu'il prêtera le serment de maintenir les droits du peuple, ne pouvant s'entourer en même tems de tout le peuple, il veut du moins en avoir pour témoins des envoyés des différentes classes du peuple.

Mais ce qui est plus digne encore des vastes et généreux desseins de Bonaparte, ce qui met dans le plus beau jour son dévouement à la liberté et l'égalité, c'est l'institution de la légion d'honneur ; c'est le choix qu'il a fait du 14 Juillet, pour la première distribution des aigles aux membres de cette légion. Ce rapprochement d'une fête qui rappelle tant de souvenirs chers aux véritables amis de la patrie, et d'une solennité qui récompense ceux qui ont dévoué leur sang ou leurs talens à cette même patrie, a dû fermer la bouche aux mécontens, à ces frondeurs irréfléchis qui, voyant le rétablissement du gouvernement d'un seul en France, disaient que la république était perdue.

Tous les hommes de bonne foi n'ont-ils pas été fondés au contraire à dire qu'elle était sauvée, lorsqu'ils ont eu médité le sénatus-consulte organique, lorsqu'ils ont eu considéré quelle garantie offrait *à la volonté du peuple, et à la raison du sage* *, *cette grande et nouvelle institution* de la légion d'honneur?

« Résultat d'une conception sublime, créée sans » modèle, comme toutes les vastes pensées des têtes » supérieures, ne pouvant ressembler à rien de ce » que nous découvrons dans le passé, parce qu'elle » ne pouvait être inspirée que lorsque le progrès » des lumières aurait élevé les sociétés européennes » au degré de civilisation qui les distingue aujour- » d'hui, et cependant empreinte par tout du sceau » du caractère national, elle est un hommage écla- » tant rendu aux droits imprescriptibles du peuple, » le rempart le plus durable de l'égalité, de la li- » berté, de la prospérité, le présage le plus sûr des » plus heureuses destinées.

» Immense monument de gloire, elle montre » toutes les professions honorées, toutes les affec- » tions réunies, tous les services récompensés,

* Nous nous servons ici des propres expressions d'un magistrat aussi recommandable par ses vertus, son affabilité, ses profondes connaissances et ses talens, que par les fonctions éminentes auxquelles il est élevé ; du sénateur Lacépède, grand-chancelier de la légion d'honneur.

» toutes les grandes actions célébrées, tous les » hauts faits couronnés, toutes les vertus, tous » les talens offerts à l'admiration des siècles ; et au » faîte de ce monument impérissable, resplendissent » ces mots sacrés, désormais inséparables, et si » chers à tous les vrais Français : HONNEUR, PATRIE » et NAPOLÉON. » *

Pourrait-on dire, sans se mentir à soi-même, qu'il n'y a plus de République, quand, pour être admis dans cette imposante agrégationde la bravoure, des talens et des vertus, qui devient la colonne la plus solide du Gouvernement français, les guerriers et les citoyens doivent jurer sur leur honneur, non-seulement *de se dévouer au service de l'Empire, et à la conservation de son territoire dans son intégrité; à la défense de l'*EMPEREUR, *des lois de la République et des propriétés qu'elles ont consacrées;* mais encore, *de combattre, par tous les moyens que la justice, la raison et les lois autorisent*, TOUTE ENTREPRISE QUI TENDRAIT A RÉTABLIR LE RÉGIME FÉODAL ; *enfin, de concourir de tout leur pouvoir au maintien* DE LA LIBERTÉ ET DE L'ÉGALITÉ, BASES PREMIÈRES DE NOS CONSTITUTIONS ?

A peine Napoléon a-t-il ainsi couronné la valeur et le mérite dans le temple de Mars, sa sollicitude paternelle lui inspire de voyager, afin de chercher de nouvelles occasions de faire le bien. Le 30 Mes-

* Extrait du discours prononcé le 26 Messidor an 12, anniversaire du 14 Juillet, par M. Lacépède, dans l'église des Invalides, etc.

sidor il arrive à Boulogne ; des arcs de triomphe, une réception brillante lui étaient préparés par les habitans ; mais on le croyait encore loin des murs de la ville, il était déjà dans le port, il portait un œil observateur, encourageant sur les différens travaux qu'il avait ordonnés ! Avant de prendre quelque repos, quelque nourriture, oubliant la fatigue de la route, il était dans la rade, à faire exécuter des évolutions aux différentes parties de la flottille.

Le lendemain, dès la pointe du jour, il est successivement sur plusieurs bâtimens ; il visite dans le plus grand détail les magasins de l'arsenal, les établissemens de l'artillerie et les travaux du port. La nuit, il veille près des roches du fort de l'Heurt, pour sauver des canonnières qu'une mer très-grosse, un vent terrible allaient briser. Les jours suivans, on dirait qu'il possède le secret de se multiplier ; il passe en revue les divisions de l'armée de terre, les flottilles de péniches, de bâtimens à rames, de chaloupes canonnières et de bâtimens canonniers. Il entre dans les plus petits détails sur l'instruction, sur l'ordre, sur la discipline ; accessible à tous, il accueille les réclamations des uns, les observations des autres ; nomme ceux-ci à des places vacantes ; accorde à ceux-là l'admission de leurs enfans au Prytanée et dans les Lycées ; enfin, il interroge avec le ton du plus touchant intérêt, les officiers sur les batailles où ils se sont trouvés, et sur les blessures qu'ils ont reçues. Cependant ces soins nombreux ne suspendent point ceux du gouvernement de l'Etat ; il emploie le tems du sommeil à travailler avec ses ministres.

On le voit presque en même tems, au camp d'Ambleteuse, dans le port de Calais, dans la rade de Dunkerque, au camp d'Ostende, examinant tout, faisant manœuvrer les troupes et les flottes, accordant des grâces, commandant l'admiration, faisant naître l'ivresse dans tous les cœurs.

De retour à Boulogne, il offre au poëte, au peintre, à l'historien, le tableau le plus martial, le plus magnifique, le plus auguste qu'aucun peuple ait jamais offert : c'est celui de la plus belle armée du monde réunie dans un vaste cirque, sous les yeux du grand homme qu'elle a suivi de triomphes en triomphes, sous les yeux du vainqueur de l'Italie et de l'Egypte, du régulateur, de l'ange tutélaire de la France, qui du haut d'un tertre antique, et placé sur le siége même d'un des rois de la première race, ayant pour trophées les armes et les drapeaux gages de ses exploits, et pour couronne le laurier d'or que donne la victoire, décore de marques d'honneur d'anciens compagnons d'armes, distribue aux braves des braves les prix mérités de la valeur, que l'on a rassemblés dans les casques de Duguesclin et de Bayard.

Que ne nous est-il permis de rapporter les détails de cette majestueuse cérémonie ! de peindre cet éclat, cette pompe guerrière qui entourent le trône, cette belle ordonnance dans l'ensemble et les mouvemens de cette immense réunion, la superbe tenue de tant de bataillons, l'aspect de ces camps, de ces ports qui sont leur ouvrage; de ces forts, de ces dunes, de cette ville qui se déploie en amphithéâtre; de ces hauteurs sur la pente desquelles se dessine l'extrémité des colonnes, et que couronnent vingt escadrons en bataille, une foule immense et les tentes réservées à un sexe dont les regards enchanteurs enflamment le courage! Quelles couleurs il faudrait pour esquisser, même faiblement, le tableau de ces falaises retentissantes du bruit des vagues et du canon, des côtes blanchâtres de l'Angleterre que l'on aperçoit, de cette flottille arrivant du Hâvre, comme pour ajouter un nouveau trait à cet admirable spectacle, au moment où les colonnes se prolongent sur les côteaux voisins, pour ne former qu'une colonne d'attaque, dont les différentes brigades défilent successivement devant le trône; de ces vaisseaux ennemis battus par la tempête, et s'enfonçant dans les brumes de l'horizon! Quel pinceau pourrait enfin retracer cette brillante harmonie des airs nationaux, qui rappelle tant de glorieux souvenirs, et qui se mêle au roulement de deux mille tambours, au feu mugissant de trente batteries; ces torrens de fumée dans les airs, et dont la teinte blanchâtre réfléchit les mouvemens de l'armée; la poussière qui se mêle à ces tourbillons, les drapeaux agités par les vents; la joie, l'enivrement du soldat lorsqu'il salue son héros empereur, l'enthousiasme avec lequel il jure d'être fidelle à la patrie, à l'honneur, en se dévouant pour lui; la belliqueuse, l'impatiente ardeur qui accompagne la promesse de moissonner de nouveaux lauriers sous ses ordres ; enfin, ces acclamations d'amour, ces cris de *vive Napoléon!* élevés jusqu'au trône du grand être, et que le grand être accueille comme les gages de la sainte union qui se forme entre un peuple bon et sensible, et le héros adoré qui fera son bonheur! L'imagination du lecteur se promènerait avec délices sur ces scènes ravissantes ; mais notre tâche n'étant de retracer que ce qui a trait au couronnement, nous sommes forcés d'imposer silence à notre zèle ; nous ne parlerons pas non plus du voyage que *Napoléon* a fait ensuite dans les départemens réunis, voyage où il a achevé de conquérir, ainsi que son auguste épouse, les cœurs des Belges et des habitans de la rive gauche du Rhin ; voyage que l'on pourrait mieux nommer une marche triomphale, dont le cortége se formait d'une multitude immense de citoyens de tout âge et de tout sexe, pénétrés d'attendrissement à l'aspect des grandes choses que le génie du successeur de Charlemagne opérait, et plus encore au tableau de ses bienfaits sans cesse renaissans.

Cependant nous ne pouvons encore nous empêcher de dire un mot sur le décret mémorable du 24 Fructidor, parce qu'il caractérise la supériorité des vues de notre héros. Ce décret met dans tout son jour l'intention d'encourager les sciences, les lettres et les arts, qui contribuent éminemment à l'illustration et à la gloire des nations; le désir de conserver à la France la supériorité qu'elle a acquise en les cultivant, et d'assurer celle du siècle qui commence, sur ceux qui l'ont précédé; enfin, la volonté de connaître les hommes qui ont le plus participé à leur éclat. En vertu de ce décret, de grands prix seront distribués tous les dix ans, le jour anniversaire du 18 Brumaire, de la propre main de Sa Majesté. Tous les ouvrages de littérature et d'arts, toutes les inventions utiles, tous les établissemens consacrés aux progrès de l'agriculture ou de l'industrie nationale, publiés, connus ou formés dans un intervale de dix années, dont le terme précédera d'un an l'époque de la distribution, concourront pour ces grands prix. Voilà comment un grand monarque devient l'image de la suprême intelligence, dont le souffle créateur fait naître le génie même, et produit tout ce qui est beau, sublime, utile. Voilà comment Napoléon prouve que s'il a su mériter une couronne, il sait aussi la porter.

Pendant que Napoléon signalait par d'immortelles conceptions, le court intervale qu'il y avait encore jusqu'au jour où il devait recevoir l'onction sainte, il serait difficile d'exprimer avec quelle activité se poursuivaient non-seulement les travaux ordonnés pour embellir ce jour d'un éclat digne de la plus auguste des cérémonies, mais encore ceux dont l'objet était de donner à l'affluence des étrangers une idée de la capitale de l'Empire français.

Poser, cimenter les pierres, sceller les parapets, construire les trotoirs, paver la chaussée, ouvrir le passage du superbe quai Bonaparte; près des ponts des Tuileries et de la Concorde, terminer ces deux larges escaliers qui conduisent au bord de la Seine ; métamorphoser en une plate-forme commode, dont chaque côté présente à la marche des voitures une descente presque insensible, cet égoût qui, dans les tems de pluie, amoncelait un torrent de vase infecte à l'entrée de la rue de Belle-Chasse ; achever de même le quai Desaix, y élever cette cloison en charpente qui, depuis le Palais de justice jusqu'au pont Notre-Dame, sépare la voie publique des propriétés particulières où de nouvelles maisons remplaceront les masures démolies ; déblayer la rue St-Honoré de cette bicoque nommée *Barrière des Sergens*, qui, à l'inconvénient d'obstruer un des passages les plus fréquentés de la capitale, joignait celui de choquer la vue ; niveler et paver entièrement la belle place du Carrousel, en élargir les trottoirs ; finir la grande galerie du musée Napoléon, et l'offrir dans son entier à l'admiration des amateurs du vrai beau : tout cela fut l'ouvrage de quelques jours.

En même tems se continuaient aussi vivement les travaux concernant les réparations du Louvre, le portail de l'Hôtel-Dieu, la fontaine de l'école de Médecine, le soubassement de la grille de clôture du jardin du sénat, le pont du jardin des Plantes et la démolition de plusieurs maisons depuis long-tems désignées par la police de la voierie.

Mais quel étonnement excite les immenses préparatifs du couronnement, la promptitude inconcevable avec laquelle ils ont été terminés ! On les croirait l'effet de la féerie. Le bâtiment gothique de l'ancienne chapelle du chapitre de la métropole, et plusieurs masures adossées à ce vieil édifice, en dérobaient à l'œil l'architecture hardie, ils disparaissent. Une vaste place circulaire pour le déployement du cortége et de son escorte guerrière, s'ouvre depuis le Parvis jusqu'au pont de la Cité.

Dans l'intérieur du temple, les quatre galeries des bas côtés de la nef, celles d'en haut, et l'extrémité de la cloison qui forme le pourtour du chœur jusqu'à la voûte de la galerie qui le domine, se couvrent de deux étages de gradins, et présentent dans les entre-colonnemens, des amphithéâtres de quatre étages, dont chaque étage est de quatre rangs de banquettes. Ces amphithéâtres sont si artistement disposés, que loin de nuire aux chefs-d'œuvres de la sculpture, ils sont en harmonie avec eux, ajoutent à la décoration de l'ensemble, peuvent contenir vingt-cinq à trente mille personnes, et faciliter à toutes les députations des départemens et de l'armée la vue du monarque qu'elles idolâtrent. De larges couloirs sont pratiqués en tout sens dans l'intérieur de cette vaste charpente, pour la circulation et le maintien du bon ordre. Les murs du chœur et de la nef sont revêtus de riches draperies; des anges dorés, placés à une grande élévation, au milieu de chaque pilier; des étoiles, des abeilles d'or, les lettres N et I surmontées d'une couronne, en décorant les amphithéâtres impriment un caractère céleste à ces belles distributions. L'entrée du chœur est élargie par l'enlèvement de la grande grille et des deux autels entre lesquels elle était placée. A peu de distance de la porte du temple, sur un massif de plusieurs pieds de hauteur, s'élève un arc de triomphe que l'on traverse par le moyen d'une rampe de degrés; à chacune de ses faces on lit ces mots: *Napoléon Empereur, Honneur et Patrie;* au-dessus, l'aigle d'or déploye majestueusement ses ailes sur un champ d'azur entouré d'une chaîne à laquelle est suspendue la grande étoile de la légion d'honneur; derrière l'écu, et sur le manteau d'hermine qui lui sert de fond, on voit se croiser la main de justice et le sceptre, dont l'extrémité est ornée d'une figure en pied de Charlemagne; l'écu est surmonté d'un casque d'or ouvert; au-dessus la couronne impériale est fermée de plusieurs branches de lauriers, dont la réunion représente une thiare terminée par une croix; enfin un grand nombre de trophées, des figures de Génies et de Victoires complètent l'ornement de ce bel arc de triomphe : c'est là que s'élève le trône où le héros, le noble appui du peuple français, verra couronner son front victorieux.

Dans le cloître, une charpente en forme de rotonde reçoit une tente; les issues et la galerie fermée qui y sont pratiquées, serviront à la marche du cortége depuis le palais de l'archevêque jusqu'au grand portail.

Sur la place de l'Hôtel de Ville une construction capitale en charpente et en maçonnerie, s'étend circulairement, prolonge l'ordre d'architecture du bâtiment, et forme deux ailes nouvelles, l'une en face de la Seine, l'autre en face de la maison commune; des fenêtres du même dessin que celles de l'édifice y sont ménagées; dans les intervales des colonnes, des sculptures, d'autres décorations en bois figureraient à s'y méprendre celles en pierres qui ornent l'édifice principal, si l'on ne remarquait dans les détails un goût moderne, enfin, des vitrages, en fermant cette grande construction, donnent la facilité de la chauffer; c'est de là que la famille impériale et la cour jouiront du spectacle d'un feu d'artifice qui s'élancera de la rive gauche de la Seine.

Ce feu d'artifice aura l'avantage nouveau d'être allégorique. Les immenses préparatifs auxquels il donne lieu; ces charpentes colossales, ces toiles peintes qui les couvrent; ces représentations de hauts sommets, de roches escarpées, d'affreux précipices, des routes sinueuses et glacées annoncent que la rive qu'il éclairera doit retracer une grande époque...... Mais n'anticipons pas sur l'ordre des faits; réservons pour une autre place la description d'une scène qui ne parlera pas seulement aux yeux, mais encore à tous les cœurs vraiment français.

Passons dans l'intérieur de l'Hôtel de Ville; il a pris une face toute nouvelle; on n'y pénètre, on n'y circule plus que par de belles galeries fraîchement décorées, et de spacieux vestibules; la vaste enceinte de la cour devient le théâtre d'un édifice en charpente qui s'élève presque jusqu'au toit; deux grandes salles le composent: l'une, au rez de chaussée, communique au grand escalier de la place par deux portes battantes : quatorze colonnes la soutiennent ; l'autre, formant un second étage, auquel on arrive par le double escalier de pierre de l'hôtel, sera éclairé par deux rangées de lustres et par des candelabres distribués le long des murs : elle touche au vestibule qui conduit à la longue salle de pierre dont la largeur forme la façade de la Maison commune. Les ornemens de cette dernière représentent des sujets allégoriques analogues à la circonstance ; elle est échauffée par deux larges foyers, au-dessus desquels on voit couchés sur des lits de roseaux le Rhin et la nymphe de la Seine. Enfin, quatre grands poêles construits aux quatre coins de la cour, répandent la chaleur dans les autres parties de l'édifice, par de nombreux tuyaux dérobés à la vue. A peine l'œil peut-il suivre les progrès de ces travaux nombreux, dont nous ne pouvons offrir qu'une esquisse imparfaite et rapide.

On a remarqué avec raison, qu'il n'y a pas plus de vingt ans de semblables constructions eussent exigé le travail de plusieurs années et des dépenses énormes, ou plutôt qu'elles eussent été inexécutables. Quelle suprême intelligence a donc si rapidement élevé les arts à cette supériorité qui les rend capables de produire tant de chefs-d'œuvre, tant de miracles ? L'élan imprimé à l'ame des artistes par le sentiment de la liberté, les encouragemens donnés par le génie ; le regard éclairé et bienveillant d'un grand homme ; sa volonté ferme d'illustrer son nom et sa patrie par tous les genres de gloire, et d'imprimer un caractère sublime à son siècle, sont devenus pour les arts le feu divin que Prométhée ravit dans les cieux; ils leur ont communiqué le mouvement, la vie, la pensée, le sentiment; ainsi, leurs conceptions sont devenues de véritables émanations de la divinité. Grâce à cette féconde influence, l'architecte, le charpentier, le décorateur ont senti leur esprit s'agrandir, leur imagination s'étendre, leurs talens se perfectionner, leur goût s'épurer, et quelques mois leur ont suffi pour concevoir, pour opérer des merveilles à beaucoup moins de frais que des ouvrages mesquins et sans goût n'en occasionnaient autrefois.

En même tems que la capitale de la France offrait de cette manière aux nations une idée des prodiges que le génie des arts peut enfanter, quand un moteur habile prend soin de le diriger, des travaux de moindre importance, mais nombreux, s'exécutaient. Afin de rendre commode et d'embellir le passage du cortége impérial, les rues par où il devait passer étaient repavées et sablées; les fossés des boulevarts depuis la Madeleine jusqu'à la porte St-Denis se comblaient; on faisait d'inconcevables préparatifs d'illuminations; des théâtres, des orchestres, des salles de danse étaient construits sur plusieurs points pour le divertissement du peuple; de plus, les dispositions imaginées par le zèle des particuliers, s'unissaient aux dispositions publiques. A l'aspect de cet accord surprenant de zèle et d'activité, on eût dit que des milliers de pensées étaient venues se fondre dans la pensée d'un seul ordonnateur; de même que tous les sentimens du cœur se réunissent pour composer celui de l'amour qu'inspire un héros.

Quel spectacle à la fois majestueux et touchant, que celui d'une grande cité où la reconnaissance des citoyens donne au génie des arts le pouvoir de créer spontanément tant de choses admirables, pour honorer le Sauveur de la patrie! Mais un autre spectacle non moins satisfaisant, c'est celui de ce concours incalculable d'étrangers arrivés des quatre parties du Monde, afin d'être témoins de la plus mémorable époque du siècle, et dont la présence rend plus abondans et plus rapides les canaux de la circulation, et apporte de nouveaux alimens au commerce et à l'industrie; c'est celui de l'impulsion donnée à la classe ouvrière; de ces bras innombrables dans une continuelle action, autant pour participer aux préparatifs nationaux, que pour fournir aux besoins du luxe des particuliers. Si les maçons, les terrassiers, les charpentiers, les menuisiers, etc., sont occupés la nuit et le jour aux vastes constructions dont nous avons parlé, aux réparations de la voie publique, à border d'amphithéâtres le passage du cortége; tous ces magasins richement décorés, ces boutiques regorgeant de toute espèce de marchandises, de quantité d'objets d'invention nouvelle, et dont le goût ajoute à la valeur réelle une valeur idéale; ces chars brillans que de superbes coursiers sont fiers de traîner; ces étoffes somptueuses, ces broderies magnifiques, ces bijoux éclatans et du travail le plus recherché; ces ingénieuses et élégantes superfluités que la mode multiplie; en un mot, ce mouvement infini de tout ce qui est grand, beau, utile, agréable, indique assez qu'il n'est pas un état dans la société, pas un art libéral, pas un art mécanique qui ne gagne à la circonstance; le manufacturier s'enrichit, mille articles que l'on croyait perdus pour la fabrique de Paris, sont plus demandés, plus chers et mieux traités qu'autrefois; la main d'œuvre est augmentée, la journée de l'ouvrier presque doublée.

Qu'ils viennent, ces prétendus docteurs en économie politique, dont tout le savoir consiste à condamner ce qu'il ne leur est pas permis de concevoir; ces frondeurs moroses qui voudraient inoculer les mœurs austères de la petite république de Sparte chez une grande nation dont les arts et le luxe entretiennent la richesse et la splendeur; ces ennemis de tous les gouvernemens qui ne leurfont pas l'honneur de les consulter, qu'ils viennent appliquer leur censure sévère aux dépenses qui ont eu lieu; mais en même-tems, qu'ils arrêtent leurs regards sur les fertiles résultats qui ont suivi ces dépenses et dont nous venons de tracer une imparfaite esquisse; s'il leur reste une ombre de raison, comment pourront-ils espérer de faire prévaloir leur absurde systême? quel en serait l'effet inévitable? la barbarie succéderait à l'empire des arts et de l'industrie; nos fabriques, nos manufactures,

PIE VII. PAPE.

BARNABÉ CHIARAMONTI.

Né le 14 Aout 1742.

Aug. Desnoyers del.t

I. P. Simon Sculp.t

tomberaient anéanties, des millions d'individus expireraient de besoin, nos campagnes languiraient sans culture, l'herbe croîtrait dans les rues de nos cités désertes, le premier peuple de la terre, déchu des attributs de la civilisation, ne serait plus qu'un déplorable assemblage de peuplades grossières, et dont l'influence sur l'Europe, entièrement effacée, céderait la place au mépris; tandis qu'en suivant la marche adoptée par Napoléon, en secondant les vues élevées et larges de son génie fécond; en se conformant comme lui au caractère, aux mœurs, aux usages du peuple français; en étudiant de même ce qui convient aux localités, on est certain que par un systême entièrement opposé à celui des régénérateurs en question, on établira sur une base indestructible, la prospérité, la puissance et la gloire nationales.

Mais une autre circonstance de l'heureux événement qui nous occupe, appelle notre attention. Cette circonstance rendra l'Empereur que l'on va couronner, plus cher aux ames vertueuses et sensibles, et sa mission sur la terre en deviendra plus sacrée : c'est celle de l'arrivée du vénérable chef de l'Eglise catholique; il vient répandre lui-même l'onction sainte sur Napoléon. Il était naturel que celui qui avait relevé les autels d'une religion dans laquelle le méchant trouve un frein, le faible un appui, le juste une récompense, et le malheureux des consolations, désirât que l'auteur divin de cette religion bienfaisante, sanctionnât par le ministère de son représentant sur la terre, le choix de la nation française; il était naturel que pour rendre indissoluble le nœud qui allait attacher plus étroitement l'Empereur au peuple, et le peuple à l'Empereur, il y fit intervenir le ciel; il était naturel qu'il prît la Divinité pour témoin de la sincérité de ses sermens et de la pureté de ses intentions.

Simple et doux comme le Dieu dont il fait aimer la parole, mais en même-tems aussi profondément éclairé que les plus illustres défenseurs de la foi, le pontife révéré des chrétiens, qui sait unir aux vertus apostoliques la tolérance du véritable philosophe, avait concouru avec le premier Consul à éteindre le schisme naissant, à concilier les opinions opposées, à rapprocher les cœurs aigris, à rassurer les consciences timorées, à inspirer le pardon des injures, l'oubli des haines et des divisions, à ramener le sacerdoce à la soumission évangélique, et à le rendre, par là, plus respectable aux yeux des fidelles, en un mot, à pacifier l'Eglise; le concordat avait placé son nom à côté de celui du héros, au premier rang des noms chers à l'Être-suprême et à l'humanité. Instruit du désir de Napoléon, son ame paternelle en saisit les pieux motifs; il s'empresse d'y accéder; sa sagesse lui dit que la démarche qu'il va faire mettra le sceau à son ouvrage, qu'elle sera utile à la religion, à la morale publique, au bien de l'Etat : à la religion, en consolidant par un grand acte son influence tutélaire; à la morale publique, en montrant par l'exemple d'un vainqueur puissant qui abaisse ses lauriers et s'humilie devant la majesté divine, que nous ne sommes rien sans l'appui céleste, et qu'en Dieu seul réside la source de toute vertu; au bien de l'Etat enfin, en légitimant doublement les droits au trône impérial, que la souveraineté nationale a délégués à Napoléon et à sa famille, en donnant à son gouvernement une force nouvelle pour l'avantage de tous, par le caractère sacré que la bénédiction de celui qui tient dans sa main le sort des rois et des nations y imprimera.

Ému par ces touchantes considérations, Pie VII ne balance pas; son âge, la faiblesse de sa santé, l'inclémence de la saison, ne sont pas des obstacles capables de changer une détermination dont il doit résulter tant de biens; il se confie à la providence qui l'inspire, elle sera son guide et son soutien dans le pénible et dangereux voyage qu'il entreprend; avec elle, les neiges, les glaces, les frimats, les précipices, les passages sourcilleux des montagnes hérissées de rochers, semblent s'effacer sous les pas du délégué du Seigneur; on le croirait inaccessible à la fatigue, il a repris la vigueur de la jeunesse, tant la véritable piété communique de force et de courage à ceux qu'elle porte à se dévouer pour la gloire du ciel et le salut des hommes.

Il serait impossible de décrire avec l'expression convenable, les témoignages de vénération qui ont accompagné Sa Sainteté pendant ce voyage. Dans les différens Etats qu'elle a traversés, le zèle et tour de la voiture de Sa Sainteté seront occupées par les personnes nommées pour l'accompagner. »

Ces honneurs étaient dus au souverain de Rome, au chef de la religion catholique ; mais ils l'ont moins flatté sans doute, que les soins délicats, les attentions recherchées, les témoignages expressifs de respect qui, sur son passage, ont par tout signalé l'alégresse des autorités et de toutes les classes du peuple, ainsi que leur attachement pour le chef de la religion. L'enthousiasme qu'il faisait naître, se manifestait de mille manières différentes : par des signes, des emblêmes ingénieux et touchans, des illuminations, des inscriptions, des guirlandes de fleurs, des arcs de triomphe en verdure..... L'imagination est inépuisable quand le cœur la dirige.

Dans le Mont-Blanc, Sa Sainteté n'a pu voir sans étonnement les précautions qui avaient été prises, d'après les ordres de l'Empereur, pour la sûreté et la commodité de son voyage. La route du Mont Cénis était jalonnée et applanie; on avait placé des barrières en défense de précipices, sur tous les points où le plus léger sentiment de crainte pouvait être autorisé. Une berline était préparée à l'hospice de ce mont presqu'inaccessible, pour descendre Sa Sainteté par la nouvelle route. Les travaux de la route de la Praz, entrepris pour éviter la descente périlleuse de St-André, avaient été poussés avec tant d'activité, qu'elle se trouvait praticable; et comme tous les voyageurs, Sa Sainteté a payé le tribut d'admiration que l'on doit à ce bel ouvrage, conçu par Napoléon. Un palanquin surmonté d'un dais porté par seize hommes, était préparé à l'entrée de la grotte des Echelles, pour lui éviter la descente de cette grotte en voiture; mais quoique très-sensible à cette prévenance, le modeste pontife a refusé d'en profiter, et il a fait la descente à pied.

Arrivée à Fontainebleau, Sa Sainteté y a trouvé l'Empereur. Pour honorer d'une manière éclatante l'hôte révéré qui s'approchait, Sa Majesté était venue au-devant de lui. Les deux souverains se sont rencontrés à la Croix de St-Hérem. Ils ont mis pied à terre en même tems, et volé dans les bras l'un de l'autre. Le sentiment qui se peignait sur leurs traits dans cet embrassement, attestait combien les ames perfectionnées par la vertu, sont d'intelligence; combien la valeur dont l'emploi est louable, s'unit facilement avec la douce piété. On eût dit que les lauriers de Napoléon, plus resplendissans alors, se confondaient et ne formaient qu'un seul faisceau avec les rayons de l'auréole céleste.

Le 7 Frimaire, entre cinq à six heures du soir, l'Empereur et Sa Sainteté sont arrivés à Paris; dès ce moment, Sa Sainteté a occupé le pavillon de Flore, au château impérial des Tuileries, où les dispositions les plus ingénieuses avaient été faites pour lui en rendre le séjour agréable. Par une attention d'une délicatesse exquise, Napoléon avait fait arranger l'appartement de Sa Sainteté, sur le modèle de celui qu'elle habite à Rome; en entrant, elle y trouva les mêmes meubles, la même bibliothèque, ses livres favoris à la même place; elle put se croire toujours dans son palais.

Mais les registres des votes sur la proposition de l'hérédité de la dignité impériale sont arrivés, et le dépouillement en est fait. Le vœu libre, authentique du peuple français est solennellement proclamé. Le sénatus-consulte qui le constate d'une manière légale, devenant la base fondamentale de l'existence du gouvernement impérial, est une pièce qu'il importe à l'histoire de recueillir; nous la rapportons en entier.

Napoléon, par la grâce de Dieu et les constitutions de la République, Empereur des Français, à tous présens et à venir, salut :

Le sénat ayant déclaré ce qui suit :

Extrait des registres du Sénat conservateur. Du mardi 15 Brumaire an 13.

SÉNATUS-CONSULTE.

Le sénat conservateur réuni au nombre de membres prescrit par l'article XC de la constitution;

Délibérant sur le message de S. M. Impériale, du 1.er de ce mois;

Après avoir entendu le rapport de sa commission spéciale, chargée de vérifier les registres des votes émis par le peuple français, en exécution

Vu l'article CXLII de l'acte des constitutions de l'Empire, en date du 28 Floréal an 12, sur l'acceptation de cette proposition :

« Le peuple français veut l'hérédité de la dignité » impériale dans la descendance directe, natu» relle, légitime et adoptive de NAPOLÉON BO» NAPARTE, et dans la descendance directe, na» turelle et légitime de JOSEPH BONAPARTE et de » LOUIS BONAPARTE, ainsi qu'il est réglé par le » sénatus-consulte de ce jour (28 Floréal an 12). »

Vu le procès-verbal fait par la commission spéciale, et qui constate que 3,524,254 citoyens ont donné leurs suffrages, et que 3,521,675 citoyens ont accepté ladite proposition,

Déclare ce qui suit :

La dignité impériale est héréditaire dans la descendance directe, naturelle, légitime et adoptive de NAPOLÉON BONAPARTE, et dans la descendance directe, naturelle et légitime de JOSEPH BONAPARTE et de LOUIS BONAPARTE, ainsi qu'il est réglé par l'acte des constitutions de l'Empire, en date du 28 Floréal an 12.

Le présent sénatus-consulte sera transmis par un message à S. M. l'EMPEREUR.

(Suivent les signatures).

Extrait des registres du Sénat conservateur, du mardi 15 Brumaire an 13. — Procès-verbal du recensement des votes émis par le peuple français, sur l'hérédité du pouvoir impérial, dressé en exécution de l'arrêté du Sénat, du 2 Brumaire an 13.

Le 3 Brumaire an 13, les sénateurs soussignés, membres de la commission spéciale chargée par délibération du sénat, en date du jour d'hier, de l'examen du projet de sénatus-consulte que S. M. I. a fait remettre le même jour au sénat, par des orateurs du Gouvernement, ainsi que du recensement des votes émis par le peuple français sur la proposition suivante : « Le peuple veut l'hérédité de » la dignité impériale dans la descendance directe, » naturelle, légitime et adoptive de Napoléon Bo» naparte, et dans la descendance directe, na» turelle et légitime de Joseph Bonaparte et de » Louis Bonaparte, ainsi qu'il est réglé par le » sénatus-consulte organique du 28 Floréal an 12 ; » ayant considéré que si les registres contenant lesdits votes, se trouvent à la disposition du sénat, le transport et le déplacement d'une quantité aussi considérable de papiers entraîneraient des lenteurs, ont arrêté, pour la célérité de l'opération, de se transporter au dépôt provisoire où sont ces papiers;

Et de suite ils se sont transportés dans une des maisons occupées par la première division du ministère de l'intérieur, où la remise desdits papiers leur a été faite.

Ils ont trouvé les registres de chaque département réunis en un ou plusieurs dossiers, et le tout classé et disposé dans un ordre très-régulier.

Conformément au décret du 29 Floréal, ces registres ont été ouverts au secrétariat de toutes les administrations et de toutes les municipalités, aux greffes de tous les tribunaux, chez tous les juges de paix et chez tous les notaires. Chaque dépositaire d'un registre l'a arrêté, et après avoir porté au bas le relevé des votes et certifié le tout, l'a adressé au maire de sa municipalité; celui-ci les a fait passer au sous-préfet de son arrondissement, avec un relevé de lui certifié, et conforme au modèle qui avait été envoyé; chaque sous-préfet a transmis au préfet les registres de son arrondissement, avec un relevé de lui certifié, et conforme aussi à un second modèle imprimé. Chaque préfet a ensuite envoyé au ministre de l'intérieur les registres de son département, avec un relevé général de lui certifié, et conforme à un troisième modèle également imprimé.

Les votes émis dans le département de la Seine, ont été adressés soit au préfet du département, soit au préfet de police, soit directement au ministre de l'intérieur. Les chefs de chaque établissement, en corps, ont certifié le contenu de ces registres.

Plusieurs maires ne s'étant pas conformés aux instructions qu'ils avaient reçues, ont adressé directement au ministre de l'intérieur les registres de leur commune; on les a renvoyés aux préfets qui les ont transmis de nouveau, après les avoir légalisés et certifiés.

Tous les départemens, sans aucune exception, ont envoyé leurs registres.

Il est parvenu quelques votes isolés : on n'en a pas tenu compte.

Le ministre des relations extérieures a envoyé à celui de l'intérieur les votes des français employés ou résidant momentanément en pays étrangers ; quelques-uns de ces votes lui ont été adressés immédiatement par les votans; d'autres ont été consignés sur des registres ouverts à cet effet chez nos agens diplomatiques qui les ont certifiés.

Un grand nombre de supplémens de votes étant parvenus au ministère de l'intérieur, depuis la confection du tableau annexé au projet du sénatus-consulte, ces supplémens ont été représentés aux commissaires, qui ont arrêté 1.° de former deux résultats ; le premier, du nombre des votes tel qu'il était à l'époque où ledit tableau a été dressé; et le second, où l'on ajouterait le nombre total des votes tel qu'il est aujourd'hui, d'après les registres et les supplémens; 2.° d'annexer au présent procès-verbal un tableau *par département*, où les derniers supplémens ne seraient pas compris ; 3.° de faire dresser, pour être annexé également au procès-verbal, un second tableau par arrondissement de sous-préfecture, qui contiendrait la totalité des votes actuels.

De la vérification et du recensement opérés de la manière susdite, il résulte 1.° que sur la proposition de l'hérédité du pouvoir impérial, telle qu'elle est énoncée en l'article CXLII du sénatus-consulte du 28 Floréal dernier, et rapportée au commencement du présent acte, le nombre des votans, tel qu'il était parvenu peu de jours avant la rédaction du projet de sénatus-consulte, en y comprenant les 400,000 votes de l'armée de terre, et les 50,000 des armées navales, se trouve de 3,524,254, et le nombre des registres de 60,870; que le nombre des votes affirmatifs est de 3,521,675, et celui des votes négatifs de 2,569.

Il résulte, 2.° que le nombre des votans, tel qu'il se trouve aujourd'hui, d'après la totalité des pièces représentées aux commissaires, est de 3,574,898 votans, et le nombre des registres de 61,968; que le nombre des votes affirmatifs est de 3,572,329, et celui des votes négatifs de 2,569; qu'ainsi le nombre des votes affirmatifs excède aujourd'hui de 50,654 la quantité des mêmes votes énoncée au projet de sénatus-consulte.

Le procès-verbal ci-dessus arrêté et clos le 22 Brumaire an 13, et signé de chacun des membres de la commission.

(*Suivent les signatures*).

A la suite de ce procès-verbal se trouvait le relevé général des votes par département. Ce tableau n'ajouterait rien à l'intérêt de notre ouvrage, et par son étendue il y prendrait une place trop considérable. Il suffira que le lecteur en connaisse les résultats en faveur de l'hérédité :

Totaux des départemens.	3,120,546.
Armée de terre.	400,000.
Armée de mer.	50,000.
Agences politiques et commerciales.	1,764.
Ecole de Rome.	19.
Total général.	3,572,329.

Les votes du seul département de la Seine se sont élevés à 120,947, distribués en 432 registres, et il n'y a eu que 70 votes négatifs.

Cette immense majorité atteste assez énergiquement au monde et à la postérité la conviction acquise par les Français, que leur salut dépend de la démarche solennelle qu'ils ont faite. En comparant les votes émis, 1.° en l'an 8, pour l'acceptation de la constitution qui nommait Bonaparte premier consul; 2.° en l'an 10, pour le consulat à vie; 3.° enfin en l'an 13, pour l'hérédité de la dignité impériale dans la race de Napoléon I.er, nous remarquons à chacune de ces époques, une augmentation de votes pour l'affirmative : 3,011,007 votans ont accepté d'abord la constitution ; 3,568,185 ont voté pour le consulat à vie, et 3,572,329 ont voulu l'hérédité. Ainsi, il y a eu pour le consulat à vie, 557,178 votans de plus que pour l'acceptation de la constitution, et pour l'hérédité 4,144 de plus que pour le consulat à vie. Cet accroissement de votes n'est-il pas une preuve évidente, irréfragable des progrès tous les jours plus sensibles de l'amour des Français pour Napoléon? S'il leur était donné d'étendre, avec la même facilité qu'ils l'ont fait Empereur, les bornes de sa vie aussi loin que celles de sa gloire, quelle augmentation de votes on verrait encore! Tous ceux auxquels la loi n'accorde pas de droits politiques, les femmes, les adolescens, les enfans même, avec quel empressement ils solliciteraient une exception pour cette seule circonstance, afin de concourir à éterniser l'existence et le gouvernement d'un prince adoré!

Mais il va bientôt luire ce jour si désiré, où, dans la métropole qu'il a réédifiée, et sous les auspices de l'Etre-Suprême, Napoléon recevra la couronne et le sceptre de Charlemagne, dont le règne long et mémorable fut moins plein, moins fertile en grandes choses que la jeunesse de notre héros. Tous les préparatifs pour cette heureuse et superbe fête sont achevés; il ne reste plus que le cérémonial à régler. Il l'est bientôt d'une manière digne de son objet. On doit ce travail au grand-maître des cérémonies, M. le conseiller d'Etat de Ségur, qu'en différentes circonstances on a vu ajouter au titre honorable de fils du vertueux ministre de la guerre de ce nom, l'association des connaissances, des talens de l'homme d'Etat, de l'historien, du littérateur, et de ce que le commerce des muses offre de plus aimable.

Dans la solennité du sacre et du couronnement,

on s'est fidellement conformé aux dispositions du cérémonial dont nous parlons ; afin d'éviter des répétitions fastidieuses, nous nous abstiendrons de le rapporter textuellement ; le procès-verbal authentique de ce qui s'est passé à une si mémorable époque, rend cette pièce inutile, et remplit complètement le double objet d'en faire connaître la teneur, en même tems que les circonstances historiques qui ont accompagné l'avénement au trône du premier des souverains de la quatrième dynastie.

Mais, avant de placer cet intéressant procès-verbal, l'ordre des faits exige que nous transcrivions le discours que son excellence M. François de Neufchâteau, président du sénat, est venu prononcer, le 10 Frimaire, devant Sa Majesté, à la tête du sénat en corps.

Ayant été introduit dans la salle du trône, et présenté par le prince Joseph, grand-électeur, il a porté la parole en ces termes :

« Sire,

» Le premier attribut du pouvoir souverain des peuples, c'est le droit de suffrage appliqué spécialement aux lois fondamentales. C'est lui qui constitue les véritables citoyens. Jamais chez aucun peuple ce droit ne fut plus libre, plus indépendant, plus certain, plus légalement exercé, qu'il ne l'a été parmi nous depuis l'heureux dix-huit Brumaire. Un premier plébiscite mit pour dix ans entre vos mains les rênes de l'Etat. Un second plébiscite vous les confia pour la vie. Enfin, pour la troisième fois, la nation française vient d'exprimer sa volonté. Trois millions cinq cent mille hommes, épars sur la surface d'un territoire immense, ont voté simultanément l'Empire héréditaire dans l'auguste famille de votre Majesté. Les actes en sont contenus dans soixante mille registres qui ont été vérifiés et dépouillés avec scrupule. Il n'y a point de doute ni sur l'état, ni sur le nombre de ceux qui ont émis leur voix, ni sur le droit que chacun d'eux avait de la donner, ni sur le résultat de ce suffrage universel. Ainsi donc le sénat et le peuple français s'accordent unanimement pour que le sang de Bonaparte soit désormais en France le sang impérial, et que le nouveau trône élevé pour Napoléon et illustré par lui, ne cesse pas d'être occupé ou par les descendans de votre Majesté, ou par ceux des princes ses frères.

» Ce dernier témoignage de la confiance du peuple et de sa juste gratitude a dû flatter le cœur de votre Majesté impériale. Il est beau pour un homme qui s'est dévoué comme vous au bien de ses semblables, d'apprendre que son nom suffit pour rallier un si grand nombre d'hommes. Sire, la voix du peuple est bien ici la voix de Dieu. Aucun Gouvernement ne peut être fondé sur un titre plus authentique. Dépositaire de ce titre, le sénat a délibéré qu'il se rendrait en corps auprès de votre Majesté impériale. Il vient faire éclater la joie dont il est pénétré, vous offrir le tribut sincère de ses félicitations, de son respect, de son amour, et s'applaudir lui-même de l'objet de cette démarche, puisqu'elle met le dernier sceau à ce qu'il attendait de votre prévoyance pour calmer les inquiétudes de tous les bons Français, et faire entrer au port le vaisseau de la République.

» Oui, Sire, de la République! Ce mot peut blesser les oreilles d'un monarque ordinaire. Ici le mot est à sa place devant celui dont le génie nous a fait jouir de la chose dans le sens où la chose peut exister chez un grand peuple : vous avez fait plus que d'étendre les bornes de la république; car vous l'avez constituée sur des bases solides. Grâces à l'Empereur des Français, on a pu introduire dans le gouvernement d'un seul les principes conservateurs des intérêts de tous, et fondre dans la République la force de la monarchie. Depuis quarante siècles on agite la question du meilleur des Gouvernemens, depuis quarante siècles le Gouvernement monarchique était considéré comme étant le chef-d'œuvre de la raison d'Etat, et le seul port du genre humain. Mais il avait besoin qu'à son unité de pouvoir, et à la certitude de sa transmission, on pût incorporer sans risque des élémens de liberté. Cette amélioration dans l'art de gouverner est un pas que NAPOLÉON fait faire en ce moment à la science sociale. Il a posé le fondement des Etats représentatifs; il ne s'est pas borné à leur existence présente; il a mis dans leur sein le germe de leur perfection future. Ce qui manque à leur premier jet doit sortir de leur propre marche.

C'est l'honneur de l'âge présent; c'est l'espérance et le modèle des siècles à venir.

» Sire, parmi les plus grands hommes dont la terre peut s'honorer, le premier rang est réservé pour les fondateurs des Empires. Ceux qui les ont détruits n'ont eu qu'une gloire funeste; ceux qui les ont laissé tomber sont par tout des objets d'opprobre. Honneur à ceux qui les relèvent! non-seulement ils sont les créateurs des nations, mais ils assurent leur durée par des lois qui deviennent l'héritage de l'avenir. Nous devons ce trésor à votre Majesté impériale; et la France mesure à la grandeur de ce bienfait, les actions de grâces que le sénat-conservateur vient vous présenter en son nom.

» Si une République pure avait été possible en France, nous ne saurions douter que vous n'eussiez voulu avoir l'honneur de l'établir, et dans cette hypothèse nous ne serions jamais absous de ne l'avoir pas proposée à un homme assez fort pour en réaliser l'idée, assez grand personnellement pour n'avoir pas besoin d'un sceptre, et assez généreux pour immoler ses intérêts aux intérêts de son pays. Eussiez-vous dû, comme Lycurgue, vous bannir de cette patrie que vous eussiez organisée, vous n'auriez pas hésité. Vos méditations profondes se sont portées plus d'une fois sur un si grand problême; mais pour votre génie lui-même ce problême était insoluble.

» Les esprits superficiels frappés de l'ascendant que tant de succès et de gloire vous ont valu de si bonne heure sur l'esprit de la nation, ont pu s'imaginer que vous étiez le maître de lui donner à volonté le gouvernement populaire ou le régime monarchique. Il n'y avait point de milieu; personne ne voulait en France de l'aristocratie : mais le législateur doit prendre les hommes tels qu'ils sont, et leur donner les lois, non pas les plus parfaites que l'on puisse inventer, mais, comme Solon, les meilleures de celles qu'ils peuvent souffrir. Si le ciseau d'un grand artiste tire à son gré d'un bloc de marbre un trépied ou un dieu, on ne travaille pas ainsi sur le corps d'une nation. Sire, il est vrai que votre vie est tissue de prodiges : mais quand vous auriez pu ployer la nature des choses et le caractère des hommes au point de jeter un moment les masses de la France dans un moule démocratique, cette merveille n'eût été qu'une illusion passagère : si nous y eussions concouru, nous n'aurions forgé que des fers pour la postérité.

» Le vaste miroir du passé est la leçon de l'avenir. Toutes les républiques célèbres dans l'histoire, ont été concentrées ou sur des montagnes stériles ou dans une seule cité : hors de là ce régime a fait dans tous les tems le désespoir et la ruine des provinces sujettes. La liberté des uns ne pouvait subsister que par l'esclavage des autres. Le peuple roi était dans Rome, et le reste du monde n'était compté pour rien. La France n'est point dans Paris. Une commune audacieuse voulait y usurper la place de la nation; mais elle a prouvé seulement, ce [illegible] déjà que la pire des tyrannies est celle qui [illegible] le nom de la liberté.

Quand [illegible] représentans, placés sur les dé-[illegible] de [illegible] fonder la République, leurs [illegible] pures: avant d'être désenchantés [illegible] expérience, ils adoraient de bonne [illegible] trompeur qu'ils prenaient pour [illegible]. Nous pourrons parler d'une erreur dont [illegible] avons pu être un moment éblouis. Eh! qui [illegible] pu s'en défendre? le torrent populaire em-[illegible] malgré eux les plus indifférens. Mais ceux [illegible] avec une franchise aveugle la République de Platon, supposant qu'un grand peuple pouvait renouveler ses mœurs aussi rapidement qu'il réformait ses lois, ne voyaient pas que les piliers de cet édifice idéal portaient uniquement sur un espace imaginaire. Des hommes généreux s'écriaient avec Cicéron : Quel doux nom que la liberté! Ils oubliaient que Cicéron se plaignait déjà de son tems que ce n'était qu'un mot, et que l'esprit républicain ne pouvait plus sympathiser avec la lie de Romulus. Comment nous [illegible]-nous de faire une démocratie, quand pour [illegible] il faudrait rassembler des hommes qui [illegible] tous également de sang froid, désintéressés, supérieurs à leur nature; c'est-à-dire, des hommes qui n'eussent presque rien d'humain? [illegible] cela la démocratie n'aura jamais pour terme [illegible] tempête des partis et l'anarchie modifiée. [illegible] fléaux! grand Dieu, que les partis et l'anarchie! la France les a éprouvés, et leur seul souvenir la fera long-tems frissonner.

» On dit que les anciens Perses, pour convaincre le peuple du danger effroyable des abus de la liberté, pratiquaient un usage bien extraordinaire : ils s'inoculaient un moment la peste des corps politiques. Quand un de leurs rois était mort, il y avait cinq jours passés dans l'anarchie, sans autorité et sans lois. La licence n'était ni réprimée alors, ni châtiée ensuite : c'était cinq jours abandonnés à l'esprit de vengeance, aux excès, à la violence; pour tout dire, c'était cinq jours de révolution. Cette épreuve, dit-on, faisait rentrer le peuple avec beaucoup de joie sous l'obéissance du prince.

» Oh ! que n'a pas coûté à notre nation le déplorable essai qu'elle a fait de ces saturnales de la licence politique! non pendant cinq jours seulement, mais pendant les longues années de nos déchiremens et de nos troubles intestins ! Quels fruits amers ont recueillis de leur enthousiasme ceux qui avaient rêvé des théories républicaines ! à quelle horrible alternative se sont trouvés réduits ceux qui, persuadés de l'erreur d'un grand peuple, et néanmoins pleins de respect pour les décisions de la majorité, n'ont su d'abord quel parti prendre entre l'ivresse populaire qui les punissait sur le champ de leur incertitude, et la conviction de l'intérêt national, qui leur montrait en perspective, dans un avenir éloigné, ce retour aux principes, ou plutôt ce miracle dont nous sommes témoins, mais qu'alors on pouvait désirer seulement sans oser l'espérer! La justice et la vérité sont les filles du tems. La révolution devait avoir un terme : mais par quelles routes sanglantes devions-nous y être amenés ? et qui pouvait prévoir que ces affreuses tragédies obtiendraient de nos jours un dénouement si glorieux?

» Après des fluctuations plus terribles que celles d'une mer agitée, on crut avoir trouvé un remède infaillible aux convulsions populaires par l'établissement d'une polygarchie. Le dépôt de l'autorité dans les mains de plusieurs valait mieux que l'absence ou la dispersion de cette autorité; mais on ne pouvait pas enfermer dans un même corps des ames différentes et des volontés opposées, ainsi que le manichéisme plaçait deux principes contraires à la tête de l'univers. La lutte de ces deux principes aurait anéanti la France, sans le parti qu'on prit de revenir enfin à un pouvoir plus concentré. C'est ce qui consacre à jamais la journée du 18 Brumaire.

C'est aussi ce qui vous ramène et vous attache, Sire, ceux des républicains dont le patriotisme a pu être le plus fervent et le plus ombrageux. Ils s'étaient affermis dans leur haine contre le trône par leur attachement aux intérêts du peuple, et le désir ardent de la félicité publique. Leurs idées n'ont été remplies que par votre gouvernement : désabusés de leur chimère, et ramenés par vous à la réalité, ils sont bien convaincus qu'il était impossible de songer sérieusement à implanter la république, proprement dite, chez un peuple attaché à la monarchie par besoin, par instinct, par la force d'une habitude que rien ne peut détruire. Oui, Sire, sur ce point il n'y a plus qu'un sentiment. Oui, le gouvernement d'un seul est pour un si vaste pays, ce que la statue de Pallas fut autrefois pour les Troyens. En la leur enlevant, on précipitait leur ruine.

» Mais ce n'est pas encore assez. L'unité de l'Empire est le faisceau de sa puissance; mais les dards en seraient bientôt désunis et rompus, si l'hérédité du faisceau n'en assurait pas le lien. Un ordre de succession déterminé d'avance, est le plus ferme appui du Gouvernement monarchique. Aussi, par l'élection même qui vous fait Empereur, le sénat et le peuple se sont-ils dépouillés du droit d'élire à l'avenir, tant que subsisteront les lignes glorieuses auxquelles ils transmettent le droit exclusif à l'Empire. C'est un grand fidéicommis consacré par le droit des gens, et dont la nation a senti la nécessité, afin de n'avoir plus de lacune à prévoir, ni de troubles à craindre dans cette délégation de son pouvoir suprême.

» Parmi les résultats heureux de la loi de l'hérédité, telle que les Français viennent de l'adopter, la sagacité du grand peuple lui a fait distinguer deux avantages principaux : c'est d'abord qu'une dynastie élevée par la liberté sera fidelle à son principe : on ne voit point de fleuves qui remontent contre leur source. C'est qu'en outre on doit espérer d'une tradition suivie dans ce Gouvernement paternel et perpétuel, une nouvelle consistance pour le crédit public, soit au-dedans, soit au-dehors. Dans l'intérieur, en effet, quelle sécurité plus grande pour les créanciers de l'Etat, que la loyauté éprouvée de votre Majesté impériale, l'exactitude, sans exemple en tout autre pays, dans le payement des arrérages, et la garantie prolongée que présente pour l'avenir une suite constante et non interrompue d'Empereurs héritiers de vos intentions comme de votre dignité? Quel gage pour les fonds publics, que celui qui se trouve assigné à la fois sur la gloire de votre nom et sur l'honneur de votre Empire! Dans l'étranger aussi, sur quelle base plus solide vont reposer nos alliances! C'est l'intérêt commun qui fait tous les nœuds de ce monde : les amis de la France pouvant compter sur elle, elle pourra compter sur eux; et cette superbe contrée, replacée dans l'Europe au rang dont la faiblesse l'avait laissé décheoir, pourra exercer désormais une influence permanente sur le repos des nations et sur la paix du continent. Nous n'avons pas d'autre intérêt, et vous avez assez prouvé que vous n'avez pas d'autres vues.

» Quant à nos ennemis, s'ils persistent à l'être, leur désespoir doit redoubler en considérant le service qu'ils nous ont rendu malgré eux. Nous avons été avertis par leurs trames atroces. Pour dernière ressource, ils méditaient des crimes; nous devions les rendre inutiles. Ainsi donc, à quelques égards, notre bonheur est leur ouvrage. Mais, Sire, en attendant que leurs yeux se dessillent, ou que notre armée indignée aille punir leur perfidie, notre bonheur fait leur supplice. Quel spectacle pour eux que celui de la France, de cette même France qu'ils voulaient déchirer, et qu'ils doivent savoir maintenant réunie autour de son auguste chef, ayant un même esprit, formant les mêmes vœux, et célébrant tranquillement les fêtes qui annoncent l'union de la liberté, ce premier des mobiles, avec ce grand système conservateur des nations, la monarchie héréditaire !

» Il est bien vrai que ce principe avait été reçu en France ; mais malheureusement son application n'était ni fixe ni réglée. L'ordre de succéder au trône, qu'on appelait la loi salique, n'était point une loi, mais une coutume observée par une tradition vague et qui ne fut jamais écrite. Au lieu de lois fondamentales, nos ancêtres ne nous avaient guère laissé que des maximes dont le sens s'était dépravé au gré des partisans du pouvoir arbitraire. *Que veut le roi si veut la loi ;* dans la langue de nos aïeux, cet adage ne signifie autre chose sinon que le roi ne veut rien que ce que veut la loi : mais on sait trop qu'on lui donnait un sens précisément contraire. Loin que le prince se fît gloire de dépendre des lois, on voulait que les lois dépendissent du prince. Dans cette monarchie informe et inconstante, tour à tour militaire et superstitieuse, féodale et fiscale, rien n'était défini. On n'avait aucun monument vraiment constitutionnel, aucun pacte du genre de ceux que les capitulaires caractérisent par ces mots : *La volonté nationale publiée sous le nom du prince.* C'était ce monument, c'était ce pacte que voulaient, en 1787, les arrêts de toutes les cours; en 1788, les cahiers de tous les bailliages; en 1789, les vœux de tous les citoyens. On demandait que le contrat entre le monarque et le peuple, fût reconnu et rédigé de manière à lier ensemble le peuple et le monarque. On désirait que celui-ci signât de bonne foi la définition du pouvoir monarchique donnée par Fénélon, lorsqu'il dit si précisément : « Les lois de » Minos veulent qu'un seul homme serve par sa » sagesse et par sa modération à la félicité de tant » d'hommes, et non pas que tant d'hommes servent » par leur misère et leur servitude lâche, à flatter » l'orgueil et la mollesse d'un seul homme. » On voulait que le chef d'un grand Etat comme la France, promît, à son avénement, non pas d'être le roi des nobles ni d'aucune autre caste, mais le chef de la nation; non pas de maintenir les priviléges usurpés, qui, dans un pays agricole et chez un peuple industrieux, flétrissaient néanmoins l'agriculture et l'industrie pour enrichir de leurs dépouilles les complices du despotisme; mais qu'il jurât au peuple ces articles fondamentaux, ces bases éternelles des sociétés policées :

» La liberté des cultes, ce premier droit de tous les hommes, puisque l'autorité ne peut jamais forcer la conscience;

» L'égalité des droits de tous les citoyens, égalité qui est la seule raisonnable et possible;

» Le respect pour la liberté politique et civile,

sans lesquelles les nations ne sont que des troupeaux d'esclaves également indifférens à la fortune de leurs maîtres et à leur propre destinée ;

» La garantie inviolable de la propriété, qui prévient sur-tout la levée des impôts arbitraires, et ne permet aucun subside direct ou indirect, sous quelque nom que ce puisse être, qu'en vertu de la loi ;

» Enfin le rapport général de son gouvernement au seul but primitif de tout Gouvernement : l'intérêt, le bonheur et la gloire du peuple.

» C'est le fond du serment que Votre Majesté Impériale va prêter au peuple français ; ce sont les propres termes que vous avez choisis pour faire votre loi et celle de vos successeurs. D'après les circonstances, Votre Majesté y ajoute l'engagement de maintenir :

» L'intégrité du territoire de la République française, qui doit rester indivisible ;

» Les acquisitions des biens nationaux, qui ont été la solde de notre indépendance ;

» La sublime institution de votre légion d'honneur, digne prix des services rendus à la patrie.

» Avec ces accessoires, ce serment remarquable paraît avoir été écrit sous la dictée de la nation toute entière. C'est à ce prix aussi que la nation toute entière jure de vous être fidelle. Ces deux sermens se correspondent ; ils se garantissent l'un l'autre : ce sont les anneaux réciproques d'une alliance indissoluble ; et parmi tant de grandes vues qui distingueront à jamais le sénatus-consulte du 28 Floréal, ce qui cimente tout l'ouvrage, ce qui lui imprime le sceau de l'immortalité, Sire, c'est la pensée du titre des sermens.

» Le vertueux Trajan en avait eu l'idée à Rome ; mais il n'en donna que l'exemple. Ce ne fut de sa part qu'un trait neuf et sublime, qui ne fut pas la règle des autres Empereurs ; au lieu que Votre Majesté en a fait un devoir non seulement à ceux qui devront monter après elle au trône impérial, mais à ceux qui seront les régens de l'Empire dans les cas de minorité. Ainsi tout se trouve prévu. C'est cet art de lier l'avenir au présent, qui est le secret du génie.

» Depuis long-tems la France ne demandait qu'un pareil acte : il était à la fois sollicité par l'éloquence des écrivains les plus profonds ; reconnu nécessaire, même au sein de la cour, par les ministres les plus sages ; invoqué, en un mot, par un cri général dans les classes les plus vulgaires : mais ceux qui étaient appelés à occuper le premier rang chez le premier des peuples, étaient loin d'être à son niveau. S'il faut surpasser en vertu ceux qu'on surpasse en dignité, il ne faut pas non plus leur être inférieur par la raison.

» Le peuple français était mûr pour améliorer son état politique. Hélas ! bien loin de l'y aider, on a fait courir le risque de voir la France se dissoudre, au gré de ceux qui désiraient effacer son nom sur la carte. Elle était devenue le foyer d'un volcan qui ébranlait le Monde, mais qui s'engloutissait lui-même.

» Pour fermer cet abyme, il fallait plus qu'un Curtius ; suivant l'idée profonde d'un auteur politique, il fallait qu'un grand homme choisît pour le théâtre de son gouvernement et la matière de sa gloire, les ruines de cet Etat qu'il se proposerait de refondre et de rajeunir. Il fallait que cet homme fût digne de donner son nom et d'imprimer son mouvement à une dynastie nouvelle ; il fallait qu'il fût au-dessus de ses contemporains, de leur aveu, par leurs suffrages, sans contradiction ni des siens ni des étrangers. Dans l'état où se trouvent les sociétés actuelles, on sent, comme autrefois, le besoin d'être gouverné ; mais les moyens de gouverner sont devenus plus difficiles, parce que leur objet est plus vaste et plus compliqué. Labruyère a bien dit, qu'*il ne faut ni art ni science pour exercer la tyrannie :* cela fut vrai dans tous les tems ; mais fonder un Empire modéré et durable sur trente-deux millions d'hommes, braves, sensibles, éclairés ; mais savoir s'arrêter soi-même, et ne faire servir la gloire éclatante des armes qu'au maintien paisible des lois ; mais tenir en suspens d'une main ferme et juste les deux bassins de la balance où sont en équilibre, d'un côté les devoirs du prince, et de l'autre les droits du peuple ; mais faire ce prodige au dix-neuvième siècle, ce ne peut être le partage que d'un esprit supérieur.

» Nous n'avons rien dans nos annales qu'on puisse mettre en parallèle. Nous pouvons du moins les citer : c'est encore un de vos bienfaits ; car Votre Majesté Impériale restitue aussi aux Français l'usage de leur propre histoire, qui sans vous leur serait devenue étrangère.

» Dans un siècle moins avancé, nous lisons que Philippe-Auguste, avant le combat de Bouvines, mit sa couronne sur l'autel, et la faisant voir à ses troupes, leur dit à haute voix : « Français, si vous » croyez qu'un autre mérite mieux que moi de » porter la couronne, la voilà : nommez le plus » digne ; je suis prêt à lui obéir. Mais si vous me » croyez capable de vous commander, il vous faut » défendre aujourd'hui votre chef et vos biens, » vos familles et votre honneur. » A ces mots, les soldats tombèrent à ses pieds, et demandèrent à genoux sa bénédiction, qui fut suivie de la victoire.

» Que cet exemple, Sire, s'applique heureusement à Votre Majesté Impériale ! non pas qu'elle ait besoin de nous adresser ces paroles ! C'est le sénat conservateur et le peuple français qui vous assurent par ma voix qu'ils sont fiers de leur Empereur. S'ils vous ont offert la couronne, s'ils la rendent héréditaire dans votre descendance et dans celle de vos deux frères, c'est parce qu'il n'existe dans le Monde aucun homme plus digne de porter le sceptre de la France, ni aucune famille plus chérie des Français. Commandés par Napoléon ou par ses fils ou ses neveux, imbus de son esprit, formés à son exemple, liés enfin par son serment, nous, Sire, et les fils de nos fils, nous défendrons jusqu'à la mort ce Gouvernement tutélaire, objet de notre orgueil comme de notre amour, parce qu'en lui nous défendrons *notre chef et nos biens*, *nos familles et notre honneur.*

» Sire, vous avez pris pour devise de nos monnaies ces mots que vous justifiez : *Dieu protége la France.* Oh ! oui, Dieu protége la France puisqu'il vous a créé pour elle. Père de la patrie, au nom de ce Dieu protecteur bénissez vos enfans, et sûr de leur fidélité, comptez que rien ne peut ni effacer de leurs esprits, ni déraciner de leurs cœurs les engagemens résultant du contrat mutuel qui vient d'intervenir entre la nation française et la famille impériale.

» Mais il faut compléter tout ce qui a rapport à ce contrat auguste ; et pour y parvenir, le sénat m'a chargé de prier Votre Majesté de faire promulguer d'une manière solennelle le sénatus-consulte du 15 Brumaire dernier, qui proclame le vœu du peuple pour l'hérédité de l'Empire. Ce grand acte national est lié naturellement à l'auguste cérémonie du sacre et du serment de Votre Majesté Impériale. L'établissement de l'Empire est un phénomène éclatant ; mais nous désirons qu'il soit stable, et il ne peut le devenir que par l'ordre établi pour la succession au trône. La sécurité du grand peuple et la vôtre, Sire, en dépendent. On ne saurait donc prendre trop de précautions ni déployer trop d'appareil pour graver cette idée, et pour l'enfoncer plus avant dans les imaginations. Ce fut jadis un sentiment : la révolution eut pour objet de l'étouffer. Nous ranimons ce feu sacré sur les autels de la patrie ; la politique le rallume, la religion le consacre, la liberté lui applaudit : il ne doit plus s'éteindre.

» Souffrez que le sénat insiste sur ce point capital. C'est par là sur-tout qu'il mérite son titre de conservateur; n'eût-il rendu que ce service, il aurait bien justifié, et le rang qu'il tient dans l'Etat, et la perspective qu'il offre à l'émulation des meilleurs citoyens.

» Dans l'absence du trône, Sire, tous les grands caractères se livrent à des factions. Un peuple est d'autant plus à plaindre, qu'il a des enfans plus illustres; tout ce qui pourrait faire l'orgueil des nations en devient alors le fléau. Dès qu'il y a un trône dignement occupé, les sublimes vertus ont une récompense : c'est d'en approcher de plus près; et la distinction est d'autant plus flatteuse, que des dignités plus réelles portent des noms plus imposans. Le titre d'Empereur a toujours rappelé, non cette royauté devant laquelle s'humilient et se prosternent des sujets; mais l'idée grande et libérale d'un premier magistrat, commandant au nom de la loi, à laquelle des citoyens s'honorent d'obéir. Le titre du sénat indique aussi une assemblée de magistrats choisis, éprouvés par de longs travaux, et vénérables par leur âge. Plus l'Empereur est grand, plus le sénat doit être auguste.

» Heureux, à cet égard, les membres du sénat français ! Il n'y a pas d'ambition, militaire ou civile, qui ne puisse être satisfaite de l'espoir d'arriver au rang de ces pères conscrits, appelés les premiers à se trouver présens lors du serment que l'Empereur doit prêter au peuple français. Oui, *Sire*, nous regarderons comme le plus beau de nos jours, celui où nous aurons été les premiers témoins nécessaires de votre engagement envers la nation ; et nous demanderons au ciel, que la pompe d'un si grand jour ne se répète en France que dans les tems les plus lointains, et pour nos arrière-neveux. Ah ! puisse-t-il en être des fêtes du couronnement comme des fêtes séculaires, que nul individu romain, dans le cours de sa vie, ne put jamais voir qu'une fois !

» Enfin, *Sire*, la conséquence de l'hérédité proclamée, c'est le dépôt dans nos archives des actes qui constatent l'état civil des princes du sang impérial. Nous réclamons ce grand dépôt, et le sénat conservateur prie Votre Majesté de donner promptement les ordres nécessaires pour que ces actes importans, confiés à sa garde par l'article XIII du titre III de l'acte constitutionnel du 28 Floréal dernier, lui soient apportés dans les formes et avec la solennité qui peuvent garantir au peuple l'authenticité de ces actes, auxquels doit s'attacher l'éternelle durée de l'Empire français. »

S. M. l'Empereur a répondu en ces termes :

« Je monte au trône où m'ont appelé le vœu unanime du sénat, du peuple et de l'armée, le cœur plein du sentiment des grandes destinées de ce peuple, que du milieu des camps j'ai le premier salué du nom de Grand.

» Depuis mon adolescence, mes pensées tout entières lui sont dévolues, et je dois le dire ici, mes plaisirs et mes peines ne se composent plus aujourd'hui que du bonheur ou du malheur de mon peuple.

» Mes descendans conserveront long-tems ce trône.

» Dans les camps, ils seront les premiers soldats de l'armée, sacrifiant leur vie pour la défense de leur pays.

» Magistrats, ils ne perdront jamais de vue que le mépris des lois et l'ébranlement de l'ordre social ne sont que le résultat de la faiblesse et de l'incertitude des princes.

» Vous, sénateurs, dont les conseils et l'appui ne m'ont jamais manqué dans les circonstances les plus difficiles, votre esprit se transmettra à vos successeurs. Soyez toujours les soutiens et les premiers conseillers de ce trône si nécessaire au bonheur de ce vaste Empire. »

Le même jour, à deux heures après-midi, le tribunat s'est rendu en corps au palais des Tuileries; il a été introduit dans la salle du trône, et M. Fabre (de l'Aude), président, a porté la parole en ces termes :

« Sire,

» Le tribunat vient présenter à Votre Majesté ses respectueuses félicitations sur le nouveau témoignage de confiance et de gratitude que vient de lui donner le peuple français, en assurant dans sa famille la successibilité et la perpétuité de la dignité impériale.

» L'immense quantité de votes que cette mesure a réunis, ne laisse aucun doute sur la volonté nationale; elle constitue réellement la totalité des citoyens formant le corps de l'Etat.

» En votant l'hérédité du pouvoir suprême dans votre auguste famille, le peuple français n'a pas été mu uniquement par un sentiment de générosité et de reconnaissance pour les services éminens que Votre Majesté lui a rendus ; il a été aussi entraîné par un intérêt bien plus puissant, celui de sa conservation, de sa gloire et de son bonheur.

» Après une expérience funeste des diverses natures de gouvernement, il a voulu reprendre son ancienne constitution, en l'alliant à un système représentatif sagement combiné, et tel que l'unité de pensée et d'action ne pût jamais en être altérée dans son essence.

» Sire, nous nous féliciterons sans cesse d'avoir provoqué les premiers un vœu qui, dès l'an 8, était dans nos cœurs, et qui s'est manifesté dans tous les départemens avec un enthousiasme dont les annales d'aucun peuple n'offrent point d'exemple.

» Puisse la dynastie nouvelle régner aussi longtems que les trois qui l'ont précédée, et avec autant de gloire et de sagesse que Votre Majesté l'a fait depuis que les rênes de l'Etat lui ont été confiées !

» Puissent les jours de Votre Majesté se prolonger au-delà des termes de la vie humaine; ce dernier vœu est commandé au tribunat par son attachement à votre personne sacrée, à son auguste famille, et à l'intérêt du peuple français, dont le bonheur a été l'unique objet de vos nobles travaux et de votre constante sollicitude. »

Il importait de transmettre à nos descendans ces deux discours, parce qu'ils renferment, notamment celui du sénat, les motifs puissans qui ont déterminé la génération actuelle à donner un chef héréditaire à la République française.

Nous sommes arrivés au jour si désiré qui devait mettre le sceau à cette suprême détermination : l'anniversaire du 11 Frimaire an 13, sera la fête la plus sacrée pour nos derniers neveux; en jouissant des fruits précieux qui en résulteront, ils béniront leurs pères. Mais sans nous livrer à l'élan de notre admiration, bornons-nous à copier le procès-verbal des cérémonies de ce grand jour; ce narré simple et fidelle sera plus éloquent et plus instructif que nos discours.

PROCÈS-VERBAL *de la Cérémonie du Sacre et du Couronnement de Leurs Majestés l'Empereur* NAPOLÉON *et l'Impératrice* JOSÉPHINE.

Aujourd'hui, 11 Frimaire an 13, a été célébrée dans l'église métropolitaine de Paris, la cérémonie du sacre et du couronnement de Leurs Majestés l'Empereur Napoléon et l'Impératrice Joséphine. L'église avait été décorée pour cette solennité, ainsi qu'il suit :

En avant de la façade principale de l'église, et dans toute sa largeur, était construit un grand porche, aux deux côtés duquel aboutissaient deux galeries.

Ce porche, dont la décoration s'accordait avec l'architecture du portail de l'église, était formé de quatre grands arcs gothiques soutenus par quatre pilliers sur lesquels étaient placées les statues des trente-six villes appelées au sacre. On voyait sur les deux principaux pilliers les statues de *Clovis* et de *Charlemagne*, fondateurs de la monarchie française. Les armes de l'Empereur ornaient le dessus de l'arc, et étaient accompagnées de figures représentant les seize cohortes de la légion d'honneur : le tout était couronné par des pyramides gothiques, terminées par les aigles de l'Empire. L'oriflamme de l'Empire, attaché à un grand mât, flottait au centre et à la hauteur des tours de l'église.

Les galeries latérales, qui communiquaient au porche du milieu et aux deux entrées latérales, étaient ouvertes du côté de la face, de manière à laisser apercevoir le cortége destiné à les traverser. Elles étaient de forme gothique, représentant des arcs ornés des armoiries de l'Empire; le plafond était couvert de draperies qui descendaient à la hauteur des pilliers, avec des franges en or, et parsemées d'abeilles; le fond était décoré de tapisseries de la manufacture des Gobelins, faisant suite à celles de la galerie fermée.

L'intérieur de l'église était orné de trois rangs de tribunes au pourtour de la nef et du chœur. Le trône de l'Empereur était placé sous un arc de triomphe soutenu par huit colonnes, et élevé à l'entrée de la grande nef. Cet arc, décoré de bas-reliefs et des armoiries de l'Empereur, occupait toute la largeur de la nef. On y montait par un escalier de vingt-quatre marches, à côté desquelles régnaient des gradins, à droite et à gauche, dans toute la largeur.

On entrait dans la nef par le premier rang des bas-côtés, à droite et à gauche de l'arc du trône.

Les bas-côtés de la nef, la grande croisée de l'église et une partie de la nef, étaient couverts de gradins qui se prolongeaient en deux divisions jusqu'aux chapelles du pourtour de l'église, avec des couloirs et des entrées pour chaque rang par-dessous.

L'orchestre, divisé en deux parties, occupait le fond des deux croisées du centre.

Le chœur, fermé d'une estrade à hauteur, et distribué en plusieurs rangs de gradins, était réservé pour le clergé. Le trône du Pape, élevé sur onze marches dans le sanctuaire, et décoré des armoiries de l'Eglise, était placé à gauche de l'autel. Les cardinaux occupaient les banquettes en forme de gradins et à dossier qui étaient en face.

L'église était tendue en étoffes de soie, de velours et de drap, ornées de franges, galons et armoiries de l'Empire, brodées en or. Les appuis des loges et les banquettes de la nef étaient recouverts en tapis de soie également bordés de franges; les draperies étaient soutenues par des enseignes qui portaient les armes de l'Empereur; des figures ailées et dorées servaient de girandoles au-dessus de chaque pilier au pourtour de l'église.

L'église était éclairée par vingt-quatre lustres suspendus à la voûte; la nef, le chœur, le sanctuaire, les gradins et les premiers rangs de loges étaient couverts de tapis de pied.

Depuis le 8 Frimaire, des piquets des six bataillons de grenadiers, de chasseurs de la garde à pied, et des piquets de la gendarmerie d'élite à pied et à cheval, occupaient les postes et les avenues de l'archevêché et de la cathédrale, sous les ordres de M. le général Duroc, grand-maréchal du palais, qui avait la police de ces deux édifices.

Le 11, à six heures du matin, les députations militaires et de la garde nationale, appelées à la cérémonie par le décret impérial du 25 Messidor an 12, se sont réunies à la place Dauphine. Les membres de ces députations qui avaient été désignés pour être placés dans l'église de Notre-Dame, s'y sont rendus avant sept heures, et ont été conduits par des commissaires aux places qui leur avaient été réservées; les autres ont bordé la haie dans les lieux qui leur ont été indiqués par M. le maréchal Murat, gouverneur de Paris.

A sept heures se sont réunis au Palais de justice, 1.° les grands-officiers de la légion d'honneur, les membres de la comptabilité nationale, les présidens des cours d'appel, ceux des colléges électoraux de département et d'arrondissement, ceux des assemblées de canton, ceux des consistoires, et les maires des trente-six principales villes de l'Empire, appelés par l'article 52 du sénatus-consulte du 28 Floréal, pour être présens au serment de l'Empereur; 2.° les procureurs-généraux des cours d'appel, les présidens et les procureurs-généraux des cours criminelles, les présidens des conseils-généraux de département, les préfets, les vices-présidens des chambres de commerce, le tiers des généraux de brigade des camps de Boulogne, de Montreuil et de Bruges, un général de brigade de la réserve de cavalerie, un général de brigade des grenadiers de la réserve, un général de brigade de la première, et un de la deuxième division de dragons, un général de division et deux généraux de brigade de l'armée de Batavie, les commandans des divisions militaires, les généraux employés près le ministre de la guerre, le général commandant l'école militaire de Fontainebleau, les préfets maritimes et le commissaire-général de la marine à Anvers, enfin le corps municipal de Paris appelé à la même cérémonie par une invitation de Sa Majesté, en date du 4 Brumaire an 13.

Ces divers fonctionnaires sont partis à pied du palais de justice pour se rendre à Notre-Dame, où ils sont arrivés avant huit heures. Ils ont été reçus par les maîtres et aides des cérémonies, et par MM. les auditeurs du conseil d'état, faisant fonctions d'adjoints aux cérémonies, et conduits par des commissaires aux places qui leur étaient destinées dans la nef.

A huit heures le sénat est parti de son palais, le conseil d'Etat des Tuileries, le corps législatif et le tribunat de leurs palais respectifs, et la cour de cassation du lieu ordinaire de ses séances, et ils se sont rendus à Notre-Dame. Ce dernier corps avait une escorte de quatre-vingts hommes à pied, et chacun des autres une escorte de cent hommes à cheval.

Ils ont été placés par les maîtres, aides et adjoints des cérémonies.

Les places ont été réglées ainsi qu'il suit :

NEF.

En avant du trône de l'Empereur ont été placés les sénateurs, moitié sur le coté droit et moitié sur le côté gauche; le président à la première place, du côté du trône; après lui, les chancelier, trésorier et préteurs du sénat; aux deux côtés du trône, sur des gradins, les conseillers d'Etat; à droite et à gauche, à la suite du sénat, les législateurs, le président et les questeurs aux premières places du côté du trône. A leur droite et à leur gauche, et derrière eux, suivant l'ordre de préséance prescrit par les décrets impériaux, les tribuns, les membres de la cour de cassation, les grands-officiers de la légion d'honneur, les commissaires de la comptabilité nationale, les généraux de division, les présidens et procureurs-généraux de cours d'appel, les présidens de colléges électoraux de département, les préfets maritimes, les préfets de département, les présidens et procureurs-généraux de cours criminelles, les généraux de brigade, les présidens de conseils-généraux de département, les présidens de colléges d'arrondissement, les sous-préfets, les maires des trente-six principales villes, les présidens d'assemblées de canton, les présidens des consistoires et les vices-présidens des chambres de commerce.

TRIBUNES.

A droite du trône était la tribune impériale, à côté celle des dames et officiers des princes et princesses, à l'exception de ceux qui formaient leur suite.

Vis-à-vis, à gauche du trône, celle du corps diplomatique étranger et français.

D'autres tribunes étaient occupées par les familles des grands-dignitaires, par les étrangers présentés, par les familles des ministres et du gouverneur de Paris, par celles des grands-officiers, des officiers civils, des sénateurs, des conseillers d'Etat, des législateurs, des tribuns, des grands-officiers de la légion d'honneur, des membres de la cour de cassation et de la comptabilité nationale; par l'état-major de Paris, par les bureaux de l'Institut national, et enfin par la préfecture de la Seine et de police, et par les administrations tant ministérielles que générales. Les tribunes du rez-de-chaussée, près du trône, étaient remplies par les officiers de la garde impériale.

Les deux rangs de tribunes du haut étaient occupées par les députations militaires et des gardes nationales.

Les membres de la députation italienne, appelés au sacre, ont été placés, savoir : le vice-président dans la tribune impériale, les membres de la consulte d'Etat, parmi les sénateurs ; ceux du conseil législatif, parmi les conseillers d'Etat ; le président du tribunal de cassation, avec la cour de cassation ; les membres du tribunal de révision, avec les présidens et procureurs-généraux des cours d'appel ; les généraux de division, avec les généraux français du même grade ; les membres du corps législatif, avec les législateurs français ; ceux enfin des colléges électoraux, parmi les présidens des colléges électoraux de département.

A neuf heures le corps diplomatique, qui s'était réuni chez l'un de ses membres, s'est rendu à Notre-Dame avec une escorte de cent hommes à cheval; il a été conduit à sa tribune par un aide des cérémonies.

Immédiatement après sont arrivés dans des voitures et avec une escorte qui leur avait été fournie par les ordres de M. le maréchal *Murat*, Leurs Altesses Sérénissimes le margrave de *Bade*, le Prince héréditaire de *Hesse-Darmstadt*, les Princes de *Hesse-Hombourg*, de *Solm-Lich*, d'*Issembourg*, de *Nassau-Weilbourg*, de *Lœweinstein*, de *Lœweinstein-Werthein*, et M. le Prince *Borghèse* ;

ils ont été placés par un maître des cérémonies dans la tribune impériale. Dans la même tribune a été placée Son Altesse Sérénissime l'Electeur archi-chancelier de l'Empire germanique, qui est arrivée au même instant avec trois voitures impériales et une garde d'honneur.

A la même heure, Sa Sainteté est partie du palais des Tuileries pour se rendre à la métropole, au milieu d'une haie de troupes. Le cortége a suivi le Carrousel, la rue St Nicaise, la rue St-Honoré, la rue du Roule, le Pont-Neuf, le quai des Orfèvres, la rue St-Louis, la rue du Marché-Neuf et celle du Parvis Notre-Dame.

La marche du cortége était ouverte et fermée par deux escadrons de dragons.

Le cortége était composé ainsi qu'il suit :

Une voiture dans laquelle étaient MM. le duc *Braschi Honesti* et le prince *Altieri*, commandans de la garde-noble de Sa Sainteté ; M. le bailli *Ruspoli*, et M. le marquis *Sacchetti*, fourrier de Sa Sainteté ; M. l'abbé *Salamon*, sous-diacre, porte-croix, sur une mule blanche.

La voiture du Pape dans laquelle était Sa Sainteté, avec Leurs Eminences monseigneur le cardinal *Léonard Antonelli*, évêque de Porto, sous-doyen du sacré collége et grand pénitencier de Sa Sainteté, évêque assistant, et monseigneur le cardinal *Romuald Braschi Honesti*, secrétaire des brefs, et diacre assistant au trône de Sa Sainteté.

Une voiture pour monseigneur *Gavotti*, majordôme, et monseigneur *Altieri*, maître de la chambre, avec leurs aumôniers.

Une voiture pour monseigneur *Fenaja*, archevêque de Filippi, vice-gérent de Rome; monseigneur *Bertazzoli*, archevêque d'Edessa, aumônier de Sa Sainteté; monseigneur *Devoti*, archevêque de Carthage, Secrétaire des brefs aux Princes, et monseigneur *Menochio*, évêque de Porfirio, sacriste de Sa Sainteté, évêques assistans.

Une voiture pour monseigneur *Mancarti*, monseigneur *Calderini* et monseigneur *Sala*, camériers secrets.

Une voiture pour les deux aumôniers et les deux caudataires des cardinaux qui étaient dans la voiture de Sa Sainteté.

Une voiture pour monseigneur *Braga*, monseigneur *Speroni* et monseigneur *Frediani*, aumôniers secrets, et pour les valets de chambre secrets de Sa Sainteté.

Une voiture pour deux personnes devant assister aux tables des vases sacrés.

Enfin, deux voitures pour Leurs Eminences monseigneur le cardinal *Charles Caselli*, évêque de Parme, diacre de l'Evangile, et monseigneur le cardinal *Alphonse-Hubert Lattier de Bayane*, second diacre assistant au trône de Sa Sainteté, et pour leurs aumôniers et caudataires.

La présence du chef suprême de l'Eglise avait attiré sur son passage une foule innombrable de citoyens qui se prosternaient avec respect pour recueillir ses bénédictions.

Sa Sainteté est descendue de voiture dans la grande cour de l'archevêché ; Son Eminence monseigneur le cardinal *de Belloy*, archevêque de Paris, s'est trouvé au bas du grand escalier, revêtu de sa soutane, du rochet, du manteau et de la mosette, pour recevoir le souverain pontife et le conduire dans la grande salle de l'archevêché.

Les cardinaux, archevêques et évêques français se sont trouvés réunis dans cette même salle, revêtus de leurs ornemens pontificaux ; savoir, les cardinaux, de l'amict, du rochet et d'une chasuble, sans étole et sans manipule, avec la mitre ; et les archevêques et évêques, du rochet, de la chape cardinaliste et de la mitre, à l'exception du cardinal-évêque assistant, qui était seul en chape d'officiant.

Tous les autres ecclésiastiques qui devaient servir à la cérémonie, se sont trouvés également dans cette salle, revêtus des ornemens convenables aux fonctions qu'ils devaient exercer.

Quatre tables étaient dressées dans cette même salle.

La première, plus grande que les autres, et revêtue d'un tapis qui descendait jusqu'à terre, a servi à déposer les ornemens de Sa Sainteté, ses deux mitres et sa tiare.

Sur une seconde table, à peu de distance de la première, ont été placés les ornemens de monseigneur le cardinal *Caselli*, cardinal-diacre, et de monseigneur *Nasalli*, prélat de Sa Sainteté, et chanoine de la cathédrale de Plaisance, sous-diacre.

Sur une troisième ont été déposés les ornemens de M. l'abbé *Raphaci de Monachi*, diacre grec, et de M. l'abbé *Etienne della Rocca*, sous-diacre grec.

Enfin, la quatrième a reçu les sept chandeliers qui devaient servir aux sept acolytes.

Des banquettes revêtues de tapis étaient préparées en outre pour les cardinaux, archevêques et évêques.

Pendant que Sa Sainteté recevait les ornemens des mains des Prélats qui l'entouraient, le cardinal archevêque de Paris, revêtu de la chape cardinaliste, s'est rendu dans son église pour recevoir Sa Sainteté et le clergé de France à la tête de son chapitre.

Sa Sainteté s'étant revêtue de ses ornemens, s'est rendue à l'église; elle était précédée de sa croix portée par un sous-diacre apostolique, revêtu d'une tunique; deux chapelains secrets du pape portaient ses deux mitres et marchaient devant la croix; le thuriféraire portait devant la croix l'encensoir et la navette.

Sept acolytes portaient des chandeliers avec leurs cierges, à côté de la croix; quatre étaient à droite, et trois à gauche.

Le sous-diacre latin marchait après les acolytes. Il s'est placé au milieu du diacre et du sous diacre grecs.

Après lui venaient sur deux lignes, dans l'ordre

de leur institution canonique, et la mitre sur la tête, d'abord les évêques, ensuite les archevêques, puis les cardinaux, vêtus ainsi qu'il a été dit ci-dessus.

Sa Sainteté fermait la marche. Elle était revêtue d'une chape, la tiare sur la tête, et placée au milieu des deux cardinaux assistans, qui soutenaient de chaque côté les bords de sa chape; devant elle marchaient le cardinal-évêque assistant, en chape, et le cardinal-diacre de l'Evangile, en dalmatique.

Une garde d'honneur entourait Sa Sainteté, et lui rendait les honneurs convenables.

Dès que la procession est arrivée à la porte de l'église, le clergé y est entré, et est allé, sans s'arrêter, prendre les places qui lui étaient destinées.

Le cardinal-archevêque de Paris a présenté l'aspersoir au souverain pontife, qui a fait une aspersion sur le clergé et sur le peuple. Sa Sainteté a passé ensuite au milieu du chapitre, rangé sur deux lignes, et s'est rendue au sanctuaire, conduite sous un dais porté par les chanoines. Pendant l'entrée de Sa Sainteté dans l'église, on a chanté l'antienne suivante :

« Tu es petrus, et super hanc petram ædificabo ecclesiam meam, et portæ inferi non prævalebunt adversùs eam; et tibi dabo claves regni cœlorum. »

Ensuite Sa Sainteté a fait sa prière au pied de l'autel; le chapitre n'est rentré dans le chœur que lorsque Sa Sainteté, entourée de ses grands officiers, a eu pris place sur le trône qui lui avait été préparé près de l'autel, du côté de l'Evangile.

De l'autre côté de l'autel se sont placés les cardinaux sur des chaises.

Des deux côtés du chœur, sur des bancs, les archevêques, les évêques et le clergé de Paris.

Le pape, assis sur son trône, a dit les tierces.

A dix heures, Leurs Majestés Impériales sont parties du palais des Tuileries, au bruit d'une salve d'artillerie, et ont suivi, pour se rendre à Notre-Dame, les mêmes rues qu'avait suivies le cortége de Sa Sainteté.

La marche du cortége était ouverte par huit escadrons de cuirassiers, huit de carabiniers, et par les escadrons de chasseurs de la garde, entremêlés de pelotons de mameluks. M. le maréchal Murat, gouverneur de Paris, était, avec son état-major, à la tête de ces troupes.

Le cortége impérial a marché dans l'ordre suivant :

Les hérauts d'armes à cheval ;

Une voiture pour les maîtres et aides des cérémonies ;

Quatre voitures pour les grands-officiers militaires de l'Empire ;

Trois voitures pour les ministres ;

Une voiture pour le grand-chambellan, le grand-écuyer et le grand-maître des cérémonies ;

Une voiture pour Leurs Altesses Sérénissimes l'archi-chancelier et l'archi-trésorier ;

Une voiture pour les Princesses ;

La voiture de l'Empereur, dans laquelle étaient Leurs Majestés Impériales, et Leurs Altesses Impériales les Princes Joseph et Louis ;

Une voiture pour le grand-aumônier, le grand-maréchal du palais et le grand-veneur ;

Une voiture pour la dame d'honneur, la dame d'atours, le premier écuyer et le premier chambellan de l'Impératrice ;

Quatre voitures pour les dames et officiers de Leurs Altesses Impériales les Princes et Princesses.

La voiture de l'Empereur était attelée de huit chevaux ; toutes les autres voitures du cortége étaient à six chevaux : les maréchaux colonels-généraux de la garde étaient à cheval près des deux portières de la voiture de l'Empereur, le maréchal commandant la gendarmerie était à cheval derrière la voiture ; les aides de camp à la hauteur des chevaux ; les écuyers aux roues de derrière ; les pages étaient montés devant et derrière la voiture.

Le cortége était fermé par les grenadiers à cheval de la garde, entremêlés de pelotons de canonniers à cheval, et par un escadron de la gendarmerie d'élite. Dans toute cette marche, les vœux et les acclamations du peuple ont accompagné Leurs Majestés.

Le cortége impérial, en arrivant sur la place de Notre-Dame, a tourné à gauche du portail par la rue du Cloître ; Leurs Majestés et leur cortége sont descendus de voiture sous une tente dressée en face du pont de la Cité, auprès du palais de l'archevêché. Cette tente, soutenue sur seize pilliers légers, était décorée de tapisseries des Gobelins : plusieurs voitures circulaient librement dessous. Elle servait de vestibule à un grand escalier construit à cet effet, et par lequel Leurs Majestés se sont rendues à l'archevêché, dans les appartemens qui étaient préparés pour les recevoir. L'Empereur s'y est revêtu du manteau impérial : ensuite il en est parti, avec son cortége, pour se rendre, à pied, à la grande porte de Nôtre-Dame, par une galerie décorée de tapisseries des Gobelins, qui traversait les cours de l'archevêché, en longeant l'église et aboutissant au portail. Les dames des Princesses, les officiers civils des Princes et ceux des Princesses qui ne devaient pas les suivre dans la nef, se sont rendus de l'archevêché dans les tribunes qui leur étaient destinées.

Dans la marche du cortége impérial de l'archevêché à l'église, on a observé l'ordre suivant, avec dix pas de distance entre chaque groupe :

Les huissiers, sur quatre de front;

Les hérauts d'armes, sur deux de front;

Le chef des hérauts d'armes (*absent*);

Les pages, sur quatre de front;

MM. *Aignan* et *Dargainaratz*, aides des cérémonies;

MM. *de Salmatoris* et *de Cramayel*, maîtres des cérémonies;

M. *de Ségur*, grand-maître des cérémonies;

M. le maréchal *Serrurier*, portant l'anneau de l'Impératrice sur un coussin; à sa gauche, M. le général *Gardanne*, gouverneur des pages; à sa droite, M. le colonel *Fouler*, écuyer;

M. le maréchal *Moncey*, portant la corbeille qui devait recevoir le manteau de l'Impératrice, et ayant à sa gauche M. le colonel *Vatier*, écuyer; à droite, M. *de Beaumont*, chambellan;

M. le maréchal *Murat*, portant, sur un coussin, la couronne de l'Impératrice; à sa gauche, M. *d'Haneucourt*, commandant de la vénerie; à droite, M. *d'Aubusson*, chambellan;

L'Impératrice avec le manteau impérial, mais sans anneau et sans couronne;

Leurs Altesses Impériales mesdames les Princesses *Joseph*, *Louis*, *Elisa*, *Pauline* et *Caroline*, soutenant le manteau de Sa Majesté; M. le sénateur *d'Harville*, premier écuyer, et M. le général *Nausouty*, premier chambellan de l'Impératrice, l'un à sa droite, l'autre à sa gauche, et un peu en arrière de madame la princesse *Joseph*, qui marchait la première; le manteau de chaque Princesse était soutenu par un officier de sa maison;

Madame *de la Rochefoucault*, dame d'honneur de l'Impératrice;

Madame *de la Valette*, dame d'atours;

<table>
<tr><td>MM.mes</td><td>{</td><td>de Luçay,
de Remusat,
de Talhouet,
de Lauriston,
la maréchale Ney,
Darberg,
Duchâtel,
de Séran,
de Colbert,
Savary,</td><td>}</td><td>Dames du Palais;</td></tr>
</table>

M. le maréchal *Kellermann*, portant la couronne de *Charlemagne ;* à sa gauche, M. le colonel *Defrance*, , écuyer; à sa droite, M. *Auguste Talleyrand*, chambellan ;

M. le maréchal *Pérignon*, portant le sceptre de *Charlemagne;* à sa gauche, M. *Darberg*, chambellan ; et à sa droite, M. le colonel *Lebrun*, aide de camp ;

M. le maréchal *Lefebvre*, portant l'épée de *Charlemagne;* à sa gauche, M. le colonel *Fontanelli*, aide de camp ; à sa droite, M. le colonel *Lefebvre*, écuyer ;

M. le maréchal *Bernadotte*, portant le collier de l'Empereur ; à sa gauche, M. de Luçay, premier préfet du palais ; à sa droite, M. le général *Rapp*, aide de camp ;

M. le colonel-général *Beauharnais*, portant l'anneau de Sa Majesté ; à sa gauche, M. *Estève*, trésorier-général de la couronne ; à sa droite, M. le général *Savary*, aide de camp ;

M. le maréchal *Berthier*, portant le globe impérial ; à sa gauche, M. le général *le Marois*, aide de camp ; à sa droite, M. le général *Caffarelli*, aide de camp,

M. *de Talleyrand*, grand-chambellan, portant la corbeille destinée à recevoir le manteau de l'Empereur; à sa gauche, M. le général *Lauriston*, aide de camp; à sa droite, M. *de Remusat*, premier chambellan;

L'Empereur, portant dans ses mains le sceptre et la main de justice, et la couronne sur la tête ;

Leurs Altesses Impériales les Princes *Joseph* et *Louis*, et Leurs Altesses Sérénissimes l'archi-chancelier et l'archi-trésorier, soutenant le manteau de l'Empereur;

M. le général *Caulaincourt*, grand-écuyer, MM. les maréchaux colonels-généraux de la garde, de service, et M. le général *Duroc*, grand-maréchal du palais, tous les quatre de front; et MM. les maréchaux colonels-généraux de la garde, derrière leurs collègues;

Les ministres, sur quatre de front, savoir :

MM.

Regnier, grand-juge ministre de la justice;

Champagny, ministre de l'intérieur;

Le vice amiral *Decrès*, ministre de la marine;

Gaudin, ministre des finances;

Barbé-Marbois, ministre du trésor public;

Le général *Dejean*, directeur de l'administration de la guerre;

Portalis, ministre des cultes;

Le sénateur *Fouché*, ministre de la police générale;

Maret, secrétaire d'Etat,

Marescalchi, ministre des relations extérieures de la république italienne;

Les grands-officiers militaires, aussi sur quatre de front, savoir :

MM.

Le général *Junot*, colonel-général des hussards;

Le général *Baraguay-d'Illiers*, colonel-général des dragons;

Le général *Songis*, premier inspecteur-général de l'artillerie;

Le général *Marescot*, premier inspecteur-général du génie;

Le vice-amiral *Bruix*, inspecteur-général des côtes de l'Océan.

A l'arrivée de Leurs Majestés au portail, une nouvelle salve d'artillerie s'est fait entendre.

L'eau bénite a été présentée à l'Impératrice par M. le cardinal *Cambacérès*, et à l'Empereur par M. le cardinal-archevêque de Paris. Ils ont complimenté Leurs Majestés, et les ont conduites chacune processionnellement sous un dais porté par des chanoines, jusqu'à la place qu'elles devaient occuper dans le chœur.

La marche, depuis le portail jusqu'à l'entrée du chœur, a continué dans le même ordre; mais les ministres et les grands-officiers militaires qui suivaient l'Empereur, ont tourné à gauche du trône, auprès duquel ils ont été se placer sur des gradins au-dessus des conseillers d'État, les premiers à droite, les seconds à gauche.

En arrivant à la porte du chœur, les huissiers, et successivement les hérauts d'armes et les pages se sont arrêtés et ont bordé la haie, à droite et à gauche, dans la nef.

Lorsque le cortége impérial est entré dans le chœur, la partie qui était restée dans la nef, s'est rangée en ordre inverse par la contre-marche, de manière à se trouver placée dans son ordre pour accompagner Leurs Majestés lorsqu'elles iraient au grand trône.

Le reste du cortége a continué sa marche depuis la porte du chœur jusqu'aux degrés du sanctuaire, excepté les aides de camp et les officiers civils, qui ont bordé la haie en entrant dans le chœur, à droite et à gauche.

Avant d'arriver à ces degrés, les grands-officiers qui précédaient l'Impératrice se sont rangés à gauche, et ceux qui précédaient l'Empereur se sont rangés à droite pour laisser passer Leurs Majestés dans le sanctuaire.

L'Empereur et l'Impératrice sont allés se placer sur des fauteuils qui leur avaient été préparés dans le sanctuaire, sous un dais.

Les places autour des trônes de Leurs Majestés ont été occupées ainsi qu'il suit :

Derrière l'Empereur, les deux Princes et les deux grands dignitaires;

Derrière les Princes, les colonels-généraux de la garde, le grand-maréchal, les deux grands-officiers portant l'anneau et le collier de l'Empereur, et celui qui portait le globe;

A droite des Princes et en obliquant en avant, le grand-chambellan et le grand-écuyer;

Derrière eux, deux chambellans;

Derrière l'Impératrice, les Princesses; derrière les Princesses, les dames du palais;

A gauche des Princesses, et en obliquant en avant, la dame d'honneur, la dame d'atours; derrière elles, le premier écuyer et le premier chambellan de l'Impératrice ; à gauche de la dame d'atours, et en obliquant en avant, les trois grands-officiers portant les honneurs de l'Impératrice ;

Le grand-maître et un maître des cérémonies à la droite près de l'autel ;

Un autre maître des cérémonies à gauche, près le trône du Pape et de l'autel ;

Les aides des cérémonies, à droite et à gauche, à l'entrée du sanctuaire.

Leurs Majestés étant ainsi placées, les grands-officiers qui portaient les honneurs de *Charlemagne* sont allés se ranger de front en face de l'autel, au bas de la dernière marche du sanctuaire.

Au moment où Leurs Majestés sont entrées dans le chœur, le Pape est descendu de son trône, est allé à l'autel, et a commencé le *Veni creator*.

Le clergé s'est tenu à genoux pendant la première strophe de cet hymne, qui a été terminé par le verset et l'oraison suivans :

« ℣ Emitte spiritum tuum et creabuntur.
» ℟ Et renovabis faciem terræ.

OREMUS.

» Deus qui corda fidelium sancti spiritûs illus-
» tratione docuisti, da nobis in eodem spiritu recta
» sapere et de ejus semper consolatione gaudere.
» Per Christum dominum nostrum etc. ».

Pendant cet hymne, l'Empereur et l'Impératrice ont fait un instant leur prière sur leur prie-dieu, et se sont levés. L'archi-chancelier passant à la droite de l'Empereur, a salué successivement l'autel et Sa Majesté, s'est approché assez pour que l'Empereur lui remît la main de justice; et sans tourner le dos ni à Sa Majesté ni à l'autel, il a reculé à droite et en avant du grand-chambellan.

L'archi-trésorier a suivi la même marche; il a reçu le sceptre, et est allé se placer à gauche et au-dessous de l'archi-chancelier, entre lui et le grand-chambellan.

Après lui, le grand-électeur a ôté la couronne, et est allé se placer à la droite de l'archi-chancelier.

Le grand-officier qui devait porter le collier, s'est approché du grand-chambellan, qui a ôté le collier et le lui a remis.

Le grand-chambellan, le grand-écuyer et deux chambellans se sont approchés ensuite et ont détaché le manteau, l'ont placé sur leurs corbeilles, et sont allés reprendre leurs places.

Le connétable s'est approché de même; l'Empereur a tiré son épée, et la lui a remise; le connétable est allé se placer à la gauche du grand-électeur, entre lui et l'archi-chancelier.

Le grand-officier qui devait porter l'anneau, est allé le recevoir des mains du grand-chambellan, et s'est placé à sa gauche et à celle du grand-écuyer.

Le grand-officier qui portait le globe, est allé se mettre à la gauche de celui qui portait l'anneau.

Pendant ce tems, la dame d'honneur, la dame d'atours et l'officier qui portait la corbeille du manteau de l'Impératrice, se sont approchés, ont détaché le manteau de l'Impératrice, l'ont ployé sur leurs corbeilles, et sont allés reprendre leurs places.

Enfin, le grand-officier qui devait porter l'anneau, s'est approché pour le recevoir des mains de la dame d'honneur, et est allé se placer à sa gauche et à celle de la dame d'atours.

Les grands-dignitaires et les grands-officiers ci-dessus désignés, sont allés successivement porter sur l'autel les ornemens impériaux dans l'ordre suivant:

La couronne de l'Empereur,
L'épée,
La main de justice,
Le sceptre;
Le manteau de l'Empereur;
Son anneau,
Son collier,
Le globe impérial,
La couronne de l'Impératrice,
Son manteau,
Son anneau,

Ces grands-officiers sont allés ensuite successivement reprendre leurs places.

Les grands-officiers portant les honneurs de *Charlemagne*, ont conservé constamment les places qu'ils occupaient au bas des marches du sanctuaire.

Le souverain Pontife après avoir chanté le *Veni creator*, a fait à l'Empereur la demande suivante :

« Profiteris ne, charissime in Christo Fili, et » promittis coram Deo et angeli ejus, deinceps » legem, justitiam et pacem, Ecclesiæ Dei, po» puloque tibi subjecto pro posse et nosse, fa» cere ac servare, salvo condigno misericordiœ » Dei respectu, sicut in concilio fidelium tuorum » meliùs poteris invenire, ac invigilare ut pontifi» cibus Ecclesiarum Dei condignus et canonicus » honos exhibeatur ? »

L'Empereur, en touchant des deux mains le livre des Evangiles que le grand aumônier lui a présenté, a répondu *Profiteor*.

On a récité ensuite l'oraison suivante :

OREMUS.

« Omnipotens sempiterne Deus, creator om» nium, imperator angelorum, rex regum et do» minus dominantium, qui Abraham fidelem ser» vum tuum de hostibus triumphare fecisti, Moysi » et Josue populo tuo prælatis multiplicem vic» toriam tribuisti, humilemque David puerum » tuum imperii fastigio sublimasti, et Salomonem » sapientiæ pacisque ineffabili munere ditasti, » respisce, quæsumus, Domine, ad precem hu» militatis nostræ, et super hunc famulum tuum » NAPOLEONEM quem supplici devotione in impera» torem consecraturi sumus, ac consortem ejus, » benedictionum ✝ tuarum dona multiplica, eosque » dexteræ tuæ potentiâ semper et ubique circumda :

» quatenùs prædicti Abrahæ fidelitate firmati,
» Moysis mansuetudine freti, Josue fortitudine mu-
» niti, David humilitate exaltati, Salomonis sa-
» pientiâ decorati, tibi in omnibus complaceant,
et per transitum justitiæ inoffenso gressu semper incedant, tuæ quoque protectionis galeâ
» muniti, et scuto insuperabili jugiter protecti, ar-
» misque cœlestibus circumdati, optabilis de hosti-
» bus sanctæ Crucis Christi victoriæ triumphum fe-
» liciter capiant, terroremque suæ potentiæ illis
» inferant, et pacem tibi militantibus lætanter re-
» portent : per Christum dominum nostrum, qui
» virtute sanctæ Crucis tartara destruxit, regnoque
» diaboli superato, ad cœlos victor ascendit, in
» quo potestas omnis regnique consistit victoria,
» qui es gloria humilium, et vita salusque popu-
» lorum, qui tecum vivit et regnat in unitate Spi-
» ritus sancti Deus. Per omnia..... Amen. »

Cette oraison étant terminée, le Pape, les archevêques et évêques, ayant la mitre sur la tête, ont récité à genoux les litanies, pendant lesquelles Leurs Majestés sont restées assises sur le petit trône.

Après le verset *Ut omnibus fidelibus defunctis...* Sa Sainteté s'est levée, et tournée du côté de l'Empereur et de l'Impératrice, elle a récité les trois versets suivans, pendant lesquels Leurs Majestés se sont mises à genoux en s'inclinant.

« ℣. Ut hunc famulum tuum in Imperatorem
» coronandum et consortem ejus bene†dicere di-
» gneris. Te rogamus.

» ℣. Ut hunc famulum tuum in Imperatorem
» coronandum et consortem ejus bene✝dicere et
» subli✝mare digneris. Te rogamus.

» ℣ Ut hunc famulum tuum in Imperatorem
» coronandum et consortem ejus bene✝dicere,
» subli✝mare et conse✝crare digneris. Te roga-
» mus. »

Les évêques ont fait, à l'exemple de Sa Sainteté et conjointement avec elle, les signes de croix en forme de bénédiction, indiqués ci-dessus.

On a ensuite continué de réciter les litanies jusqu'au *Pater*.

Sa Sainteté s'est levée, les évêques ont quitté leurs mitres, et demeurant à genoux, ils ont récité avec le souverain Pontife, les versets et oraisons qui suivent :

« ℣. Et ne nos inducas in tentationem.
» ℟. Sed libera nos à malo.
» ℣. Salvos fac servos tuos, Domine.
» ℟. Deus meus sperantes in te.
» ℣. Esto eis, Domine, turris fortitudinis.
» ℟. A facie inimici.
» ℣. Nihil proficiat inimicus in eis.
» ℟. Et filius iniquitatis non apponat nocere eis.
» ℣. Domine, exaudi orationem meam.
» ℟. Et clamor meus ad te veniat.
» ℣. Dominus vobiscum.
» ℟. Et cum spiritu tuo.

OREMUS.

» Pretende, quæsumus, Domine, famulo tuo

» Napoleoni et consorti ejus dexteram cœlestis au» xilii, ut te toto corde perquirant, et quæ dignè » postulant consequi mereantur. Per Christum Do» minum nostrum, etc. Amen.

» Actiones nostras, quæsumus, Domine, as» pirando præveni et adjuvando prosequere, ut » cuncta nostra oratio et operatio à te semper » incipiat, et per te cæpta finiatur. Per Dominum » nostrum Jesum Christum filium tuum. »

Ces oraisons étant finies, son éminence monseigneur *Fechs*, grand aumônier de France, et son éminence monseigneur le cardinal *de Belloy*, le premier des cardinaux français archevêques, M. *de Rohan*, premier aumônier de l'Impératrice, le plus ancien archevêque, et M. *de Beaumont*, évêque de Gand, le plus ancien évêque français, avertis par le grand maître des cérémonies et par M. l'abbé *de Pradt*, aumônier ordinaire de l'Empereur (depuis évêque de Poitiers), nommé par Sa Majesté, maître des cérémonies du clergé, pour la cérémonie du couronnement, se sont rendus auprès de Leurs Majestés, leur ont fait une inclination profonde, et les ont conduites au pied de l'autel pour y recevoir l'onction sacrée. Personne n'a suivi Leurs Majestés dans cette marche.

Leurs Majestés se sont mises à genoux au pied de l'autel, sur des carreaux.

Sa Sainteté a fait à l'Empereur une triple onction, l'une sur la tête, les autres dans les deux mains, en récitant les prières suivantes avec les évêques, qui avaient leur mitre sur la tête.

OREMUS.

« Deus Dei Filius Jesus Christus Dominus noster, qui à Patre oleo exultationis unctus es præ participibus tuis, ipse per præsentem sanctæ unctionis infusionem, Spiritûs Paracleti super caput tuum bene✝dictionem infundat, eamdemque usque ad interiora cordis tui penetrare faciat; quatenus hoc visibili et tractabili oleo, dona invisibilia percipere, et temporali Imperio justis moderationibus peracto, æternaliter cum eo regnare merearis, qui solus sine peccato rex regum vivit, et gloriatur cum Deo Patre in unitate Spiritûs sancti Deus, Per omnia sæcula sæculorum.

» ℟. Amen.

OREMUS.

» Omnipotens sempiterne Deus, qui Hazaël super Syriam, et Jehu super Israël, per Eliam, David quoque et Saülem, per Samuelem prophetam, in reges inungi fecisti; tribue quæsumus, manibus nostris opem tuæ benedictionis, et huic famulo tuo Napoleoni quem hodie, licet indigni, in Imperatorem sacrâ unctione delinimus, dignam delibutionis hujus efficaciam et virtutem concede. Constitue, Domine, principatum super humerum ejus, ut sit fortis, justus, fidelis, providus, et indefessus Imperii hujus et populi tui

» gubernator, infidelium expugnator, justitiæ cultor, meritorum et demeritorum remunerator, » Ecclesiæ tuæ sanctæ et Fidei christianæ defensor, » ad decus et laudem tui nominis gloriosi. Per » Dominum nostrum Jesum Christum, etc.

» ℟. Amen. »

Sa Sainteté a fait ensuite les mêmes onctions à l'Impératrice, en récitant avec les évêques l'oraison suivante :

OREMUS.

« Deus pater æternæ gloriæ, sit tibi adjutor; » et omnipotens bene✝dicat tibi : preces tuas » exaudiat; vitam tuam longitudine dierum adimpleat; benedictionem tuam jugiter confirmet, » et cum omni populo in æternum conservet; inimicos tuos confusione induat, et super te Christi » sanctificatio atque ujus olei infusio floreat, ut » qui tibi in terris tribuit benedic✝tionem, ipse » in cœlis conferat meritum angelorum, ac bene✝dicat te, et custodiat in vitam æternam Jesus » Christus Dominus noster, qui vivit et regnat » Deus, in sæcula sæculorum.

» ℟. Amen. »

Pendant le sacre, la musique impériale a exécuté le motet suivant :

« Unxerunt Salomonem Sadoch sacerdos et Nathan propheta regem in Sion, et accedentes » læti dixerunt : Vivat in æternum! »

Après cette cérémonie, Leurs Majestés ont été reconduites sur leur petit trône par les mêmes cardinaux, archevêques et évêques qui les avaient été chercher.

Les onctions ont été essuyées sur les petits trônes, par le grand aumônier de l'Empereur et par le premier aumônier de l'Impératrice.

Pendant ce temps, Sa Sainteté a commencé la messe et l'a continuée jusqu'à l'*alleluia* exclusivement; les évêques ont récité avec le Pape le pseaume *Judica*, ainsi que les autres prières jusqu'à l'*introït* exclusivement.

Cette messe était celle de *la Vierge pendant l'Avent*, comme patrone de l'église métropolitaine et protectrice de la France.

Immédiatement après le chant du graduel, Sa Sainteté a béni dans l'ordre et avec les prières qui suivent, les ornemens impériaux.

« ℣. Adjutorium nostrum in nomine Domini.
» ℟. Qui fecit cœlum et terram.
» ℣. Sit nomen Domini benedictum.
» ℟. Ex hoc nunc et usque in sæculum.
» ℣. Domine, exaudi orationem meam.
» ℟. Et clamor meus ad te veniat.
» ℣. Dominus vobiscum.
» ℟. Et cum spiritu tuo. »

Bénédiction de l'Épée impériale.

OREMUS.

« Exaudi quæsumus, Domine, preces nostras, » et hunc gladium, quo famulus tuus NAPOLEO » se accingi desiderat, majestatis tuæ dexterâ be-

» ne†dicere dignare, quatenùs defensio atque » protectio possit esse Ecclesiarum, viduarum, » orphanorun, omniumque Deo servientium, contrà » sævitiam infidelium, aliisque insidiantibus sit » pavor, terror et formido. Per Dominum nos» trum Jesum Christum etc. »

Bénédiction des Manteaux impériaux.

OREMUS.

« Omnipotens Deus, qui pallio Eliæ Jordanis » aquas divisisti, quique, per idem, Eliseo servo » tuo duplicem spiritum infudisti, exaudi, quæ» sumus, preces nostras, et hæc vestimenta be» ne†dictionis tuæ rore perfunde, ut qui ea in » signum potestatis induerint, virtutis tuæ sen» tiant effectum, diù vivant, prosperè procedant, » pacificè regnent in terris, ac tecum in cœlis » Sanctorum gloriâ vestiti gestiant. Per Domi» num, etc. »

Bénédiction des Anneaux impériaux.

OREMUS.

« Deus totius creaturæ principium et finis, crea» tor et conservator generis humani, dator gra» tiæ spiritualis, largitor æternæ salutis, emitte » bene†dictionem tuam super hos annulos, ip» sosque sancti†ficare digneris : ut qui per eos » famulis tuis honori insignia concedis, virtutum » præmia largiaris, quo discretionis habitum sem-

» per retineant, et veræ fidei fulgore præfulgeant, » sanctæ quoque Trinitatis armati munimine, » inexpugnabili virtute acies diaboli constanter » evincant, et ipsis ad veram salutem mentis et » corporis proficiant. Per Christum Dominum nos- » trum, etc. »

Bénédiction des Couronnes de l'Empereur et de l'Impératrice.

OREMUS.

« Omnipotens sempiterne Deus, qui terrenos » reges et imperatores ad exemplum Davidis di- » lecti tui, Salomonis et Joæ, diadematibus in- » signiri voluisti, ut dum regnant in terris gem- » marum fulgore et ornamentorum splendoae vi- » vam tuæ majestatis exhibeant imaginem, effunde, » quæsumus, super coronas istas bene✝dictionem » tuam, ut qui eas gestaverint, virtutum nitore » fulgeant, regique sæculorum immortali, qui se » spinis coronari passus est, humilitate, miseri- » cordiâ et mansuetudine configurati per bonorum » operum fructus immarcessibilem gloriæ coronam » percipere mereantur. Per eundem Christum Do- » minum nostrum, etc. »

Bénédiction du Globe.

« Omnipotens et misericors Deus, qui diversos » rerum eventus ineffabili providentiâ disponis, » orbique regendo potestatis tuæ ministros Impe-

» ratores, Reges et Principes præficere dignatus
» es : benedic, quæsumus, globum hunc, et
» præsta, ut sicuti famulo tuo NAPOLEONI, supremæ
» potestatis insigne futurum est, ita, et ipsi gra-
» tiarum tuarum fons et causa fiat, quibus po-
» tenter adjutus secundùm propositum voluntatis
» tuæ inclytam hujus partem orbis, ipsius regi-
» mini à te commissam, sapienter et feliciter ad-
» ministrare valeat. Per Christum, etc. »

Pendant cette cérémonie, Leurs Majestés sont restées assises sur le petit trône.

Les bénédictions étant faites, Leurs Majestés se sont rendues de nouveau au pied de l'autel, conduites par les mêmes cardinaux, archevêques et évêques qui les avaient accompagnées aux onctions ; l'archi-chancelier, l'archi-trésorier, le grand-chambellan, le grand-écuyer et deux chambellans, ont suivi l'Empereur à l'autel, et se sont placés derrière lui ; la dame d'honneur et la dame d'atours, le premier écuyer et le premier chambellan, ont suivi l'Impératrice à l'autel, et se sont placés derrière elle ; toutes les autres personnes du cortége sont restées chacune à leur place.

La tradition des ornemens de l'Empereur a été faite par le Pape à Sa Majesté, dans l'ordre qui suit :

L'anneau ;

L'épée, que Sa Majesté a mise dans le fourreau;

Le manteau, qui lui a été attaché par le grand-chambellan, aidé du grand-écuyer et du premier chambellan ;

Le globe, que l'Empereur a remis à l'instant au grand officier chargé de le recevoir;

La main de justice;

Le sceptre;

L'Empereur, portant dans ses mains ces deux derniers ornemens, a fait sa prière.

Pendant le tems de la prière, la tradition des ornemens de l'Impératrice a été faite à Sa Majesté par le Pape, dans l'ordre suivant :

L'anneau;

Le manteau, qui a été attaché par la dame d'honneur, la dame d'atours, le premier écuyer et le premier chambellan.

Pendant la tradition des ornemens de l'Empereur et de l'Impératrice, la musique impériale a exécuté le motet suivant :

« Accingere gladio tuo super femur tuum, po-
» tentissime, specie tuâ et pulchritudine tuâ in-
» tende prosperè procede, et regna. »

Le Pape a prononcé la prière analogue à chacun de ces ornemens, ainsi qu'il suit :

Prière pour la tradition des Anneaux.

« Accipite hos annulos, signaculum Fidei sanctæ,
» argumentum potentiæ, ac soliditatis Imperii, per
» quos sciatis triumphali potentiâ hostes vincere,
» hæreses destruere, subditos coadunere, et ca-
» tholicæ Fidei perseverabiliter connecti. »

Prière pour la tradition de l'Epée.

« Accipe gladium de altari sumptum, per nostras manus, licet indignas, vice tamen, et auctoritate sanctorum Apostolorum consecratas, tibi oblatum, nostræque bene✝dictionis officio, in defensionem sanctæ Dei ecclesiæ divinitùs ordinatum : et memor esto ejus, de quo psalmista prophetavit, dicens : *Accingere gladio tuo super femur tuum, potentissime;* ut in hoc per eundem, vim æquitatis exerceas, molem iniquitatis potenter destruas, et sanctam Dei Ecclesiam ejusque fideles propugnes, ac protegas; nec minùs sub fide falsos, quàm christiani nominis hostes dispergas; viduas et pupillos clementer adjuves ac defendas, desolata restaures, restaurata conserves, ulciscaris injusta, confirmes benè disposita : quatenùs hæc agendo, virtutum triumpho gloriosus, justitiæque cultor egregius, cum mundi Salvatore, sine fine regnare merearis, qui cum Deo Patre, et Spiritu sancto vivit et regnat Deus, per omnia sæcula, etc. »

» Accingere gladio tuo super femur tuum, potentissime, et attende quod Sancti non in gladio, sed per fidem vicerunt regna. »

Prière pour la tradition des Manteaux.

« Induat vos, Dominus, fortitudine suâ, ut dum vestimenti hujus splendore fulgeatis exteriùs, virtutum meritis splendeatis interiùs illius oculis, quem nec præterita fugiunt, nec futura latent,

» per quem Reges regnant et legum conditores » justa decernunt. In nomine Patris, ✝ et Filii ✝, » et Spiritus ✝ Sancti. »

Prière pour la tradition du Globe.

« Accipe globum hunc, in signum potestatis à » Creatore omnium tibi commissæ, et esto, in me» dio populi tui, Dei minister in bonum, ut qui » te præcæteris extolli voluit in terris, virtutum » tibi præmia conferat in cœlis. »

Prière pour la tradition de la Main de justice.

« Accipe virgam virtutis ac veritatis, quâ in» telligas te obnoxium mulcere pios, terrere re» probos, errantes viam docere, lapsis manum » porrigere, disperdere superbos, et relevare hu» miles; aperiat tibi ostium Jesus Christus Do» minus noster, qui de semetipso ait, *ego sum* » *ostium; per me si quis introierit, salvabitur;* » qui es clavis David, et sceptrum domûs Israel, » qui aperit, et nemo claudit; claudit et nemo » aperit; sitque tibi ductor, qui educit vinctum » de domo carceris, sedentem in tenebris et um» brâ mortis; et in omnibus sequi merearis eum » de quo David propheta cecinit : *Sedes tua, Deus,* » *in sæculum sæculi; virga directionis, virga re-* » *gni tui;* et imitando ipsum, diligas justitiam, » et odio habeas iniquitatem, quia propterea un» xit te Deus, Deus tuus, ad exemplum illius, quem » ante sæcula unxerat oleo exultationis, præ par-

» ticipibus suis, Jesum Christum Dominum nos-
» trum, qui cum eo vivit et regnat Deus, per
» omnia sæcula sæculorum, Amen. »

Prière pour la tradition du Sceptre.

« Accipe sceptrum potestatis imperialis insigne, » virgam scilicet imperii rectam, virgam virtutis, » quâ te ipsum benè regas, sanctam Ecclesiam, » populumque christianum tibi à Deo commissum, » regiâ virtute ab improbis defendas, pravos cor- » rigas, rectos pacifices, et, ut rectam viam tenere » possint, tuo juvamine dirigas ; quatenùs de » temporali imperio ad æternum regnum pervenias, » ipso adjuvente cujus regnum et imperium sine » fine permanet in sæcula sæculorum. Amen. »

Ensuite l'Empereur a remis la main de justice à l'archi-chancelier, et le sceptre à l'archi-trésorier, est monté à l'autel, a pris la couronne et l'a placée sur sa tête; il a pris dans ses mains celle de l'Impératrice, est revenu se mettre auprès d'elle, et l'a couronnée.

L'Impératrice a reçu à genoux la couronne.

Le Pape a fait les prières du couronnement, ainsi qu'il suit :

« Coronet vos Deus coronâ gloriæ, atque justitiæ, » honore, et opere fortitudinis, ut per officium » nostræ bene✝dictionis, cum fide rectâ, et mul- » tiplici bonorum operum fructu, ad coronam » perveniatis regni perpetui, ipso largiente cujus » regnum et imperium permanet in sæcula sæcu- » lorum. Amen. »

Leurs Majestés sont ensuite retournées au petit trône.

Alors les grands officiers et officiers qui devaient précéder l'Impératrice, les Princesses, les dames et les officiers qui les suivaient, ont repris le même ordre dans lequel ils étaient venus du portail au chœur; l'Impératrice s'est mise en marche pour aller au grand trône; les Princesses soutenaient son manteau.

A la porte du chœur, les officiers civils, les pages, les hérauts d'armes, les huissiers, ont repris aussi leur ordre, et ont marché jusqu'au trône, bordant la haie à mesure qu'ils en approchaient.

Les grands officiers qui portaient les honneurs de l'Impératrice, et les officiers civils qui les accompagnaient, ont monté sur les degrés du trône, en passant par le couloir de la droite, et se sont placés derrière le trône.

Le cortége qui précédait l'Empereur a repris à son tour son ordre.

L'Empereur, entouré des Princes et dignitaires, précédé des grands officiers qui portaient ses honneurs et ceux de *Charlemagne*, et suivi par les colonels-généraux de la garde, le grand écuyer, le grand chambellan et le grand maréchal, ayant repris des mains des grands dignitaires le sceptre et la main de justice, a marché également au grand trône; les Princes et Dignitaires soutenaient son manteau. Les grands officiers qui portaient ses honneurs, se sont placés, en arrivant, derrière le trône, ainsi que les officiers civils qui les accompagnaient; les aides de camp ont bordé la haie à droite et à gauche, sur les degrés du trône; le grand chambellan et le grand écuyer se sont placés, sur des coussins, à la deuxième marche du trône; les Princes et dignitaires ont passé à la gauche du trône, pour occuper les places qui leur étaient destinées; le grand maréchal et les colonels-généraux de la garde ont passé par le couloir de la gauche pour se placer derrière l'Empereur.

Enfin le Pape, précédé par le maître des cérémonies du clergé, et entouré de cardinaux, a suivi l'Empereur jusqu'au grand trône.

Sa Sainteté après y être montée, et Leurs Majestés étant assises, leur a adressé les paroles suivantes :

« In hoc Imperii solio confirmet vos Deus, et » in regno æterno secum regnare faciat Jesus » Christus Dominus noster, Rex Regnum, et Do» minus Dominantium, qui cum Deo Patre et » Spiritu Sancto vivit et regnat, per omnia sæ» cula sæculorum. Amen. »

Après avoir prononcé ces paroles, Sa Sainteté a baisé l'Empereur sur la joue, et se tournant vers les assistans a dit à haute voix, *Vivat Imperator in æternum!* Les assistans ont crié *Vive l'Empereur et l'Impératrice!* Le *Vivat* a été exécuté par la musique impériale.

Pendant ces acclamations, Sa Sainteté a été reconduite à son trône, avec son cortége, par le grand maître des cérémonies, précédé des maîtres et aides des cérémonies, des hérauts d'armes et des huissiers.

Les pages sont allés se placer sur les marches du trône.

Les places autour du trône de l'Empereur étaient disposées dans l'ordre suivant :

L'Empereur sur le trône.

Un degré plus bas, à sa droite, l'Impératrice sur un fauteuil;

Un degré plus bas, à la droite de l'Impératrice, entre les deux colonnes, les Princesses sur des chaises;

Derrière elles, la dame d'honneur et la dame d'atours, et les dames du palais destinées à porter les offrandes;

A gauche de l'Empereur, et deux degrés plus bas, entre les deux colonnes, les deux Princes et les deux dignitaires à leur gauche;

Derrière l'Empereur, les colonels-généraux de la garde, le grand maréchal du palais, les quatre grands officiers portant les honneurs de l'Empereur, à la droite du grand maréchal; les trois grands officiers portant les honneurs de Charlemagne, et les trois grands officiers portant les honneurs de l'Impératrice, derrière Sa Majesté; les officiers civils de l'Empereur et des Princesses, derrière les grands officiers, tous debout; sur le troisième degré des marches du trône, le grand chambellan, le grand écuyer et le grand maître des cérémonies, sur des coussins; au pied du trône, à droite, était un tabouret sur lequel le grand maître des cérémonies se plaçait souvent afin de surveiller plus facilement les détails de la cérémonie; derrière ce tabouret, les deux aides des cérémonies; derrière les aides, le chef des hérauts d'armes et deux hérauts; vis-à-vis le tabouret du grand maître, les maîtres des cérémonies; derrière eux, deux hérauts.

Le Pape, arrivé à l'autel, a entonné le *Te Deum*, qui a été exécuté par la musique impériale, et suivi des versets et oraisons suivans :

« ℣. Firmetur manus tua, et exultetur dextera » tua.

» ℟. Justitia et judicium præparatio sedis tuæ.

» ℣. Domine, exaudi orationem meam.

» ℟. Et clamor meus ad te veniat.

» ℣. Dominus vobiscum.

» ℟. Et cum spiritu tuo.

OREMUS.

» Deus, qui victrices Moysis manus in oratione » firmasti, qui quamvis ætate languesceret, in- » fatigabili sanctitate pugnabat; ut, dùm Amalec » iniquus vincitur; dùm prophanus nationum » populus subjugatur, exterminatis alienigenis; » hæreditati tuæ possessio copiosa serviret, opus » manuum tuarum pia nostræ orationis exaudi- » tione confirma : habemus et nos apud te, Sancte » Pater Dominum Salvatorem, qui pro nobis ma- » nus suas extendit in cruce, per quem etiam

» precamur, altissime, ut tuâ potentiâ suffragante » universorum hostium frangatur impietas. Per » Dominum nostrum Jesum Christum. Amen.

OREMUS.

» Deus inerrabilis auctor mundi, conditor ge» neris humani, confirmator Imperii, qui ex utero » fidelis amici tui patriarchæ nostri Abrahæ præ» legisti Regem sæculis profuturum, tu præsen» tem insignem Imperatorem cum consorte suâ, » et exercitu, per intercessionem beatæ Mariæ » semper virginis, et omnium Sanctorum, uberi » bene✝dictione locupleta; et in solium Imperii » firmâ stabilitate connecte, visita eos, sicut » visitasti Moysen in rubo, Josue in prælio, Ge» deonem in agro, Samuelem in templo, et illâ » eos sidereâ bene✝dictione ac sapientiæ tuæ » rure perfunde, quam beatus David in psalterio, » et Salomon filius ejus, te remunerante percepit » de cœlo. Sis eis contra acies inimicorum lorica, » in adversis galea, in prosperis fascia, in protec» tione clypeus sempiternus, et prœsta ut gentes » illis teneant fidem, proceres eorum habeant » pacem, diligant charitatem, abstineant se à cu» piditate, loquantur justitiam, custodiant verita» tem, et ità populus iste sub eorum imperio pul» lulet, coalitus benedictione æternitatis, ut semper » tripudiantes maneant in pace, ac victores. Quod » ipse præstare dignetur, qui tecum vivit et regnat » in unitate Spiritûs Sancti Deus, per omnia sæcula » sæculorum. Amen. »

Sa Sainteté a continué la messe.

A la fin de l'Evangile, le grand-maître des cérémonies a invité, par une inclination, le grand-aumônier à se rendre à l'autel ; le grand-aumônier a reçu du diacre le livre des Evangiles ; ensuite, accompagné par les aumôniers de l'Empereur et par ceux de l'Impératrice, précédé par le grand-maître, les maîtres et les aides des cérémonies, il a porté l'Evangile à baiser à Leurs Majestés, et l'a reporté ensuite à l'autel, entre les mains du diacre, toujours accompagné de la même manière.

A l'offertoire, le grand-maître des cérémonies a fait une inclination profonde à Leurs Majestés, pour les avertir de se rendre à l'offrande.

Madame *d'Arberg* devant porter un cierge où étaient incrustées treize pièces d'or, et ayant à côté d'elle M. le général *Savary ;*

Madame la maréchale *Ney*, devant porter un autre cierge avec le même nombre de pièces d'or, et ayant à côté d'elle M. le colonel *Lebrun ;*

Madame *de Luçay*, devant porter le pain d'argent, et ayant à côté d'elle M. le général *Lemarois ;*

Madame *Duchâtel*, devant porter le pain d'or, et ayant à côté d'elle M. le général *Caffarelli ;*

Madame *de Rémusat*, devant porter le vase, et ayant à côté d'elle M. le général *Rapp*,

Ont quitté successivement leurs places, par le couloir à droite, pour prendre, au bas des degrés du trône, ces diverses offrandes qui leur ont été présentées.

L'Empereur et l'Impératrice sont descendus en même tems du trône; l'Impératrice, suivie par les Princesses qui portaient son manteau, par la dame d'honneur, la dame d'atours, et par M. le maréchal *Murat*, destiné à recevoir sa couronne, a accéléré sa marche de manière à précéder l'Empereur au bas de l'escalier; l'Empereur a marché plus lentement, suivi par les Princes et dignitaires qui soutenaient son manteau, par les colonels-généraux de la garde, par son grand-maréchal, et précédé par son grand-chambellan et son grand-écuyer : ainsi, en partant du bas des degrés du trône, la marche, jusqu'au chœur, s'est faite dans l'ordre suivant :

Les huissiers,

Les hérauts d'armes,

Les pages,

Les aides des cérémonies,

Les maîtres des cérémonies,

Le grand-maître des cérémonies,

Les offrandes, dans l'ordre ci-dessus indiqué.

L'Impératrice, suivie comme il a été dit ci-dessus,

Le grand-chambellan et le grand-écuyer,

L'Empereur et sa suite.

En approchant de la porte du chœur, les mêmes personnes qui, dans la première marche, avaient bordé la haie, l'ont bordée encore; l'Empereur et l'Impératrice, avec le reste du cortége, ont continué leur marche jusqu'au pied de l'autel: l'Empereur, et l'Impératrice à sa gauche, se sont mis à genoux sur des coussins; les personnes qui portaient les offrandes se sont rangées à leur droite, et un peu en arrière, en bordant la haie, le grand-maître, un maître et un aide des cérémonies à droite; un maître et un aide des cérémonies à gauche. Les Princes et dignitaires, et les Princesses, en entrant dans le sanctuaire, ont cessé de soutenir les manteaux de Leurs Majestés, et sont allés prendre, dans le sanctuaire, la place qu'ils occupaient pendant les cérémonies du sacre et du couronnement. Leurs Majestés, la couronne sur la tête, ont pris les offrandes, dans l'ordre indiqué pour la marche, des mains des dames qui les portaient, et les ont présentées à Sa Sainteté; elles sont allées s'asseoir sur le petit trône, et en sont reparties successivement, comme ci-dessus, pour retourner au grand-trône.

Le Pape a continué la messe.

A l'élévation, Leurs Majestés étant toujours sur le grand trône, le grand-électeur a ôté la couronne de l'Empereur, et la dame d'honneur et M. le maréchal *Murat* celle de l'Impératrice.

Leurs Majestés se sont mises à genoux.

A l'*Agnus Dei*, le grand-aumônier a été recevoir le baiser de paix de Sa Sainteté, *cum instrumento pacis*, et l'a porté à Leurs Majestés.

La messe a continué.

La messe finie, le grand-aumônier, averti par le grand-maître des cérémonies, et par M. l'abbé *de Pradt*, maître des cérémonies du clergé, a apporté de nouveau à l'Empereur le livre des

Evangiles, et s'est tenu debout à la gauche de Sa Majesté. Son éminence M. *François de Neufchâteau*, président du sénat, accompagné de leurs éminences MM. *Fontanes*, président du corps-législatif; *Fabre de l'Aude*, président du tribunat; et *Defermon*, le plus ancien des présidens du conseil d'Etat, a apporté à Sa Majesté la formule du serment constitutionnel. Après la lui avoir présentée, ils se sont rangés à la gauche du trône, sur les premières marches, le grand-maître des cérémonies se tenant de l'autre côté de l'escalier, vis-à-vis le président du sénat.

L'empereur assis, la couronne sur la tête, et la main levée sur l'Evangile, a prononcé le serment en ces termes :

« Je jure de maintenir l'intégrité du territoire » de la République; de respecter et de faire respecter les lois du concordat et la liberté des » cultes; de respecter et faire respecter l'égalité » des droits, la liberté politique et civile, l'irré- » vocabilité des ventes des biens nationaux; de » ne lever aucun impôt, de n'établir aucune taxe » qu'en vertu de la loi; de maintenir l'institution » de la légion d'honneur; de gouverner dans la » seule vue de l'intérêt, du bonheur et de la » gloire du peuple français. »

Ce serment prononcé, le capitaine *Duverdier*, héraut d'armes, faisant fonctions de chef des hérauts, averti par l'ordre du grand-maître, a dit d'une voix forte et élevée : *Le très-glorieux et très-auguste Empereur*, NAPOLÉON, *Empereur des Français, est couronné et intronisé; vive l'Empereur!* Les cris prolongés de *vive l'Empereur*, *vive l'Impératrice*, se sont fait entendre de toutes les parties de l'église. Une décharge d'artillerie a annoncé le couronnement et l'intronisation de Leurs Majestés. Pendant ce tems-là, son excellence M. *Maret*, ministre-secrétaire d'Etat, rédigeait le procès-verbal de la prestation de serment.

Alors le clergé est revenu au pied du trône avec le dais, pour reconduire Leurs Majestés.

Au même instant,

Les huissiers,

Les hérauts d'armes,

Les pages,

Les aides des cérémonies,

Les maîtres des cérémonies,

Le grand-maître des cérémonies,

Se sont avancés par la droite du trône pour rejoindre le portail et la galerie. Les grands-officiers portant les honneurs de l'Impératrice, ont passé successivement par le couloir de la droite, ont descendu l'escalier, et sont allés reprendre leur ordre devant le dais de l'Impératrice. L'Impératrice est descendue du trône, suivie des Princesses, de sa dame d'honneur, de sa dame d'atours, de ses dames du palais et des officiers des Princesses.

Ensuite elle s'est mise sous le dais, et a continué sa marche jusqu'à l'Archevêché.

Les sept grands-officiers qui portaient les honneurs de l'Empereur, ont passé successivement par le couloir de gauche, et sont allés reprendre devant son dais le rang qu'ils occupaient en venant de l'archevêché à l'église.

L'Empereur a repris des mains de l'archi-chancelier et de l'archi-trésorier le sceptre et la main de justice, et est descendu du trône, suivi par les princes et dignitaires qui portaient son manteau, et par les grands-officiers qui le suivaient en venant à l'église. Lorsqu'il est sorti de la nef, les ministres et les maréchaux ont repris pareillement leur rang dans le cortége pour retourner à l'Archevêché.

Lorsque Leurs Majestés ont été rendues à l'Archevêché, le Pape y a été reconduit aussi sous le dais par le clergé.

Le cortége impérial, et ensuite celui du Pape, ont suivi, pour revenir aux Tuileries, la rue du parvis Notre-Dame, la rue du Marché-Neuf, la rue de la Barillerie, le pont au Change, la place du Châtelet, la rue Saint-Denis, les Boulevarts, la rue et la place de la Concorde, le pont Tournant et le jardin des Tuileries qui étaient illuminés. Un concours immense de peuple remplissait tous ces lieux, et élevait jusqu'au ciel ses acclamations et ses vœux pour la prospérité et la durée du règne de Leurs Majestés.

Ainsi s'est terminée la plus pompeuse, la plus auguste, la plus majestueuse cérémonie qui ait jamais frappé les regards des hommes. Quel enthousiasme pieux et civique! quels transports d'amour et de reconnaissance! quelles acclamations répétées et prolongées jusqu'aux cieux, de *vive l'Empereur! vive l'Impératrice!* ont fait retentir toutes les parties de la capitale, pendant la marche de Leurs Majestés pour se rendre à Notre-Dame, au moment de leur couronnement, et lors de leur retour au palais des Tuileries. Dans cette dernière circonstance, le grand acte religieux et civil qui mettait le sceau à l'alliance éternelle entre le peuple français et Napoléon était consommé; il n'y avait plus d'incertitudes, plus de craintes, l'ivresse des citoyens était au comble. Du haut de son trône céleste, l'arbitre souverain des Mondes avait pris part à cette ivresse, et malgré l'empire d'une saison ténébreuse, il avait voulu que l'astre du jour, dans toute sa splendeur, éclairât le spectacle qui avait eu lieu.

Sans doute la pompe imposante des cérémonies de l'Eglise romaine, confondue avec la magnificence de la cour de Napoléon, donnait à ce spectacle un caractère imposant et sublime, mais ce qui ajoutait au sentiment de l'admiration qu'il faisait naître, celui du plus touchant intérêt, c'est ce concours immense d'individus de tout sexe, de tout âge, de tout état, qui, pour voir la marche du cortége, se rassemblaient, se pressaient dans les rues, sur les quais, les places publiques, les boulevarts; couvraient de vastes amphithéâtres, des gradins nombreux; se groupaient à toutes les fenêtres des maisons, où ils formaient une décoration animée; enfin, s'accumulaient sur les toits. On eût dit que non-seulement la France entière, mais l'Europe s'était réunie dans Paris, pour être témoin d'une démarche dont l'Europe comme la France goûtera les heureux fruits. On eût dit, à leur émotion, à leur alégresse, que les citoyens de Paris, du nord et du midi de la France, et même les étrangers des quatre parties du Monde, portaient également un cœur français.

En revenant au palais des Tuileries, lorsque le cortége commençait à se déployer sur les boulevarts, la nuit était tombante; mais cinq cents torches qui l'éclairaient, toutes les maisons illuminées, des milliers de lampions à verres de couleurs, placés en festons entre les arbres, rendaient le soir plus éclatant que le midi. Aucun détail ne fut perdu pour les citoyens; aucun détail ne trouva en défaut le tact naturellement délicat et fin qui caractérise le peuple en France.

Il est une circonstance qui n'a échappé à personne, et qui a fait la même impression sur tous les cœurs, c'est cette expression de sensibilité qui se peignait sur le visage de Leurs Majestés, à l'aspect de la joie que leur présence faisait éclater, et en entendant les vœux d'un peuple aimant pour la prospérité de leur règne. Leurs Majestés sont arrivées au palais des Tuileries, pénétrées du plus vif attendrissement, et les applaudissemens qui les avaient accompagnées se sont fait entendre encore long-tems après.

Toute la soirée de ce jour à jamais mémorable dans l'histoire des peuples, le jardin des Tuileries a été illuminé dans le dernier goût, ainsi que les principaux édifices publics, les hôtels des ministres, des ambassadeurs et les boulevarts. Des flammes de Bengale, allumées sur les édifices les plus élevés, formaient un tableau neuf et surprenant; Paris semblait être devenu le séjour de la féerie.

L'ordre admirable qui a constamment régné pendant cette solennité, au milieu d'une si grande affluence de peuple, est digne de fixer l'attention des hommes les plus éclairés. Pas le plus petit embarras n'a troublé la fête, un jour si beau pour les Français n'a été nuisible à personne; la foule a circulé sans efforts, la curiosité des uns et des autres a été satisfaite sans qu'il en soit résulté le moindre accident; Napoléon a eu l'inaltérable satisfaction de pouvoir se dire à lui même : « La gloire dont je » jouis, les biens que mon triomphe promet à la » France, n'ont mis en danger l'existence de per» sonne; » considération touchante, vraiment précieuse pour un cœur tel que le sien!

Un si bel ordre atteste avec quelle intelligence, quelle sagesse, quelle activité la police s'exerce à Paris, sous la surveillance de M. Dubois, conseiller d'Etat, préfet de police. Quand on se rappelle que jadis des événemens souvent désastreux ont marqué les fêtes publiques, pendant l'administration des lieutenans-généraux de police les plus vantés, on ne peut, sans mauvaise foi, refuser de convenir de la supériorité de la police d'aujourd'hui, sur celle d'autrefois. Il est vrai que M. Dubois est parfaitement secondé pour tout ce qui tient aux différentes branches de ses fonctions; mais le mérite même de ses collaborateurs fait l'éloge de son discernement, de ses connaissances et de ses talens administratifs, puisqu'il a su les choisir et les placer si convenablement.

Deuxième Journée des Fêtes du Couronnement.

Le caractère de la première journée des fêtes du couronnement a été d'offrir à l'admiration des peuples les tableaux les plus imposans ; le caractère de la seconde, d'amuser l'imagination, de réjouir le cœur et l'esprit.

Point de costumes somptueux, de cortéges éblouissans, de cérémonies pompeuses comme la veille ; mais des vêtemens simples, la circulation d'un peuple immense prenant part à différentes sortes de divertissemens préparés pour lui ; enfin, tout ce que les jeux populaires offrent de naïf, de gai, de piquant.

Comme pour partager lui-même les plaisirs du peuple français, le tems s'était paré de tout ce que la saison lui avait permis de recueillir de plus serein, de plus pur, de plus éclatant ; le soleil était resplendissant ; au milieu de la plus bellegelée, il déployait ses rayons dorés comme dans une journée de printems.

Le lieu destiné aux réjouissances s'étendait depuis la place de la Concorde, sur tous les boulevarts du nord de Paris, jusqu'à l'extrémité du boulevart St-Antoine. La multitude était attirée, dans le même moment, sur des points divers ; quoique la longue étendue des boulevarts parut être alors le rendez-vous d'un monde tout entier, on a remarqué qu'elle présentait l'aspect d'une promenade animée, riante et variée, et non d'une cohue fatigante et dangereuse; l'affluence était par tout, il n'y avait de foule nulle part.

Dans la matinée, des hérauts d'armes ont parcouru les principales places de la ville, distribuant sur leur passage beaucoup de médailles de diverses grandeurs, destinées à perpétuer la mémoire de l'époque du couronnement. Ces médailles portent d'un côté, la figure de l'Empereur couronné de lauriers à la manière des Césars, avec cette légende : *Napoléon, Empereur ;* de l'autre côté, on voit le Souverain, en pied, avec les attributs impériaux; il est élevé sur un bouclier, par un personnage revêtu des ornemens de la magistrature, et par un guerrier. Autour on lit cette légende, qui explique l'allégorie : *le Sénat et le Peuple.* Ces médailles, d'argent, sont la plupart d'un diamètre plus petit que les quarts de franc. Il était curieux de voir avec quel empressement la foule se précipitait pour les ramasser, et comme ceux qui n'avaient pas osé tenter la chance, les mettaient ensuite à l'enchère.

Aux quatre coins de la place de la Concorde, on avait préparé quatre salles de danse, formant des carrés longs, d'architecture antique.

Entre ces quatre salles, au milieu de la place, sur un piédestal entouré de gradins, était posé un vaste trophée orné de drapeaux.

A partir de cette place jusqu'à l'extrémité du boulevart, des théâtres, des salles de danse, des orchestres, des jeux de bagues, des mâts de cocagne avaient été disposés de distance en distance. A dix heures du matin, l'ouverture de la fête fut annoncée par une salve d'artillerie ; depuis ce moment jusqu'au soir, on put jouir en se promenant d'une variété de spectacles très-piquante. Là, vingt concurrens faisaient, aux grands éclats de rire des spectateurs, d'inutiles efforts pour attraper un des prix suspendus à la couronne du mât de cocagne; ici des Arlequins, des Cassandres et des Paillasses amusaient un autre genre d'amateurs; plus loin des Auvergnats avec leur cornemuse faisaient danser leurs compatriotes qui, par leurs bonds redoublés, quoique lourds, annonçaient qu'ils se croyaient un instant de retour dans leurs montagnes; plus loin, des chanteurs de carrefours beuglaient, en grimaçant, *la Bourbonnaise;* puis venaient des comédiens fameux qui donnaient tout à la fois du drame, de l'opéra comique et de la tragédie ; des devins qui n'étaient pas sorciers, des escamoteurs, etc.

A onze heures, des chars de forme antique, chargés de musiciens, se réunirent sur la place de la Concorde; il y eut, à midi, un grand concert d'harmonie, suivi de chants analogues à la fête, lesquels furent terminés par une salve générale d'artillerie. Alors, le trophée dressé au milieu de la place s'éleva dans les airs, porté par quatre ballons qui détonnèrent à une certaine hauteur, et le laissèrent retomber majestueusement.

Pendant toute la journée, quelque préoccupé que l'on fût, il fallait se dérider à l'aspect des scènes nouvelles qui se présentaient à chaque pas; les amateurs de bonne musique pouvaient se satisfaire, comme les amateurs de *ponts-neufs;* et après s'être amusé de quelque tableau grotesque, on pouvait jouir, d'une manière plus relevée, en suivant les groupes de musiciens qui de leurs chars faisaient entendre des fanfares, des marches et des chants guerriers très-bien exécutés.

Le soir, sur toute la longueur du boulevart, on vit briller un cordon d'illuminations en guirlandes, colonnes, vases et feux de couleur; les portes St-Denis et St-Martin, derrière lesquelles des illuminations brillantes terminaient le point de vue, offraient un très-beau coup-d'œil. La place de la Concorde, l'hôtel de la marine et les bâtimens parallèles, les palais du corps législatif et de la légion d'honneur étincelaient de feux.

Après leurs courses, vers huit heures, les chars des musiciens, illuminés aussi, vinrent se ranger en cercle sur la place de la Concorde. Le concours des citoyens s'était insensiblement replié sur cette place, aux Champs-Elysées, aux Tuileries, sur tous les ponts et les quais. Alors, un grand feu d'artifice fut tiré sur le pont de la Concorde, la multitude qu'il avait attirée put le voir facilement de tous les points où elle était placée. Après le feu, les danses ont continué le reste de la nuit. Nous observerons que cette seconde fête a été aussi heureuse que celle de la veille, pour le maintien du bon ordre et de la tranquillité : le peuple s'y est livré à la gaieté la plus franche, il a béni les auteurs de ses plaisirs, et aucun accident n'en a troublé le cours.

Troisième Journée des Fêtes du Couronnement.

Le 11 Frimaire, le ciel et la patrie reconnaissante avaient couronné le génie, la sagesse, le plus sublime héroïsme, dans la personne du sauveur de la France.

Le 12, le peuple s'était réjoui de la consommation de cet acte solennel qui affermissait la puissance nationale.

Le 14 fut consacré aux armes, à la valeur, à la fidélité.

En excitant la joie qu'inspire l'accomplissement des vœux les plus chers, le 11 avait commandé l'étonnement, l'admiration, le respect, par le spectacle imposant de toute la pompe religieuse réunie à la majesté du trône.

Les jeux, les plaisirs, une alégresse vive et franche, des tableaux naïfs, piquans ou grotesques, mais toujours gais, avaient marqué la journée du 12.

Aussi auguste, aussi majestueuse que la première, celle du 14 fit sur les ames une impression différente : Elle fut toute martiale ; elle réalisa pendant quelques instans le beau idéal de ces fêtes antiques, si magnifiquement décrites par le prince des poëtes grecs et le prince des poëtes latins : elle retraça ces tems brillans de chevalerie, où, de leurs mains victorieuses, les plus puissans monarques décernaient les prix de la valeur aux preux dont ils s'honoraient d'être les frères d'armes.

Ce grand homme, ce héros, dont le Dieu suprême et la grande nation venaient de reconnaître, d'une manière si digne de lui, les vertus et les hauts faits, on le vit dans cette journée, s'entourant des députations qui représentaient la France et l'armée, commencer l'exercice de son pouvoir impérial par la distribution qu'il leur fit, des aigles qui doivent toujours les guider au chemin de l'honneur. Tel César, maître du monde et de la fortune, rendait plus belliqueuse l'ardeur des braves légions qui avaient vaincu à Pharsale. Tel Charlemagne récompensait les guerriers qui avaient partagé sa gloire et ses dangers.

Le Champ de Mars fut le théâtre de cette superbe scène ; le Dieu dont il porte le nom semblait y présider.

Une vaste tribune distribuée en plusieurs tentes à la hauteur des appartemens du premier étage, décorait la principale façade de l'Ecole Militaire. La tente du milieu était soutenue par quatre colonnes qui portaient des figures de Victoires exécutées en relief et dorées ; elle couvrait le trône de l'Empereur et celui de l'Impératrice.

Les galeries qui occupaient la façade principale de l'édifice, se divisaient, de chaque côté, en huit parties ; elles étaient décorées d'enseignes militaires, couronnées par des aigles, et représentaient les seize cohortes de la légion d'honneur.

Le pavillon, à l'extrémité de l'édifice, du côté

de la ville, était occupé par une tribune destinée aux princes étrangers. A l'extrémité opposée, une autre tribune faisant pavillon, devait recevoir le corps diplomatique.

Au-dessous des tribunes, dans toute la façade, on avait pratiqué plusieurs rangs de gradins pour les présidens de canton, les préfets, les sous-préfets et le conseil municipal.

On descendait au Champ de Mars par un grand escalier, dont les gradins devaient servir de siéges aux colonels des régimens, et aux présidens des colléges électoraux de département, qui portaient les aigles impériales. Aux deux côtés de cet escalier, on voyait les figures colossales de la France donnant la paix, et de la France faisant la guerre. Les armes de l'Empire, répétées par tout, sous différentes formes, avaient fourni les motifs de tous les ornemens.

A midi, Leurs Majestés Impériales sortirent du palais des Tuileries. Le cortége défila entre deux haies de grenadiers de la garde de l'Empereur et de la garde municipale, dans l'ordre qui avait été observé pour la cérémonie du couronnement. Les chasseurs à cheval de la garde et l'escadron de mamelucks le précédaient; les grenadiers à cheval et la gendarmerie d'élite fermaient la marche.

Le cortége traversa le jardin des Tuileries, la place de l. Concorde, suivit le pont de la Concorde, la place du Corps Législatif, la rue de Bourgogne, celle de Grenelle, les boulevarts neufs, et entra à l'Ecole militaire par la grille méridionale.

A leur départ des Tuileries, à leur passage devant les Invalides, à leur arrivée au Champ de Mars, Leurs Majestés furent saluées par des décharges d'artillerie.

Les membres du corps diplomatique ayant été invités à se réunir dans le salon des ambassadeurs, au rez de chaussée de l'Ecole militaire, furent ensuite introduits dans les grands appartemens, et admis à présenter leurs hommages à Leurs Majestés.

Cette audience terminée, Leurs Majestés revêtirent les ornemens impériaux, et montèrent sur leurs trônes. A l'instant même, et toutes à la fois, les batteries des Tuileries, des Invalides et du Champ de Mars les saluèrent de nouveau.

Conformément au cérémonial en usage, les Princes et Dignitaires, les Princesses, les ministres, les maréchaux et les grands-officiers civils et militaires de la maison de l'Empereur, se placèrent à la droite, à la gauche du trône et derrière.

Les dames et officiers de l'Empereur, de l'Impératrice, des Princes et Princesses, furent placées derrière Leurs Majestés.

Les Princes étrangers, le corps diplomatique, le sénat, le conseil d'Etat, la cour de cassation et les membres de la comptabilité nationale remplirent les places à droite du trône. Le corps législatif et le tribunat, celles à gauche. Les présidens des corps électoraux, des assemblées de canton, et les fonctionnaires publics appelés au sacre, prirent également place sur les gradins qui leur étaient destinés au-dessous de la galerie.

Les uns et les autres étaient partis, à neuf heures du matin, pour se rendre à l'Ecole militaire, dans le même ordre et avec la même escorte que le jour du sacre.

On ne pouvait se lasser d'admirer avec quel ordre ces nombreuses réunions de Princes étrangers, de dignitaires, de ministres, de magistrats, d'administrateurs, de fonctionnaires publics de toutes les classes, avaient été conduites aux places qui leur étaient désignées. Aucune confusion, aucune erreur, aucun oubli, n'ont dérangé un seul instant la marche tracée.

A peine chaque cortége était il arrivé et placé, que l'escorte qui l'avait accompagné, prenait son ordre de bataille dans le Champ de Mars, parmi les troupes, qui toutes étaient rangées en ligne, et faisaient face au trône.

En colonnes serrées et par pelotons se déployaient, sur la droite et sur la gauche, les députations de toutes les armes de l'armée, et dans l'intervalle du centre de la ligne, celles de la garde nationale.

Portées chacune par un colonel, ou en son absence par le commandant de la députation, les aigles étaient rangées sur les degrés du trône.

A l'aspect de cet emblême superbe du génie de Napoléon, tous les spectateurs étaient fiers d'être gouvernés par celui dont la puissante intelligence s'élançant, comme l'aigle, au séjour céleste, semble y puiser la gloire et le bonheur qu'il répand sur la terre.

Ces aigles dorés s'élevaient majestueusement au-dessus d'un drapeau sur lequel on lisait d'un côté ces mots : *l'Empereur des Français à* (ici la désignation du corps) ; de l'autre côté : *Valeur et discipline ;* au milieu du drapeau éclatait aussi l'empreinte d'un aigle d'or.

Les cent huit drapeaux de départemens étaient portés par les présidens des colléges électoraux de départemens ; à leur défaut par un préfet.

Tous les tambours et la musique des corps se tenaient à la tête de la première ligne.

Bientôt le grand-maître des cérémonies, sur la première marche, au pied du trône, prend les ordres de l'Empereur, les fait transmettre au maréchal d'Empire, gouverneur de Paris.

Ce dernier donne le signal, et soudain au son d'une musique guerrière, les trois colonnes des députations militaires se mettent en mouvement, se serrent, et s'avancent vers le trône. A mesure que le soldat se voit plus près du héros avec lequel il a toujours vaincu, son œil brille d'un noble orgueil, son cœur ému palpite, son ame s'agrandit.

L'Empereur alors se lève, et de cette voix forte qui, sur le champ de bataille, double le courage du brave, et réveille la valeur assoupie ; avec cette expression presque divine, qui s'empare de toutes les facultés humaines, et allume l'enthousiasme de l'honneur et de la gloire, il parle :

« Soldats, dit-il, voilà vos drapeaux ; ces aigles « vous serviront toujours de point de ralliement ;

» elles seront par tout où votre Empereur les jugera » nécessaires pour la défense de son trône et de » son peuple.

» Vous jurez de sacrifier votre vie pour les dé» fendre, et de les maintenir constamment par » votre courage sur le chemin de la victoire : Vous » le jurez ! »

La flamme électrique est moins prompte que l'effet subit que produisit ce discours.

Nous LE JURONS.... Ce serment gravé dans tous les cœurs, fut à l'instant le cri unanime de tout ce qui était présent.

Nous le jurons! s'écrièrent les Présidens des colléges électoraux, tous les chefs de l'armée; et se livrant aux élans du plus noble enthousiasme, ils élevaient dans les airs les aigles qu'ils portaient, comme pour prendre le ciel à témoin que c'était bien à la véritable vaillance qu'on les confiait.

Nous le jurons! répétèrent mille et mille fois l'armée entière par ses envoyés d'élite, et les départemens par les députations de leurs gardes nationales. Leurs transports d'ivresse, leurs acclamations, leurs vœux se confondaient avec le bruit des instrumens et des fanfares militaires ; ils présentaient leurs armes, leurs chapeaux s'agitaient au bout de leurs baïonnettes.

Pendant cette scène vive et touchante, qui peignait si bien l'empire de Napoléon sur les cœurs, et qui dura jusqu'à ce que les drapeaux eussent rejoints leurs armes, des salves retentissantes d'artillerie annonçaient au loin l'alégresse d'un peuple heureux.

Bientôt, avec rapidité, le mouvement sublime qui animait tant de braves, se communiqua aux spectateurs pressés sur les gradins qui formaient l'enceinte du Champ de Mars.

Les aigles allèrent reprendre leurs places. Une musique imitative de la situation, et le bruit des tambours accompagnèrent la marche des drapeaux.

Lorsqu'ils furent arrivés à leurs corps, on fit faire demi-tour à droite aux colonnes; les députations formées par pelotons, et toute l'armée par divisions, défilèrent devant le trône. Pendant cette marche, la musique des corps resta constamment à la même place.

Leurs Majestés retournèrent ensuite dans leurs appartemens, et remontèrent en voiture. Le cortége impérial revint au palais des Tuileries par le même chemin qu'il avait suivi pour aller à l'Ecole militaire.

Leurs Majestés, à leur retour, furent saluées par les différentes batteries, comme elles l'avaient été à leur départ et à leur arrivée. Elles rentrèrent au Palais à cinq heures, au milieu des acclamations qui les avaient accompagnées dans tous les lieux de leur passage.

La belle tenue qui a régné pendant tout le cours de cette magnifique solennité guerrière, a été le résultat des soins aussi éclairés qu'affectueux et vigilans de Son Altesse Sérénissime Monseigneur le Prince Murat, gouverneur de Paris, et de M. le général Duroc, grand-maréchal du palais. Ils avaient été chargés par Sa Majesté, le premier de toutes les dispositions extérieures de la fête; le second, de tout ce qui concernait l'intérieur des bâtimens de l'École militaire. Les ordres que leur infatigable et sage prévoyance avait donnés, ont été exécutés avec l'intelligence, le zèle et l'exactitude les plus recommandables, et cela, parce que l'obéissance est un devoir toujours doux à remplir, quand ceux qui commandent savent rendre le pouvoir aimable.

Cette fête, dont le but était d'agrandir le caractère national, d'encourager et de récompenser le dévouement des braves, et de perpétuer d'illustres souvenirs, combien elle eût été plus majestueuse, plus imposante, plus admirable encore, si le tems, constamment contraire, n'en eût troublé l'éclat! Elle méritait d'être éclairée par un aussi beau soleil que les deux premières fêtes du couronnement: Mais le tems avait subitement tourné au dégel et à la pluie; aux torrens d'eau qui tombaient se mêlait un froid excessif, dont les troupes, qui étaient sous les armes depuis six heures du matin, avaient beaucoup à souffrir; mais le soldat français, accoutumé à triompher de tous les obstacles, s'aperçoit-il de l'intempérie des saisons, quand il s'agit de recevoir le prix de l'honneur et de la bravoure?

Cependant, ne pourrions-nous pas croire, ce qui nous paraît attesté par l'événement même, que ce tems si défavorable a été un incident préparé par la céleste intelligence, afin de donner une preuve nouvelle de la force du lien d'amour qui attache les Français à Napoléon?

En effet, le tableau riant d'un ciel serein, un soleil vivifiant, invitent naturellement à prendre part à une fête publique. Alors on peut douter si c'est la fête ou le plaisir de respirer un air pur et doux, de jouir des beautés de la nature, qui vous attire.

Mais, braver l'inclémence d'un tems nébuleux, s'exposer à un froid glacial, à une pluie continuelle; pendant une journée entière demeurer sur une terre inondée, pourquoi? pour être témoin d'une époque qui relève encore le lustre d'un héros chéri, et lui donne de nouveaux titres à la reconnaissance publique; pour jouir de la vue de ce héros, pour le bénir et joindre vos acclamations à celles de son armée. Certes, on ne peut s'y méprendre, cette démarche n'est dictée que par l'amour qu'il inspire, que par le dévouement le plus absolu.

Voilà ce qu'a prouvé, dans la dernière évidence, la journée dont nous venons de tracer le tableau. Malgré la rigueur d'un tems insupportable, l'affluence de citoyens, de citoyennes, d'adolescens et d'enfans était aussi considérable qu'aux premières fêtes. On ne peut se faire une idée du concours immense de spectateurs qui assiégeaient toutes les issues, les avenues, les gradins du Champ de Mars et les terrasses du jardin des Tuileries, depuis l'heure du départ du cortége impérial jusqu'à celle de son retour. Chacun était comme submergé par un déluge mortel; mais tout ce que cette situation avait de pénible s'effaçait à l'aspect de Napoléon et de son auguste épouse, à l'aspect de ses intrépides compagnons d'armes, dont il savait si dignement apprécier et récompenser les travaux. Le sentiment qui dominait dans les cœurs était plus fort que le courroux des élémens, et l'expression consolante du seul cri de *vive Napoléon!* faisait trouver le tems superbe.

Un attachement si franchement prononcé, n'est-il pas de nature à confondre les chimériques et criminelles espérances dont se bercent des hommes que l'opinion publique a proscrits pour jamais.

Après la cérémonie de la distribution des aigles, il y eut banquet, cercle et concert au palais des Tuileries.

Le banquet eut lieu dans la galerie de Diane. La table de Leurs Majestés était dressée sur une estrade et sous un dais au milieu de cette galerie.

La réunion des personnes invitées se fit dans le salon du trône.

Sur l'avertissement donné par le grand-maréchal du palais, qu'elles étaient servies, Leurs Majestés se rendirent dans la galerie, avec le Pape, l'électeur souverain de Ratisbonne et archi-chancelier de l'Empire d'Allemagne, les princes, les princesses, les grands-dignitaires, le corps diplomatique et toutes les personnes invitées.

L'Empereur était à la droite de l'Impératrice, le Pape à sa gauche, et au retour de la table l'électeur de Ratisbonne.

Le colonel général de la garde, le grand-chambellan et le grand-écuyer se tenaient debout derrière le siége de l'Empereur. Etaient également debout le grand-maréchal du palais, à droite et en avant de la table, et plus bas le premier préfet ; en face de lui, à gauche de la table, le grand-maître des cérémonies, et plus bas un maître des cérémonies. Les pages servaient.

La table des princes et princesses était des deux côtés de celle de Leurs Majestés. Les membres du corps diplomatique occupaient seuls une autre table. Venaient ensuite celle des ministres et grands-officiers, et celle de la dame d'honneur et des dames et officiers de Leurs Majestés et des princes et princesses.

Le dîner fini, Leurs Majestés se rendirent dans la salle où se trouvaient les personnes invitées au cercle; de là elles passèrent dans la salle du concert.

Après le concert, le Pape se retira ; l'Empereur le reconduisit jusqu'à la galerie de Diane. Alors on exécuta un ballet; ensuite Leurs Majestés rentrèrent dans le salon, où des parties de jeu terminèrent la soirée.

Présentations pendant les Fêtes du Couronnement.

Le sujet annoncé par le titre qu'on vient de lire, paraîtra peut-être minutieux à certains esprits ; nous croyons cependant que le plus grand nombre des lecteurs y trouvera l'instruction mêlée à l'intérêt.

Trois motifs qui paraîtront de quelque poids, nous ont convaincus que si nous omettions de parler des présentations faites à Leurs Majestés des différentes députations envoyées aux cérémonies du sacre et du couronnement, ce serait retrancher une partie de l'utilité que nous avons eue pour but en rassemblant les matériaux de ce recueil.

Le premier de ces motifs, c'est que nous regardons les présentations en question comme si naturellement liées à l'immortel événement qui vient de signaler le commencement du dix-neuvième siècle, que l'on ne peut les en séparer sans en rendre le récit incomplet.

Le second, c'est que le cérémonial qui les a accompagnées, servira de règle quand de pareilles circonstances se renouvelleront.

Le troisième enfin, c'est que dans les particularités de ces présentations, on en saisit qui tendent à caractériser d'avantage l'esprit et l'ame de Napoléon, font prendre sur le fait (que l'on nous pardonne cette expression) ses intentions sages et grandes, son aimable affabilité, la touchante sensibilité de son cœur, l'amour de l'humanité qui le dirige, et fournissent à l'historien de ces traits et de ces couleurs qui font revivre les grands hommes dans la postérité.

Nous entrons donc en matière.

Le mardi 13 Frimaire, les évêques et archevêques de l'Empire ont été présentés à l'Empereur par son éminence le cardinal Fesch, grand-aumônier.

Sa Majesté était entourée pendant cette présentation, par les ministres, les grands officiers, les sénateurs et les conseillers d'État en grand costume.

L'Empereur est ensuite rentré dans son cabinet. Là il a reçu le serment des maréchaux, colonels-généraux et inspecteurs, grands-officiers de l'Empire ; des amiraux, contre-amiraux, généraux de division et de brigade, adjudans-généraux, colonels et capitaines de vaisseaux qui se trouvaient dans ce moment à Paris, et qui n'avaient pas encore été admis à prêter serment entre les mains de Sa Majesté.

Parmi ces braves, présentés par Son Altesse Impériale le Prince Louis, connétable, on distinguait les maréchaux d'Empire Jourdan, général en chef en Italie ; Lannes, ambassadeur en Portugal, et Soult, commandant en chef le camp de Saint-Omer ; l'amiral Bruix, que la mort a enlevé trois mois après ; le colonel-général Junot ; les généraux de division Marmont, général en chef en Batavie ; Andréossi, chef de l'Etat-major au camp de Saint-Omer ; Bourcier, commandant la division de cavalerie de réserve ; Bonnard, 22.me division militaire, à Tours ; Belliard, 24.me division militaire, à Bruxelles ; Cervoni, 8.me division militaire, à Marseille ; Durutte, 10.me division militaire, à Toulouse ; Delaborde, 13.me division militaire, à Rennes ; Dufour, 21.me division militaire, à Bourges ; Duhesme, 19.me division militaire, à Lyon ; Dupont-Chaumont, 27.me division militaire, à Turin ; Friant, 2.me division d'infanterie, au camp de Bruges ; Ferino, 3.me division militaire, à Metz ; Grouchy, 2.me division militaire, au camp d'Utrecht ; Gilot, 4.me division militaire, à Nancy ; Gobert, 20.me di-

LOUIS

FRERE DE L'EMPEREUR CONNÉTABLE.

Né le 4 Septembre 1778.

*Aug. Desnoyers del.*t *I. P. Simon Sc.*

[illegible]
[illegible] la caballería [illegible]
[illegible]
[illegible]

vision militaire, à Périgueux ; Kellermann, commandant la cavalerie à Hanovre ; Leval, 5.me division militaire, à Strasbourg ; Laroche, 14.me division militaire, à Caen ; Lagrange, commandant le cantonnement de Saintes ; Loison, 2.me division d'infanterie, au camp de Montreuil ; Molitor, 7.me division militaire, à Grenoble ; Menard, 6.me division militaire, à Besançon ; Mathieu, 2.me division militaire, au camp de Brest ; Montchoisy, 18.me division militaire, à Dijon ; Oudinot, 1.ère division d'infanterie, au camp de Bruges ; Olivier, république italienne ; Saint-Hilaire, 1.ère division militaire, au camp de St-Omer ; Suchet, 4.me division, *idem ;* Tilly, division de cavalerie, au camp de Montreuil ; Vandamme, 2.me division, au camp de St-Omer ; Thévenard, vice-amiral, etc.

Le 14 Frimaire, son éminence le grand-aumônier a présenté à Sa Majesté l'Impératrice leurs éminences les cardinaux Bajana, Braschi, Caselli, de Pietro et Cambacérès, ainsi que les archevêques et évêques de France.

A la même audience ont été présentés M. de Melzi, vice-président, et MM. les membres de la consulta de la république italienne, par M. de Marescalchi, ministre de cette république.

Sa Majesté a reçu ensuite leurs excellences messieurs les maréchaux de l'Empire, messieurs les colonels-généraux, et M. le président du sénat.

Le 15, Sa Majesté l'Empereur était dans la salle du trône ; les Princes, les grands dignitaires, les ministres, les grands-officiers de l'Empire, les sénateurs et les conseillers d'Etat présens.

A onze heures du matin, les présidens des colléges électoraux de départemens ont été introduits dans la salle par M. de Ségur, grand-maître des cérémonies, et présentés à Sa Majesté par Son Altesse Impériale le prince Joseph, grand-électeur.

Pendant quelques instans Sa Majesté s'est entretenue avec chacun d'eux. En terminant cette audience : « Je vois avec plaisir près de moi (leur a-» t-il dit) des citoyens que leur service et la con-» fiance publique ont appelés à présider les colléges » électoraux de départemens. Ces corps, qui » doivent être complétés dans le cours de cette » année, seront, je l'espère, un des principaux » appuis du trône, et les circonstances qui se suc-» céderont ne feront qu'affermir leur attachement » à ma personne et à la patrie. »

A midi, les présidens des colléges électoraux d'arrondissemens ont été introduits et présentés avec le même cérémonial. Ils ont trouvé dans les entretiens de Sa Majesté avec la plupart d'entr'eux, cette affabilité qui attire les cœurs, et cette bonté qui les attache. « J'éprouve (leur a-t-il dit) une vive satis-» faction de vous voir ici assemblés. Les colléges » électoraux d'arrondissemens, que vous représen-» tez, se compléteront bientôt. Ils seront, comme » vous, animés d'un bon esprit, et se réuniront » constamment à moi pour le maintien de la cou-» ronne et le bonheur du peuple. »

as le elle
zires, le
e, les é

s des col
ntroduits
altre des
par Son
ecteur.
t entre-
tte au
leur a
la con
ollèges
s, qu
e cette
ipant
se so

NAPOLÉON JOSEPH.

FRERE DE L'EMPEREUR G.d ÉLECTEUR.

Né le 5. Février 1768.

Aug. Desnoyers del.t C.F. Noël Sculp.t

A une heure, c'est *Son* Altesse Sérénissime M.g^r Cambacérès, archi-chancelier de l'Empire, qui a présenté à l'Empereur les préfets des cent huit départemens, qui avaient aussi été introduits par le grand-maître des cérémonies. Après avoir parlé individuellement de la manière la plus gracieuse au plus grand nombre, Sa Majesté a manifesté à tous le plaisir que leur réunion autour de sa personne lui faisait éprouver. « Je suis très-satisfait (a-t-il » ajouté) du zèle que vous avez apporté dans l'exer- » cice de vos fonctions, et de la constance avec » laquelle, pendant les quatre années qui viennent » de s'écouler, vous m'avez aidé à soutenir le far- » deau du Gouvernement.

» Je vous recommande spécialement l'exécution » de la loi sur la conscription, dont on a rendu suc- » cessivement les dispositions plus faciles et moins » onéreuses. Sans la conscription il ne peut y avoir » ni puissance, ni indépendance nationales..... » Toute l'Europe est assujettie à la conscription... » Nos succès et la force de notre position tiennent » à ce que nous ayons une armée nationale, il faut » s'attacher avec soin à conserver cet avantage. »

A deux heures ont été introduits et présentés de la même manière, par le grand-maître des cérémonies et son altesse sérénissime l'archi-chancelier de l'Empire, les présidens des cours d'appel et les procureurs-généraux des cours d'appel et criminelles. L'Empereur a déployé, en parlant à ces magistrats, cette inépuisable bonté qui avait charmé les fonctionnaires qui les avaient devancés; après leur avoir exprimé la satisfaction avec laquelle il les voyait, et la confiance qu'il mettait dans leur attachement à sa personne et à la patrie : « J'espère » (a-t-il dit) que les cours continueront à rendre » bonne, sévère et impartiale justice; car c'est » l'une des principales obligations que j'ai contrac- » tées avec le peuple français. »

Sa Majesté a daigné les entretenir ensuite des discussions qui avaient lieu en ce moment au conseil d'Etat, au sujet de l'organisation de la procédure criminelle.

Les audiences de ce jour ont été terminées par la prestation de serment entre les mains de Sa Majesté, des présidens et procureurs-généraux des cours d'appel; des préfets, des présidens et procureurs-généraux des cours criminelles.

Le 16 Frimaire a été consacré à de plus nombreuses présentations que les jours précédens; c'est-à-dire, à celles des présidens des conseils-généraux de départemens, des sous-préfets, des députés des colonies, des maires des trente-six principales villes, des présidens de cantons, des présidens de consistoires et des vice-présidens des chambres de commerce.

Ces différens fonctionnaires s'étaient réunis dans le Musée Napoléon. De là, rendus successivement au palais des Tuileries, ils ont été introduits dans la pièce appelée galerie de Diane, par le grand-maître des cérémonies.

La plupart d'entr'eux ont eu l'avantage de fixer individuellement l'attention de l'Empereur, d'admirer de près la majestueuse simplicité du héros dont l'univers admire les hauts faits; de converser avec lui; d'entendre sortir de sa bouche de ces discours qui, émanés de l'ame, vont droit à l'ame, y laissent des traces profondes, et nourrissent l'enthousiasme des grandes choses.

Après ces entretiens si encourageans et si flatteurs, Sa Majesté est entrée dans la salle du trône. Entourée des ministres, des grands-officiers, ayant à sa droite le sénat, à sa gauche le conseil d'Etat, elle s'est assise sur son trône. Alors, introduits par le grand-maître des cérémonies, et présentés par Son Altesse Impériale le prince Joseph, grand-électeur, tous les divers fonctionnaires qui avaient été admis dans la galerie de Diane, ont passé devant Sa Majesté.

La vive émotion, l'enivrement, les acclamations d'amour que cette audience a inspirés à tous ceux qui étaient présens, peuvent être sentis, mais comment les décrire?

Le même jour, messieurs les préfets des départemens ont été admis à l'audience de Sa Majesté l'Impératrice.

Le tableau des présentations du 17 Frimaire, est celui d'une scène animée, touchante et noble tout à la fois. Il a fait voir, au nombre de plus de sept mille hommes, la réunion des députations de tous les corps des armées de terre et de mer, des gardes d'honneur et des gardes nationales. Sous les ordres d'un des plus valeureux soutiens de l'honneur et de la gloire française, d'un des plus illustres compagnons d'armes de Bonaparte, sous les ordres de Murat, en un mot, de jeunes militaires impatiens d'entrer dans le champ de la victoire, de braves soldats couverts de cicatrices, de vaillans officiers, qui comptent autant de triomphes que de batailles où ils se sont trouvés, attendaient, dans la grande galerie du Musée Napoléon, l'instant d'offrir leurs hommages au modèle des héros.

Le grand-maître des cérémonies annonce à l'Empereur leur réunion; bientôt Sa Majesté se rend à leurs désirs : le grand-maître; le maréchal d'Empire Murat, gouverneur de Paris; Son Altesse Impériale Monseigneur le Prince Louis, connétable, la précèdent; elle est suivie par Son Altesse Impériale Monseigneur le Prince Joseph, grand-électeur, par les grands-dignitaires et les grands-officiers de sa maison.

A l'approche de Napoléon, ces cœurs généreux palpitent d'attendrissement et de joie. Il va de rang en rang, depuis la porte de la galerie de Diane, jusqu'à la salle des Antiques où il descend; il s'arrête, il parle à chaque députation qui lui est présentée par le connétable; il reconnaît, il nomme, il accueille les uns après les autres tous ces guerriers qui, tant de fois, sont devenus invincibles sous un chef si grand et si magnanime; en les entretenant de leurs anciens exploits, on remarque en lui cette aimable et franche familiarité qui encourage et qui récompense, cette noblesse qui commande le respect; en les interrogeant sur leur position actuelle, en acceptant leurs pétitions, l'intérêt tendre qui se lit dans ses regards, l'expression de sa physionomie, la touchante sollicitude qui se mêle à ses paroles, font reconnaître le bon père uniquement occupé de ses enfans.

Après cette revue, ou plutôt après cette scène de famille, inapréciable pour ceux qui sentent vivement, du milieu de la grande galerie Napoléon harangue les députations. Les accens de cette voix sont encore pour les braves qui l'écoutent, ceux du père tendre qui vient de les accueillir; mais ils y retrouvent aussi l'imposante majesté de l'Empereur, et sur-tout cette énergie martiale, cette flamme communicative qui fait de la force, du courage, du mépris des périls et de la mort les plus redoutables armures du guerrier.

Aussi quel attendrissement, quel sublime élan d'enthousiasme ce moment a fait naître! Par quelle vive effusion de sentimens inarticulés tous les vaillans ont répondu à la harangue de Napoléon! Malheur aux ennemis téméraires qui seraient venus leur jeter le gant du combat, ils seraient venus chercher leur défaite et la mort.

Mais pourquoi nos plus célèbres peintres, pourquoi l'immortel David, pourquoi Guérin, pourquoi Gérard, Guirodet, Gros ou ce Le Jeune, aussi habile à manier la palette que l'épée, et qui a su appeler la postérité à être témoin des merveilles de Marengo *; pourquoi n'ont-ils pas saisi une

* M. Le Jeune a peint la Bataille de Marengo, où il s'était trouvé comme officier.

situation si digne d'honorer à jamais leurs pinceaux? Quel œuvre plus propre à faire une forte impression sur les ames, à les embraser de l'amour de la gloire et de la patrie, que le spectacle de cette représentation de toute la nation armée, réunie sous les yeux de son auguste Chef, et s'animant à ses discours d'une ardeur plus qu'humaine, au milieu des monumens les plus capitaux que le génie des arts ait créés dans l'univers pendant la durée des siècles! Certes, tracé par un artiste bien inspiré, ce tableau tiendrait le premier rang dans cette admirable collection de chef-d'œuvres.

Aux scènes de sentiment et d'héroïsme a succédé l'appareil de la Majesté Impériale. Napoléon est rentré dans ses appartemens; il s'est assis sur son trône, entouré de ses ministres et de ses grands-officiers; le sénat était à sa droite, le conseil d'Etat à sa gauche.

Bientôt, ayant à sa tête le maréchal Murat, introduite par le grand-maître des cérémonies, et présentée à l'Empereur par le connétable, l'armée a défilé devant le trône, dont elle sera l'inébranlable soutien.

Le 17 Frimaire avait éclairé les témoignages de dévouement de ceux qui, par la valeur, maintiennent le Gouvernement et la puissance nationale; le 18 fut témoin des hommages rendus par les magistrats suprêmes qui maintiennent également l'un et l'autre, en veillant à l'observation des lois.

A midi, les membres de la cour de cassation, conduits par les maîtres et aides des cérémonies, furent introduits à l'audience de l'Empereur, par le grand-maître des cérémonies, et présentés à Sa Majesté par Son Altesse Sérénissime Monseigneur l'archi-chancelier de l'Empire.

Le discours que M. Muraire, premier président de la cour, prononça dans cette circonstance, exprime fidellement les sentimens dont cette respectable compagnie est animée; il doit trouver place ici :

« Sire, dit monsieur le premier président, la » circonstance à jamais mémorable qui, à l'occa- » sion du sacre et du couronnement de Votre Ma- » jesté, réunissant autour de vous tous les grands » fonctionnaires de l'Etat, et une immensité de » citoyens de tous les points de l'Empire, signale » d'une manière si éclatante l'adhésion publique à » votre glorieux avénement au trône; cette cir- » constance qui, en vous environnant de la tou- » chante expression de l'amour des Français, de » leur reconnaissance, atteste et proclame si so- » lennellement la volonté générale; cette circons- » tance qui se lie à une cause et à des motifs qui » nous sont si chers, n'ajoute cependant rien; eh! » que pourrait-elle ajouter aux sentimens d'admira- » tion et de respect que les membres de la cour » de cassation ont voués à Votre Majesté, depuis » que sa main habile et puissante tient les rênes du » Gouvernement.

» Témoins plus rapprochés de votre zèle infa-
» tigable pour le bonheur et la gloire du peuple
» français, de votre intention prononcée et de vos
» efforts soutenus pour que les lois soient exécutées,
» la justice bien administrée, la magistrature ho-
» norée, et, par un ensemble heureux de moyens
» et de volonté, l'ordre constamment maintenu;
» Sire, si le jour de votre couronnement a comblé
» tous nos vœux; s'il a réalisé toutes nos espérances,
» il était impossible qu'il accrût notre dévouement
» et notre fidélité.

» Mais venir dans ce grand jour en porter à Votre
» Majesté un nouveau et plus solennel hommage;
» venir nous ranger autour du trône, dont les lois
» et la justice sont aussi deux fermes appuis; venir
» vous offrir nos félicitations, nos vœux, nos res-
» pects, c'était un devoir qui pressait nos cœurs,
» et ce devoir, nous le remplissons aujourd'hui
» avec le même zèle, avec la même sincérité que
» nous remplissons toujours ceux que nous im-
» posent, bien moins l'empire des lois et le vôtre,
» que notre invariable amour pour la patrie et pour
» Votre Majesté. »

L'Empereur répondit à ce discours en témoignant combien il était satisfait et touché des sentimens de respect, d'amour et de fidélité que la cour de cassation venait de lui donner par l'organe de son premier président.

A une heure, messieurs les membres de la comptabilité nationale furent conduits et introduits de la même manière, et présentés par Son Altesse Sérénissime Monseigneur l'archi-chancelier.

Les fonctionnaires chargés de l'administration civile, les défenseurs de la patrie, les dépositaires de la justice avaient été accueillis de la manière la plus touchante et la plus flatteuse par celui qui se montre si digne de commander à une nation sensible et généreuse; ceux qui consacrent leurs veilles à l'instruction de leurs semblables, qui soutiennent la gloire nationale par l'empire des arts, des sciences, des lettres et du génie, les membres de l'Institut national, avaient droit au même bonheur. Comment le vœu qu'ils manifestaient, de féliciter l'Empereur à l'occasion de son couronnement, n'eût-il pas été exaucé? N'est-ce pas Napoléon qui a constitutionnellement fixé l'existence de cette illustre compagnie? L'éclat dont elle brille n'est-il pas l'ouvrage de Napoléon? Napoléon n'a-t-il pas mis au rang de ses titres glorieux celui de membre de l'Institut? C'est donc autant des confrères qu'il estime et qu'il honore, que des sujets fidelles, utiles et recommandables par leurs talens et leur savoir, qu'il a admis à son audience le 20 Frimaire.

Il était dans la salle du trône; les Princes, les grands-dignitaires, les grands-officiers, un grand nombre de sénateurs et de conseillers d'Etat l'environnaient, lorsque le grand maître des cérémonies introduisit ces zélés conservateurs des lumières.

M. Desfontaines, membre de la classe des sciences physiques et mathématiques, alors président de l'Institut, adressa à Sa Majesté le discours suivant :

« Sire, l'Institut vient avec empressement féliciter
» Votre Majesté Impériale, et lui renouveler, dans
» cette auguste circonstance, les sentimens d'amour
» et de respect qu'il lui a voués à jamais. Ces
» sentimens, communs à tous les bons Français,
» sont inaltérables, parce qu'ils ont pour base vos
» vertus, la gloire de vos armes, et les grands ser-
» vices que vous avez rendus et que vous ne cessez
» de rendre à la patrie. Vos victoires ont agrandi
» le nom français ; vous avez calmé les factions,
» rétabli l'ordre et la paix, et nous respirons enfin
» après tant de désordres et de malheurs. Que de
» titres à notre reconnaissance et à notre dévoue-
» ment !

» Poursuivez, Sire, votre glorieuse carrière ; tous
» les amis de la tranquillité publique n'auront qu'une
» volonté, une seule ame pour seconder vos vastes
» projets, et la France, gouvernée par vous, de
» viendra la plus heureuse comme la plus puissante
» des nations. Puisse son génie tutélaire veiller sur
» vos destinées et vous accorder de longs jours !
» C'est l'unique vœu qui nous reste à former.
» Tout ce qui est beau, grand et juste, sera pro-
» tégé et encouragé par vos lois ; et celui qui a voulu
» que son nom restât inscrit sur la liste des membres
» de l'Institut, sera le plus ferme appui des sciences
» et des lettres. Elles fleuriront sous votre empire,
» dont elles ont déjà ressenti les bienfaits ; leur génie

» se ranimera à votre voix, et elles reprendront » encore un nouvel essor. Si elles ne peuvent ajou- » ter à votre gloire, du moins elles consacreront » vos grandes actions dans la mémoire des hommes, » et les beaux-arts ajouteront des guirlandes à vos » trophées. »

L'Empereur répondit à ce discours :

« J'agrée les sentimens que le président de l'Ins- » titut national me témoigne. Je me fais gloire » d'être membre de ce corps célèbre. Toutes les » fois que j'ai assisté à ses séances, j'ai eu occasion » de me convaincre des talens et du bon esprit de » ceux qui le composent. Je vous accorderai tou- » jours la protection qui vous sera nécessaire pour » maintenir la nation française dans l'état d'éléva- » tion où elle est parvenue, sous le rapport des » sciences, des lettres et des arts. »

Après cette réponse générale, l'Empereur parla presqu'à chaque membre en particulier; la bien-veillance dictait les questions qu'il leur faisait tour à tour dans ces conversations, où régnait une engageante et noble familiarité, et qui durèrent trois quarts d'heure : il se montra profond dans les hautes sciences, littérateur éclairé, homme de goût; on ne pouvait se lasser d'admirer l'extrême facilité avec laquelle il entretenait chaque membre, de la science qui faisait l'objet de ses travaux; on ne pouvait concevoir comment la multitude de grands intérêts dont il est l'arbitre et le régulateur, de détails et de soins divers attachés au Gouvernement d'un grand peuple, lui laissait l'esprit assez libre pour avoir si à propos présent à sa mémoire tout ce qui est relatif aux hommes qui se sont fait un nom dans quelque genre que ce soit. L'Empereur alors n'était plus que membre de l'Institut; mais combien cette simplicité le rendait plus grand, plus digne des hommages de son siècle et de la postérité! Auguste ne faisait que protéger Virgile; Louis XIV achetait fastueusement de l'encens; Charlemagne fondait une académie, il en était membre, il conversait amicalement avec ses confrères : Napoléon fait plus que protéger le mérite et les talens, il est solidaire avec eux pour les travaux et les succès; il n'achète pas de l'encens, il se borne à s'en montrer constamment digne; comme Charlemagne enfin, il descend de son trône pour jouir des douces communications que les arts, les sciences et les lettres établissent entre ceux qui les cultivent.

Cette espèce de séance académique terminée, l'Institut fut reconduit jusqu'à la porte du salon situé immédiatement avant celui du trône, par un maître et un aide des cérémonies.

Le 22 Frimaire, le sénat en corps est venu présenter son hommage à Sa Majesté l'Impératrice. Cette auguste princesse l'a accueilli avec la grâce qui accompagne toutes ses actions.

Le même jour, tous les fonctionnaires publics appelés à la cérémonie du sacre, après s'être divisés en provinces ecclésiastiques dans la galerie du musée Napoléon, ont été admis à l'audience du Pape, diocèse par diocèse, et suivant l'ordre alphabétique des métropoles, et ensuite des villes épiscopales. Le Saint Père a témoigné une vive satisfaction des sentimens religieux exprimés par les préfets au nom de leurs administrés, et il a béni successivement toutes les députations qui lui ont été présentées.

Fête publique donnée par le Sénat Conservateur.

En saluant et proclamant Napoléon Empereur des Français, le Sénat Conservateur avait été le premier interprète du vœu national ; il crut, avec raison, qu'il lui appartenait de l'être également de l'alégresse publique, à l'occasion du sacre et du couronnement.

C'est dans cette intention qu'il ordonna la fête qui a eu lieu dans son jardin le 22 Frimaire (13 Décembre).

L'ordonnance de cette fête annonçait, au premier coup-d'œil, qu'elle n'avait pas été préparée par la flatterie ni pour satisfaire à une vaine étiquette, mais par le sentiment, et pour faciliter au peuple le moyen de donner un libre essor à sa joie.

Pendant la matinée, plusieurs réunions de tambours et de trompettes parcourent les rues voisines du palais du Sénat.

A une heure après midi, elles se placent sur les terrasses, des deux côtés du dôme qui domine la rue de Tournon, et y exécutent de quart-d'heure en quart-d'heure des airs de triomphe.

A une heure et demie, arrivent par la rue de Tournon deux corps de musiciens militaires. Ils entrent dans le jardin; une partie reste dans le parterre, l'autre parcourt les allées. Les sons que leurs instrumens font entendre expriment l'alégresse.

A trois heures, un concert d'harmonie exécuté sous les fenêtres du prince Joseph, semble porter jusqu'à sa belle ame l'expression du bonheur des citoyens rassemblés.

A quatre heures, la gaieté se manifeste par des danses et des walses dans les salles disposées à cet effet sous les grands arbres.

A cinq heures, illumination générale dans le jardin et sur les façades du palais.

A six heures, concert d'harmonie en écho sur les deux terrasses du palais, en face du parterre.

A sept heures, le feu d'artifice est annoncé par le roulement des tambours, les fanfares des trompettes et le bruit des boîtes.

A peine est-il tiré, les danses et les concerts continuent jusqu'à la fin de l'illumination.

On le voit, chaque heure de cette journée a été pleine; elle a offert de nouveaux tableaux agréables, de nouveaux plaisirs.

Donnons à présent une idée de la disposition générale de la fête.

Chaque arbre des allées était illuminé, et diverses

parties du jardin offraient de vastes salles de danses continuellement animées par un nombreux concours de citoyens joyeux, de tout âge et de tout sexe.

Des pots à feu garnissaient à hauteur d'appui les grilles de fer qui ceignent les élégans parterres du jardin, et répandaient la plus brillante clarté. Sur les terrasses élevées en amphithéâtre autour de ces parterres, l'illumination dessinait des orangers dans l'ordre de ceux qui y sont établis lors de la belle saison.

Un bassin creusé en forme de canal, entre deux prairies, marque le milieu du parterre; l'art et le goût avaient pris soin de préparer l'illumination qui le décorait : une île de feu semblait sortir du sein de l'onde, y rentrer et s'y multiplier par ses reflets resplendissans.

Ces tableaux étaient couronnés par deux superbes points de vue qui complétaient la magie de l'ensemble.

Le premier, du côté du palais. Une réunion de flammes régnait sur toutes les lignes d'architecture du corps principal et des quatre pavillons qui l'accompagnent.

Le second, du côté de la grille qui sépare l'ancien clos des Chartreux, devant la façade de l'édifice. Une charpente d'une hauteur colossale représentait une montagne hérissée de rochers; au bas se déployaient de riantes prairies émaillées de fleurs et arrosées de ruisseaux.

A cette décoration pittoresque s'unissait le feu

d'artifice, dont l'effet allégorique était le produit d'une idée à la fois ingénieuse, grande et voisine du cœur.

A sept heures précises, il part; soudain une éblouissante clarté se répand au loin; des torrens de flamme remplissent l'étendue des airs, se confondent parmi les astres du firmament, rivalisent avec eux d'éclat et de splendeur, et découvrent à l'œil étonné toutes les beautés de la décoration. Bientôt la montagne fait éruption, les rochers volent en éclats, et de leurs débris dispersés s'élève, aux grandes acclamations des spectateurs, l'effigie de Napoléon. Sur sa tête brille la flamme du génie; à sa gauche, la Victoire place dans sa main la palme glorieuse de l'héroïsme et des hauts faits; à sa droite, la Paix lui présente l'olivier consolateur dont le but de ses travaux, de ses efforts constans, est d'étendre les rameaux sur la terre; à ses pieds, des groupes heureux de villageois étalent les richesses de l'agriculture; leur attitude, leurs regards où se peignent la franchise naïve et la reconnaissance, paraissent dire : *C'est à lui que nous devons tous ces trésors.*

O Melibœ, Deus nobis hæc otia fecit.

Tel est le tableau noble et touchant qui a excité l'admiration et l'attendrissement; le bouquet d'artifice qui l'a éclairé, peut être considéré par son éclat, sa richesse et sa magnificence, comme un chef-d'œuvre de composition dans ce genre.

Après le feu, le jardin a offert de nouveau, pendant plusieurs heures, une promenade brillante et animée ; les musiciens alors distribués dans les différentes parties du jardin, y formaient des concerts qui, se répondant les uns aux autres, faisaient le charme de l'oreille, et portaient à l'ame de délicieuses émotions. Jusque fort avant dans la nuit, la foule a joui de ces accords harmonieux et des divertissemens qu'ils accompagnaient ; elle s'est insensiblement écoulée avec la douce impression des sentimens qu'ils avaient fait naître.

Il faudrait exagérer les éloges pour en donner qui fussent dignes de l'ordonnance de cette fête, de la richesse, de la beauté des décorations, et de la composition du feu d'artifice. Les décorations avaient été exécutées avec une rare célérité, d'après les dessins de M. Chalgrin, architecte, et sous la direction de MM. les préteurs du Sénat ; elles ont attesté l'excellent goût de cet artiste célèbre, en même tems que le zèle de ces illustres magistrats ; quant au feu d'artifice, il fait beaucoup d'honneur à l'imagination et au talent de M. Ruggiéri qui en est l'auteur.

Nous devons ajouter ce que nous avons déjà dit à l'occasion des fêtes qui ont précédé celle-ci : l'ordre le plus parfait y a régné. Quoique le palais du Sénat soit situé dans un quartier éloigné du centre, quelques intervales de mauvais tems n'avaient pas empêché la presque totalité des citoyens de Paris de s'y transporter. Dès quatre heures de l'après-midi, leur concours était immense. La sérénité, la joie brillait sur tous les visages, la circulation de ces nombreuses réunions n'a été gênée dans aucune issue du jardin, et aucun accident n'a troublé le plaisir que l'on goûtait.

Fête donnée par la Ville de Paris, à l'occasion du Couronnement.

Lorsque de grands souvenirs se liaient à l'acte national qui relevait le trône de Charlemagne pour y placer l'homme étonnant dont les hauts faits, avec une rapidité plus qu'humaine, avaient mis un terme à de trop longs désastres, et rendu si brillantes et si solides la puissance et la gloire de la France; lorsque, sur tous les points de la république, toutes les imaginations étaient éveillées, tous les cœurs émus, à la pensée que le sauveur des Français prenait l'engagement solennel et sacré d'être inséparable de leur bonheur; lorsque, dans chaque département, dans chaque cité, dans chaque commune rurale, les peuples rendaient grâce au Monarque des cieux d'avoir réuni dans une seule ame toutes les qualités qui sont l'apanage de l'héroïsme et de la vertu, pour en former le Monarque d'une des plus belles parties de la terre; lorsqu'en un mot l'admiration, l'amour, la reconnaissance, l'attendrissement et l'alégresse étaient par tout gravés dans les ames, s'exprimaient sur les visages et communiquaient aux voix leur accent, la première des cités, la capitale de l'Empire français, la capitale des sciences et des arts, la capitale du monde peut-être, Paris, ce centre de l'atticisme, de l'urbanité, du bon goût; cet arbitre de tout ce qui appartient aux convenances; Paris, fier d'être le séjour de Napoléon, refleurissant sous sa main tutélaire, plein de l'éclat des chef-d'œuvres divers dont les victoires de ce héros l'ont enrichi; témoin plus rapproché de son génie, de ses vertus, et s'éclairant chaque jour aux rayons de sa gloire, dont il reçoit les premiers reflets; Paris, dis-je, avait trop de motifs de se réjouir d'un événement qui cimentait sa félicité, pour ne pas s'empresser de manifester solennellement son affection profonde, son dévouement et son immuable fidélité à celui dont un sceptre ne payait que faiblement les travaux immortels.

Naturellement sensibles, aimans, expansifs, les habitans de Paris éprouvent une jouissance toujours nouvelle, dans les liens qui attachent des sujets à un bon prince. Suivant leur manière de sentir, la qualité de monarque est synonyme de celle de père, et le nom de sujet, l'équivalent du nom de fils; c'est un besoin pour eux de se livrer avec attendrissement, et souvent avec des transports d'ivresse, à toutes les impressions que ces titres réunis inspirent; si quelquefois elles s'effacent, c'est que le monarque a cessé d'être leur père. Qu'un prince digne d'être chéri, étende sur leurs têtes ses mains paternelles, il fait bientôt renaître en eux la piété filiale : plus les élans de leurs cœurs ont été comprimés, plus ils ont de force; leur sensibilité s'unit alors à cette imagination fertile, à cet esprit vif, qui semblent leur avoir été légués par les Athéniens ; et d'un si heureux accord naissent, comme témoignages d'alégresse et d'amour, des productions, des spectacles, des fêtes, où l'amabilité, la grâce, la gaieté, le bon goût et le sentiment président tour à tour.

C'est ce que la fête donnée par la ville de Paris, à l'occasion du couronnement, a prouvé dans la dernière évidence, par l'ensemble de ses belles dispositions, par la réunion brillante des principaux habitans de cette vaste cité, par le concours immense d'une joyeuse population, par le spectacle magnifique et touchant de l'alliance du chef de l'Etat avec une grande section du peuple, ou plutôt, ainsi que nous l'avons dit, de l'union indissoluble du bon père de famille et de ses enfans tendres, soumis et respectueux.

Jamais alégresse ne fut plus légitime, plus digne d'honorer le caractère d'une nation, plus conforme à l'esprit d'un peuple qui a saisi la véritable limite de la liberté. Malheur à ces hommes toujours agités par le ferment de l'aigreur et du mécontentement, accoutumés à rabaisser les plus belles actions parce qu'ils ne les conçoivent pas, à dénigrer tout ce qui est grand parce qu'ils n'y peuvent atteindre, à se montrer ennemis d'un pouvoir tutélaire parce qu'il s'étend sur eux sans les distinguer, et qui osent nommer servilité l'expression de l'amour du peuple pour un prince de son choix, qui ne règne que par les lois, pour le bonheur de tous, et qui n'a été appelé à régner que par les nombreux et inappréciables services qu'il a rendus, et non par le hasard de la naissance.

Etaient-ils des hommes serviles, ces antiques Francs, nos ancêtres, que les vieux capitulaires réprésentent établissant entre le monarque et la nation *une confiance mutuelle;* qui se liaient par un serment *pour leur sûreté commune;* qui *juraient une soumission, une fidélité inviolable à leurs rois*, lesquels, en même tems, promettaient *de protéger le peuple au dehors, de le mettre à couvert contre la violence au dedans, de lui conserver ses priviléges, de lui rendre la justice suivant ces priviléges et les lois générales*, enfin *d'honorer par des récompenses ceux qui les auraient méritées?* Avons-nous donc suivi une autre marche envers Napoléon? Si, conformément au vœu de nos cœurs, nous avons prononcé le serment de lui être fidelle, n'en a-t-il pas fait un plus fort, plus étendu que celui des rois dont nous parlons? Nous dirons plus; ces Francs si jaloux de leur indépendance, n'ont pas toujours exigé de sermens de leurs rois; il leur suffisait que ceux de la première race fissent la simple promesse de bien user de leur autorité. Ils ne doutaient point qu'un prince dont l'intérêt était le même que le leur, ne connût ce que les lois et la nature du gouvernement permettaient ou défendaient de faire. Avec une si noble confiance, ces peuples énergiques et fiers se connaissaient cependant mieux en liberté que Sparte et que Rome. Ils étaient plus enflammés pour elle que les frondeurs si sévères qui appellent aujourd'hui servitude l'impuissance où on les a mis d'être de petits despotes.

Par la même raison, en célébrant avec éclat la grande circonstance qui replaçait la nation sous le gouvernement d'un empereur, et de quel empereur! la ville de Paris a prouvé qu'éclairée par l'expérience de quinze ans de malheurs, elle ne se trompait plus sur le caractère qui constitue un peuple libre, et qu'elle était vraiment digne d'être le chef-lieu de la vaste contrée où tout ce que la liberté offre d'avantages publics et particuliers, est établi d'une manière plus solide et plus durable qu'en aucune autre partie du Monde.

Décrivons donc cette fête dont le génie des arts avait tracé le plan, dont la belle ordonnance annonçait la fécondité de l'imagination de ceux qui l'avaient conçue, dont les détails ingénieux recevaient une grâce infinie du goût le plus exquis, de la prévoyance la plus recherchée, de la politesse la plus délicate.

Déjà nous avons donné une idée des décorations extérieures, nous parlerons de celles de l'intérieur à mesure que les faits nous y conduiront.

Le 25 Frimaire (16 Décembre), à six heures du matin, une salve d'artillerie annonça les réjouissances qui devaient avoir lieu pendant la journée. La place de l'Hôtel de Ville et les avenues qui y conduisent avaient été balayées et sablées pendant la nuit. A dix heures des troupes arrivèrent sur cette place, et y stationnèrent.

Pour que ce qui tient à l'ordre, à l'usage, aux convenances fût plus exactement observé, pour embellir la fête par le charme de la politesse et de la galanterie française, M. le conseiller d'Etat préfet de la Seine avait nommé trente-deux maîtres des cérémonies, chargés de faire les honneurs, et de rechercher tout ce qui pourrait être agréable aux dames. Ce magistrat avait senti que cet emploi ne pouvait être bien exercé que par des jeunes gens, parce qu'en pareille circonstance, flattés d'être distingués, ils sont plus actifs, plus prévenans, plus désireux de plaire que les hommes d'un âge mûr, et que leurs soins intéressent davantage le beau sexe. Il choisit donc trente-deux jeunes gens, les uns dans les bureaux de son administration, les autres dans les principales familles de Paris.

Ces maîtres des cérémonies ont rempli leurs fonctions avec trop de grâce pour ne pas les faire connaître ici.

MM. Bertin, Boscheron, Bouhin, Collineau *jeune*, Couturier, Couvreur, Dalvimart (Martin-Pierre), Deschapelle (Achille), Dosne *aîné*, Dosne *jeune*, Doutremont, Dufraise (Auguste), Doyen (Antoine-Charles), Frochot *fils*, Galz (Edouard), Germain, Gobert *aîné* (Armand), Gay, Hupais, Lafolie (Charles-Jean), Lafaulote, Lasalette, Lefebvre, Lucas, Lesueur, Miel, Méjan *fils*, Martin-Puech, Nanteuil, Rousseau *fils*, Sauvan, Valedeau.

Réunis dans le salon qui leur était destiné, ils y reçurent une écharpe de soie avec des franges d'or; portée au bras gauche, tel était le signe qui devait les faire connaître et leur faciliter la circulation dans tous les appartemens.

Quelquesinstans après leur arrivée, on ferma tous les jours sur la place de l'Hôtel de Ville, et les salles du premier étage furent éclairées aux quinquets.

De onze heures à midi, les personnes invitées au banquet du corps municipal se rendirent à l'Hôtel de Ville, par le quai Pelletier. Voici la liste des différens fonctionnaires, employés et autres citoyens qui ont assisté à cette réunion.

Le conseiller d'Etat préfet de la Seine, le conseiller d'Etat préfet de police; le secrétaire-général de la préfecture de la Seine, le secrétaire-général de la préfecture de police; les cinq conseillers de préfecture, les maires et adjoints des douze arrondissemens municipaux de Paris; le conseil-général du département; le conseil d'administration, la commission, le comité consultatif des hôpitaux; les membres composant l'administration du Mont de Piété; la chambre de commerce; le directeur, les commissaires-répartiteurs, le receveur-général, les percepteurs des contributions; les régisseurs de l'octroi, l'agence du poids public, les conseils d'administration des lycées, les chefs de divisions de la préfecture, les manufacturiers et maîtres-ouvriers, les artistes qui avaient concouru à l'exécution de la fête, la députation de Paris, les présidens et secrétaires des sociétés savantes, les présidens de cantons; les syndics des notaires, agens de change et courtiers; les présidens et procureurs-généraux des tribunaux d'appel, criminel et de première instance;

les maires des trente-six principales villes ; les maîtres des cérémonies.

Les épouses et les filles de ces divers fonctionnaires avaient aussi été invitées, ainsi que beaucoup d'autres dames, pour faire l'ornement du banquet municipal.

Nous devons remarquer ici, que deux sortes d'invitations avaient été adressées au nom de la ville de Paris ; l'une pour la journée entière et la réception de Leurs Majestés, l'autre pour le bal qui devait terminer la journée. Les lettres d'invitation étaient écrites sur papier blanc pour les hommes, et sur papier rose pour les dames.

Pour être introduit, on présentait sa lettre à des huissiers placés près de la loge du portier ; ensuite à d'autres huissiers qui se tenaient sous le péristile à l'entrée de la cour ; enfin, à de nouveaux huissiers postés au premier repos du grand escalier montant du péristile au premier étage. Arrivé dans l'antichambre, au haut de l'escalier, on la remettait aux domestiques chargés d'annoncer à l'entrée du salon des maîtres des cérémonies, dont l'un venait recevoir la personne invitée, et l'introduisait dans la salle du trône où se formait l'assemblée. Lorsque des dames se présentaient, les maîtres des cérémonies s'empressaient de leur offrir la main, les conduisaient jusqu'aux banquettes qui leur étaient préparées, et les invitaient à s'asseoir.

Vers une heure l'assemblée était complète ; elle offrait à la fois un tableau fait pour intéresser le cœur et justifier l'orgueil national, et le spectacle le plus brillant et le plus séduisant.

En voyant tant de fonctionnaires civils et militaires recommandables par leur mérite et leurs services, qui avaient été appelés de leurs départemen pour assister à la solennité du sacre et du couronnement; ces députés des gardes nationales et de gardes d'honneur; ces magistrats renommés pa leurs lumières et leur intégrité; ces chefs éclairé de toutes les parties de l'administration de Paris ces utiles commerçans et manufacturiers; enfin, tout ce que la capitale renferme de distingué, de célèbre dans les sciences, les lettres et les arts, on bénissait le ciel, on était fier d'être français.

A l'aspect de la mise soignée de tous ceux qui composaient cette belle réunion, des fonctionnaires publics revêtus de leurs costumes divers, des cavaliers portant l'habit français et l'épée, l'œil était agréablement flatté. A l'aspect des femmes qui, pour former leur parure, avaient allié la décence au goût, à l'élégance et à la richesse, et qui enchantaient moins les regards par l'éclat des bijoux et des pierreries que par leurs grâces naturelles, on était dans l'admiration.

Un assemblage si parfait ne pouvait être mieux placé que dans la salle du trône; la grandeur, la beauté, les décorations de cette salle qui forme un immense carré long, relevaient encore le tableau.

On la nommait salle du trône, parce qu'à l'une de ses extrémités, sous un dais élégant, s'élevait en demi-cercle le trône de l'Empereur, à la gauche duquel on voyait le fauteuil de l'Impératrice. Sur une des marches un guéridon supportait le Code civil manifiquement relié, avec cette inscription figurée en broderie : Code Napoléon ; idée simple qui, par un seul mot, exprimait et mettait sous les yeux des assistans le plus beau des titres de l'Empereur à la reconnaissance des Français; car, si la gloire du guerrier, du conquérant, est éclatante, l'on sait qu'elle est souvent empoisonnée par le spectacle de l'humanité souffrante; tandis que le génie sage et tutélaire qui a donné de bonnes lois aux nations, éprouve dans tous les instans de sa vie, et sans aucun mélange de regrets, l'inaltérable douceur de pouvoir se dire qu'il a travaillé à faire et à perpétuer le bonheur des hommes.

Des candelabres dorés placés de distance en distance sur le parquet, et un lustre presque colossal, du cristal le mieux travaillé, éclairaient la salle; la lumière qu'ils répandaient, se multipliait en venant se réfléchir dans une glace de toute la hauteur de l'appartement, faisant face à la grande porte d'entrée, et dans les autres glaces qui garnissaient tous les panneaux. Avec autant de richesse que d'élégance, une étoffe cramoisie parsemée d'abeilles d'or, drapeait les murs. Des rideaux de soie blanche, également parsemés d'abeilles d'or, se relevaient avec grâce en festons pour l'ornement des croisées; enfin, à l'extrémité opposée au trône, au dessus de la vaste et belle cheminée qui y existe, reposaient les armes impériales avec cette légende : *Fixa perennis in alto sedes.*

Le costume presque général des dames, avait beaucoup de rapport avec celui des deux Médicis;

les étoffes en étaient d'une qualité supérieure, et magnifiquement brodées; mais ce qui est digne de remarque, toutes sortaient de manufactures françaises; pas un seul vêtement de fabrique étrangère ne rompait une harmonie si satisfaisante. Ainsi, en soignant les intérêts de ses appas, ce sexe dont le tact est si fin, le goût si délicat, a prouvé, dans cette circonstance, qu'il dépend de lui, quand il le veut, de rendre le désir de plaire avantageux à la société, de l'employer au triomphe des arts, de l'industrie, et à faire connaître les ressources et les richesses nationales. Voilà ce que l'on peut appeler l'alliance du patriotisme et de la beauté; non de ce patriotisme que l'on prêchait il y a quelques années, mais du patriotisme vrai, bien entendu. Le premier, farouche et repoussant, ne savait que décourager, désespérer, détruire; celui-ci porte avec lui l'encouragement, la fécondité, et de plus il est aimable.

Les tables du dîner municipal étaient au nombre de cinq : la première, dressée dans la petite galerie, derrière l'Hôtel de Ville; les seconde, troisième et quatrième, dans la grande galerie, du côté de la cour du St-Esprit; la cinquième, dans la même galerie, du côté de l'Hôtel de Ville.

La petite galerie était éclairée par des quinquets suspendus à égale distance; de simples rameaux de feuillage qui s'élevaient et couronnaient toutes les parties angulaires du plafond, en formaient la seule décoration.

La grande galerie faisant suite à la petite, et

ayant deux cent vingt-quatre pieds de long, était ornée des plus belles tapisseries des Gobelins, encadrées à la fois élégamment et simplement. Des rameaux de feuillages s'étendaient aussi dans les parties angulaires du plafond, le traversaient et s'y croisaient en carrés égaux. De très-beaux tapis couvraient le parquet aux places où étaient dressées les tables, toutes d'une égale dimension; des girandoles éblouissantes par le feu d'un grand nombre de bougies, étaient suspendues au milieu de ces tables, à distance égale. Il y avait un domestique pour quatre personnes. Tous les gens de service portaient d'une manière ostensible le numéro de la table qu'ils étaient chargés de desservir.

A une heure et quart, on ferme les portes de l'Hôtel de Ville. Les maîtres d'hôtel annoncent que les tables sont servies; chacune est couverte d'un ambigu somptueux et de plateaux dans toute sa longueur. On appelle successivement les personnes qui doivent les composer; aussitôt les maîtres des cérémonies offrent poliment la main aux dames, les conduisent et les placent. Elles sont au nombre de six cents; seules assises, messieurs du corps municipal et les hommes invités peuvent librement circuler derrière elles et les servir. En contemplant ce cercle enchanteur, chacun se dit que jamais tant de grâces n'ont été rassemblées dans un même lieu. Tous les traits, toutes les nuances, tous les caractères auxquels on reconnaît la beauté, brillent d'un éclat pur, se diversifient, se reproduisent sous des formes nouvelles et toujours séduisantes.

On voit se confondre d'une manière aussi piquante qu'agréable, la fraîcheur, la grâce, la simplicité de la nature, avec le goût, la recherche, l'élégance; la vivacité, l'enjouement, l'esprit, avec la candeur, la timidité, la douceur; la modestie, la réserve, l'expression d'une ame tendre, avec la fierté, la noblesse, la majesté. Praxitèles n'eût voulu prendre que là les modèles de sa Vénus et de sa Minerve. L'œil ne peut se rassasier de parcourir tant d'objets adorables, l'imagination s'enflamme, les sens sont agités; mais la décence qui étend son voile sur le tableau, en ajoutant à l'attrait qu'il offre ce qu'elle a d'imposant, fait tourner au profit des égards et des soins respectueux, l'émotion que l'on éprouve.

A mesure que les dames quittaient leurs places, les hommes leur succédaient, ou ils se réunissaient à des buffets préparés dans d'autres salles.

Pour compléter le charme de cette belle réunion, on sentait qu'il manquait un homme cher aux Français par sa bravoure, ses talens, ses faits guerriers et les services qu'il a rendus; par son alliance avec Napoléon, par la confiance sans bornes, si justement méritée, dont ce héros paye son dévouement, et plus encore par les qualités précieuses de son cœur, son aimable affabilité et sa bienfaisance. Le lecteur devine que c'est de Murat que nous parlons; de Murat, pour qui les titres de maréchal d'Empire et de gouverneur de Paris, de grand-amiral et de prince, ne sont que des moyens nouveaux de se faire aimer. Il était bien naturel que l'on désirât sa présence au milieu d'un corps municipal qui se trouve si honoré de l'avoir pour chef. Pendant le dîner, on annonça son arrivée; les membres du corps municipal s'empressèrent d'aller le recevoir au bas du grand escalier. Le plaisir que sa vue inspira, s'accrut encore par l'idée que Napoléon paraîtrait bientôt.

Le banquet municipal terminé, les maîtres des cérémonies donnant la main aux dames, l'assemblée fut reconduite dans la salle du trône, dont les lustres venaient d'être allumés, ainsi que ceux des appartemens de Leurs Majestés et de toutes les pièces du rez de chaussée où il devait être fait des réceptions.

Les tables alors furent desservies et renfermées dans la galerie qui forme le prolongement de la grande galerie du St-Esprit. Cette dernière fut disposée pour le concert qui devait avoir lieu en présence de Leurs Majestés, et l'on dressa différens buffets dans la salle de St-Jean.

A deux heures et demie, deux sous-officiers de cavalerie se rendirent de l'Hôtel de Ville sur la place du Carrousel, pour y attendre l'instant du départ du cortége impérial.

A une heure, arrivèrent les artistes des différens concerts. Porteurs d'une carte bleue, ils la présentent d'abord à la porte d'entrée, ensuite aux huissiers placés sous le passage, à l'entrée du vestibule, pour y attendre l'instant où M. Plantade, directeur de la musique, les avertira de monter. Un huissier les conduit dans les salles de la chambre du commerce. Un buffet a été dressé pour leur usage dans une de ces salles.

Le cortége impérial sort du château des Tuileries; les deux officiers envoyés par l'Hôtel de Ville, viennent l'annoncer au commandant des gardes de l'intérieur de la ville, qui en prévient le conseiller d'Etat préfet de la Seine. La garde faisant le service de l'intérieur, et toutes les sentinelles, sont relevées et remplacées par la garde impériale.

Aussitôt le conseil municipal est convoqué à haute voix; il se forme dans une salle voisine de celle du banquet, et se met en marche pour aller au-devant de Leurs Majestés, dans l'ordre que voici : M. le maréchal gouverneur de Paris, en tête; M. le conseiller d'Etat préfet de la Seine; M. le conseiller d'Etat préfet de police; les deux secrétaires généraux de l'une et l'autre préfecture; le conseil de préfecture; les maires et adjoints de la ville de Paris; les membres du conseil général municipal; le receveur de la ville de Paris; les membres du conseil d'administration, de la commission et du comité consultatif des hôpitaux; les administrateurs du Mont de Piété; les membres de la chambre de commerce; le directeur, le receveur général et les membres de la commission des contributions; les régisseurs de l'octroi, les proviseurs des lycées, les colonels de la garde municipale et le commandant des pompiers. Ce cortége, précédé par les huissiers de la préfecture, défile à pied, deux à deux, jusqu'à la descente du Pont-Neuf, où il attend Leurs Majestés.

A l'arrivée des voitures impériales, M. le maréchal gouverneur de Paris, s'avance près de celle de Leurs Majestés, pour les informer de la présence du corps municipal, et demande les ordres de l'Empereur. Le cortége municipal reprend alors le chemin de l'Hôtel de Ville, précédant le cortége impérial, dans le même ordre qui a été suivi en sortant, et il attend sur le perron l'arrivée de Leurs Majestés, afin de les recevoir à la descente de leur voiture.

Restée dans la salle du trône, l'assemblée était impatiente de voir paraître le monarque chéri qui venait se rapprocher de plus près, et confondre, pour ainsi dire, les sentimens de sa grande ame avec ceux des habitans de sa bonne ville de Paris.

Enfin cette impatience si naturelle va être satisfaite; des salves d'artillerie annoncent que Leurs Majestés sont arrivées et descendent de voiture. Les voitures du cortége impérial coupent la place obliquement, s'arrêtent devant le perron de l'Hôtel de Ville, et filent dans la cour du St-Esprit. Les cris de *vive l'Empereur !* s'élancent de toutes les parties de la place, et retentissent dans l'intérieur de la maison commune.

Les autorités municipales reçoivent Leurs Majestés, remontent en les précédant immédiatement, et s'arrêtent dans un parquet particulier, au centre de la grande salle. Leurs Majestés prennent place sur le trône, dont les degrés sont occupés par les personnes de leurs familles, les grands dignitaires, les ministres, les grands-officiers de l'Empire et de la couronne, tous revêtus de leur grand costume de cérémonie.

Les gens de livrée de l'Empereur n'avaient suivi le cortége que jusqu'à la hauteur de la cour, et ils étaient demeurés dans les salles du conseil de préfecture. Cette disposition avait été donnée en consigne aux huissiers placés sur le repos du grand escalier.

Quelle impression vive, profonde, expressive, chacun éprouva au moment où Napoléon et son auguste compagne entrèrent dans la salle ! L'enthousiasme, le délire de la joie se manifestèrent d'abord par les plus vives acclamations ; mais ensuite l'assemblée restait debout, dans l'attitude silencieuse du respect et de l'admiration ; tous les yeux étaient fixés sur le héros, semblaient interroger ses traits, sa physionomie, ses moindres gestes, et l'on eût dit qu'ils y trouvaient écrite la liste de ces mémorables époques, de ces hauts faits d'armes, de ces victoires, de ces actes politiques qui ont illustré sa carrière, et dont le souvenir vit dans tous les cœurs. Pour bien apprécier ce que l'on sentait dans ce moment, ne suffit-il pas d'être Français ?

M. le maréchal gouverneur ayant pris les ordres de l'Empereur, M. le conseiller d'Etat préfet de la Seine s'est avancé, et a adressé le discours suivant à Leurs Majestés :

« Sire,

» Dans cette solennité, dans ce lieu, l'aspect seul des objets qui nous environnent est peut-être le plus éloquent de tous les discours. Au dehors, sur votre passage, vous avez entendu les vœux du peuple ; les acclamations vous ont accompagné jusque dans cette enceinte, redevenue le chef-lieu de la magistrature municipale ; et Votre Majesté a pu connaître combien il s'apprêtait à jouir de l'honneur qu'il y recevait en ce moment, par votre auguste présence.

» Ici, au milieu de cette assemblée, où la gravité des sages aime à se trouver unie, en ce jour de fête, aux agrémens d'un sexe qui vous doit la renaissance de l'urbanité française, vous voyez les anciens de la cité, ses chefs, ses magistrats, et dans leurs regards, Votre Majesté peut découvrir quels nobles sentimens les occupent, et combien chacun d'eux voudrait être en ce moment l'interprète de tous, pour déposer en hommage, au pied du trône, le dévouement, l'amour, les respects de la famille entière. Enfin, dans ce lieu, antique témoin de l'union de nos pères avec les chefs de la nation ; dans ce lieu long-tems abandonné à la destruction durant nos troubles, vous le voyez, Sire, il n'est pas jusqu'à ces murs eux-mêmes qui ne cherchent à se faire entendre, et qui, tout-à-coup relevés de leurs ruines, pour former un nouveau temple de concorde et d'amour, n'aient en effet dans ce jour de lustration solennelle, une sorte d'éloquence impossible à suppléer.

» Sire, ce peuple, cette assemblée, ces magistrats, ces murs, tout vous dit : Paris est retrouvé ; oui, Sire, Paris est retrouvé, et non pas seulement tel qu'il fut autrefois, aimant presqu'à son insçu, dévoué par tradition, fidelle par reconnaissance; non pas tour à tour ardent et insouciant, présomptueux et servile, mais éclairé par votre gloire sur le caractère de la véritable grandeur, mais éprouvé par de longues calamités, mûri par sa propre expérience, modifié par la force de vos institutions, recréé en quelque sorte par cette influence supérieure que le génie d'un grand homme exerce sur son siècle. Oui, Sire, Paris est retrouvé, Paris non le rival, mais l'émule et l'ami des provinces de l'Empire; mais Paris, cette ville hospitalière, que le voyageur ne quitte plus sans se promettre d'y revenir encore; cette Athènes de nos jours, où les grâces elles-mêmes s'embellissent par le luxe des arts; cette capitale du monde policé, où les sciences profondes ont su se rendre aimables comme elles l'étaient autrefois dans l'Attique; enfin, cette héritière de Rome, où le génie d'un seul a rassemblé, pour les surpasser encore, tous les siècles de grandeur, et qui, à l'avénement de Napoléon, appelle déjà sur elle les regards du monde vivant, le burin de l'histoire, l'œil de la postérité.

» Sire, voilà vos bienfaits; voici nos vœux :

» D'autres ont régné; mais au commencement de leur règne, le vague espoir de quelque soulagement, ou de timides supplications pour l'obtenir, étaient presque les seuls désirs à leur exprimer. Certes, il n'en est pas ainsi envers votre Majesté, et la France se plaît à montrer à l'Europe, que jamais prince ne vit, comme vous, célébrer son glorieux avénement à l'Empire par ces vives acclamations d'un peuple qui, dès long-tems gouverné par vous, sait déjà tout ce qu'il doit attendre de son Empereur, et pense, après avoir formé des vœux pour Votre Majesté, n'en avoir plus à former pour lui-même. Egalement présentes à votre pensée, toutes les parties de ce vaste Empire doivent à Votre Majesté une égale reconnaissance ; et pourtant, Sire, tel est l'effet de vos soins, que chacune d'elles croyant avoir été l'objet particulier de votre affection, pense aussi vous devoir davantage, et vous chérir mieux. Ce sont là, Sire, ces prétentions nationales difficiles à réprimer, plus douces à tolérer, mais que sur-tout il faut permettre à cette capitale qui, glorieuse en effet de ce beau titre, le compterait bientôt pour rien, s'il ne lui assurait le droit d'aspirer à la protection spéciale du chef de l'Empire, de donner en France l'exemple du dévouement à sa personne, et d'offrir même à l'émulation de l'Europe entière, le modèle du caractère français régénéré.

» Que ce Paris rendu à lui même par vous, Sire ; que cette antique Lutèce, chère à César, chère à Julien, chère aux grands hommes d'entre vos prédécesseurs, le soit donc toujours à Votre Majesté et à vos descendans, et que toujours aussi Paris soit digne de vous et de votre postérité. Comme magistrats, en notre nom et au nom de la grande cité, déjà nous vous avons juré obéissance et fidélité ; aujourd'hui, Sire, c'est lui-même, Paris tout entier, qui célébrant la fête de ce serment, jure à son tour de l'accomplir. Que le bronze frappé pour consacrer la mémoire de cette fête, soit moins durable que cet engagement; et s'il est vrai que le souvenir de nos agitations politiques ne puisse échapper à nos derniers neveux, que du moins ceux-ci n'en séparent jamais les vertus qui illustrèrent cette époque orageuse de notre histoire! que sur-tout ils nous louent d'avoir su prévoir en vous le sauveur de la patrie, et de vous avoir imploré les premiers! Puissent-ils, fidelles héritiers de leurs pères, être jusqu'à la génération la plus reculée, les plus fermes appuis du trône légué à vos descendans, et puisse aussi ce trône être toujours alors, comme à son origine, fondé sur la justice et sur la bienfaisance!

» A ce mot, Madame, tous les regards se tournent vers Votre Majesté, et tous les cœurs se partageant aussitôt entre vous et votre auguste époux, vous reportent les mêmes hommages de dévouement et de respect que sa présence a d'abord réclamés.

» Ici, Madame, comme au jour où vous fûtes couronnée, c'est moins l'éclat du rang suprême qui fixe sur vous tous ces regards, qui appelle à vous tous les cœurs, que cette inépuisable bienveillance dont vos traits portent l'empreinte, dont vos actions offrent le caractère, et dont la reconnaissance publique est pour Votre Majesté le plus doux et plus glorieux témoignage. Heureux le peuple, heureuse la France, qui voient assises sur un même trône les vertus qui font respecter le pouvoir, les grâces qui les font aimer! »

Après avoir terminé ce discours qui a été suivi des applaudissemens réitérés de l'assemblée, M. le conseiller d'Etat préfet de la Seine, a remis à Leurs Majestés Impériales la grande médaille frappée en mémoire des fêtes du couronnement, et un exemplaire des inscriptions placées dans la salle du banquet.

L'Empereur a répondu :

« Messieurs du corps municipal : Je suis venu au milieu de vous pour donner à ma bonne ville de Paris l'assurance de ma protection spéciale ; dans toutes les circonstances, je me ferai un devoir de lui donner des preuves particulières de ma bienveillance, car je veux que vous sachiez que dans les batailles, dans les plus grands périls, sur les mers, au milieu des déserts même, j'ai toujours eu en vue l'opinion de cette grande capitale de l'Europe, après toutefois le suffrage tout puissant sur mon cœur, de la postérité. »

Cette courte réponse a été prononcée par Sa Majesté d'une voix que l'émotion et la sensibilité paraissaient avoir altérée, mais d'un ton paternel et avec la plus touchante expression. A peine Sa Majesté avait fini de parler, que de toutes les parties de la salle de vives acclamations ont éclaté, et que les signes les plus marquans de l'alégresse ont retenti jusque dans la place, où le peuple y a répondu avec les mêmes transports.

Les médailles présentées à Leurs Majestés, au nom de la ville de Paris, avaient été frappées exprès pour la circonstance. Elles sont de deux sortes ; chacune en or ou en argent.

L'une a deux pouces et cinq lignes de diamètre; elle représente d'un côté la tête de l'Empereur couronné de lauriers, avec la légende *Neapolio Imperator.* Le revers offre l'Empereur assis sur une chaise curule placée sur une estrade peu élevée; il est couronné de lauriers, vêtu du *paludament*, et tient dans sa main gauche un long sceptre terminé par un globe sur lequel est l'aigle impérial, ayant les ailes éployées, et tenant la foudre dans ses serres. Devant lui est la ville de Paris, sous la figure d'une femme en vêtement long, et coiffée d'une couronne murale; elle étend ses deux mains vers l'Empereur. Derrière elle, à la droite du champ de la médaille, on aperçoit une barque qui est conduite par un génie. Dans la partie supérieure du champ, on voit, entre l'Empereur et la figure de la ville de Paris, une étoile à cinq pointes, au centre de laquelle est la lettre N; au-dessus est placée la légende TUTELA PRAESENS. Dans l'exergue on lit : EPULUM SOLEMNE IMPERATORIS IN CURIA URBANA. FRIM. A. XIII. Ce revers a été gravé par M. *Jeuffroi*, sur les dessins de M. *Prudon*, le coin de la tête par M. *Galle*.

L'autre médaille est du diamètre de quinze lignes. Elle offre d'un côté les têtes conjuguées de l'Empereur couronné de lauriers, et de l'Impératrice coiffée du diadême, et ornée d'un collier d'étoiles à cinq pointes. Les deux noms, NAPOLÉON, JOSÉPHINE, placés à gauche et à droite dans le champ, forment toute la légende.

Le revers offre l'aigle impérial ayant les ailes

éployées, mais se reposant et tenant dans ses serres des branches de laurier, d'olivier et de chêne; la légende qui occupe la partie supérieure du champ, est composée de ces mots : FIXA PERENNIS IN ALTO SEDES. Dans l'exergue on lit : FÊTES DU COURONNEMENT DONNÉES A L'HOTEL DE VILLE EN L'AN XIII.

Les deux côtés de cette médaille sont gravés par M. *Brenel.*

L'Empereur ayant cessé de parler, M. le conseiller d'Etat préfet de la Seine annonça à Leurs Majestés que des appartemens particuliers leur avaient été préparés, pour Sa Majesté l'Empereur dans la salle des maires et du conseil municipal, et pour Sa Majesté l'Impératrice, dans le salon anciennement dit *salle de la Reine.*

Leurs Majestés descendirent du trône; suivies des Princes et Princesses de leur famille, des grands dignitaires et autres personnes qu'elles avaient indiquées, elles passèrent chacune dans leur appartement. En traversant la salle, elles jouirent de la satisfaction qui se peignait sur tous les visages, et les cris de *vive l'Empereur! vive l'Impératrice!* leur manifestèrent de nouveau le vœu de tous les cœurs.

C'est alors que l'on remit la note des demandes de présentations à M. le grand-maître des cérémonies. Il prit à ce sujet les ordres de l'Empereur, et ensuite ceux de l'Impératrice.

L'Impératrice étant passée dans l'appartement de

l'Empereur, Son Excellence Monseigneur le Maréchal Gouverneur de Paris, fit à Leurs Majestés les présentations du corps municipal dans l'ordre suivant :

1.° Les conseillers d'Etat préfets de département et de police; MM. les secrétaires généraux des deux préfectures ; MM. les membres du conseil de préfecture, et MM. les deux sous-préfets des arrondissemens de St-Denis et de Sceaux.

2.° MM. les maires et adjoints des douze arrondissemens de Paris.

3.° MM. les membres du conseil général municipal ; M. de Villeneuve, receveur général de la ville, et M. de Bourdois, médecin du département et des prisons.

4.° MM. du conseil général d'administration, de la commission, du comité consultatif des hôpitaux, et MM. les administrateurs et directeur du Mont de Piété.

5.° MM. de la chambre du commerce.

6.° MM. le directeur, les commissaires répartiteurs, le receveur général, les receveurs particuliers, percepteurs des contributions, et les régisseurs de l'octroi.

7.° MM. du bureau d'administration, et proviseurs des lycées de Paris.

8.° MM. les colonels de la garde nationale de Paris.

Au moment de la présentation du conseil municipal, M. Petit, président de ce conseil, a porté la parole en ces termes :

« Sire,

» Les siècles qui se sont écoulés nous ont laissé des usages, et ne nous offrent point de modèles. La France n'avait pas encore vu monter sur le trône un héros qui fût en même tems le restaurateur des autels, un sage législateur, un guerrier invincible, un habile et généreux négociateur, en un mot, qui fût couvert de tous les genres de gloire. Au moment où nous avons le bonheur de posséder Votre Majesté dans l'hôtel commun de la capitale de l'Empire français, nous croyons voir dans un seul homme tous les hommes illustres qui se sont rendus célèbres à ces différens titres. Dans des solennités pareilles à celles de ce jour, nos ancêtres ne pouvaient qu'embrasser des espérances, Votre Majesté a placé pour nous, dans le passé, l'infaillible garantie de l'avenir. Lorsque le tems aura vieilli le présent, nos descendans verront, dans toutes les pages de l'histoire, dans tous les monumens du dix-neuvième siècle, que vous fûtes grand parmi les grands hommes ; ils y verront encore que les bons, les fidelles, les loyaux Parisiens environnèrent sans cesse le trône de Napoléon, de cet amour et de ce respect que vos sublimes vertus commandent à tous les cœurs, et qui sont les plus fermes soutiens des Empires. »

S'adressant ensuite à l'Impératrice, M. Petit lui a dit :

« MADAME,

» Les acclamations que vous venez d'entendre ont été précédées et seront suivies de bénédictions plus calmes et peut-être plus précieuses. Les Parisiens qui savent si bien reconnaître ce qui est bon, délicat et noble, pouvaient-ils ne pas rendre hommage à cette sensibilité si profonde, à ces grâces si touchantes, à cette dignité si vraie qui distingue Votre Majesté. L'heureuse influence de ces rares qualités se fait déjà sentir dans toutes les classes de la société, et tandis que votre auguste époux élève la nation française au faîte de la gloire, vous lui faites reprendre le premier rang parmi les peuples les plus renommés par leur urbanité. »

Leurs Majestés ont accueilli les fonctionnaires qui leur étaient présentés avec cette bienveillance gracieuse et touchante qui caractérise si bien le désir qui les occupe sans cesse, de rendre heureux tout ce qui les approche. On a même remarqué que l'Empereur éprouvait une jouissance délicate à annoncer lui-même à M. Méjan, secrétaire général de la préfecture, à M. Rouillé de l'Etang, doyen du conseil général, et à M. Champagne, proviseur du Lycée Impérial de Paris, qu'il avait donné l'ordre que l'aigle de la légion d'honneur leur fût remise.

Sa Majesté a daigné, de plus, annoncer à MM. les maires de Paris, qu'elle était très-satisfaite de leur administration depuis quatre années, et que le témoignage le plus authentique et le plus flatteur qu'elle croyait pouvoir leur en donner, était de nommer M. Bévières, leur doyen, membre du sénat.

En honorant ainsi des fonctionnaires que leurs talens, leur probité, leurs services et l'estime publique lui recommandaient, si Napoléon a fait voir avec quel soin il s'étudie à découvrir et à distinguer le vrai mérite, il a appris en même tems à ceux qui gouvernent, de quelle manière, quand on récompense, on double le prix du bienfait; il leur a appris qu'un monarque qui veut être chéri, est certain d'y réussir, s'il se livre à l'impulsion d'un cœur bienveillant et sensible; qu'il se crée ainsi des sujets attachés et fidelles, communique à toutes les ames l'amour de la gloire, et les rend capables du plus généreux dévouement.

Les présentations terminées, M. le préfet de la Seine a fait apporter les nefs faisant partie du service de vermeil destiné à être offert à Leurs Majestés par la ville de Paris. L'une de ces nefs est présentée à l'Empereur, l'autre à l'Impératrice.

Donnons quelques détails sur les différentes pièces qui composent ce magnifique service :

Une grande nef pour l'Empereur ;

Une semblable nef pour l'Impératrice ;

Un cadenas pour l'Empereur ;

Un cadenas *idem* pour l'Impératrice ;

Deux pots à oille, avec plateaux, couvercles et cuillers ;

Quatre terrines également complètes ;

Six seaux à raffraîchir ;

Six verrières ;

Quatre saucières avec plateaux et cuillers ;

Quatre huiliers avec leurs porte-caraffes et leurs bouchons ;

Quatre girandoles ;

Douze flambeaux et leurs binets ;

Douze douzaines de couverts enrichis ;

Douze douzaines de couteaux à manches de vermeil et lames d'acier ;

Six très-grands couvre-plats pour les relevés ;

Seize couvre-plats pour les entrées ;

Seize *idem* pour les entremêts ;

Douze *idem* pour les plats de rôts de différentes grandeurs ;

Six grands plats de relevés ornés ;

Seize plats d'entrée *idem ;*

Seize plats d'entremêts *idem ;*

Douze plats de rôts de diverses grandeurs , *id. ;*

Vingt douzaines d'assiettes *idem ;*

Deux grandes aiguières et leurs bassins pour laver les mains ;

Deux jattes pour rincer la bouche ;

Six soucoupes à pied pour présenter à boire.

La toilette offerte à Sa Majesté l'Impératrice, par la ville de Paris, avait été disposée dans un cabinet voisin de son appartement, et ornée avec goût. Cette toilette, vrai chef-d'œuvre de ciselure, était composée des pièces suivantes :

Pièces en vermeil.

Un grand miroir ;

Une grande aiguière et sa jatte ;

Un pot à eau et sa cuvette ;

Deux girandoles à trois branches ;

Deux grands carrés ;

Deux plus petits, avec pelottes de velours brodé en or ;

Deux boîtes à poudre ;

Deux boîtes à mouches ;

Un pot à pâte ;

Deux pots à pommade ;

Deux gobelets ;

Une jatte à rincer la bouche.

Toutes ces pièces pèsent ensemble, au premier titre, 228 marcs.

Pièces en or.

Deux étuis,
Deux paires de ciseaux,
Un couteau à poudre,
} au deuxième titre ;

Une gratte langue, au premier titre.

Toutes ces pièces réduites au deuxième titre, et déduction faite de l'acier, pèsent : m. 6.° 17 gr.

Six flacons de cristal garnis en or.

La richesse et la magnificence de ce service de table et de cette toilette, attiraient tous les regards ; mais ce qui a sur-tout excité dans l'assemblée la surprise de l'admiration, c'est l'invention, la composition, la variété, la distribution des ornemens ; c'est le goût, l'élégance, le dessin des figures, la pureté des formes, le fini précieux du travail ; c'est cette vie, cette ame, cette expression communicative que l'artiste bien inspiré sait répandre sur les métaux qu'il façonne, de même que sur la toile et sur le marbre.

Si nous décrivions chaque objet en particulier, nous éprouverions bientôt la disette des couleurs pour rendre tant d'idées heureuses, de tableaux gracieux, d'ingénieuses allégories, qui donnent la mesure du degré de perfection auquel les arts sont élevés sous l'influence de Napoléon. De plus, cette continuité de beautés fatiguerait le lecteur à la longue, car il est dans la nature de l'esprit humain, de n'avoir que la force nécessaire pour supporter, seulement par intervale, l'impression de ce qu'il admire.

Bornons-nous donc à donner une idée des pièces les plus remarquables.

On sait que la dénomination des nefs dérive de la forme de vaisseau qui leur est donnée. Elles servent à renfermer le pain et les serviettes. Chaque nef est supportée par deux figures de fleuves, adossées et assises sur un socle carré long que soutiennent quatre griffes. Quatre tableaux intéressans et riches de composition, ornent en bas-relief les flancs de l'une et de l'autre. Autour de la chambre de poupe, debout et séparées par des faisceaux antiques, douze figures en relief désignent les douze municipalités de Paris. Enfin, deux têtes de loup et de chien, sortant d'un assemblage éclatant de rosaces, forment les deux proues.

Les tableaux de la nef de l'Empereur représentent, l'un son couronnement, l'autre le préfet et les douze maires de Paris faisant leur offrande. Deux figures allégoriques de ronde bosse, sont assises sur la poupe; d'une main, elles dirigent le gouvernail; de l'autre, elles soutiennent la couronne impériale, au-dessus d'un aigle dont les ailes sont éployées. Ces deux figures sont *la Justice* et *la Prudence*, vertus inséparables du pilote habile et sage qui a conduit au port le vaisseau de l'Etat. On voit aussi la figure de *la Victoire* s'élever fièrement sur la proue, comme pour montrer que cet intrépide pilote sait à la fois se livrer aux soins d'une savante manœuvre, afin d'éviter les écueils et les tempêtes, et combattre et vaincre ses ennemis.

Les tableaux de la nef de l'Impératrice sont l'emblême de son caractère et de son ame. Là, c'est *Minerve* qui décerne aux artistes des encouragemens et des prix; ici, c'est *la Bienfaisance* qui apporte des consolations aux malheureux. La figure de cette vertu reparaît sur la proue, comme elle se reproduit chaque jour dans les actions de Joséphine, et les trois *Grâces* qui embellissent la poupe, font voir que la bienfaisance acquiert un charme inappréciable, qu'elle devient toute adorable, toute céleste, quand elles accompagnent ses pas.

La destination des deux cadenas est de contenir le sel, le poivre et les curre-dents. Ils sont formés de deux riches plaques semées d'abeilles dans des losanges; au centre se déploient les armes de l'Empire; sept couronnes de feuillages et deux enseignes antiques surmontées d'un coq, décorent les pourtours. Sur l'un des bouts, on remarque une boîte à trois compartimens, ornée de bas-reliefs exécutés avec un soin extrême.

Le couvercle de la boîte du cadenas de l'Empereur offre la couronne impériale posée sur un coussin entre deux casques. Les bas-reliefs représentent des *Renommées* couronnant le chiffre de Napoléon.

La couronne impériale, entre deux touffes de roses, enrichit le couvercle de la boîte du cadenas de l'Impératrice. Dans les bas-reliefs, l'œil croit suivre le mouvement des *Zéphirs* qui sont dessinés balançant l'*Amour* sur une guirlande de fleurs.

Nous passerons sous silence la description des terrines, des seaux à rafraîchir, des aiguières, des verrières, des couvre-plats, de l'écuelle à bouillon, des carrés de la toilette, des jolies boîtes à poudre, etc., où la grâce des formes, la délicatesse de la ciselure et un goût exquis se reconnaissent jusque dans les plus petits détails.

En général, on peut mettre au rang des chefs-d'œuvres de l'art ces couronnes, ces torses, ces rosaces, d'un effet si agréable, placés d'une manière si sagement prodigue, et formés de branches de chêne, de laurier, de myrte et autres feuillages d'une imitation parfaite; l'élégance de ces frises ornées de figures de femmes, d'enfans et d'animaux; la mâle vigueur de ces griffes et de ces chimères allées qui servent de support aux socles et aux plateaux; ces emblêmes de l'imagination la plus fertile et la plus riante; ces coqs, ces aigles, ces abeilles, ces faisceaux, ces trophées, ces foudres, tantôt placés dans une harmonie attrayante, tantôt formant des contrastes frappans.

Quelles sont les figures assises qui couronnent majestueusement ces terrines? A leur attitude imposante, à leurs attributs, reconnaissez la Muse de l'histoire, la Déesse des arts, la ville de Paris. La tige de ces huiliers? C'est une belliqueuse Amazone qui de ses mains agite deux lances au-dessus de sa tête. Ces candelabres qui portent chacun six lumières, sont des Renommées qui éclairent toutes les actions du héros de la France, et qui n'ont à faire briller au grand jour que des triomphes, des vertus héroïques, de grandes conceptions, une existence toute dévouée à la gloire de la patrie et au bonheur de l'humanité. Ainsi le génie des arts sait ennoblir tout ce qu'il touche; sous sa main les objets de l'usage le plus commun prennent une forme, un caractère qui plaisent à l'esprit, émeuvent ou agrandissent l'ame : le couronnement d'une simple terrine retrace des divinités; la tige d'un huilier devient une guerrière, et des candelabres sont métamorphosés en Renommées qui proclament les hauts faits du plus grand des mortels.

L'objet qui, dans la toilette de l'Impératrice, a particulièrement fixé l'attention générale, c'est le miroir. Jusqu'alors on n'avait pas vu de glace d'une hauteur, d'une largeur pareille à celle de ce miroir; jamais de transparence, de poli, de beauté plus achevée; jamais entourage d'un travail aussi recherché et d'un aussi bon goût n'avait été offert à l'admiration. On croirait que ce superbe miroir est l'ouvrage des fées. Toutes les fois que l'auguste Princesse à qui il a été présenté le consultera, lorsqu'en réfléchissant ses traits, il offrira ceux de la bonté et de la bienfaisance, que ne peut-il aussi lui remettre sous les yeux l'image de l'amour et de la reconnaissance de tous les heureux qu'elle fait !

Ces belles productions dont la matière, toute précieuse qu'elle est, cède encore au mérite du dessinateur et de l'artiste, sont sorties des ateliers de M. Henri Auguste, orfèvre.

Mais revenons aux détails de la fête. Le conseiller d'Etat préfet de la Seine, ayant pris les ordres de Leurs Majestés, annonça qu'elles étaient servies. Aussitôt les maîtres des cérémonies de la ville, accompagnés de l'un des commandans de la garde impériale, font ouvrir les portes de la grande salle sur le vestibule, offrent la main aux dames qui étaient du dîner municipal, et les conduisent aux siéges qui leur sont destinés dans la salle des Victoires.

Cette salle était destinée au festin offert à Leurs Majestés, la décoration en était toute militaire : des drapeaux, des trophées et des inscriptions latines en faisaient les seuls ornemens; mais la nature de ces décorations, de ces attributs, de ces tableaux et de ces inscriptions, justifiait moins encore la dénomination qu'on lui avait donnée de salle des Victoires, que la réunion des personnages appelés à y prendre place sous les yeux de l'Empereur.

Sur la porte on lisait : *fasti Napolionei*, et de distance en distance, séparées par des trophées guerriers et des figures armées, les inscriptions que nous rapportons ici avec la traduction française à côté.

FASTI NAPOLIONEI.	FASTES DE NAPOLÉON.
1.	1.
Ovans	L'an M. DCC. XCVI,
Ex. Monte. Noti	Vainqueur
III. id. April.	A Monte-Notte,
Ex. Millesimo	A Millesimo,
XVIII	A Mondovi,
Ex. Pollentia	Les XI, XIV, XVI
XVI. kal. Maï.	Avril.
2.	2.
Ad. Sturam	Sur les rives
Tanarum. Q.	De la Sture et du Tanaro,
Cepit. arces. plures	Prise d'Albe
Cum. Alba. Pompeia	Et de plusieurs citadelles
VII. kal. Maï.	Le XXV Avril;
III	Reddition de Ceva
Ceba. Dertona	Et de Tortone
Receptæ.	Le XXIX Avril.
3.	3.
Ad	Au confluent
Conflventem	De la Trebia,
Trebiam	Où Titus Sempronius
T. Sempronio. Omnisam	Combattit

Trajectus. Padi *Non. Maï* *Certamen. fombi* *VIII. id.*	Sous des auspic. funest., Passage du Pô Le VII ; Combat de Fombio Le VIII Mai.
4.	4.
Pvgna *Ad. Lavdem. Pompeiam* *V. id. Maï* *Prid. id.* *Cepit. Cremonam* *Vnde* *P. Corn. Scipio. Cos* *Hannibalem* *Vix. Evasit.*	Bataille de Lodi Le XI Mai. Le XIV Il prend Crémone, D'où le cons. P. C. Scipion Put à peine échapper Des mains d'Annibal.
5.	5.
Mincio *Trajecto* *Cepit. Ardelicam* *kal. Jun.* *Possessa* *Ipso. transitv* *Verona* *III. non. Jun.*	Il passe le Mincio, Prend Peschiera Le I.er Juin, Fait son entrée Dans Véronne Le III.
6.	6.
Foro. Allieni *Felsina. Ancona* *Receptis*	Ferrare, Ancône, Bologne, Etant livrées,

Picentes. Senones	Les descendans
Boï. Lingones	Des Picentins, des Senon.,
Ad. obseqvivm	Des Boïens et des Ligon.,
Reducti	Sont réduits
VI kal. Qvintil.	A l'obéissance
	Le XXVI Juin.
7.	7.
Hostis	Trois jours de suite
Per tridvvm	Il met l'ennemi
Fvsk	En déroute
Ad. Clevsim. et. Benacvm.	Aux bords de la Chiëve
IV. non.	Et du lac de Garda,
III. non.	Les II, III et IV
Prid. non. Sextil.	Août.
8.	8.
Pvgna	Bataille de Peschiera
Ardelicensis	Le VI Août,
VII. id. Sextil.	Vers l'Adige
Ad. Athesim	Et le lac d'Edro ;
Edrvm. Q.	Prise IV forteresses,
Arces. IV. captœ	Les X et XI Août.
III. id.	
Prid. id. Sextil.	
9.	9.
Ad	Aux gorges
Favces. Evganeas	Des monts Euganéens,
Defectione. Scavri	Fameux
Fuga.	Par la désertion de Scaurus

Catuli. procos.
Infames
Prœlivm. Roveredi
VIII.
Bassani. ad. Medoacvm.
VI. id. Sept.

Et la fuite
Du proconsul Catulus,
Bataille de Roveredo
Le VI,
De Bassano sur la Brenta.
Le VIII Septembre.

10.

Castris. Cæcinæ
Ad. Tartarvm
Pvgnatvm
Id. Sept. XVIII. kal. Oct.
Possessa. Q. prælio.
Svbvrbia Mantvæ.
Omni. commeatv
Interclvsæ.
VIII. id. Octobr.

10.

On combattit
Dans les camps de Gécina,
Près le Tartaro,
Les XIII et XIV Sept.
Le blocus de Mantoue
Fut complet le VIII Oct.,
XXII jours après la bat.
De St-Georges.

11.

Ad
Arcvlvm
Ponti. obsesso.
Proposvit. signvm
Signifer : ipse
Mov. victor
XIII. kal. Dec.

11.

A Arcole,
L'ennemi occupant
La tête du pont,
Il y porte l'enseigne
Et la victoire
Le XIX Novembre.

12.

Pvgna. ad. Rivolos
XVIII. kal. Febr.
Mantvam. capit

12.

Bataille de Rivoli,
XV Janvier.
Il prend Mantoue,

Andes. Virgilio	Protége Andes,
Servat	En mémoire de Virgile,
IV. non. Febr.	Le II Février.
13.	13.
Rvbicone	Le Rubicon passé,
Transgresso	Il marchait sur Rome;
Abstinet. Roma	Il la respecte
VI. kal. mart.	Le XXIV Février.
Codices. Tabvlæ	Le même jour on stipule
Signa. pacta.	La remise
	Des manuscr., des tableaux
	Et des statues.
14.	14.
Trajectvs	Passage
Tilaventi	Du Tagliamento
XVII kal. April.	Le XVI Mars.
It. atq. itervm	L'ennemi
Hoste. ad. vndecimvm	Est plusieurs fois battu
Profligato	A XI milles d'Aquilée,
Gradisca. capta	Et Gradisca prise
XIV. kal. April.	Le XIX Mars.
15.	15.
Ad. svmmas	Sur les sommets
Alpes. Carniquas	Des Alpes Carniques,
Prælium. Tarvisii	Combat de Tarvis
X. kal. April.	Le XXIII;
Capta. Tergeste.	Prise de Trieste
IX.	Le XXIV Mars.

16.

Noricvm
Vltra. Drabam
Progressvs
Sistit
VII. id. April.

16.

Avancé
Dans la Norique,
Au-delà
De la Drave,
Il s'arrête
Le VII Avril.

17.

In
Ægyptvm
Trajiciens
Cepit Melitam
Id. Jvn.
Alexandriam
Kal. Quint.

17.

Dans son trajet d'Egypte
Il prend Malte
Le XIII Juin,
Alexandrie
Le Ier Juillet.

18.

Ad Pyramides
Præliatum
XII. kal. Sextil.
Cepit. Alkairam
Totam. Q.
Ægyptvm inferiorem
X. kal. Sextil.

18.

Bataille
Des Pyramides
Le XI Juillet
Prise du Caire
Et de toute
La basse Egypte
Le XXIII.

19.

Infesto. mari
Libvrna. trajecto
Forum. Jvli
Octavanorvm

19.

Sur une frégate
Il traverse
Une mer
Infestée d'ennemis,

Regressus	Aborde à Fréjus
VI. id. Octobr.	Le X Octobre,
Fata. Galliarvm	Et change
Vertit.	Les destins des Gaules.
20.	**20.**
Svperatis	Il franchit les sommets
Alpibvs. Pennis	Des Alpes Penines,
Instavrat	Renouvelle
Castra. Hannibalis	Les camps d'Annibal
Ad. Ticinvm	Vers le Tessin,
C. Marii	Ceux de Marius
Ad. campos. raudios.	Aux champs raudiens,
XVII. kal. Jvn.	Le XVI Mai.
21.	**21.**
Eporedia	Ivrée, Verceil, Novare,
Vercellæ	Sont reprises;
Novaria. recvperatæ	On s'empare
Brixiæ	De tous les magasins
Cremonæ. Placentiæ	De l'ennemi
Hostis. horrea	Près de Brescia,
Intercepta	De Crémone et de Plaisance
VII. id. Jvn.	Le VII Juin.
22.	**22.**
Ad	A Casteggio,
Clastidivm	Où
Vbi	M. Claudius Marcellus
M. Claudivs. Marcellvs	Remporta
Spolia. opima. rettvlit	Les dépouilles opimes,

Per. diem. integrvm	Il combat
Pvgnat	Durant un jour entier,
V. id. Jvn.	Le IX Juin.
23.	23.
De	Le XIV Juin
Fœderatis	Il triomphe
Germanis. Roxolanis	A Marengo
Italis. Britannis	Des Germains, des Russes,
Egit	Des Italiens,
Ex. Marengo	Des Anglais
XVIII. kal. Quintil.	Confédérés.
24.	24.
S. C.	Consul perpétuel
Plebis. Q. Scito	Par un décret du sénat,
Cos. perpetvvs	Sanctionné par le peuple,
Ambiani	Il ferme
Pace. parta	Le temple de Janus,
Janvm. elvsit	Et conclut à Amiens,
VI. k. April.	Le XXVII Mars,
	La paix
	Qu'il avait conquise.
25.	25.
Imperator	Salué
Senatus. consvlto	Empereur
Salvtatvs	Par un sénatus-consulte,
Lavreatvs	Il est couronné
Processit	Le II Décembre.
IV. non. Decemb.	

Le mérite de ces inscriptions est une rare précision; en peu de mots elles retracent toutes les époques mémorables de la vie militaire et politique de Napoléon, et les liant à des souvenirs historiques intéressans, elles fournissent à l'esprit des comparaisons qui rehaussent encore la gloire du héros qui en est l'objet. Elles sont de la composition de M. Petit-Radel, attaché au bureau de statistique du département de la Seine, et elles honorent son érudition et son goût.

Trois tables étaient disposées dans cette salle, dont les murs racontaient tant d'exploits. La première, pour Leurs Majestés, était élevée sur une estrade couverte de superbes tapis, et surmontée d'un dais dont le style répondait à la sévérité des ornemens de la salle.

Les deux autres tables, destinées l'une pour les personnes de la famille impériale et les grands dignitaires, l'autre pour les grands-officiers, ministres, maréchaux d'Empire, etc., étaient placées au-dessous de celle de Leurs Majestés, et s'étendaient parallèlement dans toute la longueur de la salle.

Le directeur des concerts ayant arrangé en haie sa musique, ainsi que la musique militaire, dans le salon des maîtres des cérémonies, le corps municipal s'étant en même tems placé sur deux rangs dans la grande salle, on a ouvert les portes de la salle des Victoires; Leurs Majestés s'y sont rendues accompagnées des Princes, Princesses et grands dignitaires invités. Pendant qu'elles traversaient la salle du trône, la musique faisait entendre des marches guerrières, et de nouvelles acclamations s'élevaient de toutes parts. Leurs Majestés et leur suite se sont placées aux tables, ainsi qu'il suit :

Première table de Leurs Majestés.

L'Empereur,
L'Impératrice.

Deuxième table pour les Princes.

Leurs Altesses Impériales les Princes Joseph et Louis ; les princesses Joseph, Louis, Elisa, Pauline et Caroline ; l'archi-chancelier, l'archi-trésorier, le maréchal Murat, le colonel-général Beauharnais, le sénateur Bacciochi, le Prince Borghèse, le cardinal Fesch.

Troisième table pour les grands-officiers.

Le maréchal Bertier, le grand-juge, les ministres de l'intérieur, de la marine, des finances, du trésor public, de la guerre, des cultes, de la police, des relations extérieures de la république italienne ; le secrétaire d'Etat, les maréchaux Moncey, Jourdan, Massena, Augereau, Bernadotte, Lannes, Mortier, Davoust, Ney, Bessières, Kellermann, Serrurier, Pérignon, Lefebvre ; les colonels généraux Junot, Baraguey-d'Hilliers ; les inspecteurs généraux Songis, Marescot, Bruix ; MM. François (de Neufchâteau), président du sénat ; Defermont, le plus ancien président de section du conseil d'Etat ; Fontanes, président du corps législatif, et Fabre (de l'Aude), président du tribunat.

Dans deux salles voisines de celle des Victoires, des tables avaient été servies, en même tems que celles de Leurs Majestés, pour les dames du palais, les chambellans, les maîtres des cérémonies et autres officiers du palais : ils y ont pris place dans l'ordre que voici :

Quatrième table, pour les officiers et dames de la maison de Leurs Majestés.

Mesdames De la Rochefoucault, De la Valette, Luçay, Tathouet, Rémusat, Lauriston, Ney, Colbert, Savary, Duchâtel, d'Arberg;

Messieurs De Fleurieu, intendant général; Estève, trésorier général de la couronne; Rémusat, premier chambellan; Nansouty, *idem ;* Laturbie, chambellan; Auguste Talleyrand, *idem ;* de Brigode, *idem ;* De Viry, *idem;* d'Arberg, *idem ;* De Beaumont, *id.* D'Aubusson, *idem ;* De Thiare, *idem ;* d'Harville, premier écuyer ; Durosnel, écuyer-cavalcadour ; Lefebvre, *idem ;* Vattier, *idem;* Defrance, *idem ;* Fouler, *idem ;* Cramayel, maître des cérémonies ; les généraux Caffarelli, Lemarrois, Rapp, Savary, aides de camp de l'Empereur ; le colonel Lebrun, le colonel Fontanelli; d'Harmincourt, commandant de la vennerie ; le général Gardanne, gouverneur des pages ; l'évêque de Versailles, premier aumônier de l'Empereur ; l'évêque de Rohan, premier aumônier de l'Impératrice; l'abbé de Pradt, aumônier ordinaire; l'abbé de Mons, *idem.*

Cinquième table, pour les officiers et dames des maisons des Princes et Princesses.

MAISON DU PRINCE JOSEPH. — *Messieurs* Girardin, premier écuyer; de Jaucourt, premier chambellan; Dumas, chambellan; Blagnac, écuyer cavalcadour; Cavagnac, *idem; Mesdames* Girardin, dame d'honneur; Miot, dame; Dessoles, *idem;* Dupuy, *idem.*

MAISON DU PRINCE LOUIS. — *Messieurs* Caulaincourt, premier écuyer; Darjuzon, premier chambellan; Turgot, écuyer cavalcadour: *Mesdames* de Viry, dame d'honneur; de Boubers, dame; Villeneuve, *idem;* Mollien, *idem;* Lery, *idem.*

MAISON DE LA PRINCESSE ELISA. — M. Deterno, chambellan; *Mesdames* Delaplace, dame d'honneur; Chambeaudoin; Bréant.

MAISON DE LA PRINCESSE CAROLINE. — *Messieurs* d'Aligre, chambellan; Cambis, écuyer: *Mesdames* Beauharnais, dame d'honneur; Adélaïde Lagrange; Carra-St Cyr, St-Martin.

EN SERVICE PRÈS DE SA MAJESTÉ. — *Messieurs* le colonel général de service; le grand maréchal du palais, Duroc; le grand-chambellan, Talleyrand; le grand-écuyer, Caulaincourt; le grand-maître des cérémonies, Ségur; le premier préfet, Luçay; le maître des cérémonies, Salmatoris.

Pendant le dîner, les grands-officiers de la couronne occupaient auprès de Leurs Majestés la place qui leur est assignée en raison de leurs fonctions. Les pages servaient. Sans interruption, l'assemblée a été admise à défiler dans la salle, en entrant par l'extrémité voisine de la table de Leurs Majestés, et en ressortant par l'autre extrémité, pour se rendre dans la salle du Trône.

Dans le vestibule, en face de Leurs Majestés, on avait placé un orchestre, dont la direction était confiée à M. Plantade, membre du conservatoire, et compositeur distingué, qui n'est ni Allemand, ni Italien, mais Français.

Pendant le premier service la musique ne s'est point fait entendre ; mais au moment où les fonctionnaires municipaux et les autres personnes invitées ont commencé à circuler autour de la table de Leurs Majestés, elle a exécuté une symphonie d'Haydn, et un chœur dont les paroles sont de M. Propiac, archiviste du département de la Seine, et l'air de M. Plantade. Le voici :

D'UN plaisir pur, en ce beau jour,
Heureux Français, goûtons les charmes!
Que l'éclat imposant des drapeaux et des armes,
N'arrête pas les chants de notre amour!

Si d'un héros la sagesse divine
De la discorde appaisa les fureurs,
Par ses bienfaits, l'auguste JOSÉPHINE,
De l'infortune adoucit les rigueurs.
On la chérit, on la révère,
A la ville, à la cour, aux champs;
Elle est l'appui des indigens,
De l'orphelin elle est la mère.

D'UN plaisir pur, etc.

De tout mortel, en entrant dans ce temple,
L'œil est ravi, le cœur est satisfait;

Plein de respect, il admire, il contemple
Ce que la terre offre de plus parfait :
Les Grâces près de la vaillance,
Les sages avec les guerriers,
Les myrtes unis aux lauriers,
La force jointe à la prudence.

D'UN plaisir pur, etc.

Leurs Majestés se lèvent de table, et rentrent dans la grande salle où le café est servi.

Les artistes et musiciens descendent dans leur salon.

Les hommes se rangent debout derrière les dames;

Après le café, le préfet de la Seine présente à Leurs Majestés les chefs de fabrique et maîtres ouvriers qui ont fait partie des personnes invitées au repas du corps municipal; il prie ensuite Leurs Majestés de faire jouir le peuple de leur présence.

Leurs Majestés se rendent avec les Princes, Princesses et grands dignitaires, dans le salon élevé sur la place de l'Hôtel de Ville, en face du quai : là est admise la presque totalité des dames invitées; beaucoup d'hommes y trouvent aussi place. C'est au milieu même de ce concours que l'Empereur et l'Impératrice se sont assis.

Nous avons parlé, page 101 de cet Ouvrage, de la vaste construction en charpente et en maçonnerie ajoutée à l'édifice de l'Hôtel de Ville, et destinée à en prolonger l'ordre d'architecture; on en connaît la décoration extérieure; disons quelques mots de l'intérieur. Le salon où étaient Leurs Majestés était élégamment orné de gaze d'or et d'argent, et des balcons dont les appuis étaient couverts de riches tapis, avaient été préparés pour que Leurs Majestés pussent jouir à l'aise de la vue du feu d'artifice.

Au moment où Napoléon et sa compagne se sont présentés aux regards du peuple, de nouvelles acclamations se sont élevées, et les cris de *vive l'Empereur! vive l'Impératrice!* n'ont cessé que pour laisser entendre des strophes chantées par une réunion nombreuse de musiciens placés au-dessous des balcons de Leurs Majestés. Ces strophes ont été publiées sous le titre de *vœu de Paris;* nous les rapportons ici :

QUE les accens de la Victoire
Retentissent de toutes parts!
Que l'Univers chante la gloire
D'un héros favori de Mars!
Minerve à ses conseils préside :
Elle le suit dans les combats;
De son glaive et de son égide
Tour à tour elle arme son bras.

QU'A ses brillantes destinées
Un Dieu daigne encor ajouter!
Que le nombre de ses années
Un jour ne se puisse compter!
Son règne sera sans orage :
Vainqueur d'un ennemi pervers,
Bientôt l'Europe, à son courage,
Devra la liberté des mers.

QUE dans nos temples l'encens fume;
Que l'air brille de mille feux;

Que le salpêtre qui s'allume,
Jusques au ciel porte nos vœux!
Que l'amour, la reconnaissance,
A nos enfans disent son nom;
Que par tout on répète en France:
Vive à jamais Napoléon!

Au moment où les acclamations d'un peuple immense se mêlaient aux dernières paroles de ce chœur, l'Empereur a mis le feu au dragon qui, traversant la place de Grève avec la rapidité de l'éclair, est allé de l'autre côté de la rivière communiquer l'étincelle à l'artifice.

L'amas de roches que figuraient des charpentes colossales couvertes de toiles peintes et placées les unes sur les autres, faisait croire que le théâtre du feu établi sur la rive gauche de la Seine, était l'ouvrage de ces géans que la fable représente entassant montagnes sur montagnes. C'est le St-Bernard que l'on avait voulu retracer! Ce mont, devenu célèbre à jamais par les prodiges inouis dont le héros qui nous occupe l'a rendu témoin! Voilà bien ses sommets élevés, ses affreux précipices, ses routes difficiles et glacées! Ces guerriers, que des torrens de flammes éclairent, gravissant avec le calme de l'intrépidité, à travers les abymes, ce sont les braves de cette armée de réserve auxquels Bonaparte avait communiqué le don d'être invincibles! Voyez comment, guidés par leur chef héroïque, ils exécutent ce passage qui a fait oublier celui d'Annibal! Ce volcan qui, du sein des rochers couverts de neige et des montagnes de glace, s'élance, embrase l'étendue des airs, il est le symbole de l'éclat de leurs victoires! Mais c'est ici que la scène devient plus intéressante, et que l'attendrissement des spectateurs se joint à l'admiration : le bouquet part, et du milieu de sa resplendissante lumière sort l'effigie de Napoléon ; il est à cheval ; il franchit le sommet escarpé du mont. Au même instant des flammes du Bengale éclairent un vaisseau, emblême de la ville de Paris, qu'un artifice brillant dessine régulièrement avec tous ses agrès. L'effet de ce feu a été d'une beauté ravissante ; le dessin ne pouvait en être mieux conçu ; en faisant le plaisir des yeux, il a eu l'avantage, rare dans cette sorte de spectacle, de parler à l'esprit et au cœur.

Pendant que tout ce que nous avons raconté se passait à l'Hôtel de Ville, dans les différens quartiers de Paris le peuple se réjouissait.

On avait imaginé d'établir des loteries sur les places publiques, pour des distributions de volailles. Ces loteries ont eu lieu de cette manière : Dans chaque roue disposée à cet effet, étaient renfermés deux cents billets, cent gagnans et cent perdans. Sur le billet gagnant était dessinée la pièce de volaille à retirer chez un restaurateur dont la demeure était indiquée. Un commissaire nommé par le maire, dans chaque arrondissement, était chargé de présider au tirage.

Dès midi, un piquet de gardes fut placé chez chacun des restaurateurs chargés d'acquitter les billets.

A cinq heures, les douze places ci-après désignées furent illuminées.

1.er *arrondissement*, place Beauveau ; — 2.e, place Vendôme ; — 3.e, place des Victoires ; — 4.e, marché des Innocens ; — 5.e, place de la Fidélité ; — 6.e, place du Temple ; — 7.e, marché St-Jean ; — 8.e, place des Vosges ; — 9.e, place de la Bastille ; — 10.e, place du corps législatif ; — 11.e, place de l'Odéon ; — 12.e, place de l'Estrapade.

Des orchestres disposés sur ces places, exécutèrent différens airs de triomphe. On fit jaillir des fontaines de vin ; les loteries de comestibles furent ouvertes ; on illumina les édifices publics et les maisons particulières ; des colonnes surmontées d'un aigle impérial, bordaient la rive de la Seine depuis l'Hôtel de Ville jusqu'au palais des Tuileries ; métamorphosées en colonnes de feu par une innombrable quantité de verres de couleur, elles brillèrent bientôt d'une infinie variété de nuances éclatantes, et offrirent à l'œil charmé le spectacle nouveau d'une vaste galerie de feux, entre les arcades de laquelle s'élevaient des gradins de fleurs, d'arbustes et d'orangers.

Dans chacune des douze places que nous avons nommées, il y avait aussi un feu d'artifice. La première fusée de celui de l'Hôtel de Ville fut le signal du départ de tous les douze.

L'illumination de l'Hôtel de Ville et des bâtimens construits sur le même modèle, était d'une simplicité à la fois élégante et majestueuse. Elle dessinait en verres de couleur l'architecture de ces bâtimens ; on eût dit que la topaze, l'émeraude, le saphir et le rubis en formaient les colonnes et les corniches.

En général, après ces superbes illuminations, on a distingué celle de la place et notamment de la fontaine des Innocens : le reflet des eaux jaillissantes et du vin qui coulait au milieu de tant de feux, produisait un effet aussi agréable que pittoresque. Pendant toute la soirée, les douze places que nous avons désignées, ont présenté le spectacle piquant de l'alégresse et des jeux populaires. Les loteries de comestibles se tiraient au milieu des ris et dans le plus grand ordre; les fontaines faisaient jaillir des flots de vin; des orchestres remplissaient l'air de sons harmonieux; de joyeux refreins passaient de bouche en bouche, et les danses se multipliaient. Dans cette immense réunion de citoyens, tous semblaient se connaître, s'aimer, s'exciter mutuellement à goûter les plaisirs d'un si beau jour. Animés par cette gaieté vive et franche qui vient de l'ame, aucun d'eux n'était étranger aux autres; on ne voyait que des frères qui prenaient part à la fête de famille.

Immédiatement après le feu d'artifice, un ballon parti du parvis Notre-Dame, a élevé dans les airs une couronne impériale illuminée, qui a plané long-tems sur la capitale. Vingt-deux heures après, ce ballon est tombé dans le lac de Brecciano, six lieues en deçà de Rome. Ainsi, le lendemain, on fut informé dans cette capitale du Monde chrétien, de la solennité qui avait eu lieu la veille à Paris. Selon les calculs du célèbre astronome M. Delalande, le ballon a fait en ligne droite deux cent quarante-trois lieues de vingt-cinq au degré, dans ces vingt-deux heures ; et conséquemment la vitesse du vent nord-ouest était de dix lieues par heure, quand, pour les vents ordinaires, elle n'est que de sept lieues. Il ne nous appartient pas de discuter sur la justesse de ces calculs, sur la probabilité qu'un aérostat ait pu se mouvoir constamment en ligne droite jusqu'au lac de Brecciano ; nous laissons cet examen aux hommes plus instruits que nous, et de force à se mesurer avec un savant dont les décisions ont été souvent des autorités.

Dans l'intervalle qui s'est écoulé entre le feu d'artifice et le concert, Leurs Majestés prirent plaisir à s'entretenir avec les personnes qui se pressaient autour d'elles. L'Empereur, pendant son trajet des Tuileries à l'Hôtel de Ville, avait fait couler de douces larmes de tous les yeux, par sa touchante bienveillance à recevoir les pétitions qui lui avaient été présentées ; par une grâce qu'il avait accordée à une femme éplorée qui s'était précipitée au-devant de sa voiture, sur la place du Palais du Tribunat. Il fit la même impression quand, avec une extrême affabilité, il adressa la parole au plus grand nombre des dames qu'il rencontra sur son passage dans les salles, où il se promena long-tems. Les mères de famille fixaient particulièrement son attention ; il leur parlait de leurs époux, de leurs enfans ; chaque question semblait solliciter l'occasion d'accorder un bienfait ; on remarquait dans ses traits, dans sa manière de s'exprimer, tout ce que le désir de faire le bien a d'entraînant, tout l'abandon de la sensibilité.

Au milieu des plaisirs que sa bonne ville de Paris s'étudiait à faire naître sous ses pas, ce Monarque ami de l'humanité, n'était pas distrait un instant de la pensée des malheureux : ses délassemens, ses jouissances seraient imparfaits, s'il suspendait l'attention avec laquelle il aime à s'occuper de leur sort. Lorsque les membres du conseil d'administration des hospices lui furent présentés : « Je suis, » leur dit-il, content des soins que vous donnez aux » pauvres ; je sais, par le compte que je me suis » fait rendre, que vos hôpitaux sont très-bien te- » nus. Ma confiance est bien placée ; vous m'aidez » à m'acquitter d'un de mes devoirs les plus im- » portans, et de celui qui m'est le plus cher. C'est » avec plaisir que je vous témoigne ma satisfaction. » Après ces paroles encourageantes, il entre dans les plus petits détails avec le président de ce conseil ; il s'informe si les fonds pour les hospices et secours sont suffisans, et s'ils sont faits exactement. Chaque mot qu'il prononce accroît l'attachement qu'il inspire, et l'on ne peut lui répondre que par les accens inarticulés de l'attendrissement.

Ainsi, Napoléon ! le 18 Frimaire, lorsque les trois mille six cents présidens de cantons te furent présentés, tu devins aussi leur idole, par le profond sentiment de patriotisme et d'humanité que tu répandis dans le discours que tu leur adressas. De quel enthousiasme ils furent saisis, quand tu leur dis : « Je vous vois avec plaisir réunis auprès » du trône où m'ont appelé les vœux unanimes des » habitans des cantons que vous représentez. J'aurais

» désiré pouvoir rassembler auprès de moi l'universalité du peuple français ; il m'eût été doux de m'entourer de son affection. Si j'avais connu quelque forme de gouvernement qui convînt mieux au peuple français, que celle qu'ils ont adoptée, je me serais empressé de la leur donner. Je me croirais indigne du trône, si, en y montant, j'avais eu d'autre intention que celle de faire le bonheur de mon peuple, et d'augmenter la prospérité de mon vaste Empire. Les présidens de cantons ont montré beaucoup de zèle dans l'exercice de leurs fonctions, et de l'amour pour ma personne ; ils continueront à être les soutiens de mon pouvoir. Ce que je dis des présidens de cantons, s'applique aussi aux maires de mes trente-six bonnes villes. Quoique fixé plus particulièrement dans la capitale de l'Empire, je n'étends pas moins mes regards sur tous les points de la France, et je porte également dans mon sein le peuple de tous les départemens. Mon palais est la maison paternelle de tous les Français. Soyez convaincus, messieurs, que mon bonheur dépend de la confiance et de l'amour de mon peuple. »

Oui, grand homme ! héros que l'on admire, Empereur citoyen, honneur du nom d'homme ! oui, cette confiance, cet amour, sont devenus ton bien, et le nôtre sera de te posséder long-tems !

Pendant que Napoléon conquérait ainsi les cœurs par son affabilité, son auguste compagne, les princes et les princesses de sa maison, se livrant de même à leur bienveillance naturelle, déployaient autant de grâce que de bonté, en conversant avec les personnes invitées à la fête, qui avaient le bonheur de les approcher.

Mais le préfet de la Seine demande à Leurs Majestés la permission de leur faire entendre un concert.

On passe alors dans la galerie du St-Esprit, où l'on a formé trois enceintes : la première, pour Leurs Majestés et leur suite; la seconde, pour les dames priées à la fête ; la troisième, pour messieurs du corps municipal et les fonctionnaires publics invités.

A la fin du concert, Leurs Majestés sont priées de passer dans la salle des victoires, où elles permettent que le bal s'ouvre en leur présence.

Les princes et princesses forment les deux premiers quadrilles devant Leurs Majestés. Dans l'un, les princes donnent la main à des dames de la ville ; dans l'autre, les princesses acceptent celle des maîtres des cérémonies.

Leurs Majestés sont ensuite prévenues que des tables de jeu ont été placées dans leurs appartemens.

Des bourses de jetons frappés en mémoire de la fête du jour, sont déposées sur la table de l'Empereur et sur celle de l'Impératrice.

Des buffets de raffraîchissemens étaient préparés dans la grande galerie du St-Esprit, et des buffets de restaurans dans les deux salles à la suite.

Comme les invitations pour le bal, n'avaient été

données que pour sept heures, Leurs Majestés ne voulant pas priver de la satisfaction de les voir, ceux que l'affluence du monde aurait empêchés d'arriver au moment indiqué, ont retardé leur départ jusqu'à neuf heures.

Pendant ce tems, elles ont vu se renouveler souvent les témoignages d'admiration et d'attachement qu'elles inspirent; elles ont vu combien était grande la puissance qu'elles avaient acquise sur les cœurs.

Cependant, le moment d'être privé de leur présence arrive; les acclamations de l'assemblée, des salves d'artillerie annoncent leur départ. Le maréchal gouverneur de Paris et le corps municipal les reconduisent jusqu'au-delà de la porte extérieure de l'Hôtel de Ville.

Elles retournent aux Tuileries, dans le même ordre et avec le même cortége qu'à leur arrivée à la fête.

Le coup-d'œil des illuminations du quai, acquiert alors quelque chose d'enchanteur : ces colonnes de feux de diverses couleurs, rendent le cortége éblouissant par leur reflet sur les riches voitures, les uniformes et les armes; la musique, les acclamations des citoyens et des troupes, formant l'accompagnement de ce spectacle pompeux, vous plongent dans une sorte d'extase d'admiration.

Après le départ de Leurs Majestés, des salves d'artillerie ayant annoncé leur retour au palais impérial, le bal a continué dans les salles du trône, de la victoire et du commerce; il est devenu très-nombreux et très-animé. Les quadrilles étaient composés d'une manière gracieuse et brillante. On a dansé jusqu'à cinq heures du matin.

Pendant toute la durée du bal, l'abondance, la variété, la recherche de tout ce qui pouvait plaire, a rendu cette partie de la fête digne des autres : tout ce que l'on désirait, on l'obtenait à l'instant.

Les jeunes citoyens chargés des fonctions de maîtres des cérémonies, ont fait les honneurs du bal et des buffets avec ces soins empressés, ces égards respectueux, ces prévenances délicates, cette fleur de politesse, qui jadis assuraient aux Français la première place parmi les nations civilisées, place que des tems malheureux leur avaient fait perdre depuis, mais que le règne de Napoléon leur a rendue avec plus d'éclat que jamais.

Son Altesse Sérénissime le Prince Murat, Gouverneur de Paris, a dansé plusieurs contredanses, et ne s'est retiré qu'à deux heures du matin. Dans chaque salle, dans chaque groupe, on ne s'occupait que de la bienveillance qui le caractérise, que de son esprit agréable et poli, que de cette physionomie ouverte et riante où se réfléchit une belle ame ; que de cette aisance décente qu'il apporte à l'observation des usages et au respect des convenances. Plusieurs personnes ont profité de la circonstance qui les rapprochait de lui, pour faire des demandes ; l'accueil dont il a payé leur confiance a été affectueux, plein de charme : plusieurs ont reconnu, peu de tems après, avec quel empressement il saisit les occasions d'être utile, car ils ont obtenu, sans autres démarches, ce qu'ils avaient sollicité. Tour à tour, par sa conversation, il a intéressé l'esprit et le cœur, et donné l'exemple d'une gaieté franche et noble; affable avec les hommes, aimable avec les dames, il a fait également les délices de tous. Quand on rapprochait tant de qualités séduisantes des hauts faits militaires qui ont illustré son nom près du plus grand des héros, on se demandait si ce mortel si doux, si rempli d'urbanité, était bien le même guerrier qui, à la tête de nos bataillons, se montra toujours terrible aux ennemis; mais il est Français, se disait-on! il est l'ami, le beau-frère de Napoléon! Tel que nos anciens preux, n'est-il pas naturel qu'il sache allier la grâce à la vaillance?

Telle a été cette fête dont la pensée, l'ensemble et les détails ont mieux démontré les progrès des arts, que beaucoup de productions capitales. Longtems on en parlera comme d'un modèle dans ce genre. Si elle a fait juger de l'étendue des sentimens qui animent les habitans de Paris pour Napoléon, elle a mis en même tems dans tout leur jour le dévouement de M. Frochot, conseiller d'Etat, préfet de la Seine, le bon goût qui le dirige, et le choix éclairé qu'il fait de ceux qui le secondent.

Le tems le plus serein a présidé constamment à cette belle journée; aucun accident ne l'a troublée. L'empressement à obtenir des places pour voir passer le cortége, était le même qu'au jour du couronnement, et les acclamations n'ont pas été moins vives.

Pendant toute la semaine qui a suivi la fête, les

citoyens ont été admis à visiter les appartemens de l'Hôtel de Ville, ainsi que le service en vermeil et la toilette de l'Impératrice, qui étaient exposés dans l'une des salles.

Les comparaisons tournant presque toujours au profit de l'instruction, il est curieux de rapprocher de la fête que nous venons de décrire, celle que la ville de Paris donna à Louis XIV en 1687. Voici la relation que nous en a laissé Dom Félibien, dans son *Histoire de la ville de Paris*, tom. 2, pag. 1515.

« Le samedi 25 Janvier 1687, le prévôt des marchands reçut ordre de se trouver le dimanche matin au lever du Roi. Le Roi lui dit qu'il avait résolu d'aller entendre la messe le jeudi suivant, 30 du mois, à Notre-Dame (pour rendre grâce à Dieu de la santé qu'il lui avait rendue), et d'aller ensuite dîner à l'Hôtel de Ville. Il lui ordonna de préparer une table de vingt-cinq couverts pour lui, et quelques autres de quinze à vingt couverts pour les seigneurs de sa suite, et lui dit qu'il mangerait de tout ce qui lui serait présenté. Le prévôt demanda si le roi voulait être servi par les officiers de la ville? Le roi répondit d'abord que oui. Il ordonna, en même tems, au sieur de Livri, premier maître d'hôtel, de donner au prévôt des marchands tous les officiers qu'il demanderait.

» Le lendemain, le sieur de Livri étant venu à l'Hôtel de Ville, dit que le roi demandait une table de trente couverts au lieu de vingt-cinq (On en demanda ensuite cinquante-cinq); à l'instant les ordres furent donnés aux officiers de la bouche et du gobelet du roi, d'aller enlever par tout ce qui se trouverait de plus exquis, et l'on envoya jusqu'à Rouen chercher des veaux de rivière. On alluma du feu dans toutes les chambres de l'Hôtel de Ville,.... La table fut dressée le mardi, et les officiers de ville s'exercèrent au service.

» Le roi étant parti de Versailles le 30, arriva à Paris avant midi. Il fut reçu à Notre-Dame par l'archevêque et son chapitre. Après y avoir entendu la messe, il se rendit à l'Hôtel de Ville, accompagné du dauphin, de la dauphine, et des autres princes, princesses, seigneurs et dames de la cour. Il fut reçu à la porte de l'Hôtel de Ville, par le prévôt des marchands, les échevins, le procureur du roi, le greffier et le receveur, tous vêtus de leurs robes de velours, et conduit à la grande salle.

» Le prévôt donna la serviette au roi et le servit. Geoffroi, premier échevin, servit monseigneur le dauphin; madame la dauphine fut servie par la présidente de Fourcy. Monsieur fut servi par Guyot, second échevin; Madame, par Chopin, troisième échevin; le duc de Chartres, par Sanguinière, dernier échevin; Mademoiselle, par Titon, procureur du roi; mademoiselle d'Orléans, par Mitautier, greffier, et la grande duchesse de Toscane, par Boucot, receveur. Les conseillers et quartiniers, en robe, servaient monsieur le prince, madame la princesse de Condé, le duc de Bourbon, le duc du Maine, le comte de Toulouse, et les princesses et dames qui étaient à la même table, qui était faite en forme de fer à cheval, et fut servie de cette sorte : trois huissiers de la ville, avec leurs robes mi-parties, marchaient à la tête des services, sur trois files, et ensuite trois maîtres d'hôtel, celui de la ville au milieu. Les plats étaient portés par six vingts archers de la ville, revêtus de leurs casaques ordinaires, l'épée au côté, sans bandoulières, conduits par leur colonel et les autres officiers, sur trois lignes. Le maître d'hôtel de la ville mettait les plats sur la table devant le roi.

» Le premier service fut de cent cinquante plats ou assiettes ; le second de vingt-deux grands plats de rôti, vingt-un plats d'entremêts et soixante-quatre assiettes ; et le troisième service, qui était le fruit, fut servi avec la même abondance, avec une quantité extraordinaire de fleurs, quoique la gelée fût des plus fortes ; et ensuite on servit toutes sortes de liqueurs. Pendant tout le repas on eut le plaisir de la symphonie que donnèrent les vingt-quatre violons et les hautbois du roi, placés sur un amphithéâtre.

» Les autres tables, de vingt-cinq couverts chacune, pour les seigneurs et pour la suite de la cour, furent servies en même tems avec une pareille magnificence ; l'une dans le bureau, deux dans la salle des colonels, et une quatrième dans celle du greffier. Chacune était servie par deux maîtres d'hôtel et un contrôleur, avec d'autres officiers.

» Après que le roi se fut levé de table, et qu'il

eut reçu la serviette du prévôt des marchands, il entra dans la chambre des conseillers de ville.... Il se montra à la fenêtre à une multitude infinie de peuple, qui ne cessa de crier *vive le roi!* dès le moment qu'il parut.

» Outre les tables préparées pour le roi, les princes et leurs officiers, il se fit en même tems, tant au dedans de l'Hôtel de Ville qu'au bureau préparé au-dehors auprès du St-Esprit, des distributions de pâtés, de langues et de viandes froides, de pain et de près de sept mille bouteilles de vin, outre celui qui coula tout le jour à quatre fontaines dans la place de Grève.

» Le roi, après avoir témoigné sa satisfaction au prévôt des marchands, fit assembler sur une ligne les échevins, le procureur du roi, le greffier, le receveur, les conseillers et quartiniers, leur parla presque à tous, et leur marqua qu'il était très-content de la ville. Le prévôt demanda la liberté de quelques prisonniers; elle lui fut accordée.

» Le roi s'en retourna par la place des Victoires... Mademoiselle d'Orléans resta à l'Hôtel de Ville pour voir tirer le feu d'artifice, qui fut suivi d'un bal qui dura jusqu'au lendemain matin. Le prévôt des marchands et les échevins firent faire, quelque tems après, un tableau représentant le roi dînant avec toute sa cour à l'Hôtel de Ville, et servi par les officiers du bureau. »

Le rapprochement de cette fête donnée par la ville de Paris à Louis XIV, pendant l'hiver de 1687, et de celle donnée par la même ville à

Napoléon I.er, pendant l'hiver de l'an 13 (Décembre 1804), fera voir, dans l'espace seulement de près de cent dix-huit années, combien de changemens se sont opérés dans les usages, et combien ce qui tient aux commodités de la vie, au luxe et au goût, a fait de progrès.

Nous croyons plaire à nos lecteurs en donnant ici l'analyse d'une cantate scénique composée par M. Beaunier, chef de division au ministère de l'intérieur, pour la fête donnée à l'Empereur. Elle a été imprimée par Didot, aux frais de la ville de Paris, et se trouve chez Merlin, libraire, *rue du Hurepoix*.

Le héros est Trasibule, ce sage et grand capitaine qui délivra les Athéniens des trente tyrans qui les opprimaient, fit succéder le règne de l'ordre et de la liberté civile à l'anarchie et à la servitude, et par une politique éclairée et profonde, porta une loi qui fut nommée *loi d'oubli*, parce qu'elle défendait de rechercher ou de punir qui que ce fût pour les troubles passés.

La scène est à Athènes. Le théâtre représente un quartier de la ville, où l'on aperçoit un temple détruit, des autels renversés, des colonnes brisées, des statues mutilées, et un palais incendié, dans lequel la flamme se montre encore : il fait nuit ; le théâtre n'est éclairé que par les restes de l'incendie ; des soupirs et des gémissemens se font entendre dans le palais et dans le temple.

Des Athéniens et des Athéniennes arrivent par diverses avenues. Ils déplorent leurs malheurs :

Ne verrons-nous jamais le terme de nos maux ?
L'anarchie, au hasard, a saisi sa victime ;
La patrie est en deuil : nous tombons tous égaux
Sous la hache du crime, etc.

Ils invoquent Minerve, protectrice d'Athènes. Le jour commence à paraître. Philoclès, citoyen distingué, arrive. J'apporte, leur dit-il,

J'apporte l'espérance au milieu des alarmes.
Suspendez vos douleurs;
Cessez de repandre des larmes;
Je viens vous annoncer la fin de vos malheurs.

Il raconte ensuite que le peuple, désespéré, s'est rendu au temple du Destin, qui est descendu assis sur un nuage immense, impénétrable, au milieu des éclats de la foudre, et qui a lu dans son livre qu'un sauveur allait paraître.

Le chœur se livre à l'espérance et à la joie. Sostrate, général d'armée, suivi de soldats, entre précipitamment, et leur dit :

Grecs, l'oracle a parlé; mais l'oracle désigne,
N'en doutez point, ce favori de Mars,
Qui toujours des combats sut fixer les hasards :
D'aussi brillans destins c'est le seul qui soit digne.
Trasibule est aimé des rois qu'il a vaincus.
Il a soumis les peuples du Bosphore;
Il a porté sa gloire au-delà de l'Hæmus,
Sur les bords du Strymon, sur le mont d'Iassus,
En Elide, en Epire, aux plaines d'Epidaure;
Il est victorieux du Couchant à l'Aurore.
Trasibule est aimé des rois qu'il a vaincus.

PHILOCLÈS, *aux soldats.*

Ce héros a guidé vos pas à la victoire :

Il vous est cher; vous partagez sa gloire.
Mais ce sont nos malheurs qu'il faut envisager:
Un guerrier suffit-il en ce commun danger?
Il nous faut un mortel audacieux et sage,
Dont le génie égale le courage;
Qui, créant des pouvoirs, puisse tracer des lois;
Qui, maîtrisant le sort des armes incertaines,
De l'Etat ébranlé ressaisisse les rênes;
Grand par son caractère et grand par ses exploits,
Bienfaisant pour le peuple, imposant pour les rois....
Voilà l'homme qui doit commander dans Athènes.

SOSTRATE.

Des destins éclatans par l'oracle annoncés,
Croyez-nous, Trasibule est le seul qui soit digne;
Lui seul arrêtera les pleurs que vous versez.

SOLDATS.

C'est lui, c'est lui que l'oracle désigne.

On demande quels lieux de la Grèce ont reçu Trasibule. Sostrate répond:

Trasibule, hélas! est loin de vous:
Précédé de sa renommée,
Il a traversé les deux mers;
De l'Egypte et de l'Idumée
Ce guerrier intrépide a franchi les déserts;
Thèbe a, pour son armée, ouvert toutes ses portes;
Apamée, en ses murs, a reçu ses cohortes.
Il est bien loin de vous; mais il faut aujourd'hui
Demander au sénat qu'il rentre dans Athènes:
Votre seul espoir est en lui.

Le peuple retombe dans l'abattement, à la pensée que l'éloignement de Trasibule l'expose à souffrir encore long-tems; il fait éclater de nouveau ses plaintes. Bientôt une musique harmonieuse et des chants éloignés frappent les oreilles ; on entend derrière la scène le chœur suivant :

Trasibule, du Nil, a quitté le rivage ;
Trasibule nous est rendu :
Un Dieu, près de lui descendu,
L'a protégé dans son passage.

Le chœur de l'avant-scène mêle des chants d'alégresse à ceux du chœur qui est derrière le théâtre.

La scène change ensuite, et représente la ville d'Athènes et le Pirée. Un arc de triomphe occupe le fond, le temple de Minerve est placé sur la gauche : une marche se fait entendre dans le lointain, les corps qui la composent arrivent par l'arc de triomphe. Elle est ouverte par un corps d'agriculteurs, précédé de l'orateur Lysias; viennent ensuite les marins et les commerçans, ayant l'historien Xénophon à leur tête : ceux-ci sont suivis de femmes tenant des enfans par la main, et ayant devant elles Cléone et Cyrène, dames athéniennes. Le cortége des arts, composé de poëtes, de peintres et de musiciens, paraît ensuite; il est conduit par le poëte dithyrambique Télestès, le peintre Zeuxis et le sculpteur Phydias. Ce cortége est terminé par le grand-prêtre de Minerve, Eupolis, suivi d'un grand nombre de prêtres. Arrive enfin Trasibule, accompagné de plusieurs généraux. Un corps de soldats, suivi d'un peuple nombreux, ferme cette marche pompeuse.

On joue de divers instrumens, on danse, on jonche le chemin de fleurs, on brûle des parfums.

Les attributs de l'agriculture, de la marine et du commerce, sont portés au milieu du corps des agriculteurs, des marins et des commerçans ; les poëtes, les peintres et les musiciens entourent le buste d'Homère ; les prêtres font porter au milieu d'eux la statue de Minerve.

Trasibule est en habit de simple Athénien ; il tient à la main une branche d'olivier. Les généraux qui l'accompagnent sont couverts d'armures riches et brillantes.

Le chœur chante le retour de Trasibule, qu'un Dieu vient de ramener des rivages du Nil avec la rapidité de l'éclair. Le cortége se range ; le héros s'avance, et dit aux Athéniens ce qu'un autre Trasibule a dit aux Français, en revenant également des bords du Nil :

J'ai vu vos maux, je suis venu.
Grecs, j'ai quitté pour vous les rives africaines.
Le désordre, le crime, ont régné dans Athènes :
La Grèce reprendra le rang qu'elle a perdu ;
Elle aura sa splendeur antique, accoutumée.....
J'ai le commandement d'Athène et de l'armée :
Pour vous donner la paix, Trasibule a vaincu.

Agathon, général d'armée, fait placer Trasibule sous le péristile du temple de Minerve, et le chœur général chante :

Honneur à Trasibule ! il est grand, il est sage :
Il est notre sauveur ; il sera notre appui ;
Il est le Dieu d'Athène.... Approuve notre hommage,
O Minerve ! ô Pallas ! nous t'adorons en lui.

AGATHON.

Vous voyez un héros tout rayonnant de gloire.

Apprenez comme il sait user de la victoire :
Trasibule, au sénat, avec nous s'est rendu,
Et le sénat, tel est l'ascendant du génie,
D'un grand pouvoir l'a revêtu.
Il va nous gouverner; le Monde nous l'envie.
C'est à de telles mains qu'appartient le pouvoir :
L'anarchie un instant a décelé sa rage;
Trasibule, d'un mot, a conjuré l'orage;
Tout est rentré dans le devoir, etc.

Des évolutions militaires commencent; les soldats défilent devant Trasibule, au bruit d'une musique guerrière; chaque détachement le salue avec son étendard. Le chœur des soldats jure de suivre par tout le héros, et de lui faire un rempart de leurs corps. Les agriculteurs le prient de protéger leurs moissons; les marins, de déclarer la guerre à ces Phéniciens jaloux,

Qui seuls osent prétendre à l'Empire des ondes,
Et sur qui l'Univers appelle son courroux.

Les Athéniennes lui présentent leurs enfans, qui grandiront pour servir la patrie; elles déposent à ses pieds des couronnes, et suspendent des guirlandes aux colonnes du temple de Minerve. Les artistes lui prédisent que les arts vont régner avec lui. Nous saurons, disent-ils,

Nous saurons, ô grand homme! invincible guerrier!
Traduire ton génie en traçant ton image :
A la postérité nous en ferons hommage,
Et la postérité te verra tout entier.

Les prêtres succèdent aux artistes; ils brûlent l'encens sur des autels portatifs qu'ils viennent placer auprès du temple de Minerve, et promettent *de courber la tête devant le char triomphateur.*

Après un chœur général, Minerve elle-même descend de l'Olympe, et paraît aux regards des Athéniens. Elle leur parle ainsi :

J'aime les Grecs, et je protége Athène :
Tressaille de plaisir, ô cité souveraine !
L'Olympe est satisfait, et les cieux vont s'ouvrir :
Offre aux regards des Dieux, en ce brillant spectacle,
Le héros annoncé par la voix de l'oracle.....
Trasibule est mon fils ; tressaille de plaisir.

L'Olympe entier paraît assis sur des nuages. A ce tableau de la pompe divine, le poëte dithyrambique Télestès s'agite au milieu des danses ; il prend sa lyre, et paraît saisi d'une subite inspiration ; on le voit errer au milieu de la fête : il chante ensuite le dithyrambe suivant, qui termine la cantate :

Je porte mes regards au séjour du tonnerre ;
J'y vois celui qui règne sur les Dieux ;
Mes pieds sont encor sur la terre,
Ma tête est déjà dans les cieux.
O divines clartés, immuable lumière !
Parle, ma lyre, et dis ce que je voi.....
Un nouveau Trasibule apparaît devant moi....

Il accourt de Memphis ; en géant il s'avance.
Il a fait d'un grand peuple une famille immense ;
Il le gouverne en père, il le défend en roi....
Parle, ma lyre, et dis ce que je voi.

Le peuple tout entier a tressé sa couronne :
Ses neveux sont assis sur les degrés du trône ;
Dans un long avenir leur règne s'offre à moi....
Parle, ma lyre, et dis ce que je voi.

Le Dieu de l'Univers l'a reçu dans son temple ;
De bonheur enivré, le peuple le contemple,
Verse des pleurs de joie et lui donne sa foi.
Heureux le peuple appelé sous sa loi !

CHOEUR *final.*

Il accourt de Memphis ; en géant il s'avance.
Il a fait d'un grand peuple une famille immense ;
Il le gouverne en père, il le défend en roi.

Le peuple tout entier a tressé sa couronne :
Ses neveux sont assis sur les degrés du trône ;
Des hommes qui naîtront ils recevront la foi.

Le Dieu de l'Univers ouvre pour lui son temple.
Heureux le souverain qui le prend pour exemple !
Heureux, heureux le peuple appelé sous sa loi !

La musique de cette cantate, pleine de verve, est de M. Berton, professeur au conservatoire. Elle est digne, par la pompe du spectacle qu'elle permet de déployer, et par les tableaux qu'elle offre, d'être exécutée sur le théâtre de l'Opéra. Les chanteurs, les danseurs et les machinistes y trouveraient également une occasion de faire briller leurs talens, et le public saisirait avec enthousiasme les applications heureuses et rigoureusement historiques qu'elle renferme.

Suspendons le récit des fêtes pour nous occuper d'événemens plus graves, et toujours relatifs à Napoléon.

Lettre de l'Empereur aux Archevéques et Evéques de France.

Le lendemain de son sacre, Sa Majesté a donné

une preuve nouvelle des sentimens pieux qu'elle sait allier aux qualités du guerrier et de l'homme d'Etat, en écrivant cette lettre.

« Mons l'évêque, dit-elle, la providence m'a offert de nouvelles forces pour supporter le poids de la couronne qu'elle a placée sur ma tête, dans la satisfaction que mon peuple a témoignée à l'occasion de mon sacre et couronnement, qui se firent hier avec tout ce que pouvait ajouter de pompe et de solennité la présence de Notre Très-Saint Père le Pape, chef visible de l'Eglise universelle. Les acclamations qui m'ont accompagné pendant et après cette auguste cérémonie, ont pénétré mon cœur d'un sentiment profond qui ne s'effacera jamais. C'est pour obtenir de l'Etre Suprême, qui protége si visiblement l'Empire, qu'il attache à l'onction sacrée que je viens de recevoir, toutes les grâces que ma confiance en sa divine bonté me fait espérer; qu'il m'accorde la prudence, la première vertu des souverains, et qu'il maintienne mon peuple dans la paix et la tranquillité, qui feront toujours le plus cher objet de mes soins, et dans lesquelles j'envisagerai toujours la plus solide gloire de mon règne, que je désire qu'il soit fait des prières publiques dans toutes les églises de l'Empire. Je vous fais donc cette lettre, pour vous dire de faire chanter le *Te Deum* dans celles de votre diocèse, et que vous ayez à convier aux prières qui se feront dans votre église, les autorités qui ont coutume d'assister à ces sortes de cérémonies. Sur ce je prie Dieu qu'il vous ait, Mons l'évêque, en sa sainte et digne garde. »

Ce *Te Deum* a été chanté dans toutes les églises de l'Empire; et dans toutes, le concours des citoyens a été nombreux. Les assistans ne pouvaient se rappeler, sans attendrissement, les grandes actions et les vertus du sauveur que le ciel leur avait envoyé; en appelant sur lui les bénédictions de l'Eternel, en remerciant la providence d'avoir mis un terme aux malheurs de la France, les yeux se remplissaient de larmes.

Message au Sénat pour la transcription des Actes de Naissance de deux Princes.

Les cérémonies de son sacre et de son couronnement terminées, l'Empereur s'est empressé de remplir une formalité importante des constitutions de l'Empire, qui statuent, article XIII, que les actes constatant les naissances, les mariages et le décès des membres de la famille impériale, seront transmis, sur un ordre de l'Empereur, au sénat. En conséquence, par un message du 21 Frimaire, Sa Majesté informe le sénat, qu'elle a chargé l'archichancelier de l'Empire, de lui présenter les actes qui constatent la naissance de NAPOLÉON CHARLES, né le 18 Vendémiaire an 11, et de NAPOLÉON LOUIS, né le 19 Vendémiaire an 13, fils du prince Louis, pour en ordonner la transcription sur ses registres et le dépôt dans ses archives. Le message est terminé par cette phrase remarquable qui porte le cachet de l'ame de Sa Majesté : « Ces Princes héri-

» teront de l'attachement de leur père pour notre
» personne, de son amour pour ses devoirs, et de
» ce premier sentiment qui porte tout prince appelé
» à de si hautes destinées, à considérer constam-
» ment l'intérêt de la patrie et le bonheur de la
» France comme l'unique objet de sa vie. »

En s'acquittant auprès du sénat de la mission annoncée par le message, Son Altesse Sérénissime Monseigneur l'archi-chancelier de l'Empire, a observé que le jour choisi pour le dépôt des actes en question, était aussi celui de la publication du décret contenant le recensement des votes émis par le peuple français pour l'hérédité de la dignité impériale dans la famille de Napoléon.

« Ainsi (a-t-il dit) le même jour rappelle à la nation ses droits, et affermit ses espérances; ainsi, les deux jeunes Princes ne pourront jeter les yeux sur les titres de leur descendance, sans y trouver réunis les témoignages de l'affection du peuple et le souvenir des services éclatans qui ont inspiré ce sentiment. Puissent ces enfans précieux, dans la carrière qu'ils auront à parcourir, se proposer sans cesse pour modèle le chef auguste de leur race, et, à l'exemple du prince Louis, leur père, et du prince Joseph, leur oncle, être dignes par leurs vertus de la gloire qui environne leur nom! »

Nous regrettons de ne pouvoir rapporter en entier la réponse de son excellence M. François (de Neufchâteau), président du sénat. Cette réponse décèle en même tems le savant érudit, le législateur et le politique.

Après avoir montré la nécessité que ce soient les lois fondamentales qui règlent les précautions à prendre pour la succession au trône, à laquelle ne sont pas appelés sans aucune distinction, comme dans les successions des particuliers, tous ceux qui se tiennent d'ailleurs par la communauté du nom et par les nœuds du sang, son excellence fait voir que c'est conformément à cette nécessité que, dans le sénatus-consulte du 28 Floréal an 12, le sénat a proposé au peuple, et que le peuple a adopté, pour la transmission du trône de l'Empire français, la succession agnatique, qu'on a nommée aussi française, et qui est proprement la consanguinité par les mâles, différente de l'ordre de la succession cognatique, appelée aussi castillanne, où ceux qui sont nés de femelles parviennent au défaut des mâles.

« Dans l'ordre qu'ils ont préféré, a dit son Excellence, le sénat et le peuple ont eu un double objet : le premier, d'éviter que, par le droit de la naissance, une femme fût appelée à gouverner la France, et d'empêcher, en second lieu, qu'à la faveur des mariages, le trône impérial fût dans le cas d'être jamais occupé par des étrangers. Ce sont eux sur-tout que repousse une prévention véritablement invincible. De tout tems, messieurs, le grand peuple dont vous gardez les droits, fut jaloux de voir naître au sein de la patrie, et de voir élever sous les yeux de la nation ceux qui devaient un jour présider à ses destinées. Quant aux femmes, jamais la France n'admit leur empire ; et quelque séduisantes ou quelque ingénieuses que semblent, à certains égards, les réclamations élevées contre cet usage, l'expérience malheureuse que le peuple français a faite trop souvent des régences des femmes, suffit pour confirmer l'aversion insurmontable qu'il a conçue contre leur règne.

» On ne saurait argumenter du succès que des reines ou des impératrices ont obtenu sans peine en des contrées fort différentes. C'est sur l'opinion sur-tout que les Gouvernemens se fondent, et celle des Français est formée sur ce point : elle tient à leur sol et à leur caractère. Par sa position la France doit rester intacte, afin d'être toujours la sauve-garde de l'Europe. Heureusement aussi la nation est belliqueuse et l'armée est nationale. C'est un esprit qu'il faut soigneusement entretenir; c'est lui qui a sauvé notre chère patrie d'être la proie des étrangers. Nous ne voulons pas envahir, mais nous ne voulons pas risquer d'être envahis : plus nous aimons la paix, plus nous devons nous attacher à la science de la guerre. On en conçoit la conséquence : des guerriers veulent un héros pour les conduire à la victoire; ils ne marcheraient pas sous une autre bannière : ainsi, l'on sent la différence qu'on a dû établir entre le droit de partager les héritages ordinaires et la manière d'assurer la transmission d'un empire, vrai boulevart du continent. On ne peut le considérer comme un immeuble de famille ou un patrimoine privé. C'est ici que le droit public est séparé du droit civil, et qu'il a dû s'en écarter sous plusieurs points de vue, parce qu'on n'aurait pu, sans exposer l'Empire à sa destruction, morceler le Gouvernement entre les fils d'un même père, ni le livrer aux étrangers qui auraient épousé ou sa fille, ou sa veuve. D'après ces considérations, vous n'avez pas voulu que l'Empire pût être démembré de nouveau comme il le fut jadis par les enfans de Charlemagne, ni que la France put revoir les régences sinistres de Catherine et de Marie, qui ont si tristement éternisé dans nos annales le nom de Médicis. »

Son Excellence observe que c'est la première fois que l'occasion s'offre au sénat de constater l'état des princes du sang impérial; ses fonctions dans cette grande circonstance, acquièrent la splendeur et la gravité dont elles étaient susceptibles par sa prise de possession de la nouvelle salle, et par l'installation de Son Altesse Impériale le Prince Joseph, grand électeur, dans le logement que le sénatus-consulte du 28 Floréal lui avait assigné dans le palais du sénat. Cette installation rend plus touchante et plus belle la fête que les sénateurs ont cru devoir donner au peuple.

Son Excellence prie son altesse sérénissime M. l'archi-chancelier de l'Empire, de rendre compte à Sa Majesté, que les sénateurs accueillent dans leurs registres le dépôt solennel qui leur a été confié, et qu'ils le garderont dans leurs cœurs. Il termine par cette phrase, qui est l'expression des sentimens que M. l'archi-chancelier inspire : « Les » membres du sénat, glorieux de compter votre

» nom sur leur liste, s'applaudiront toujours de
» vous voir dans leur sein; et il m'est sur-tout
» agréable de me trouver, en ce moment, l'in-
» terprète public de la pensée de mes collègues. »

Le sénat a ensuite ordonné la transcription et le dépôt des actes de naissance des deux jeunes Princes.

Ouverture de la session du Corps législatif pour l'an 13.

La légitimité de son avénement au trône, étant légalement et religieusement constatée par la sanction du peuple français, contenue dans le recensement des votes, et par la sanction du ciel au jour de son sacre et de son couronnement, le moment était venu pour Napoléon, d'exercer, pour la première fois, un des actes les plus importans de son pouvoir impérial, celui de l'ouverture de la session du corps législatif, que les constitutions de l'Empire ne défèrent qu'à lui : mais il pensa, avec juste raison, qu'il devait donner à cette cérémonie tout l'éclat et toute la pompe que la majesté de la couronne et de la nation française exigeaient.

En conséquence la salle du corps législatif est préparée pour cette grande circonstance; de nombreux embellissemens y sont faits. Dans la demi-rotonde, à la place de la tribune, du bureau du président et de ceux des secrétaires, succède un soubassement sur lequel s'élève le trône de l'Empereur : on y monte par deux escaliers qui s'étendent jusqu'aux portes de la salle; un troisième escalier de douze marches, à balustre d'or, conduit aux siéges destinés pour les Princes et les grands-dignitaires. Du centre de ces siéges antiques, s'élève un escalier particulier de cinq marches en marbre ; il aboutit au trône. Le trône est tout éclatant d'or ; les armes de l'Empire le dominent, un large palmier, de même en or, l'ombrage. Au milieu du corps de l'arbre, sur un écusson, est figuré le Nil avec les campagnes qu'il féconde. Au-dessus du palmier est suspendu un dais de soie cramoisie ; il a pour ornemens, de chaque côté, des draperies de la même couleur, semées d'abeilles ; à ses trois bandes, des étoiles ; à ses quatre parties angulaires, un large plumet blanc ; à sa sommité, un aigle d'or éployant ses ailes. En face du trône de l'Empereur, entre deux colonnes de marbre incrustées en or, s'élève le trône de l'Impératrice ; des deux côtés sont des siéges pour ses dames d'honneur et quelques-uns de ses grands-officiers.

Le 6 Nivose fut le jour indiqué par Sa Majesté pour la cérémonie. A six heures du matin, la garde impériale occupa tous les postes du palais du corps législatif, sous le commandement de M. le grand-maréchal de la cour, qui fut chargé de la police de ce palais.

A midi, l'Empereur partit du palais des Tuileries. Les chasseurs à cheval de la garde ouvrirent la marche ; les grenadiers à cheval et la gendarmerie d'élite la fermèrent.

Le cortége marcha dans l'ordre suivant : — Les hérauts d'armes, à cheval ; — une voiture pour les maîtres et aides des cérémonies ; — trois voitures pour onze grands-officiers militaires désignés par Sa Majesté ; — trois voitures pour les ministres ; — une voiture pour le grand-chambellan, le grand-écuyer, le grand-maître des cérémonies ; — une voiture pour les deux grands-dignitaires ; — la voiture de Sa Majesté, dans laquelle étaient l'Empereur et les Princes ses frères ; — les colonels généraux de la garde, les aides de camp de Sa Majesté et les écuyers cavalcadours étaient à cheval autour de la voiture ; — enfin, une voiture pour le grand-maréchal, le grand-veneur et deux chambellans de Sa Majesté.

Ce cortége défila au milieu d'une haie de troupes, traversa le jardin des Tuileries, la place et le pont de la Concorde, la rue de Bourgogne, la place du Palais du Corps législatif, entra dans ce palais par la porte des acacias, et Sa Majesté descendit au perron du président du corps législatif.

Une salve d'artillerie avait annoncé le départ de Sa Majesté des Tuileries ; une salve d'artillerie annonça de même son arrivée au palais du corps législatif.

Le président et vingt-cinq législateurs étaient à la porte extérieure pour recevoir Sa Majesté.

Le tribunat était parti de son palais à dix heures et demie, et une députation du sénat, composée de douze sénateurs, était sortie du palais du sénat à onze heures et demie, pour se rendre au corps législatif. Des salles avaient été destinées pour les recevoir ; là, deux législateurs étaient chargés de conduire chaque corps. La députation du sénat, le conseil d'Etat et le tribunat avaient chacun une escorte de cent hommes de troupes à cheval.

A l'arrivée du cortége impérial, le tribunat, puis le conseil d'Etat, enfin la députation du sénat, entrèrent successivement dans la salle des séances du corps législatif. Les conseillers d'Etat occupèrent les deux premiers rangs de banquettes du côté de leurs places accoutumées; les tribuns, les deux premiers rangs de banquettes en face des conseillers d'Etat : les douze sénateurs furent placés sur le parquet en face du trône, sur douze chaises richement ornées, devant les conseillers d'Etat et les tribuns.

Après s'être reposé dans les appartemens préparés pour le recevoir, l'Empereur se mit en marche par la bibliothèque et la galerie. Son cortége conserva l'ordre suivant : — La députation des législateurs, avant le cortége; les huissiers, les hérauts d'armes, les pages, les aides des cérémonies, les maîtres des cérémonies, les aides de camp de l'Empereur, les onze grands-officiers militaires, le grand-maréchal et le grand-maître des cérémonies, les dignitaires, les Princes, l'Empereur; les deux colonels généraux de la garde de service, ayant à leur droite et à leur gauche le grand-chambellan et le grand-écuyer; derrière eux les chambellans et les écuyers; enfin les ministres.

Le cortége arrive dans la salle des séances; tous les législateurs se lèvent; ceux de la députation reprennent leurs places; le président se place en face du trône, au milieu de son corps, sur une chaise; deux huissiers sont derrière lui.

Les huissiers de l'Empereur se placent aux deux extrémités de l'escalier; deux hérauts à une entrée du parquet, deux à l'autre, et leur chef au milieu, devant la balustrade, entre les messagers d'Etat du corps législatif; les aides des cérémonies au milieu du parquet, des deux côtés de l'estrade; les pages se rangent en haie dans le parquet, jusqu'à ce que l'Empereur soit placé; le reste du cortége monte l'escalier, et, en montant par le couloir de droite, chacun va prendre sa place ordinaire autour du trône.

Les Princes et les dignitaires sont à droite et à gauche sur leurs chaises; les onze ministres à droite, les onze grands-officiers à gauche, sur leurs bancs; les colonels généraux de la garde, le grand-maréchal et le grand-veneur, derrière le trône; le grand-chambellan et le grand-écuyer, sur des tabourets, devant les ministres; le grand-maître des cérémonies, sur un tabouret, devant les grands-officiers militaires; les maîtres des cérémonies, au haut des escaliers latéraux; les aides de camp, les deux chambellans et les écuyers, derrière les Princes et dignitaires; les pages enfin, sur les marches des escaliers latéraux.

L'Empereur étant assis sur son trône, tout le monde se couvre: le grand-maître des cérémonies prend les ordres de Sa Majesté, et les transmet au grand-électeur. Bientôt après Sa Majesté se lève et prononce le discours suivant, que les législateurs écoutent la tête découverte:

« MM. les députés des départemens au corps législatif, MM. les tribuns et les membres de mon conseil d'Etat, je viens présider à l'ouverture de votre session. C'est un caractère plus imposant et plus auguste que je veux imprimer à vos travaux. Princes, magistrats, soldats, citoyens, nous n'avons tous dans notre carrière qu'un seul but, l'intérêt de la patrie. Si ce trône, sur lequel la Providence et la volonté de la nation m'ont fait monter, est cher à mes yeux, c'est parce que, seul, il peut défendre et conserver les intérêts les plus sacrés du peuple français. Sans un gouvernement fort et paternel, la France aurait à craindre le retour des maux qu'elle a soufferts : la faiblesse du pouvoir suprême est la plus affreuse calamité des peuples. Soldat ou premier Consul, je n'ai eu qu'une pensée; Empereur, je n'en ai point d'autre : les prospérités de la France. J'ai été assez heureux pour l'illustrer par des victoires, pour la consolider par des traités, pour l'arracher aux discordes civiles, et y préparer la renaissance des mœurs, de la société et de la religion. Si la mort ne me surprend pas au milieu de mes travaux, j'espère laisser à la postérité un souvenir qui serve à jamais d'exemple ou de reproche à mes successeurs.

» Mon ministre de l'intérieur vous fera l'exposé de la situation de l'Empire; les orateurs de mon conseil d'Etat vous présenteront les différens besoins de la législation. J'ai ordonné qu'on mît sous vos yeux les comptes que mes ministres m'ont rendus de la gestion de leur département. Je suis satisfait de l'état prospère de nos finances : quelles que soient les dépenses, elles sont couvertes par les recettes; quelqu'étendus qu'aient été les préparatifs qu'a nécessités la guerre dans laquelle nous sommes engagés, je ne demanderai à mon peuple aucun nouveau sacrifice.

» Il m'aurait été doux, à une époque aussi solennelle, de voir la paix régner sur le Monde; mais les principes politiques de nos ennemis, leur conduite récente envers l'Espagne, en font assez connaître les difficultés. Je ne veux pas accroître le territoire de la France, mais en maintenir l'intégrité. Je n'ai point l'ambition d'exercer en Europe une plus grande influence; mais je ne veux pas déchoir de celle que j'ai acquise. Aucun Etat ne sera incorporé dans l'Empire; mais je ne sacrifierai point mes droits, les liens qui m'attachent aux Etats que j'ai créés.

» En me décernant la couronne, mon peuple a pris l'engagement de faire tous les efforts que requerraient les circonstances, pour lui conserver cet éclat qui est nécessaire à sa prospérité et à sa gloire comme à la mienne. Je suis plein de confiance dans l'énergie de la nation et dans ses sentimens pour moi; ses plus chers intérêts sont l'objet constant de mes sollicitudes.

» MM. les députés des départemens au corps législatif, MM. les tribuns et les membres de mon conseil d'Etat, votre conduite pendant les sessions précédentes, le zèle qui vous anime pour la patrie, pour ma personne, me sont garans de l'assistance que je vous demande, et que je trouverai en vous pendant le cours de cette session. »

Ce discours, où respirent la sagesse, la prudence, la franchise, la noblesse de l'ame, l'amour de la gloire, de la patrie et de l'humanité, comparez-le, Français, à ces harangues si sèches, si fausses, si perfides, que des ministres machiavéliques font balbutier au fantôme de roi qu'ils gouvernent, devant un parlement vénal ; à ces notes d'un style si embarrassé, si obscur, si chargé de réticences, qu'une politique perverse dicte trop souvent, combien vous paraîtra inappréciable le bonheur de vivre sous un monarque qui ne vous cache pas une des pensées de son génie, pas un des sentimens de son cœur, pas un de ses projets, et qui n'a aucune raison de les voiler, parce que toutes ses pensées, tous ses sentimens, tous ses projets, ne tendent qu'à l'accroissement des prospérités nationales.

Aussi toute l'assemblée, dans un religieux recueillement, écoutait l'orateur couronné qui lui apportait tant d'espérances de gloire et de félicités ; dans la crainte que les oreilles ne perdissent une seule de ses paroles paternelles, tous les yeux fixés sur son visage, cherchaient, par leurs regards attentifs, à les retrouver dans l'expression de ses traits. A peine eut-il cessé de parler, l'émotion générale n'étant plus contrainte, fit succéder au profond silence les applaudissemens de l'enthousiasme ; les cris de *vive l'Empereur!* éclatèrent, et se répétèrent jusqu'après le départ de Sa Majesté.

L'Empereur était revêtu du même costume que le jour de son couronnement. L'Impératrice n'était pas dans sa tribune; les Princesses Joseph et Caroline occupaient chacune une des loges latérales.

Sa Majesté, après avoir prononcé son discours, se leva, et tout le cortége retourna dans les appartemens dont il était sorti, en suivant le même ordre qui avait été conservé pour arriver.

L'Empereur remonta ensuite en voiture, et prit, avec le même cortége, le même chemin qu'il avait suivi pour venir au palais du corps législatif. Il fut de même précédé et reconduit par la députation de vingt-cinq législateurs, jusqu'à la porte extérieure. Son départ du palais du corps législatif et son arrivée aux Tuileries, à trois heures, furent pareillement annoncés par des salves d'artillerie.

Lorsque le cortége impérial fut sorti, les douze sénateurs se retirèrent pour se rendre à leur palais, et, successivement, le conseil d'Etat et le tribunat, pour retourner, le premier aux Tuileries, le second au palais du tribunat.

Nous ne parlerons pas des acclamations d'un peuple nombreux qui se pressait sur le passage de Sa Majesté; elle ne peut plus se montrer sans exciter les mêmes acclamations, le même empressement. Le désir de la voir est tel, que dès le grand matin du jour de la solennité que nous venons de retracer, une multitude de citoyens occupait les avenues qui conduisent au palais du corps législatif, et que, long-tems avant la cérémonie, les tribunes étaient remplies de spectateurs.

Le lendemain 7 Nivose, le corps législatif a voté une adresse de remerciemens et de félicitation pour les sentimens contenus dans le discours de l'Empereur. Cette adresse a été portée à Sa Majesté par le corps législatif. Son président, M. Fontanes, a exprimé la reconnaissance dont les législateurs et le peuple français sont pénétrés pour un monarque qui, lui-même, a mis ses soins à nous garantir des excès que la force du pouvoir suprême pourrait entraîner; dont la surveillance s'attache à ménager les ressources nationales pour donner plus d'énergie à leur développement; qui, n'ayant plus besoin de la gloire des conquêtes, se montre aussi grand dans les détails de l'administration intérieure que sur le champ des batailles.

« Un long avenir est devant vous, a dit l'orateur; tout ce que Votre Majesté médite pour le bonheur de la France aura son exécution. Le plus beau destin ne sera point interrompu; et, d'ailleurs, il est un genre de gloire qui ne meurt jamais. Les traités peuvent être abolis par des traités nouveaux; le fruit des victoires est quelquefois perdu, la grandeur même des Empires nuit à leur durée, mais l'amour et l'admiration perpétuent les exemples de ceux qui ont fondé ou rétabli la société sur la triple base des lois, des mœurs et de la religion. L'ouvrage de ces hommes rares se conserve long-tems, et leur esprit gouverne la postérité. Cette gloire, Sire, un jour sera la vôtre, et vos actions comme vos paroles nous en donnent l'assurance. »

L'Empereur a répondu : « MM. les députés » des départemens au corps législatif, je suis

» content de votre zèle; je développerai toujours » dans ma conduite les principes que j'ai exposés » dans le discours que vous avez entendu. »

Le tribunat ayant voté de même une adresse à Sa Majesté, il fut admis le même jour à la présenter. Le président, M. Fabre (de l'Aude), exprima combien le tribunat avait été vivement touché des dispositions que Sa Majesté avait manifestées pour maintenir au dehors l'honneur et la gloire de la nation française, et assurer au dedans sa tranquillité et son bonheur.

Sa Majesté a répondu : « Je me rappelle toujours » avec satisfaction les preuves du dévouement que » le tribunat a données à la patrie et à ma per- » sonne dans les circonstances les plus importantes; » elles m'ont fait connaître depuis long-tems les » sentimens dont ce corps est animé. Je ne puis » rien ajouter à ceux que j'ai manifestés à l'ou- » verture de la session, si ce n'est l'expression de » ma bienveillance particulière pour chacun des » membres du tribunat. »

Exposé de la situation de l'Empire.

Dans son discours au corps législatif, l'Empereur avait annoncé que le ministre de l'intérieur lui ferait l'exposé de la situation de l'Empire. Certain que cet exposé répandrait dans tous les cœurs français la sécurité sur le présent, et d'heureuses espérances pour l'avenir, ce monarque généreux, dont la marche est si noble et si franche, et qui ne fait pas de promesses vaines, s'est empressé d'acquitter celle-ci :

En conséquence, la séance du corps législatif, du 10 Nivôse, a été consacrée à entendre son excellence M. Champagny, ministre de l'intérieur.

Il nous serait agréable de faire connaître en entier une pièce où l'on retrouve, dans un seul cadre, une partie des bienfaits de Napoléon, mais nous sommes forcés d'en resserrer la substance.

« La situation intérieure de la France, a dit le ministre, est aujourd'hui ce qu'elle fut dans les tems les plus calmes ; point de mouvement qui puisse alarmer la tranquillité publique ; point de délit qui appartienne aux souvenirs de la révolution ; par tout des entreprises utiles, par tout l'amélioration des propriétés publiques et privées attestent les progrès de la confiance et de la sécurité.

» Le levain des opinions n'aigrit plus les esprits ; le sentiment de l'intérêt général, les principes de l'ordre social, mieux connus et plus épurés, ont attaché tous les cœurs à la prospérité commune.

Son Excellence retrace comment l'opinion publique est revenue au système de la monarchie héréditaire.

« Désormais, poursuit-elle, moins de lois nouvelles seront proposées ; le code civil a rempli l'attente publique. Un projet de code criminel, achevé depuis deux ans, a été soumis à la censure des tribunaux, et subit, dans ce moment, les dernières discussions du conseil d'Etat. Le code de la procédure et le code du commerce ne sont pas encore assez mûris pour être présentés.

» Les écoles de législation vont s'ouvrir; des inspecteurs en éclaireront l'enseignement. De Fontainebleau est déjà sorti une milice qui marque dans nos armées par sa tenue, ses connaissances et son respect pour la discipline; l'école polytechnique peuple de sujets utiles nos arsenaux, nos ports et nos ateliers; à Compiègne, l'école des arts et métiers obtient tous les jours de nouveaux succès; celle qui se forme sur les limites de la Vendée, y sera bientôt en pleine activité; enfin, des prix ont été établis pour être décernés, dans une période de dix ans, aux sciences, aux lettres, aux arts et aux travaux utiles.

» Dans le département des ponts et chaussées, les ouvrages commencés ont été poursuivis avec constance; d'autres sont médités; mais l'intempérie des saisons, les pluies, les torrens ont dégradé des routes, détruit des travaux, et forcé d'en suspendre un moment d'autres. De grandes calamités ont affligé quelques départemens, et sur-tout celui de Rhin-et-Moselle; un préfet, judicieux interprète des intentions de l'Empereur, a porté les premiers secours aux malheureux qui en ont été les victimes. Sa Majesté a relevé leur courage par sa présence, et les a consolés par ses bienfaits. Le fléau de la contagion affligeait des contrées voisines; la vigilance de l'administration en a préservé notre territoire.

» Au centre de la Vendée s'élève une nouvelle ville destinée à être le siége de l'administration ; de là elle portera sur tous les points la surveillance, l'instruction et les principes.

» Des décrets de l'Empereur ont rappelé le commerce sur la rive gauche du Rhin ; les manufactures se perfectionnent, et malgré les vaines déclamations des mercenaires soudoyés par le gouvernement britannique, notre industrie s'étend, repousse l'industrie anglaise ; elle est parvenue à l'égaler dans la perfection de ses machines, et s'apprête à lui disputer par tout des consommateurs. Notre manufacture première, l'agriculture, s'agrandit et s'éclaire ; de nouveaux encouragemens préparent l'amélioration de la race des chevaux ; nos laines se perfectionnent, nos campagnes se couvrent de bestiaux.

» Jamais tant de legs, de donations pieuses n'ont été faites en faveur des hospices et des établissemens de bienfaisance. Les secours sont distribués avec autant de lumière que de zèle ; et les hospices de Paris soulagent tous les besoins, guérissent beaucoup de maux, et ne sont plus ces asiles meurtriers qui dévoraient leur nombreuse et misérable population. Aussi le nombre des indigens de la capitale est-il de trente-deux mille au-dessous de ce qu'il était en 1791, et de vingt-cinq mille de ce qu'il était en l'an 10.

» Au dehors, le courage français, secondé par la loyauté espagnole, nous conserve Santo-Domingo ; la Martinique brave les menaces des ennemis ; la Guadeloupe s'est enrichie des dépouilles du commerce britannique ; la Guyanne prospère toujours sous une active et vigoureuse administration. Les îles de France et de la Réunion seraient aujourd'hui le dépôt des richesses de l'Asie, Londres serait dans les convulsions et le désespoir, si l'inexpérience ou la faiblesse n'avait trompé le projet le plus habilement conçu ; du moins, elles s'alimentent encore des prises que nous avons faites à nos ennemis.

» Tandis que les flottes ennemies s'usent contre les vents et les tempêtes, les nôtres apprennent, sans se détruire, à lutter contre elles. Nous avons gagné le Hanôvre ; nous sommes plus en état que jamais, de porter des coups décisifs à nos ennemis. Notre marine est en meilleur état qu'elle ne l'a été depuis dix ans ; sur terre, notre armée est plus nombreuse, mieux tenue et plus approvisionnée que jamais.

» Dans le département des finances, toujours la même activité dans les recettes, même régularité dans les régies, même ordre dans l'administration du trésor, et presque toujours même fixité dans la valeur de la dette publique. Les dépenses premières et extraordinaires de la guerre ont été faites sur notre propre sol, et nous ont donné des vaisseaux, des ports, et tout ce qui est nécessaire au développement de nos forces. Aujourd'hui, ces dépenses extraordinaires cessent, et l'économie va diriger les autres. Les revenus de la couronne supporteront toutes les dépenses du sacre et du couronnement, et celles que demandera encore la splendeur du trône.

» La situation de l'Europe n'a éprouvé qu'un changement important : la violation du traité d'Amiens par les Anglais, pour l'Espagne comme pour la France. Sa Majesté Catholique a pris le parti que lui commandait la dignité de son trône.

» L'Empereur d'Autriche consacre son repos à la prospérité de ses provinces; la république italienne demande, comme la France, une organisation définitive; l'Helvétie jouit en paix des bienfaits de sa constitution et de notre alliance ; la Batavie gémit encore sous un gouvernement olygarchique : il ne lui manque qu'un gouvernement ferme, patriote et éclairé ; le Roi de Prusse, dans toutes les occasions, s'est montré l'ami de la France, et l'Empereur a saisi toutes celles de consolider cette heureuse harmonie; les électeurs et tous les membres du corps germanique entretiennent fidellement les rapports de bienveillance et d'amitié qui les unissent à la France ; le Danemarck suit les conseils d'une politique toujours sage, modérée et judicieuse ; l'esprit de Catherine la Grande veillera sur les conseils d'Alexandre I.er : il se souviendra que l'amitié de la France est pour lui un contre-poids nécessaire dans la balance de l'Europe ; que placé loin d'elle, il ne peut ni l'atteindre ni troubler son repos, et que son grand intérêt est de trouver dans ses relations avec elle, un écoulement nécessaire aux productions de son Empire. La Turquie est vascillante dans sa politique ; elle suit par crainte un système que son intérêt désavoue.

» Quels que soient les mouvemens de l'Angleterre, les destins de la France sont fixés ; forte de son union, forte de ses richesses et du courage de ses défenseurs, elle cultivera fidellement l'alliance des peuples amis, et ne saura ni mériter des ennemis ni les craindre. »

Tel est cet exposé qui, fondé sur des faits vrais, authentiques, a rassuré tant d'esprits inquiets, confirmé l'attente des citoyens éclairés, confians dans les vertus et le génie de Napoléon, et confondu tant de calomnies. En le lisant, on se demande comment il a été au pouvoir d'un seul homme d'embrasser, avec une rapidité si prodigieuse, cette immensité de travaux divers, de vaincre tant d'obstacles, de rassembler tant de ressources, de former tant de grandes conceptions, et de les exécuter si facilement.

Chez la nation la plus nombreuse de l'Europe, où l'œil ne pouvait plus contempler que la dissolution de tout ordre social, que le mépris de toutes les bienséances qui distinguent l'homme civilisé de l'homme sauvage, que l'absence de tous les principes conservateurs des lumières, de la gloire et des mœurs; que l'application fausse et perverse des plus sages maximes, que la décadence des sciences et des arts, que la ruine du commerce et de l'industrie, que le découragement, la barbarie, le désespoir, la destruction; en un mot, que la dégradation du caractère national : de quelle nature est-il donc, le génie vigoureux qui, dans moins de quatre années, a fait succéder à tant de calamités déplorables, le rétablissement du pacte social et des lois civiles, le règne de l'ordre, les maximes de la morale, les dogmes de la religion, l'éclat des sciences, des lettres, des arts et leur utile application; les richesses du commerce et de l'industrie, le trésor de l'agriculture? qui n'a cessé de réédifier, d'embellir, de créer, d'inspirer des chef-d'œuvres; d'encourager, de récompenser tout ce qui est beau, utile, généreux; de relever et de diriger l'esprit public; de tout éclairer, tout épurer, tout agrandir, et de rendre la nation qu'il gouverne, la plus riche, la plus puissante, la plus redoutable, la plus estimée des nations? Si ce génie sauveur se cache sous une enveloppe mortelle, il n'en est pas moins la parfaite image de la Divinité.

Fête des Généraux, à l'occasion du Couronnement.

Sans doute les objets dont nous venons d'entretenir le lecteur, sont d'une plus haute importance que des fêtes; cependant les fêtes consacrées à Napoléon, inspirent un intérêt si naturel, que les esprits les plus sérieux aiment à s'en occuper.

Celle dont nous allons parler, a été donnée par ces vaillans généraux qui ont combattu à ses côtés, qui ont pris part à ses lauriers, et qui, mieux que personne, doivent savoir apprécier son génie, et dignement le célébrer.

Elle a eu lieu le 6 Nivose, dans la salle du Théâtre Olympique. Des guerriers allaient fêter un illustre guerrier; il fallait que le lieu de la scène n'inspirât que des souvenirs guerriers: le foyer de cette salle élégante fut donc transformé en salon de guerre.

De glorieux trophées la décorèrent bientôt ; et ces trophées n'étaient pas de vaines peintures, mais de respectables monumens des siècles de chevalerie, conservés au Muséum de la guerre ; mais les armures veritables des Duguesclin, des Bayard, des Montmorency, des Vendôme, des Coucy, et d'autres preux chevaliers fameux par leurs hauts faits. Leurs épées, leurs lances, leurs boucliers appendus aux murs, et leurs noms qu'on lisait au-dessous, rappelaient à la mémoire une foule de traits qui échauffaient l'imagination, et la transportaient à ces tems d'héroïsme, de loyauté et de prud'hommie dont on se plaît tant à relire l'histoire.

Mais bientôt l'ornement de la voûte frappait les yeux : des drapeaux y flottaient, et de leur ombre couronnaient des bustes dont l'expression martiale annonçait des héros. On reconnaissait Desaix, Kléber, Joubert, Caffarelli et d'autres généraux français ; soudain, saisi d'enthousiasme : « Ils reposent » glorieux, se disait-on, dans le sein de l'immorta- » lité, couverts des signes parlans de leurs nom- » breuses victoires ! L'Egypte et l'Italie les ont vus » conquérant ces drapeaux, au prix de leur sang » et de leur vie. »

Au milieu de ces intrépides guerriers, sur un cippe s'élevait un autre buste ; les traits qu'il offrait sont si bien gravés dans tous les cœurs, que la couronne de lauriers qui ceignait sa tête, et cette inscription dédicatoire : *Les généraux de terre et de mer à l'Empereur*, étaient superflues pour indiquer le chef habile, invincible, qui, mille fois, sut donner au soldat l'exemple d'affronter les périls, et le conduisit de triomphes en triomphes. A l'aspect de cette image de Napoléon, à l'aspect de ses plus braves frères d'armes expirés sur le champ de bataille en suivant ses traces, à l'aspect des signes brillans de leurs victoires, l'admiration des tems de chevalerie faisait place à l'admiration des héros du siècle de Napoléon, et l'on sentait que ces héros laissaient bien loin derrière eux ceux dont les annales des peuples nous ont transmis les noms.

Des attributs du même caractère, fertiles de même en grands souvenirs, décoraient aussi la salle du spectacle, que l'on avait mise au niveau du théâtre, pour en composer une salle immense destinée au repas.

Les Princes Joseph et Louis assistèrent au dîner. Un musique militaire accompagnait chacune des santés qui furent portées; elles le furent dans l'ordre suivant : *A l'Empereur! le Pas de charge,* une fanfare; *A l'Impératrice!* un air de *la Belle Arsène,* une fanfare; *Aux Princes de la famille impériale!* une fanfare; *A la prospérité de l'Empire! le Chant du départ,* une fanfare.

Après le dîner, les Princes, les grands-dignitaires, les maréchaux d'Empire, les ministres et tous les généraux remontèrent de la salle du banquet au salon de réception : il était agrandi par des galeries à l'extrémité desquelles on avait ménagé deux appartemens richement décorés, pour les Princes et les Princesses. Pendant que l'on servait le café dans ces différentes pièces, la salle du banquet était desservie, et reprenait sa forme primitive de théâtre ; les dames invitées se plaçaient dans les loges, éclairées à l'italienne par des lustres ou des girandoles à chaque rang ; les cristaux, les diamans rivalisaient d'éclat ; mais cet éclat cédait à celui des nombreuses beautés qui faisaient le charme de la fête. Aux jeux de Gnide, de Cythère et de Paphos, moins de belles venaient disputer le prix des grâces et des attraits ; le paradis de Mahomet offrirait moins de séduisantes houris.

Cette brillante assemblée était à peine formée, un roulement de tambours se fait entendre : l'Empereur et les Princes paraissent dans leurs loges ; des acclamations de joie les accueillent, et la fête commence.

La toile se lève ; on exécute avec une grande supériorité de talens, la cantate de Trasibule, dont nous avons donné plus haut l'analyse. Les vertus, le courage, la sagesse de ce grand homme, les services qu'il a rendus à son pays, font souvent tourner les yeux vers le sauveur de la France, et c'est lui que les spectateurs couvrent d'applaudissemens en applaudissant le héros athénien.

Après la cantate, une comédie-vaudeville fournit l'occasion de faire de nouveaux rapprochemens. Charlemagne est le héros de la scène ; il est représenté ainsi que le peint l'histoire, alliant la simplicité à la grandeur, la gaieté franche à la bonté. Suivi de cinq compagnons d'armes, il arrive dans un château, et veut y garder l'*incognito* le plus absolu. La dame châtelaine a des soupçons que l'Empereur pourrait bien être parmi ces chevaliers; sa vive curiosité est éveillée, il faut qu'elle le connaisse. Afin d'y réussir, toutes les ressources de la finesse sont employées, et toutes sont vaines. Toujours plus aiguillonnée par les difficultés, elle imagine enfin qu'en paraissant commettre une injustice, l'Empereur se fera connaître pour l'empêcher : elle retient donc chez elle une jeune fille, malgré son vieux père qui la réclame. Cette fois, la curieuse dame voit sa ruse suivie du succès : la grande ame du monarque se décèle en s'opposant avec chaleur à cet acte tyrannique; un *je le veux*, énergiquement prononcé, trahit son secret, et Charlemagne est reconnu.

Cette pièce est égayée par un rôle de troubadour très-piquant. On a vivement applaudi et redemandé plusieurs couplets qui rendent hommage à la bravoure française, et au génie politique et guerrier du chef de l'Etat. Ces applaudissemens pouvaient-ils être plus justement distribués que par un parterre composé de l'élite de nos guerriers, des juges-nés de la valeur? Que de talens militaires reposaient alors dans cette enceinte! A l'aspect de tous ces chefs des armées de terre et de mer, entourant le modèle des héros, combien on parcourait, par la pensée, de combats glorieux, de batailles gagnées, de siéges, de provinces conquises et d'ennemis terrassés! C'était bien à de tels hommes qu'il appartenait d'applaudir aux vertus de Charlemagne, sous les yeux de son successeur.

Pour compléter l'agrément de ces représentations

théâtrales, on a vu danser Vestris et Duport, et les filles légères de Terpsichore, avec lesquelles, semblables aux êtres aëriens, leurs pas ne font qu'effleurer la terre. Ils ont terminé le spectacle par un ballet d'un dessin frais et gracieux.

L'assemblée s'est de nouveau répandue dans les appartemens ; pendant ce tems, après avoir déjà subi deux métamorphoses pour servir au banquet et au spectacle, la grande salle en subit une troisième, si prompte qu'on eût dit l'effet d'un coup de baguette, pour devenir salle de bal. Bientôt la vive contredanse, la walse voluptueuse, firent de ces lieux un séjour enivrant, où la beauté tantôt animée, leste et sémillante, tantôt dans un doux abandon, mais toujours avec décence, exprimait par ses pas, par ses attitudes, par le langage de ses yeux et la mobilité de ses traits, le plaisir que la danse lui faisait éprouver.

C'est dans ces vives, mais rapides jouissances, que le jour surprit les danseurs ; ils ne pouvaient croire à son retour, tant le plaisir avait abrégé pour eux la course du tems.

L'Empereur était arrivé à la fête à huit heures du soir, il en partit à minuit pendant les dispositions du bal.

Tous les détails de cette fête avaient été réglés à l'avance par une commission formée parmi les généraux, et chaque membre avait la surveillance d'une partie. Aussi le plus bel ordre y a constamment régné; aucun accident ne l'a troublée. MM. les commissaires avaient chargé M. Legrand, architecte, de l'exécution de tous les préparatifs nécessaires, et de l'ensemble des décorations intérieures et extérieures.

Fête donnée par les Protestans.

Les protestans, qui doivent à Napoléon le libre exercice de leur culte, garanti constitutionnellement; les protestans, aussi bon français que ceux d'une autre communion, et qu'une différence de formules religieuses ne peut empêcher d'être membres de la grande famille, ont aussi vivement senti le besoin de marquer solennellement leur reconnaissance pour les bienfaits du père de cette grande famille, et d'invoquer, pour la prospérité de son règne, la puissance divine, qui accueille également les vœux des hommes de tous les pays et de toutes les croyances.

Cette cérémonie a été célébrée le samedi matin, 8 Nivose, dans le temple de St-Louis du Louvre. On y a remarqué ce caractère grave et patriarchal, majestueux dans sa simplicité, touchant dans ses détails, qui est propre au culte protestant.

Le sujet de la fête était trop cher à des citoyens qui voient dans le pouvoir suprême déféré à Napoléon, l'accomplissement des plus belles destinées, pour qu'un grand concours ne fût pas attiré dans le temple. On y remarquait des sénateurs, des membres du corps législatif, du tribunat et de toutes les autorités.

M. Marron, pasteur du temple, a prononcé un

discours empreint de l'onction la plus touchante. Il avait pris pour texte ces paroles : *Vous qui voyez toutes ces choses, considérez les bienfaits de l'éternel.* En appliquant ce texte à tout ce qui s'est passé sous nos yeux depuis quelques années, l'orateur a excité la plus vive et la plus tendre émotion dans son auditoire : les bienfaits de l'Eternel devenaient visibles en effet pour tous les yeux, et les cœurs pénétrés d'une religieuse gratitude s'élançaient vers son trône immuable pour l'en remercier. Un morceau de ce discours a fait une impression dont les résultats ne seront pas perdus pour la morale publique et l'ordre social. La qualité de protestant n'a pas empêché l'orateur de placer à propos un éloge des vertus du souverain pontife. C'est peut-être la première fois qu'un ministre de ce culte a loué dans sa chaire évangélique, le chef visible de l'Eglise catholique, apostolique et romaine. Cette action ne peut appartenir qu'à un ministre profondément pénétré des principes du christianisme, et qui en a saisi le véritable sens et le véritable but. Quand, d'une voix attendrie, il a formé le vœu de la réunion de toutes les communions diverses de la religion chrétienne, il s'est montré le digne organe de l'auteur divin de cette religion; il a versé dans les cœurs des semences de concorde, de bienveillance et d'amour qui germeront et produiront des fruits salutaires ; il a donné un bel exemple de tolérance aux prêtres de toutes les sectes. Puisse-t-il être bientôt exaucé ce vœu touchant qui honore également la piété, les lumières, le cœur, le patriotisme et l'humanité de celui qui l'a formé dans une circonstance si solennelle !

L'orchestre n'était pas nombreux, il en était peut-être d'un effet plus intéressant, plus conforme à la nature des morceaux qu'il était chargé d'exécuter, et dont on ne devait rien perdre. D'ailleurs, la composition en était excellente : les principaux artistes de l'opéra s'étaient empressés d'en faire partie, et M. Rochefort le conduisait.

Cet orchestre a fait sentir toutes les beautés d'un *oratorio*, dont les paroles et la musique sont de M. Fabre d'Olivet. Il avait adopté pour sa composition un mode nouveau appelé hellénique, qui n'a point embarrassé le talent des artistes distingués qui l'ont exécuté. M. Bertin a déployé dans le récitatif, cette voix ferme et sonore qu'on lui connaît, et a rendu les *solo* avec beaucoup d'ame. Par la justesse, la douceur, la flexibilité de ses sons, mademoiselle Armand a excité l'enthousiasme. Rien de plus doux, de plus mélodieux, de plus propre à peindre les sentimens religieux, que cette composition de M. Fabre d'Olivet.

Un hymne ou cantate à l'Etre Suprême, paroles de M. Ourry, musique de M. Méreaux, a terminé la cérémonie. L'expression sublime de ce chant lyrique a été rendue avec la dignité convenable, par mademoiselle Armand.

On s'est retiré de cette fête simple et majestueuse, le cœur plein de la pensée de la divinité, de la détermination de vivre en paix avec tous les hommes, quelle que soit leur opinion, et d'une reconnaissance encore mieux sentie pour le grand homme qui nous gouverne.

Fête de MM. les Maréchaux d'Empire à l'Impératrice.

Les guerriers que Napoléon avait jugés les plus dignes d'être, après lui, les chefs de tous les guerriers français, parce qu'il les avait vus mille fois, à la tête de nos braves colonnes, percer les phalanges ennemies, prodiguer leur sang et forcer la victoire de rester fidelle à nos drapeaux; ces guerriers qui comptent autant de lauriers que de batailles, autant de cicatrices que de combats, autant de triomphes qu'ils ont eu d'occasions de signaler leur valeur; ces guerriers enfin, dont la renommée acquiert un éclat plus brillant par le reflet de la gloire immortelle de Napoléon, puisqu'ils sont français, quand ils ont déposé les armes ils se plaisent à rendre hommage à un sexe qui fait les délices du monde; à tresser pour lui des couronnes de roses, à semer des fleurs sur ses pas.

Fidelles à ce caractère aimable, après avoir, les premiers, avec la franchise et la loyauté qui règnent dans les camps, exprimé l'enthousiasme de reconnaissance et de joie dont les enflammait leur frère d'armes, leur vivant exemple, leur guide, leur invincible chef, leur magnanime appui, en consentant à se charger du poids de la couronne; MM. les Maréchaux d'Empire ont mis au rang de leurs devoirs les plus doux à remplir, de consacrer une fête au triomphe des Grâces.

Joséphine était l'objet de cette fête ; quand on veut célébrer les Grâces, l'amabilité, la douceur, la bonté, la bienfaisance qui les rendent adorables, doivent former leur cortége : or, ce cortége est celui de Joséphine ; MM. les maréchaux d'Empire, en la fêtant, avaient donc l'intention de fêter en même tems les plus attrayantes vertus.

Le 16 Nivose fut le jour qui éclaira cette offrande que leur faisait la vaillance. Le temple du merveilleux, des enchantemens, des prestiges, en un mot la salle de l'Opéra, fut choisi pour en être le théâtre.

Dès l'entrée on s'attendait aux recherches les plus exquises du goût et de la magnificence ; dans le vestibule, on marchait déjà sur de superbes tapis ; de hautes et larges glaces entourées de verdure, décoraient l'escalier, et les femmes pouvaient y contempler l'ensemble de leur parure et de leurs charmes.

Dans l'intérieur, l'œil était d'abord agréablement frappé de l'art avec lequel on avait su réunir et mettre en harmonie les brillans et redoutables attributs de Mars, et les attributs galans de la beauté. La salle, au niveau du théâtre comme aux jours de bal, et beaucoup moins élevée que de coutume, était métamorphosée en une vaste tente ; une innombrable quantité d'étoiles d'or, des aigles impériales étendant fièrement leurs ailes, des festons, des couronnes, des sabres, des casques, des boucliers de héros, en faisaient un séjour aussi imposant que riant et pittoresque.

Au fond du théâtre, un orchestre s'élevait en amphithéâtre. Au bas, des glaces de plein pied le décoraient.

Toutes les loges semblaient drapées par la main des fées, et, à chaque rang, d'une manière différente. Au pourtour des premières s'étendait une draperie de tafetas bleu, coupée par des guirlandes de fleurs. La décoration des secondes se composait d'une mousseline blanche bordée de torsades d'or, et rehaussée des chiffres de Napoléon et de Joséphine. Les troisièmes figuraient un entablement sur lequel reposaient des trophées militaires. Dans la plupart, des glaces étaient disposées avec art ; toutes étaient occupées par les personnes étrangères ou françaises nominativement appelées à s'y placer. Leur séparation, à tous les étages, était marquée par d'élégantes colonades dorées et de riches candelabres. A chaque loge, une couronne de fleurs descendait sur la tête des femmes; des guirlandes unissaient avec grâce les couronnes entre elles. Après le rang des troisièmes commençait le dôme : il était formé d'un pavillon de mousseline blanche, festonné en verdure, et semé d'étoiles d'or.

Jamais on ne vit plus de luxe d'ornemens, et plus de goût dans leur distribution ! Jamais plus de recherche et de simplicité, plus de richesse et d'élégance, plus de magnificence et de grâce, plus de grandeur et de galanterie, plus d'ensemble et de variété! Jamais enfin, spectacle ne fut plus majestueux et plus riant, plus enivrant et plus décent, plus touchant et plus enchanteur !

Qu'il était éblouissant l'éclat de ces milliers de bougies dont la lumière se réfléchissait, se multipliait, se perpétuait dans le cristal des lustres, dans les broderies, dans les glaces, et se confondait avec les étincelles des diamans dont les dames s'étaient parées ! Qu'il était ravissant l'aspect de ce parfait assemblage de beautés diverses, resplendissantes d'étoffes d'or et d'argent, de riches broderies, et d'une profusion de pierreries attachées à leurs bras, suspendues au milieu des lys de leur sein, et semées dans leurs cheveux, comme les étoiles dans le firmament! Mais combien leurs charmes naturels, leurs grâces modestes étaient plus séduisans! C'est le cœur qu'ils intéressaient vivement; c'est à l'ame qu'ils parlaient!

L'œil se promenait sur deux lignes parallèles dans toute la longueur de la salle, où les dames étaient assises; il parcourait avec délices leurs rangs qui se prolongeaient à perte de vue dans les glaces de l'orchestre.

Deux fauteuils étaient préparés pour Leurs Majestés à l'extrémité supérieure de la salle. Près et derrière elles, étaient réservées des places pour les Princes et Princesses, les grands et les dames de leur cour. Les hommes circulaient derrière les siéges des dames placées de chaque côté de la salle; un vaste carré long était réservé aux quadrilles.

A neuf heures on a annoncé les Princesses Louis et Caroline ; elles sont entrées par une porte latérale, suivies de leurs dames. L'assemblée s'est levée ; un moment après, a été annoncée l'Impératrice. La présence de la souveraine de la fête a fait tressaillir de plaisir ; de vifs applaudissemens l'ont accueillie. Suivie de ses dames, de ses chambellans et de plusieurs pages, accompagnée de deux maréchaux d'Empire, elle a été se placer sur un des deux fauteuils qui étaient préparés.

Au nom de l'Empereur on a battu au champ, l'orchestre a fait entendre une fanfare, et de toutes les parties de la salle les acclamations dont Sa Majesté est sans cesse accompagnée, se sont fait entendre avec éclat. L'Empereur, suivi des Princes ses frères, de l'archi-chancelier de l'Empire et de l'archi-trésorier, de l'un des colonels généraux de la garde et de l'aide de camp de service, a été conduit à sa place par MM. les maréchaux d'Empire.

Le concert a commencé par un beau chant de guerre, que M. Etienne a imité de celui des *Preux* de Charlemagne. Plusieurs morceaux des *Bardes* ont été ensuite exécutés. Ces fragmens d'un chef-d'œuvre étaient connus de toute l'assemblée, mais la circonstance leur imprimait une sublimité nouvelle ; il semblait que cette mémorable circonstance avait encore donné plus de perfection à la belle voix, à l'excellente méthode de Lays, de Chéron et de Roland qui les chantaient. Si le respect pour le monarque et son auguste famille retenait les applaudissemens, l'émotion forte que ces chants admirables faisaient éprouver, n'en était que plus profonde pour être contenue. Mais quand Lays, Chéron et Roland chantèrent sans accompagnement, l'air à jamais célèbre *Charmante Gabrielle*, une sensation aussi vive, mais plus tendre, plus mélancolique, devint aussi générale. Le *Vivat, vivat in æternum!* exécuté à Notre-Dame le jour du couronnement, cette belle composition, qui exprime d'une manière énergique, majestueuse et touchante, le vœu du peuple français pour la conservation d'un monarque adoré, a dignement terminé le concert, et a produit l'effet qu'il produira toujours sur les ames nobles et sensibles.

L'Empereur a témoigné à MM. les maréchaux d'Empire, combien l'ordonnance de cette fête donnée à l'Impératrice, lui paraissait parfaite en tout point, et de suite deux quadrilles pour le bal ont été formés. Après une seconde contredanse, composée d'un plus grand nombre de quadrilles, les walses ont commencé.

Pendant ce tems, l'Empereur était descendu dans l'enceinte du bal. On l'avait vu à la fête de l'Hôtel de Ville, charmant tous les cœurs par son affabilité, sa bienveillance, son empressement à se rapprocher de ses sujets, et à chercher l'occasion d'exercer son penchant à faire le bien : tel on le voyait de nouveau ; avec la politesse la plus aimable il entretenait les dames qu'il trouvait sur son passage, et deux fois il a fait le tour de la salle en se livrant à ces entretiens. Ainsi Titus, Trajan et Marc-Aurèle faisaient les délices des Romains. Ainsi Charlemagne alliait à la haute vaillance, au génie de l'homme d'Etat, et à la sagesse du profond législateur, la simplicité, la douceur, la courtoisie.

Bientôt le bal s'est entièrement animé. Presque toutes les dames ont voulu figurer dans les danses. Si la richesse et la somptuosité de la parure éblouissent ordinairement trop les yeux, et nuisent à l'éclat de la beauté naturelle des femmes, on n'a pu accuser de ce défaut celles dont nous parlons; leurs riches ornemens étaient l'ouvrage d'une imagination si ingénieuse et si riante, un goût si délicat les avait dessinés, ils étaient placés avec un art si séduisant, que loin d'effacer aucun appas, ils les faisaient agréablement ressortir; la coupe et la légéreté des vêtemens décélaient tout ce que l'ensemble et les détails des formes avaient de parfait, et cependant ne laissaient ni à la décence, ni à la pudeur le moindre prétexte de s'effaroucher; le développement des grâces en était plus libre, plus facile, plus aimable; l'albâtre d'un sein demi-voilé plus attrayant; le teint d'un incarnat plus frais, plus animé; les traits plus expressifs; les yeux plus doux ou plus fiers, plus tendres ou plus pétillans, plus mélancoliques ou plus gais, selon les différens caractères des femmes qui assistaient à la fête, et selon les impressions diverses que les objets faisaient sur elles.

Que d'attraits elles faisaient briller dans les contredanses et dans les walses! comme elles y étaient lestes, vives, agaçantes! comme on aimait à voir dans ces groupes charmans, ces guerriers français, aussi galans que braves, ces guerriers des puissances amies, ces grands officiers de la cour de Napoléon! la richesse des uniformes français, la variété des uniformes étrangers, les costumes parés, et l'élégance de tant de divinités terrestres, l'empressement des danseurs, le cercle voluptueux des walses, cette circulation libre et facile de ceux qui ne dansaient pas, cette affluence sans foule, et sur-tout la présence d'un héros incomparable et de son auguste compagne, tant d'objets enivrans, dans une salle d'une décoration magique, laissent-ils à l'œil la puissance de les embrasser tous; à la mémoire, de se les rappeler; à la plume de les retracer? On était véritablement alors dans le temple des prestiges, les tems fabuleux renaissaient; on croyait contempler Mars et sa suite au milieu des nymphes ravissantes de la cour de Vénus.

Parmi les étrangers illustres qui étaient présens, on a distingué S. A. E. l'archi-chancelier de l'Empire germanique.

Vers minuit Leurs Majestés se sont retirées. Le bal s'est prolongé jusqu'à six heures du matin.

MM. les aides de camp des maréchaux d'Empire en ont fait les honneurs et surveillé tous les détails avec cette exquise politesse, cette urbanité, cette galanterie, qui ont toujours distingué les militaires français. Tout, en un mot, avait été prodigué pour rendre cette fête digne de la personne auguste qui en était l'objet.

Fête des Membres de l'Administration de la grande Chancellerie de la Légion d'honneur.

Des Français attachés par état à la plus belle institution que le génie de Napoléon ait conçue, et qui, semblable à la renommée de son illustre fondateur, est, dès son origine, le domaine de l'immortalité, ne pouvaient pas plus imposer silence à leur sensibilité qu'à leur joie, en voyant couronner celui qu'ils servent dans la distribution des palmes de l'honneur; la mesure de ces affections était si forte! la répandre devenait pour eux une nécessité et la certitude d'une jouissance.

Tels étaient les membres de l'administration de la grande chancellerie de la légion d'honneur, lorsqu'ils invitèrent M. le sénateur Lacépède, grand chancelier de la légion, à vouloir bien se réunir à eux avec sa famille, afin de donner librement ensemble l'essor à tous leurs sentimens.

Heureux quand il peut faire une démarche obligeante, sur-tout pour ceux qui l'entourent, et qu'il traite plus en amis qu'en subordonnés; heureux quand il rencontre l'occasion de s'entretenir d'un monarque pour qui son dévouement est sans bornes, M. le grand chancelier accepta cette invitation avec empressement.

La fête commença par un repas, dont plusieurs célèbres amateurs et compositeurs de musique faisaient partie. L'amitié franche, l'esprit, la gaieté décente, animaient les convives, et Napoléon était pour eux un sujet intarissable d'éloges et de douces émotions. On porta les toasts suivans :

M. le grand chancelier : *à l'Empereur.* Puisse-t-il faire le bonheur de nos arrière-neveux ! Puisse l'auguste fondateur de la légion, chérir toujours son ouvrage ! Elle aura l'éclat et la durée de sa gloire !

M. Amalric : *à l'Impératrice.* Qu'elle soit toujours le bonheur de son auguste époux, l'aimable lien de la famille impériale, et la mère des infortunés !

M. Royer : *à la famille impériale.* Destinée au bonheur des générations françaises, puisse-t-elle durer autant que la durée de son auguste chef !

M. Joseph Lavallée : *à la légion d'honneur.* Quelle soit immortelle comme la gloire de Napoléon !

M. Paganel : *aux armées.* La victoire leur sera toujours fidelle, parce qu'elles seront toujours fidelles à la patrie, à l'honneur et à leur chef suprême !

M. Davaux : *à l'interprète de la nature et de l'honneur !*

M. le grand chancelier : *à la triple famille* que le plus touchant des beaux-arts, mes travaux et la nature m'ont donnée ; elle n'est qu'une pour mon cœur : puisse-t-elle avoir toujours de l'affection pour moi.

Après ces toasts, portés et accueillis avec la joie la plus vive, M. Amalric lut des stances analogues à la circonstance; nous citons les deux suivantes :

En vain notre fière ennemie,
Agitant ses pâles flambeaux,
Cherche à rouvrir, de l'anarchie,
Et les prisons et les tombeaux :

Notre héros, dans la carrière,
Contre elle oppose un mur d'airain,
Et la nation toute entière
N'est qu'un seul homme dans sa main.

Ah! d'un peuple qui te révère,
Et que ton génie a sauvé,
Sois moins le Prince que le père:
Pour lui tu viens d'être élevé.
Que pourrait, à ta gloire auguste,
Ajouter l'éclat de ton rang?
Sois toujours bon, sois toujours juste,
Tu seras toujours assez grand.

Ces stances furent souvent interrompues par les cris de *vive l'Empereur!* M. Joseph Lavallée chanta ensuite sur l'air: *Femmes voulez-vous éprouver, etc.* les couplets que voici:

Vive à jamais notre Empereur!
France, répète d'âge en âge
Ce cri d'amour, ce cri d'honneur;
C'est le mot d'ordre du courage.
  Semblable à la Divinité,
Tu dois, à ta grandeur fidelle,
Payer par l'immortalité
Celui qui te rend immortelle.

Peuple! tu dois à ce héros
Les lois, la paix et l'industrie,
Des Grecs les antiques travaux,
Et les beaux-arts de l'Italie.
  A ces bienfaits il ajouta
Le prix de ta haute vaillance;
Du nom de Grand il te dota;
C'est l'arme d'honneur de la France.

Ou le sénat trouverait-il
Des esprits à ses vœux contraires?

Les Alpes, l'Adige et le Nil,
De ses décrets sont solidaires.
Napoléon! de tes exploits
L'audace étonna la nature;
Et leur théâtre est le pavois
Où notre fierté t'inaugure.

Que les humains, en d'autres lieux,
Des rois préparent la couronne;
Pour ouvriers il faut des Dieux,
Quand c'est la France qui la donne.
Bellone ainsi, pour le bandeau,
Prit les lauriers de la Victoire;
Minerve a tissu le manteau;
Le sceptre est l'œuvre de la Gloire.

Napoléon! de ses tyrans
Délivre l'Empire de l'onde!
Aigle superbe! de tes flancs
Ombrage le globe du Monde!
Si, dans les champs de la valeur,
Il faut s'armer pour ta défense,
Toute la France aura ton cœur,
Ton cœur aura toute la France.

Bénissons-le, notre Empereur!
Dont la sagesse tutélaire
Déposa les sceaux de l'honneur
Entre les mains de notre père.
Mortels! du retour des vertus
Les Dieux vous accordent l'augure:
Au trône ils ont rendu Titus,
Et Pline aux vœux de la nature.

Ces couplets ingénieux et remplis de sentimens vrais et touchans, furent écoutés avec l'attention de l'esprit et du cœur, et couverts d'applaudissemens; l'auteur avait exprimé ce que toute l'assemblée pensait et sentait, et il l'avait orné des agrémens d'une versification facile et élégante.

Le repas fut suivi d'un concert. Des amateurs distingués y exécutèrent deux *sextuor*, et une scène composée par M. L...... Le beau *vivat* chanté à Notre-Dame, le jour du sacre, fut répété sous la direction de M. Rose, qui en est l'auteur.

Fête du Corps législatif pour l'inauguration de la Statue de l'Empereur.

L'orgueil et la flatterie ont souvent élevé des statues aux oppresseurs du Monde ; mais on ne les voyait entourées que d'esclaves tremblans et de nations enchaînées. Quand le corps législatif français en a décerné une à Napoléon, c'est un acte libre d'admiration et de reconnaissance qu'il a exercé. Napoléon, par tout vainqueur, venait de donner un code civil à la France ; le corps législatif lui a offert le prix de l'héroïsme et des bienfaits ; mais c'est moins au héros encore qu'au législateur, que cette statue est dédiée. Bien différente de celles dont nous venons de parler, elle n'excitera que des affections douces et nobles, que l'enthousiasme de la gloire et de la vertu, que des souvenirs qui la feront entourer des bénédictions d'un peuple que celui qu'elle représente a sauvé.

Le jour de l'inauguration d'un monument si cher, fut le 24 Nivose an 13. On y vit les Princes Joseph et Louis, qu'une députation de cinq législateurs était allée recevoir à leur arrivée ; les Princes Borghèse et Bacciochi ; les Princesses leurs épouses, beaucoup d'autres personnes de la famille impériale ; des députations des principaux ordres de l'Etat.

A l'arrivée de l'Impératrice, huit membres du corps législatif sont allés au-devant d'elle, et l'ont introduite dans la salle des séances, où elle a occupé la place qui lui avait été préparée pour le jour de l'ouverture. Quand elle est entrée, des applaudissemens unanimes l'ont accueillie; la musique a exécuté l'air : *Que d'attraits! que de majesté!* et les cris de *Vive l'Impératrice!* ont retenti de toutes parts.

La cérémonie de l'inauguration a eu lieu à sept heures du soir. La statue, couronnée de lauriers mêlés de feuilles de chêne et d'olivier, et couverte d'un voile, était placée sur un piédestal au milieu du parquet de la salle, devant le bureau des secrétaires.

Après la lecture du procès-verbal de la séance dans laquelle le corps législatif avait arrêté que la statue de Napoléon serait placée dans la salle des séances, en reconnaissance de la confection du code civil, M. le président invite MM. les maréchaux Murat et Massena à lever le voile de la statue ; ils s'approchent : l'image du héros législateur paraît à tous les yeux ; les cris de *Vive l'Empereur!* retentissent jusqu'au dehors, et la musique exécute le beau *Vivat in æternum!* si bien appliqué à la circonstance.

M. Viennot-Vaublanc et M. Fontanes, président, prononcent ensuite chacun un discours, dont l'objet est de rappeler les belles actions de Bonaparte.

Ces deux discours sont pleins de traits éloquens, de vérités et de sentimens qui prouvent l'attachement des orateurs pour le chef de l'Etat et pour la patrie. Nous ne citerons qu'un trait de celui de M. Fontanes : « Dans le chaos de tant d'opinions, » a-t-il dit, et sous les ruines de tout un Empire, » combien il était difficile de retrouver le principe » conservateur qui l'anima pendant quatorze siècles ! » La première place était vacante, le plus digne a » dû la remplir ; en y montant, il n'a détrôné que » l'anarchie, qui régnait seule dans l'absence de » tous les pouvoirs légitimes. » Les deux orateurs ont été fréquemment interrompus par les applaudissemens.

La musique a de nouveau exécuté le *Vivat, vivat in æternum !* que l'on ne se lasse pas d'entendre, comme on ne se lassera jamais de former le vœu qu'il contient, et le dernier chœur des *Bardes*.

Après la cérémonie, l'Impératrice s'est levée, aux cris réitérés de *Vive l'Impératrice ! Vive l'Empereur !* et a été conduite à la salle dite *des Conférences*. Cette salle était décorée avec goût et magnificence ; les murs étaient tendus en papier semé d'abeilles, orné de guirlandes de lierre, de festons de fleurs, d'écussons représentant les armes de l'Empire, d'aigles d'or, de devises, etc. ; des trophées militaires, dans le genre de ceux de l'ancienne chevalerie, s'élevaient sur la surface des murs ; un dais de soie cramoisie, dressé sous une glace de la plus grande dimension, ombrageait la table sur laquelle a été servi le couvert de l'Impératrice ; cinq autres tables étaient dressées dans les salles de *la Concorde*, de *la Distribution* , et celles circonvoisines. Toutes ces tables composaient deux cent cinquante-quatre couverts : elles ont été servies par le restaurateur Robert. Sur la table de la salle de *la Concorde* , on remarquait un tertre émaillé de verdure, couronné par des arbres fleuris, et bordé au bas par des tiges de lis. La salle de *la Distribution* éblouissait par la richesse des draperies, par celle des illuminations, composées de trois rangs de lustres, dont celui du milieu, à huit branches, semblait porter deux cents bougies.

Le banquet terminé, un bal brillant s'est ouvert dans les salles de *Lucrèce* et de *la Réunion*. Tous les murs étaient garnis d'arbustes fleuris, dans leurs caisses, tels que des lilas, des lauriers roses, et de différentes fleurs encaissées de même : c'étaient des jonquilles, des tulipes, des jasmins. On croyait danser dans des bosquets rians où se confondaient la verdure et les fleurs. Des tables de jeu étaient établies chez le président.

L'Empereur est arrivé au commencement du bal, et a honoré quelques momens la fête de sa présence.

La statue qui a été le sujet de cette fête, représente Napoléon debout : il tient à la main le code civil ; il est nu ; un simple manteau est jeté sur ses épaules avec autant de grâce que de noblesse, et ne cache rien du dessin des formes. On lit sur le piédestal : *A Napoléon, premier Empereur, le corps*

EUGÈNE BEAUHARNAIS

PRINCE ARCHI-CHANCELIER D'ÉTAT

Aug. Desnoyers del.t C. F. Noël Sculp.

législatif, *Fontanes*, président; questeurs, *Delâtre*, *Jacopin*, *Viennot-Vaublanc*, *Terrasson*. Peu de statues sont aussi grandement pensées, et d'une composition plus large et plus hardie que celle-ci. La simplicité de la pose, la beauté de ses formes, son caractère grave et majestueux comme la loi, l'expression bienveillante des traits, le talent avec lequel l'artiste a su rendre décente la nudité, annoncent que ce monument capital est le fruit d'une inspiration du génie, et prouvent que l'auteur a su s'élever à la hauteur de son sujet.

Cet auteur est M. Chaudet, déjà célèbre par la statue du jeune Cyparisse, par celle du berger exposant OEdipe, par une petite statue de l'Amour, par un charmant bas-relief placé au Muséum, et représentant la Peinture, la Sculpture et l'Architecture sous la figure de trois femmes, etc. etc. etc. On voit que le corps législatif ne pouvait choisir un artiste qui eût plus de titres à sa confiance. Dans le même moment, M. Chaudet a joui de la double gloire de voir son ouvrage admiré par ce que la France a de plus distingué, et d'être admis à l'Institut.

Message de l'Empereur au Sénat, concernant les Princes Murat et Beauharnais.

Nous ne pouvons mieux terminer ce recueil, qu'en remettant sous les yeux du lecteur les deux messages du 12 Pluviose an 13, par lesquels Sa Majesté informe le sénat qu'elle vient d'élever le maréchal Murat à la dignité de grand-amiral et de Prince, et son beau-fils Eugène Beauharnais, à celles d'archi-chancelier d'Etat et de Prince. En même tems que par la création de la grande décoration de la légion d'honneur, ce monarque prouvait qu'une pensée de génie l'avait conduit à lier à nos institutions les institutions des différens Etats de l'Europe, et à montrer l'estime qu'il fait, que nous faisons, de ce qui existe chez les peuples nos voisins et nos amis; en même tems son cœur sensible, aimant, paternel, donnait un libre essor à ces affections douces, à ces sentimens tendres que les liens de famille et d'amitié font éprouver; sentimens qui délassent des travaux de la gloire, qui nous soutiennent dans la carrière pénible de la vie, et qui nous consolent des adversités et de l'injustice; sentimens, enfin, que les grands hommes éprouvent avec plus de force que le reste des mortels, parce que le propre, le sublime de la grandeur est d'être simple, d'être en harmonie avec la nature épurée.

« Sénateurs, dit Sa Majesté dans le premier message, nous avons nommé grand-amiral de l'Empire notre beau-frère le maréchal Murat. Nous avons voulu non seulement reconnaître les services qu'il a rendus à la patrie, et l'attachement particulier qu'il a montré à notre personne dans toutes les circonstances de sa vie, mais rendre aussi ce qui est dû à l'éclat et à la dignité de notre couronne, en élevant au rang de Prince une personne qui nous est de si près attachée par les liens du sang. »

Après ce message, on a lu celui-ci, où l'ame sensible de Sa Majesté se répand toute entière :

« Sénateurs, nous avons nommé notre beau-fils Eugène Beauharnais, archi-chancelier d'Etat de l'Empire. De tous les actes de notre pouvoir, il n'en est aucun qui soit plus doux à notre cœur.

» Elevé par nos soins et sous nos yeux depuis son enfance, il s'est rendu digne d'imiter, et, avec l'aide de Dieu, de surpasser un jour les exemples et les leçons que nous lui avons donnés.

» Quoique jeune encore, nous le considérons, dès aujourd'hui, par l'expérience que nous en avons faite dans les plus grandes circonstances, comme un des soutiens de notre trône et un des plus habiles défenseurs de la patrie.

» Au milieu des sollicitudes et des amertumes inséparables du haut rang où nous sommes placés, notre cœur a eu besoin de trouver des affections douces dans la tendresse et la constante amitié de cet enfant de notre adoption; consolation nécessaire sans doute à tous les hommes, mais plus éminemment à nous, dont tous les instans sont dévoués aux affaires des peuples.

» Notre bénédiction paternelle accompagnera ce jeune Prince dans toute sa carrière, et, secondé par la Providence, il sera un jour digne de l'approbation de la postérité. »

V. Voici la réponse du sénat à ces deux messages touchans :

« Sire, deux noms manquaient à la liste des grands-dignitaires de l'Empire. Votre Majesté impériale vient de placer sur cette liste deux hommes que leur vertu appelait au rang des Princes, comme elle les rendait dignes des titres déjà si respectables l'un de votre beau-frère, l'autre de votre beau-fils.

» Rien de plus touchant et de plus auguste que les motifs de ces deux nominations, consignés dans vos messages, dont le sénat vient d'entendre la lecture.

» Il en a été pénétré, et il a résolu de transmettre sur le champ à Votre Majesté, le récit de l'impression qu'il a éprouvée. Le talent de ceux qui gouvernent est sur-tout dans l'art de choisir pour toutes les places les hommes les plus faits pour elles; et ce discernement devient plus difficile à mesure que les emplois sont plus considérables, et les dignités plus sublimes. Votre Majesté donne une nouvelle preuve de ce tact de génie, par la nomination de Leurs Altesses Sérénissimes le grand-amiral de l'Empire et l'archi-chancelier d'Etat.

» Quelle magnifique récompense pour les services rendus à la patrie! quel titre que celui de votre enfant d'adoption, donné à l'un des nouveaux Princes nommés par Votre Majesté! Tout le sénat s'empresse d'applaudir à votre justice; tout le sénat se félicite de voir arriver dans son sein des membres aussi distingués, et il est bien sûr que ses acclamations vont être répétées par la France entière. »

Le Prince Eugène étant en Italie, le sénat ne put lui adresser que par une lettre ses félicitations sur le prix dont S. M. l'Empereur venait de payer son attachement et ses services; mais le prince Murat était à Paris : le sénat s'empressa de lui envoyer, le 15 de Pluviose, une députation. Son

Excellence, M. François (de Neufchâteau), président, s'exprima en ces termes :

« Monsieur le grand-amiral, votre altesse sérénissime acquiert sans doute un titre auguste; mais il reçoit un nouveau lustre des titres qui l'ont préparé.

» Vous étiez jeune encore quand un héros fut appelé, par la faveur du ciel et pour le bonheur de la France, à l'armée d'Italie. Il vous devina d'un coup-d'œil. Les hommes dont il s'environne lui sont désignés par la gloire. Il vit que la nature vous avait donné le courage, que l'éducation avait mûri en vous le germe des talens, et que l'occasion de les faire briller vous serait d'autant plus propice qu'elle serait plus difficile. Votre carrière fut tracée. L'Italie et l'Egypte savent que vous l'avez remplie.

» L'ardeur avec laquelle vous vous précipitâtes à l'affaire de Mondovi; une blessure glorieuse à la victoire d'Aboukir; un sabre d'honneur mérité aux champs fameux de Marengo; ces exploits et tant d'autres sollicitaient dès-lors une récompense éclatante. Le héros de la France, le grand Napoléon vous appela son frère. Quel digne prix de la valeur!

» Mais ce prix n'a été pour vous qu'un encouragement à de nouveaux services. Alors vous avez maintenu le chef de la religion sur sa chaire pontificale; vous avez signé l'armistice avec la cour de Naples; vous avez conduit à Florence le premier roi d'Etrurie; ainsi, vos mains victorieuses ont raffermi des trônes.

» Ce sont les grandes circonstances qui développent les grands hommes; et c'est de pareils hommes, au-dessus du vulgaire, que la sagesse de nos lois a permis de faire des princes. Il est beau d'arriver au faîte des honneurs, quand on peut mesurer ainsi les degrés par lesquels on y est parvenu.

» Sa Majesté Impériale vous avait déjà confié sa bonne ville de Paris, le premier des gouvernemens de ses vastes Etats. Elle vous confère aujourd'hui la haute dignité de grand-amiral de l'Empire. Le sénat nous a députés pour féliciter en son nom votre Altesse Sérénissime.

» La marine française va se glorifier de vous avoir pour chef suprême.

» Nous nous applaudirons nous-mêmes de voir dans le sein du sénat, sur les siéges des princes, un beau-frère de l'Empereur, qui justifie cette alliance par ses qualités personnelles, qui a su se montrer sur le champ de bataille l'un de nos plus braves guerriers, et qui sait être encore dans le commerce de la vie un des hommes les plus aimables. »

Ce discours ne rappelle qu'une très-faible partie des titres glorieux qui ont mérité au prince Murat l'éclatante récompense qu'il a reçue de Sa Majesté; mais le trait qui termine, caractérise en peu de mots les qualités qui rendent ce prince si cher à tous ceux qui l'entourent, et à tous ceux qui ont recours à lui. Son Altesse Sérénissime a répondu au président du sénat :

« M. le président, je suis on ne peut plus sensible au témoignage éclatant d'estime que le sénat vient de me donner par cette démarche, et je reçois avec reconnaissance les félicitations que vous venez de m'adresser en son nom. Sa Majesté, en m'élevant à la dignité de grand-amiral et de prince, a sans doute surpassé mon espérance; mais ce qui me rend cette faveur encore plus chère, c'est le droit qu'elle me donne de faire partie, avant l'âge, d'un corps illustre où j'espère puiser d'utiles leçons, et où je trouverai tant de grands exemples à suivre.»

La modestie de cette réponse relève encore les vertus sociales, la vaillance, la dignité de celui qui l'a faite. On peut la comparer à un cadre d'un goût simple, antique, qui décore un chef-d'œuvre de Raphaël ou du Poussin.

CONCLUSION.

Pendant que nous rassemblions les matériaux de ce recueil, Napoléon conquérait de nouveaux droits à l'admiration des hommes et à l'affection du peuple français. Suivant une autre marche que celle des princes vulgaires, dont les faveurs de la fortune égarent l'orgueil, loin de mesurer ses prétentions sur l'accroissement de sa puissance, sa modération, au contraire, se doublait; il faisait ce que le général Bonaparte avait fait avant le passage de la Drave, ce qu'avait fait le premier consul avant la bataille de Marengo: il invoquait l'humanité avant de combattre; il proposait la paix, à la veille de nouveaux triomphes; il écrivait au roi d'Angleterre: « Appelé au trône de France, mon » premier sentiment est un vœu de paix. Tant de » sang versé inutilement et sans la perspective

» d'aucun but, n'accuse-t-il pas les deux Gouver-» nemens de la France et de l'Angleterre, dans» leur propre conscience? Je n'attache point de» déshonneur à faire le premier pas; j'ai assez,» j'espère, prouvé au monde que je ne redoute» aucune des chances de la guerre; elle ne m'offre,» d'ailleurs, rien que je doive redouter. La paix» est le vœu de mon cœur, mais la guerre n'a» jamais été contraire à ma gloire. » Le roi d'Angleterre faisait répondre à cet appel noble et touchant à son humanité et à l'intérêt de sa nation, par une lettre évasive où le désir de continuer la guerre et de troubler le monde ne se laissait que trop apercevoir.

Bientôt, après avoir épuisé tous les moyens de rétablir la bonne intelligence entre les deux Etats, n'ayant pas à se reprocher les suites d'une guerre qu'il avait voulu éviter, Napoléon, dans le secret impénétrable de son cabinet, ordonnait ces grandes dispositions qui doivent réprimer l'ambition tyrannique d'une puissance insatiable; nos flottes bravaient son pavillon; les unes s'emparaient de ses îles, les autres opéraient leur jonction avec les flottes des généreux Espagnols, et, quoique les mers fussent couvertes de vaisseaux britanniques, ces flottes marchaient fièrement à leur but, quand les escadres anglaises croyaient encore les bloquer dans nos ports.

D'un autre côté, convaincue qu'elle ne pouvait conserver la forme de son gouvernement provisoire, sans rester bien en arrière dans la marche rapide des événemens qui caractérisent le commencement du dix-neuvième siècle; sentant que son existence ne se consoliderait qu'en faisant régner Napoléon dans un pays qu'il avait conquis, reconquis, créé, organisé, gouverné; dans un pays où tout rappelle ses exploits, tout atteste son génie, tout respire ses bienfaits, la république italienne le conjurait d'être son roi. L'Italie, la France et les puissances amies se réjouissaient de voir une double couronne sur le front du héros. La Batavie, en même tems, recevait un gouvernement vigoureux, paternel, qui fera revivre son ancien patriotisme, son industrie et son commerce. Tous les cabinets de l'Europe avaient les yeux ouverts, et l'Inde entière espérait sa délivrance, dans l'attente des grands événemens qui suivront bientôt ceux que nous venons d'indiquer, et qui seront de nouveaux monumens de la grandeur, de la sagesse et de l'humanité de Napoléon.

Ainsi, avec le vol de l'aigle, ce génie puissant continuait à planer au-dessus de toutes les sphères de l'intelligence humaine, et si l'immortalité avait des limites, on pourrait dire qu'il travaillait à s'élancer bien loin au delà.

Grande nation! toi qui lui dois le calme dont tu jouis au-dedans, et la puissante influence que ton Gouvernement exerce au-dehors, fais des vœux pour que la céleste bonté te le conserve long-tems! En lui seul réside tout ce qui peut rendre immuables tes heureuses destinées! Sans lui, cette force que procure l'harmonie dans l'usage des ressources d'un vaste Empire, ferait place à la faiblesse qui naît de leur désunion! Les factions se réveilleraient, nos cités seraient encore le théâtre sanglant des guerres civiles, les Français égorgeraient de nouveau les Français, et l'étranger ne saurait que trop bien profiter de nos dissentions domestiques!.. Soldats, faites des vœux! S'il n'était plus à votre tête, le héros des héros, vous perdriez celui qui vous apprend, par son exemple, comment on ne s'écarte jamais du chemin de l'honneur; vous perdriez le père, l'ami qui sait vous connaître, vous apprécier, récompenser votre valeur!.... Magistrats, faites des vœux! c'est à lui que vous devez ces lois par l'autorité desquelles vous avez le bonheur de protéger la veuve et l'orphelin, et d'entretenir l'ordre dans la société! S'il n'était plus, le héros législateur, les lois barbares de Dracon succéderaient peut-être au sage code dont vous êtes les interprètes!.... Acquéreurs de biens nationaux, faites des vœux! Si le destin vous le ravissait, vous auriez à craindre que le contrat de votre acquisition ne fût plus irrévocable!... Cultivateurs, faites des vœux! sans le héros protecteur de la charrue, peut-être verriez-vous encore vos champs ravagés, et la faim assiégerait les foyers de ceux qui, baignés de sueurs, supportent péniblement le poids du jour pour nourrir leurs semblables!.... Artistes, dont ses grandes actions enflamment le génie, faites des vœux! ou tremblez que les nobles encouragemens, les distinctions, les récompenses qu'il vous prodigue, ne soient effacés par le mépris de vos conceptions, par l'ignorance et la destruction de vos chef-d'œuvres! .... Commerçans, faites des vœux! Si vous le perdiez, ils cesseraient ces immenses travaux entrepris pour faire circuler les richesses du commerce dans toutes les parties de l'Empire!..... Vous, dont toute la fortune repose sur le crédit de l'Etat, faites des vœux! car le crédit de l'Etat ne repose que sur notre héros : s'il disparaissait, vos porte-feuilles ne vous offriraient plus que d'inutiles fragmens de papier, qui ne pourraient vous ravir à la misère!... Citoyens d'opinions diverses, prêtres, émigrés, patriotes, faites des vœux! vous, prêtres, il a relevé vos autels; émigrés, il vous a rendu une patrie; patriotes, il vous a désabusés sur la possibilité de réaliser de vains rêves, sur la valeur des abstractions qui vous avaient précipités dans un dédale d'erreurs; après vous avoir éclairés, vous avoir réconciliés les uns avec les autres, et avec vous-mêmes, il vous a, sans distinction, rapprochés de lui! Si vous le perdiez, ne courriez-vous pas le risque, prêtres, de voir vos autels s'écrouler encore; émigrés, d'être une seconde fois proscrits; patriotes, d'être les jouets de nouvelles abstractions dont il résulterait de nouvelles catastrophes? considérez, d'ailleurs, ce que les Bourbons, d'un côté, et les démagogues révolutionnaires, de l'autre, avaient promis à leurs partisans, et ce qu'ils ont fait! Puisque Napoléon, direz-vous, a seul tenu toutes les promesses de bonheur, faisons des vœux pour sa conservation !.... C'est vous sur-tout qui en ferez, vous tous, citoyens paisibles, qui tenez au repos social, aux auteurs de vos jours, à vos femmes, à vos enfans, à vos amis ! Vous savez trop que l'existence de ces biens si chers, dépend de l'existence de Napoléon !

FIN.

TABLE.

FIN DE LA TABLE.

LISTE NOMINATIVE

DES FONCTIONNAIRES PUBLICS,

MILITAIRES ET GARDES NATIONALES,

Appelés à la Cérémonie du Sacre et du Couronnement de Leurs Majestés Impériales, *tant par le Sénatus-Consulte du 28 Floréal an XII, que par Lettres closes.*

LISTE

DES FONCTIONNAIRES, ETC.

SÉNAT-CONSERVATEUR.

S. Ex. François (de Neufchâteau).	*Président.*
M. Porcher.	*Secrétaires.*
M. Colaud	
M. le Maréchal Lefebvre.	*Préteurs.*
M. Clément-de-Ris.	
M. Laplace.	*Chancelier.*
M. Chaptal.	*Trésorier.*

MM.

Roger-Ducos.	Lemercier.	Cholet.
Sieyes.	Lenoir-Laroche.	Cornudet.
Bertholet.	Lespinasse.	Davous.
Cabanis.	Monge.	Depère.
Cornet.	Pléville - le-Pel-ley.	Dizez.
Destutt-Tracy.		Herwyn.
Dubois-Dubay.	*Resnier.	Journn-Auber.
Garran-Coulon.	Rousseau.	Lagrange.
Garat.	Vimar.	Peré.
Kellermann.	Volney.	Perregaux.
Lacépède.	Casa-Bianca.	Sers.
Lambrechts.	Chasset.	Vernier.
Lecoulteux - Canteleux.	Choiseul - Pras-lin.	Vien.
		Villetard.

MM.

Bougainville.	Bonaparte (Lucien), *absent.*	Boissy - d'Anglas.
Morard-de-Galles.	Abrial.	Defontenay.
Jacqueminot.	De Belloy.	Cacault.
Serurier.	Aboville.	Garnier.
Barthélemy.	Fouché.	Bruneteau-Ste-Suzanne.
Lanjuinais.	Rœderer.	Beauharnais.
Vaubois.	Emmery.	Delannoy.
Dedelay - d'Agier.	Garnier-Laboissière.	St-Martin-Lamotte.
Rampon.	De Grégory - Marcorengo.	Tascher.
Tronchet.	De Luynes.	Canclaux.
Harville.	Jaucourt.	Saur.
Pérignon.	Lebrun.	Rigal.
Grégoire.	Deviry.	Baciocchi.
Lamartillère.		
Démeunier.		

CONSEIL D'ÉTAT.

MM.

Bigot-Préameneu.	*Président de la section de législation.*
Regnaud (de St-Jean-d'Angely).	*Id. de la section de l'intérieur.*
Defermon	*Id. de la section des finances.*
Lacuée.	*Id. de la section de la guerre.*
Fleurieu	*Id. de la section de la marine.*

MM.

Berlier. Galli. Réal.

MM.

Siméon.
Treilhard.
Bégouen.
Crétet.
Fourcroy.
Français (de Nantes.
Lavalette.
Laumond.
Miot.
Pelet (de la Lozère).
Ségur.
Deloé.
Berenger.
Boulay (de la Meurthe).

Collin.
Dauchy.
Duchatel.
Jollivet.
Mollien.
Clarke.
Dupuy.
Najac.
Redon.
Dubois.
Muraire.
Frochot.
Montalivet.
Bourcier.
Bruix.
Brune.
Caffarelli.

Dessolles.
Dumas.
Forfait.
Gantheaume.
Gau.
Gouvion - St-Cyr.
Jourdan.
Marmont.
Moreau-de-St-Méry, *abs.*
Petiet.
Shée.
Thibaudeau.
Bertin.
Locré, *secrét. général.*

Auditeurs *près les Ministres et les Sections du Conseil d'Etat.*

MM.

Regnier, fils.
Dudon.
Chabrou-Crousol.
Abrial, fils.
Héli-d'Oisset.
Gossvin-de-Stassart.
Doazan.

Brigode.
Félix - Lecouteulx.
Leblanc-Pommard.
Godard-de-Planis.
Perregaux, fils.
Petiet, fils.

Goyon de Matignon.
Reuilli.
Recamier, fils.
Hugot, *suppléant du secrétaire-général du conseil d'Etat.*

CORPS LÉGISLATIF.

MM.

Fontanes. . . . . *Président.*

Delâtre. . . . .
Viennot Vaublanc. . .
Jacopin. . . . .
Terrasson. . . . . . . } *Questeurs.*

MM.

Agar.
Agnel.
Albert.
Aroux.
Augier.
Auguis.
Baillon.
Baraillon.
Bardenet.
Barral.
Barrot.
Bassaget.
Bassenge.
Bastil.
Bavouz.
Beauchamp.
Beaufranchet.
Becquey.
Béguinot.
Bergey.
Berteaux.
Berthezen.
Besley.
Besquent.
Bezave-Mazières.
Blanc.
Blanquart-Bailleul.
Bodinier.
Boileau.
Bonardo.
Bonnot.
Bouvicino.
Bonvoust.
Bord.
Borie.
Bolta.
Bouget.
Boulard.
Bourguet-Travanet.
Bourran.
Boyelleau.
Brelivet.
Brezets.
Bruneau-Beaumez.
Caissotti.
Catoire-Moulainville.
Caze-Labove.
Chaillot.
Chancel.
Chappuis.
Charly.
Chatry-Lafosse.
Chestret.
Chillaud-Larigaudie.
Cholet.
Chovet-Lachance.

MM.

Clairon.	D'Haucourt.	Gally.
Claudet.	Doyen.	Gambini.
Clérici.	Dubosq.	Gantois.
Collard.	Ducau.	Gaudin.
Corcelette.	Duclaux.	Gauthier.
Costé.	Ducos.	Gedouin.
Couppé.	Dufeu.	Gendebien.
Creusé.	Duhamel.	Gesnouin.
Dalesme.	Dumaire.	Gheysens.
Dalleaume.	Dumoulin.	Girardin.
Dallemagne.	Dupré.	Girod - Chantrans.
Dalmas.	Durand.	Goblet.
Dal-Pozzo.	Duranteau.	Godailh.
Danel.	Durbach.	Golzart.
Defermon.	Dureau-de-la-Malle.	Gonnet.
Dejunquières.	Duret.	Gosse.
Delahaye.	Duris Dufresne.	Grassy.
Delecloy.	Férat.	Grenier (Haute-Loire.)
Delort.	Féry.	Grenier (Hérault).
Delzons.	Fieffé.	Guérin.
Demeulenaère.	Fontemoing.	Guibal.
Demissy.	Fontenay.	Guichard.
Demonceaux.	Foubert.	Guillot - Dubodan.
Dern.	Foucher.	Hardouin.
Despalières.	Francia.	Haxo.
Desprez.	Franck.	Hébert.
Desribe.	Francoville.	Hénin.
Deval.	Frantz.	
Devaux.	Frémin - Beaumont.	
Devisme.		
D'Hame.		

MM.

Houzé.
Huguet.
Huon.
Jacobé-Naurois.
Jacomet.
Jacquier-Rosée.
Jan.
Janet.
Jaubert.
Jubié.
Jucry.
Jumentier.
Kervegan.
Kervélégan.
Labbé.
Laborde.
Lagier-Lacondamine.
Lahure.
Lajare.
Langlois.
Larché.
Larcher.
Larmagnac.
Lauberdière.
Laumond.
Laurence-Dumail.
Lautour-Boismaheu.
Leclerc.
Ledanois.
Lefaucheux.
Lefort.
Lefranc.
Legrix-Lasalle.
Lejeas.
Lemaire-Darion.
Lemoine.
Lemosy.
Leroy.
Lespérut.
Lespinasse (Haute-Garonne).
Lespinasse (Nièvre).
Levêque.
Levieux.
Limouzin.
Ligniville.
Lobjoy.
Lombard-Taradeau.
Louvet.
Loyau.
Macaire.
Manières.
Marcorelle.
Marquette-Fleury.
Massena.
Mathieu.
Mallet.
Mauboussin.
Mauclere.
Maugenest.
Méric.
Metz.
Metzger.
Michelot-Rochemont.
Milscent.
Mollevault.
Monseignat.
Montault-Desilles.
Morand.
Moreau.
Morizot.
Murat.
Musset.
Nattes.
Noguier-Malijay.
Nougarède.
Nourrisson.
Olbrechts.
Olivier.
Oudaert.
Oudinot.
Pallieri.

MM.

Partarieu-Lafosse.
Pascal.
Pavetti.
Peltzer.
Pémartin.
Peppe.
Perrigois.
Petit-Lafosse.
Picoltet.
Plagniat.
Pougny.
Poujaud.
Prati.
Prunis.
Rabaud.
Raepsaet.
Ramond.
Rattier.
Reibaud-Chaussonne.
Reinaud-Lascours.
Richepanse.
Ricour.
Ricussec.
Rivière (Nord).
Rivière (Aube).
Rodat.
Roemers.
Rolland-Chambaudouin.
Roquain-Devienne.
Rossée.
Roulhac.
Saget.
St-Pierre-Lespéret.
Ste-Suzanne.
Salmon.
Salin-Dick.
Sapey.
Sauret.
Sautier.
Sauzay.
Savary.
Schirmer.
Selys.
Servan.
Sieyes.
Simon.
Sol.
Solvyns.
Soret.
Sturtz.
Talhouet.
Tardy.
Tartas-Conques.
Thibeaudeau.
Thierry.
Thiry.
Thomas (Marne).
Thomas (Seine-Inférieure).
Toulgoet.
Toulongeau.
Trottier.
Tuault-Colven.
Tupinier.
Vacher.
Valleteaux.
Van der Leyen.
Van Kempen.
Van Ruynebeke.
Van Wambeke.
Vantrier.
Vigneron.
Villar.
Villier.
Villot-Fréville.

TRIBUNAT.

MM.

Fabre (de l'Aude). . . *Président*

Le Général Sahuc. . } *Questeurs.*
Jard-Panvilliers. . . . }

MM.

Arnould.
Beauvais.
Bertrand - de - Grüille.
Carnot.
Carret.
Carrion-Nizas.
Chabaud - Latour.
Chabot.
Challan.
Chassiron.
Currée.
Dacier.
Daru.
Daugier.
Delaistre.
Delpierre.
De Pinteville-Cernon.
Duveyrier.
Duvidal.
Faure.
Favard.
Freville (Max.)
Gallois.
Gillet.
Gillet-Lajaqueminière.
Girardin.
Goupil-Préfeln.
Grenier.
Jaubert.
Jubé.
Koch.
Labrouste.
Lahary.
Leroy.
Males.
Mallarmé.
Moreau.
Mouricault.
Pernon.
Perrée.
Perrin.
Pictet.
Pougeard - du-Limberd.
Savoy-Rollin.
Tarrible.
Thouret.
Van Hultem.

COUR DE CASSATION.

MM.

Muraire. . . . . *Premier Président.*

Maleville. . . . } *Présidens.*
Viellart. . . . . }

MM.

Audier-Massillon.	Doutrepont.	Ruperou.
Aumont.	Dutocq.	Schwendt.
Babille.	Gandon	Sieyes.
Bailly.	Genevois.	Target.
Barris.	Henrion-Pensey.	Vallée.
Basire.	Lachèze.	Vasse.
Borel.	Liborel.	Vergès.
Boyer.	Liger-Verdigny.	Zangiacomi.
Brillat-Savarin.	Minier.	Lasaudade.
Busschop.	Oudart.	Seignette.
Cassaigne.	Oudot.	Beauchaud.
Chasle.	Pajon.	Carnot.
Cochard.	Poriquet.	Lombard-Quincieux.
Coffinhal.	Rataud.	Vermeil.
Delacoste.	Rousseau.	Lamarque.

MM.

Merlin. . . . . . *Procureur général impérial.*

Jourde. . . . . .
Arnaud. . . . . .
Le Coutour. . . .
Pons-de-Verdun. .
Giraut. . . . . .
Daniels. . . . . .
} *Substituts.*

Jalbert. . . . . . *Greffier en chef.*

LÉGION D'HONNEUR.

MM. *les Généraux.*

Victor.	Hédouville.	Suchet.
Gouvion.	Delaborde.	Andréossy.

MM.

Macdonald.	Loison.	Olivier.
Grouchy.	Klein.	Bonnard.
Duhesme.	D'Hautpoul.	Dupont.
St-Hilaire.	Martin.	Seras.
Michaud.	Thevenard.	Grenier.
Mathieu.		

COMMISSAIRES DE LA COMPTABILITÉ.

MM.

Brierre-Surgy.	Goussard.	Sanlot.
Colliat.	Regardin.	Saucourt.
Féval.		

GÉNÉRAUX *commandant les Divisions territoriales.*

MM.

Amey, comm.[t] la	2.e	Delaborde, com.[t] la	3.e
Ferino.	3.e	La Roche.	14.e
Gilot	4.e	Musnier.	15.e
Leval	5.e	Girard, dit Vieux. .	16.e
Menard.	6.e	Montchoisy. . . .	18.e
Molitor.	7.e	Gobert	20.e
Cervoni.	8.e	Dufour	21.e
Fregeville	9.e	Belliard.	24.e
Durutte.	10.e	Legrand.	25.e
Avril.	11.e	Lorge	26.e
Dumuy	12.e	Goudin.	

GÉNÉRAUX DE DIVISION.

MM.

Bulland.	Bonnard.	Chabot.
Belair.	Bourcier.	Chabran.

MM.		
Clausel.	Grignon.	Miotit.
Dabrouski.	Hédouville.	Mouret.
Desfournaux.	Hilaire.	Olivier.
Dembarère.	Junot.	Oudinot.
Desbureaux.	Kellermann.	Pille.
Depaux.	Klein.	Songis.
Duhesme.	La Grange.	Suchet.
Dusauloy.	Lamer.	Sugny.
Dupont.	Loison.	Tilly.
Fressinet.	Mengaud.	Trivulzy.
Friants.	Marescot.	Vendamme.
Fuzée.	Mathieu (Maurisse).	Varnesson.
Grenier.		

PREMIERS PRÉSIDENS DES COURS D'APPEL.

MM.

Agen . . . . Lacuée, aîné.
Aix . . . . Baffier.
Amiens . . . . . . Varlet.
Angers . . . . . . Mesnard-Lagroye.
Besançon . . . . . Louvot.
Bordeaux . . . . . Faure de Lussac.
Bourges . . . . . . Sallé.
Bruxelles . . . . . Latteur.
Caen . . . . Lemenuet.
Colmar . . . . . . Schirmer.
Dijon . . . . Guillemot.
Douai . . . . D'Haubersart, père.
Grenoble . . . . . Brun.
Guadeloupe . . . . Desmarets.

	MM.
Liége	Dandrimont.
Limoges	Vergniaud, père, *absent.*
Lyon	Vouty.
Martinique	Clarke.
Metz	Pecheur.
Montpellier. . . .	Perdrix, *absent.*
Nancy.	Henry.
Nismes	Meyneaud.
Orléans.	Petit-Lafosse.
Paris	Séguier.
Pau.	Claverie.
Poitiers.	Leydet.
Rennes	Desbois.
Riom	Redon.
Rouen.	Thieullen.
Toulouse.	Desazurs, *absent.*
Trèves	Garreau.
Turin.	Botton.

PRÉSIDENS DES COURS D'APPEL.

	MM.
Caen	Lautour Duchatel.
Paris	Agier.
Toulouse.	Desagars.

PROCUREURS GÉNÉRAUX IMPÉRIAUX DES COURS D'APPEL.

	MM.
Agen	Mouysset.
Aix.	Peise.
Ajaccio.	Mottedo.

	MM.
Amiens.	Petit.
Angers	Dandenac.
Besançon	Gros, *absent.*
Bordeaux	Rateau.
Bourges.	Forest.
Bruxelles	Beyts.
Colmar.	Antonin.
Dijon.	Legoux.
Douai.	Michel.
Grenoble	Royer-Deloche.
Guadeloupe. . . .	Lavielle, *absent.*
Liége.	Danthine, aîné.
Limoges.	Ballet.
Lyon	Rambaud.
Metz	Colchen.
Montpellier. . . .	Fabre.
Nancy.	Demetz.
Nismes	Giraudy.
Orléans.	Sezeur, *absent.*
Paris	Mourre.
Pau.	Delgue.
Poitiers.	Bera.
Rennes	Baron.
Riom	Favard.
Rouen.	Fouquet.
Trèves	Dobsen.
Toulouse.	Corbière.
Turin.	Tixier.

PRÉSIDENS DES COLLÉGES ÉLECTORAUX.

	MM.
Ain.	Pannetier, *général.*
Aisne.	Caulaincourt, père, *général.*
Allier.	Henillard (Fabrice).
Alpes (Basses). .	Arnaud de Paymoison (J.-B.).
Alpes (Hautes). .	Blanc-Lanote Hauterive.
Alpes-Maritimes .	Massena, *général.*
Ardèche	Rampon, *sénateur.*
Ardennes.	Bacciochi.
Arriége.	Clauzel (Gabriel), *négociant.*
Aube	Songis, *général.*
Aude	Andreossy, *général.*
Aveyron	Mathieu (Maurice), *général.*
Bouch.-du-Rhône .	Barthélemy, *sénateur.*
Calvados	Dubois-Dubay, *sénateur.*
Cantal	Coffinhal (Joseph).
Charente.	Garnier-Laboissière, *général.*
Charente-Infér. .	Lemercier, *sénateur.*
Cher	Luçay, *prem. préfet du palais.*
Corrèze.	Threilhard, *conseiller d'Etat.*
Côte-d'Or, ...	Marmont, *général.*
Côtes-du-Nord . .	Caffarelly, *évêque.*
Creuse	Cornidet (Joseph), *sénateur.*
Doire.	Harcourt, (*malade*).
Dordogne.	Malleville (Jacques).
Doubs.	Moncey.
Drôme	Lacroix-Vallier.
Dyle	Demerode-Westerloo.
Elbe (Isle d'). . .	
Escaut	Papesans (Philippe-Jacques).

	MM.
Eure	Barbé-Marbois.
Eure-et-Loir . . .	Barraguey-d'Hilliers.
Finistère	Nielly, *contre-amiral.*
Forêts.	Renter (Nicolas).
Gard	Estève, *trésor. de la couronne.*
Garonne (Haute).	Pérignon, *général et sénateur.*
Gers	Lannes, *maréchal de l'Empire.*
Gironde.	Journu, *sénateur.*
Golo	
Hérault.	Belmon.
Ille-et-Vilaine. . .	Bigot-Préameneu.
Indre	Pocher-Lissonnay, *sénateur.*
Indre-et-Loire. . .	Villemanzy.
Isère	Barral (Joseph).
Jemmappes. . . .	Dennetières, aîné.
Jura.	Vernier, *sénateur.*
Landes	Roger-Ducos, *sénateur.*
Léman	Vernet-Pictet (Isaac).
Liamone	
Loire-et-Cher. . .	Beauharnais, *Prince.*
Loire	Pupier-Brioude.
Loire(Haute). . .	Dupuis, *conseiller d'Etat.*
Loire-Inférieure. .	Cacault.
Loiret.	Cornet, *sénateur.*
Lot.	Murat (Joachim), *Prince.*
Lot-et-Garonne. .	Depère (Mathieu), *sénateur.*
Lozère	Pelet, *conseiller d'Etat.*
Lys.	De Peltaerts (Anselme).
Maine-et-Loire . .	Demazières, *ex-législateur.*
Manche.	Sivard de Bealieu.

	MM.
Marengo	Cavalli.
Marne	Valence, *général.*
Marne (Haute). .	Decrès, *minist. de la mar.*
Mayenne	Bonchamp (Joseph-Marie.)
Meurthe	Duroc, *gouv. du palais.*
Meuse	Oudinot (Charles-Nicolas).
Meuse-Inférieure.	Declermont.
Mont-Blanc. . . .	Talteur Baland (Jean-Bapt.).
Mont-Tonnerre. .	Mapps (Henry), *négociant.*
Morbihan.	Laveaux-Pancemont, *évêque.*
Moselle.	Emery, *conseiller d'Etat.*
Nèthes (Deux) . .	Werbrouck (J.-C.), *maire.*
Nièvre	Lespinasse, *sénateur.*
Nord	Mortier (Edouard).
Oise.	Le Prince Joseph, *g. électeur.*
Orne	Bonroust (Charles), *général.*
Ourthe	Godin (Pierre).
Pas-de-Calais. . .	Bruneau, *président du canton.*
Pô.	Le Prince Louis, *connétable.*
Puy-de-Dôme. . .	Sablon (Antoine), *maire.*
Pyrénées (Basses).	Fargues, *sénateur.*
Pyrénées (Hautes).	Nognes, *général de brigade.*
Pyrénées-Orient. .	Lamer, *général.*
Rhin (Bas)	Ste-Suzanne, *conseiller d'Etat.*
Rhin (Haut) . . .	Lefèbre, *général.*
Rhin-et-Moselle. .	Boos (Clément).
Rhône	Chasset (Charles-Antoine).
Roër	Jacobi, *conseiller de préfect.*
Sambre-et-Meuse.	Decroix (Charles-Marie).
Saône (Haute). . .	Remusat.

MM.

Saône-et-Loire. . . Duhesme, *général de division.*
Sarre . . . . Beissel (François-Louis).
Sarthe. . . . . Talhouet (Louis-Cél.-Fréd.).
Seine . . . . Bonaparte (Lucien), *sénateur.*
Seine-Inférieure. . Defontenay, *maire de Rouen.*
Seine-et-Marne. . Harville (Auguste), *sénateur.*
Seine-et-Oise. . . Canclaux, *général de division.*
Sésia . . . . Avogadro Casanova *(malade).*
Sèvres (Deux). . . Frottier-Lacoste-Messellière.
Somme . . . . Debray (Pierre-Auguste).
Sture . . . . Clerici (Laurent).
Tanaro . . . . Salmatoris-Rossillon.
Tarn . . . . D'Hautpoult, *général.*
Var. . . . . Gantheaume, *contre-amiral.*
Vaucluse . . . . . Chabran (Joseph), *général.*
Vendée. . . . . . . Beauharnais (Claude).
Vienne . . . . Devoyer.
Vienne (Haute). . Jourdan, *conseiller d'Etat.*
Vosges . . . . François (de Neufchâteau).
Yonne. . . . . Pétiet, *conseiller d'Etat.*

PRÉFETS MARITIMES.

MM.

Bonnefoux.
Forfait.
Martin.
Caffarelli.
Thévenard.
Emeriau.
Malouet, *commissaire général.*
Magnitot, *préfet colonial.*

PRÉFETS DE DÉPARTEMENS.

MM.

Ain. . . . . Bossi.

	MM.
Aisne.	Méchin.
Allier.	Lacoste-Messelière.
Alpes (Basses). .	Duval.
Alpes (Hautes). .	Ladoucette.
Alpes-Maritimes. .	Dubouchage.
Ardèche	Robert.
Ardennes.	Frain.
Arriége.	Brun.
Aube.	Bruslé.
Aude.	Trouvé.
Aveyron	Saint-Horent.
Bouch.-du-Rhône.	Thibaudeau.
Calvados	Caffarelly.
Cantal	Riou.
Charente	Bonnaire.
Charente-Infér. .	Guillemardet.
Cher	Belloc.
Corrèze.	Le Général Milet-Mureau.
Côte-d'Or.	Riouffe.
Côtes-du-Nord . .	Boullé.
Creuse	Lasalcette.
Doire.	Gandolfo.
Dordogne.	Rivet.
Doubs	Jean-Debry.
Drôme	Descorches.
Dyle.	Chaban.
Escaut.	Faypoult.
Eure	Masson-St-Amand.
Eure-et-Loir. . . .	Delaitre.
Finistère	Rudler.

	MM.
Forêts.	Lacoste.
Gard	Dalphonse.
Garonne (Haute).	Richard.
Gers	Balguerie.
Gironde	Charles Delacroix.
Golo	Pietry.
Hérault.	Nogaret.
Ille-et-Vilaine . . .	Mounier.
Indre.	Prouveur.
Indre-et-Loire. . .	Pommereul, *général.*
Isère	Fourier.
Jemmapes.	De Coninck-Outryve.
Jura	Poncet.
Landes	Valentin-Duplantier.
Léman	Barante.
Liamone	Arrighi.
Loir-et-Cher. . . .	Cormigny.
Loire	Imbert.
Loire (Haute). . .	Lamothe.
Loire-Inférieure. .	Belleville.
Loiret	Maret.
Lot.	Bailly.
Lot-et-Garonne. .	Pieyre, fils.
Lozère	Florens.
Lys.	Chauvelin.
Maine-et-Loire . .	Nardon.
Manche.	Costaz.
Marengo	Campana.
Marne	Bourgeois-Jessaint.
Marne (Haute). .	Jerphanion.

	MM.
Mayenne	Harmand.
Meurthe	Marquis.
Meuse	Leclerc.
Meuse-Inférieure.	Loysel.
Mont-Blanc. . . .	Poitevin-Maissemy.
Mont-Tonnerre. .	Jean-Bon-St.-André.
Morbihan.	Julien, *général de brigade.*
Moselle.	Vauban.
Nèthes (Deux) . .	Herbouville.
Nièvre	Adet.
Nord	Dieudonné.
Oise	Belderbusch.
Orne	Lamagdelaine.
Ourte.	Desmousseaux.
Pas-de-Calais . . .	Lachaise, *général de brigade.*
Pô	Laville.
Puy-de-Dôme . . .	Latourette.
Pyrénées (Basses).	Castellane.
Pyrénées (Hautes).	Chazal.
Pyrénées-Orient. .	Martin, *général de brigade.*
Rhin (Bas)	Shée, *conseiller d'Etat.*
Rhin (Haut) . . .	Félix Desportes.
Rhin-et-Moselle. .	Alexandre Lameth.
Rhône.	Bureau-Puzy.
Roër	Laumond.
Sambre-et-Meuse.	Pérès.
Saône (Haute). .	Hilaire.
Saône-et-Loire . .	Roujeoux.
Sarre.	Keppler.
Sarthe	Auvray.

	MM.
Seine-et-Marne. .	Lagarde.
Seine-et-Oise . . .	Montalivet.
Seine-Inférieure. .	Beugnot.
Sésia	Giulio.
Sèvres (Deux). .	Dupin.
Somme.	Quinette.
Stura.	Arborio.
Tanaro	Rolland de Villarceaux.
Tarn	Gary.
Var.	Fauchet (Joseph).
Vaucluse	Bourdon.
Vendée.	Merlet.
Vienne	Cochon.
Vienne (Haute). .	Texier-Olivier.
Vosges	Himbert.
Yonne	Rougier-la-Bergerie.

ARCHEVÊQUES.

	MM.
Malines.	Roquelaure.
Besançon	Lecoz.
Lyon	Fesch, *cardinal.*
Toulouse.	Primat.
Bourges.	Mercy.
Rouen	Cambacérès, *cardinal.*
Aix.	Champion-Cicé.
Bordeaux.	Daviau-Dubois-de-Sanzay.
Tours.	Barral.
Turin.	Buronzo *(a reçu sa lettre trop tard).*

ÉVÊQUES.

	MM.
Troyes	Latour-du-Pin-Montauban.
Soissons.	Le Blanc-Beaulieu.
Cambray	Belmas.
Orléans.	Bernier.
Tournay	Hirn.
Trèves	Mannay.
Liége	Zoepffel.
Autun.	Fontanges.
Strasbourg	Saurine.
Dijon.	Raymond.
Grenoble	Simon.
Chambéry.	Demonstiers-Merinville.
Avignon	Perrier.
Digne.	Dessoles.
Montpellier. . . .	Rollet.
Agen	Jacoupy.
Poitiers.	Depradt.
Angoulême. . . .	Lacombe.
St-Flour.	Montanier-Belmont.
Le Mans	Pidoll.
Nantes	Duvoisin.
Amiens.	Mandolx.
Arras.	Latour-d'Auvergne-Lauragais.
Versailles	Charrier-Laroche.
Namur	Pisani de la Gaude.
Aix-la-Chapelle. .	Berdolet.
Gand	Fallot-Beaumont.
Mayence	Colmar.

	MM.
Metz	Bien-Aimé.
Nancy	Dosmond.
Mende	Chabot.
Valence.	Becherel.
Nice	Bapt, *reçu sa lettre trop tard.*
Ajaccio.	Sébastiani-Porta.
Cahors	Cousin-Grainville.
Carcassonne.	Laporte.
Bayonne	Loison.
La Rochelle. . . .	Paillou.
Clermont.	Duvalk-Dampierre.
Limoges.	Dubourg.
Angers	Montault.
Vannes.	Pansemont.
St-Brieux.	Caffarelli.
Coutances.	Rousseau.
Séez.	Chevigné-Boischollet.
Saluces.	Ferrero-della-Marmora.
Moni	Vitale.
Alexandrie	Villaret.
Ivrée.	Grimaldi.
Quimper	André.
Bayeux	Brault.
Evreux	Bourlier.
Acqui.	Dellatore.
Asti.	Arborio-Gattinara.
Verceil	Canavery.

d

PRÉSIDENS DES COURS DE JUSTICE CRIMINELLE.

	MM.
Ain.	Riboud.
Aisne.	Legrand-Delaleu.
Allier.	Durin.
Alpes (Basses). .	Thomas, *malade.*
Alpes (Hautes). .	Labastie.
Alpes-Maritimes .	Tremois.
Ardèche	Gamon.
Ardennes.	Féart.
Arriége.	Caubère, *reçu sa let. trop tard.*
Aube	Parisot.
Aude	Fabre, *malade.*
Aveyron	Vaissetes.
Bouch.-du-Rhône .	Guérin.
Calvados	Gauthier.
Cantal	Daude.
Charente	Mestreau, *malade.*
Charente-Infér. .	Garnier.
Cher	Chevalier.
Corrèze.	Grivel.
Côte-d'Or.	Morisot, jeune.
Côtes-du-Nord . .	Gourlay.
Creuse	Purat.
Doire.	Bertolotti.
Dordogne.	Dalbi.
Doubs.	Spierenaël.
Drôme	Fayolle.
Dyle	Bonaventure.
Escaut	Blémont.

	MM.
Eure	Dupont.
Eure-et-Loir . . .	Brocheton.
Finistère	Guillon-Kérineuff.
Forêts.	Pastoret.
Gard	Mouton - Comblat - Roustan, *malade*.
Garonne (Haute).	Guyon.
Gers	Tartanac.
Gironde.	Desmirails.
Golo	Benedetti.
Hérault.	Cavallier.
Ille-et-Vilaine. . .	Robinet.
Indre	Jaymebon.
Indre-et-Loire. . .	Moreau.
Isère	Paganon.
Jemmappes. . . .	Foncez.
Jura.	Gacon.
Landes	Bassoigné.
Léman	Léfort.
Liamone	Bertora.
Loir-et-Cher . . .	Martin.
Loire	Bruyas.
Loire (Haute). . .	Lafaye.
Loire-Inférieure. .	Maussion.
Loiret.	Lebœuf.
Lot	Judicis.
Lot-et-Garonne. .	Bory.
Lozère	Guyot, *malade*.
Lys.	De Kersmaker.
Maine-et-Loire . .	Delaunay.

	MM.
Manche.	Le Follet.
Marengo	Delaistre, *reçu sa let. trop tar[d]*
Marne	Mutel.
Marne (Haute). .	Guyardin.
Mayenne	Moullin.
Meurthe	Mangin.
Meuse	Grison.
Meuse-Inférieure.	Membrède.
Mont-Blanc. . . .	Filliard.
Mont-Tonnerre. .	Rebmann, *malade.*
Morbihan.	Perret.
Moselle.	Stourm.
Nèthes (Deux) . .	Van Custen.
Nièvre	Laurent.
Nord	Delaetre.
Oise.	De Mouchy.
Orne	Delaunay.
Ourthe	Beanin.
Pas-de-Calais . . .	Boubert.
Puy de-Dôme. . .	Prévost.
Pyrénées (Basses).	Dufau.
Pyrénées (Hautes).	Figarol.
Pyrénées-Orient. .	Mathieu, *absent.*
Rhin (Bas)	Fraereisen.
Rhin (Haut). . .	Wicka.
Rhin-et-Moselle. .	Gunther.
Rhône.	Cozon.
Roër	Meller.
Sambre-et-Meuse.	Vaugeois.
Saône (Haute). .	Garnier.

	MM.
Saône-et-Loire . .	Rubat.
Sarre	Bruges.
Sarthe	Ysambart.
Seine	Hémart, *premier président.* Martineau, *président.*
Seine-Inférieure. .	Carel.
Seine-et-Marne . .	Gaillard.
Seine-et-Oise . . .	Brière.
Sèvres (Deux). . .	Briault.
Somme.	Ballue.
Stura.	Bertolin, *reçu sa let. trop tard.*
Tarn	Gausserand.
Var.	Reibaud.
Vaucluse	Cottier.
Vendée.	Bouron.
Vienne	Picault.
Vienne (Haute). .	Debeaune.
Vosges	Hugo.
Yonne	Paradis.

PROCUREURS GÉNÉRAUX DES COURS DE JUSTICE CRIMINELLE.

	MM.
Ain.	Puthod.
Aisne.	Leleu-la-Simone.
Allier.	Gonthier.
Alpes (Basses). .	Arnaud.
Alpes (Hautes). .	Provensal-Lompré.
Alpes-Maritimes .	Lombard.
Ardèche	Perrier.

	MM.
Ardennes.	Hémart (Nicaise).
Arriége.	Delglatz, *infirme*.
Aube.	Jaillant.
Aude.	Buisson.
Aveyron	Delauro-Dubès.
Bouch.-du-Rhône.	Espariat.
Calvados	Demortreux.
Cantal.	Teillard.
Charente	Mallet.
Charente-Infér. . .	Savary.
Cher	Baucheton.
Corrèze.	Bedoch.
Côte-d'Or.	Dezé.
Côtes-du-Nord . .	Ropartz.
Creuze	Augier, *malade*.
Doire.	Bonnault.
Dordogne.	Lauzade.
Doubs.	Guillemet.
Drôme	Hortal.
Dyle	Devals.
Escaut	Meaulle.
Eure	Deshayes.
Eure-et-Loir . . .	Guillard.
Finistère	Delecluse.
Forêts.	Clément.
Gard	Cavalier.
Garonne (Haute).	Roque.
Gers	Lahens.
Gironde.	Buhan.
Golo	Baron.

	MM.
Hérault.	Thourel.
Ille-et-Vilaine. . .	Jumelais.
Indre	Poya-Lherbay.
Indre-et-Loir . . .	Calmelet.
Isère	Mallein, aîné.
Jemmappes. . . .	Rosier.
Jura	Lefebvre.
Landes	Raimonbordes.
Léman	Girod, fils.
Liamone	Leclerc.
Loir-et-Cher . . .	Giot.
Loire.	Pupier-de-Brioude.
Loire (Haute) . .	Lemore.
Loire-Inférieure. .	Clavier.
Loiret.	Russeau.
Lot.	Mondins.
Lot-et-Garonne. .	Marraud-de-Tolza.
Lozère	Valette.
Lys.	Vandewalle.
Maine-et-Loire. .	Gazeau.
Manche.	Pouret-Roquerie.
Marengo	Montbrisset.
Marne	Chaix.
Marne (Haute). .	Humblot.
Mayenne	Lesueur.
Meurthe	André.
Meuse	Bazoche.
Meuse-Inférieure.	Michiels, aîné.
Mont-Blanc. . . .	Bouvier.
Mont-Tonnerre. .	Tissot.

	MM.
Morbihan.	Lucas-Bourgerel, fils.
Moselle.	Bourgeois.
Nèthes (Deux). .	De la Buisse.
Nièvre	Blaudin-Valière.
Nord	Ranson.
Oise	Danjou.
Orne	Royer-la-Tournerie, fils.
Ourthe	Regnier-Grandchamp.
Pas-de-Calais . . .	Hacot.
Puy-de-Dôme. . .	Deval.
Pyrénées (Basses).	Casebonne.
Pyrénées (Hautes).	Laporte.
Pyrénées-Orient. .	Tixador, cadet.
Rhin (Bas)	Horrer.
Rhin (Haut) . . .	Mathieu.
Rhin-et-Moselle. .	Gattermann.
Rhône	Nuguez.
Roër	Hanne.
Sambre-et-Meuse.	Balardelle.
Saône (Haute) . .	Jeangerard.
Saône-et-Loire . .	Carnot, *retenu pour affaires publiques.*
Sarre	Birck.
Sarthe.	Juteau.
Seine	Gerard.
Seine-Inférieure. .	Chapais de Marivaux.
Seine-et-Marne. .	Despatys.
Seine-et-Oise . . .	Giraudet.
Sèvres (Deux) . .	Leblois.
Somme	Maisnel.

MM.

itura	Lagrave, *reçu sa let. trop tard.*
'arn	Fossé.
'ar.	Martin.
aucluse	Mezar.
endée	Mercier-Vergerie.
ienne	Moreau.
ienne (Haute). .	Larivière (Étienne), fils.
osges	Derazey.
onne	Le Boys-des-Guays.

GÉNÉRAUX DE BRIGADE.

MM.

ubugeois.
ugereau.
eaussart.
edos.
eker.
ellavesne.
erthier (Léopold).
ertrand.
isson.
armagnac.
ebilly.
ejean.
emont.
essaubas.
umas (Math.)
utaillis.
asalta.

Clemencet.
Compans.
Espagne.
Faultrier.
Fenerolle.
Fernestemberg.
Franceschi.
Fresia.
Gardanne, *gouverneur des pages.*
Gassendi.
Guérin.
Guérin d'Etoquiny.
Heudelet.
Lacroix.
Lamarche.

Lamarque.
Laplanche.
Lapisse.
La Salcette.
Lery.
Lemarois.
Lespinasse.
Macon.
Marcognet.
Marchais.
Menard.
Mermet.
Migotte.
Millet.
Nouvion.
Okesse.
Pannetier.
Piston.

e

MM.

Preval.
Radet.
Roize.
Rouyer.
Sanson.
Scalfort.
Schiner.
Seras.
Soligny.
St-Sulpice.
Thiébault.
Villatte.
Van der Weid[illegible]

PRÉSIDENS DES CONSEILS GÉNÉRAUX DES DÉPARTEMENS.

	MM.
Ain.	Cozon.
Aisne.	Viofville-des-Essarts.
Allier.	De Favières.
Alpes (Basses). . .	Gatil, *malade.*
Alpes (Hautes). . .	Pinel.
Alpes-Maritimes. .	Chabcaud.
Ardèche	Bastilde.
Ardennes.	Goulet.
Arriége.	Letu.
Aube.	Rivière.
Aude.	Marsol.
Aveyron	Clédon.
Bouch.-du-Rhône.	Richaud (Noé).
Calvados	Haute-Feuille.
Cantal	Devillas.
Charente	Villarmain (Henri), *infirme.*
Charente-Infér. .	Rondeau.
Cher	Beguin, père, *infirme.*
Corrèze.	Chavoix.
Côte-d'Or.	Hernoux.
Côtes-du-Nord . .	Armez.

	MM.
reuse	Coulodon.
Doire.	Moretta (Camille).
Dordogne.	Selves.
Doubs	Bosson.
Drôme	Lacroix-St-Vallier.
Dyle.	Fastraets.
Elbe (Isle d'). . .	
Escaut.	Van den Hecke (Louis).
Eure	Bonneville (N.).
Eure-et-Loir. . . .	Devousgny de Boquestant.
Finistère	Bois-de-Pacé.
Forêts.	Danethau.
Gard	Jonquier (David), *malade.*
Garonne (Haute).	Gonyn, *trop âgé, infirme.*
Gers	Cesard.
Gironde	Leblanc-Hougués.
Golo	J. Gentili.
Hérault.	Grasset, *malade.*
Ille-et-Vilaine . . .	Corbière.
Indre.	Bertrand.
Indre-et-Loire. . .	Guizol.
Isère	Revol.
Jemmappes. . . .	Foncez.
Jura	Vallier.
Landes	Durau.
Léman	Micheli (Jean-Louis), *malade.*
amone	Deluca.
Loir-et-Cher. . . .	Turpin.
Loire.	Michou du Marais.
Loire (Haute). . .	Mouredon, *malade.*

	MM.
Loire-Inférieure. .	Kvegan (Daniel).
Loiret	Basty, *infirme*.
Lot.	Galtié, *malade*.
Lot-et-Garonne. .	St-Amans.
Lozère	Laporte-Belviala.
Lys.	Van Caloen (J).
Maine-et-Loire . .	Timoléon de Cossé.
Manche.	Fremin Dumesnil.
Marengo	Tivisio.
Marne	Dessain de Chevrières.
Marne (Haute). .	Richard de Foulons, *malade*.
Mayenne.	Dalibourg.
Meurthe	Schmitz.
Meuse	Le Maire.
Meuse-Inférieure.	Menbrède.
Mont-Blanc. . . .	Bain.
Mont-Tonnerre. .	Esebeck.
Morbihan.	Bourgerel (Lucas).
Moselle.	Durand.
Nèthes (Deux) . .	Jacobo Nic Drerexsen.
Nièvre	Mirande-Oliveau.
Nord	Dewarenghien.
Oise	Lehoc.
Orne	Godechal-Vories.
Ourthe	Godin.
Pas-de-Calais . . .	Vaillant.
Pô	Fassella.
Puy-de-Dôme . . .	Teyrat-Grand-Val.
Pyrénées (Basses).	Dauty, *malade*.
Pyrénées (Hautes).	Fondeville.

	MM.
Pyrénées-Orient. .	Pares.
Rhin (Bas)	Wangen.
Rhin (Haut) . . .	Gerard.
Rhin-et-Moselle. .	Brenning.
Rhône.	Vonty.
Roër	Deloë, *malade.*
Sambre-et-Meuse.	Wasseige.
Saône (Haute). .	Fournier.
Saône-et-Loire . .	Bruys-Charly.
Sarre.	Nell (G.).
Sarthe	Hebert d'Haute-Clair.
Seine	Petit.
Seine-Inférieure. .	Bunel.
Seine-et-Marne. .	Jean Audent.
Seine-et-Oise . . .	Granet.
Sésia	Lanin.
Sèvres (Deux). .	Morisset.
Somme.	Moyenneville.
Stura.	Dolare, *reçu sa lettre trop tard.*
Tanaro	Reccio.
Tarn	Largenvillier.
Var.	Berlier, *infirme.*
Vaucluse	Gérente (Olivier).
Vendée.	Chevalereau.
Vienne	Creusé (Pascal).
Vienne (Haute). .	Estienne, *malade.*
Vosges	Aubert.
Yonne	Messier.

PRÉSIDENS DES COLLÉGES ÉLECTORAUX DES ARRONDISSEMENS DES DÉPARTEMENS.

		MM.
Ain.	Belley	Gollies.
	Bourg	Fiquet.
	Nantua	Crochet.
	Trévoux	Girod.
Aisne. . . .	Château-Thierry. .	Durouxbeuil.
	Laon.	Beaumont.
	St-Quentin.	Caulincourt.
	Soissons	Petit.
	Vervins	Ballaud.
Allier. . . .	Gamat.	Descombes.
	Mont-Luçon. . . .	Perithou-La-Maltirie.
	Moulins	Lomet.
	La Palisse	Devaux - Chambord.
Alpes (B.) .	Barcelonnette . . .	Lions, *a reçu sa lettre trop tard.*
	Castellanne.	Robion.
	Digne	Isnard.
	Forcalquier.	Brunet.
	Sisteron	Burle.
Alpes (H.) .	Briançon.	Chaix, père.
	Embrun	Cellon.
	Gap	Duport - Desherbyr.
Alpes-Mar.	Monaco	Rey.

		MM.
	Nice.	Tremois.
	Puget-Theniers . .	Caffarelly.
Ardèche. . .	L'Argentière. . . .	Chalamel.
	Privas	Duclaux, fils aîné.
	Tournon.	Faur - des - Chaberts.
Ardennes. .	Mézières.	Bodson.
	Réthel	Anceaux.
	Rocroy.	Flayelle.
	Sedan	Jobert-Ternaux.
	Vouziers.	Gérard-de-Melen.
Arriége. . .	Foix.	Calvet.
	St-Girons	Cancel.
	Pamiers	Durieu.
Aube. . . .	Arcis-sur-Aube . .	Bonnemain.
	Bar-sur-Aube . . .	Pierret.
	Bar-sur-Seine . . .	Barbuat-Duplessis.
	Nogent-sur-Seine .	Hurault.
	Troyes.	Jaillant.
Aude. . . .	Carcassonne. . . .	Depins, *malade*.
	Castelnaudary . . .	Marsolan.
	Limoux	Debault.
	Narbonne	Ducros.
Aveyron . .	St-Afrique.	Grand-Pradeilhes.
	Espalion.	Carrié, jeune.
	Milhan.	Raudon.
	Rodez	Bessière.

		MM.
	Villefranche	Valadié.
Bouch.-du-Rhône . .	Aix	Cicé.
	Marseille	Anthoine.
	Tarascon.	Servans, *malade*.
Calvados . .	Caen.	Gauthier.
	Falaise.	Faucillon - Ferriers.
	Lizieux	Becquemout.
	Pont-l'Evêque . . .	Degrieux.
	Vire	Hellouin.
	Bayeux.	Duhomme.
Cantal . . .	Aurillac	Abadié.
	St-Flour	Rondil.
	Mauriac	Vacher - Tournemise.
	Maurat.	Benoist.
Charente . .	Angoulême	Goujaud - Moncela.
	Barbezieux.	Després.
	Cognac	Marot.
	Confolens	Bubot-Marsillac.
	Ruffec	Coudort.
Charente-Infér. . . .	St-Jean.d'Angely. .	Duret.
	Jonsac.	Riquet.
	Marennes	Fleury.
	Rochefort	Bourgade de l'Isle.
	La Rochelle	Bouscasse.
	Saintes.	Roy.

		MM.
Cher	St-Amand	Beguin, fils, *reçu sa let. trop tard.*
	Bourges	Baillard.
	Sancerre.	Foucher.
Corrèze. . .	Brives	Bachelerie.
	Tulles	Sartelou, père.
	Ussel.	Delmas.
Côte-d'or. .	Beaune.	Hernoux.
	Châtillon.	Carteret.
	Dijon.	Larché.
	Semur.	Ligeret-de-Chevigny.
Côtes-du-Nord.	St-Brieux.	Bienvenu.
	Dinant.	Lemercier.
	Guingamp	Guyot.
	Lanion.	Robinet.
	Loudeac.	Hillion.
Creuse. . . .	Aubusson	Cornudet.
	Bourganeuf	Aubusson - Duçloux.
	Boursac	Peyroux.
	Gueret.	Parat.
Doire.	Aoste	Martinet.
	Chivas.	Giulio.
	Ivrée.	Réordino.
Dordogne. . .	Bergerac.	Rambaud.
	Noutron.	Dupayrat (Noël).
	Périgueux	Dalby de Fayard.

		MM.
	Riberac	Galase, aîné, *mali*
	Sarlat	Bosredon - Du-pont (Jean).
Doubs . . .	Baume.	Rougemont.
	Besançon	Nicole.
	St-Hippolite	Pourcelot.
	Pontarlier	Gaudion.
Drôme . . .	Die	Anthenor.
	Montelimart. . . .	Fleury-Bith, *mal.*
	Noyons	Villecroye.
	Valence	Duclos.
Dyle	Bruxelles.	Verlyeden.
	Louvain	Van Musen.
	Nivelles	Marchot.
Elbe (île d').		
Escaut . . .	Oudenarde.	Raepsard.
	L'Ecluse.	Risseuvv.
	Gand	Van der Haegen-Mussin.
	Termonde.	Schouleet.
Eure. . . .	Les Andelys	Delabarn.
	Bernay	Brossard.
	Evreux.	Brecheret de Courcilly.
	Louviers.	Delarue.
	Pont-Audemer. . .	Durand.
Eure-et-Loir.	Chartres.	Bellier du Chenoy.

		MM.
	Châteaudun	Parquier.
	Dreux	Leprince.
	Nogent-le-Rotrou .	Godut.
Finistère . .	Châteaulin.	Leisseques - Kgadio.
	Morlaix	Delleville (Philippe.
	Quimper.	Billette.
	Quimperlé.	Guesno.
	Brest.	Chiron.
Forêts . . .	Billbourg.	Simons.
	Dieckirch	Lejeune.
	Luxembourg. . . .	Christiani.
	Neufchâteau. . . .	Cordat.
Gard. . . .	Alais.	Despouchis-Le-Gris.
	Nîmes.	Sauvan.
	Uzès.	Decarrière.
Garonne	Le Vigan.	Lapierre.
(*Haute*).	Castel-Sarrasins.. .	Debosque.
	St-Gaudens	Dispan.
	Muret.	Janole.
	Toulouse	Dautigay.
	Villefranche	Aurejac.
Gers	Auch	Dufau.
	Condom.	Théodore, *dit* de Rozès.

		MM.
	Lectoure	Laclaverie.
	Lombes	Conti, fils aîné.
	Mirande.	Abeille.
Gironde . .	Bazas	Grangier.
	Blaye	Maran, aîné, *inf.*
	Bordeaux	Desèze.
	La Réole.	Seguin.
	Lespare	Cavagnac.
	Libourne	Decaze.
Golo		
Hérault . .	Beziers	Milhau.
	Lodève.	Caylar.
	Montpellier	Perdril.
	St-Pons	Pradal.
Ille-et-Vilaine.	Montfort.	Delahaye de Changée.
	Redon.	Barbotin, aîné.
	Rennes	Delagrossilonais.
	Fougère	Le Bouc-Bouteillère.
Indre. . . .	Leblanc	Collin-Souvigny, fils.
	Château-Roux . . .	Fleury de Labruêre, *infirm.*
	La Châtre	Delaconbaulu.
	Issoudun.	Delestang - Desfins.

		MM.
Indre-et-Loire.	Chinon.	Blain.
	Loches.	Foucher.
	Tours	Deslandes.
Isère	Grenoble	Mauret.
	Marcellin	Gerard.
	Latour-du-Pin . . .	Plantier.
	Vienne.	Fleury.
Jemmappes.	Charleroy	Maghe.
	Mons	Duval.
	Tournay.	Delvingue - Duvivier.
Jura	St-Claude	Perade.
	Dôle.	Broch.
	Lons-le-Saulnier . .	Chevillard.
	Poligny	Claudet.
Landes. . .	Dax	Belludat.
	Mont-de-Marsan. .	Dufau.
	St-Séver	Duprat.
Léman . . .	Bonneville.	Dethoire.
	Genève	Lefort.
	Thonon	Charmez.
Liamone . .	Ajaccio	
	Saterne.	
	Vico.	
Loir-et-Cher.	Blois.	Fauvre.
	Romorantin	Laurette - Fumeau.
	Vendôme	Blondel.

		MM.
Loire. . . .	St-Etienne.	Lardon.
	Montbrisson. . . .	Couturier.
	Rouane.	Michon.
Loire (H.). .	Brioude	Martinon-St-Feriol.
	Le Puy.	Dugone.
	Yssengeaux	Bonnet, père.
Loire-Inf. .	Ancenis	Juguet, *malade.*
	Châteaubriant . . .	Ernoul-Provoté.
	Nantes.	Daniel Kervegan.
	Paimbœuf	Lemercier.
	Savenay	Dufrexou.
Loiret . . .	Gien.	Baschet-St-Aignan.
	Montargis	Moussion - Fougeret.
	Orléans	Petit-Lafosse.
	Pithiviers	Berthier, père.
Lot.	Cahors.	Armand, *malad.*
	Figeac.	Trassy.
	Gourdon.	Caors.
	Montauban.	Viallettes-d'Aignan, père.
Lot-et-Garonne.	Agen.	Grenier.
	Marmande.	Bourg-Laplade.
	Nérac	Lagrange.
	Nilleneuve-d'Agen.	Godailh St-Hilaire, *malade.*

		MM.
Lozère . . .	Florac	Brudy.
	Marvejols.	Delmas.
	Monde.	Beauregard, *inf.*
Lys.	Bruges.	Wandewale.
	Courtray.	Pyl.
	Furnes.	Pellarert.
	Ypres.	Coppieters Walland.
Maine-et-Loire.	Angers.	Delafergue.
	Beaugé.	Poilpré.
	Beaupréau	Michelin.
	Saumur.	Esnault.
	Segré.	Dieusye-Roncurrière, aîné.
Manche . .	Avranches	Bremesnil.
	Coutances	Duval-Montigny.
	St-Lô.	Halmel, *malade.*
	Mortain	Delaroche.
	Valognes.	Delaville.
Marengo. .	Alexandrie.	Porcelli (Charl.).
	Bobbio.	Malchiodi (J.).
	Casal.	Motiglio (Jos.).
	Tortone	Jonsa (André).
	Voguère	Merati.
Marne . . .	Châlons-sur-Marne.	Turpin.
	Epernay	Léonard.
	Ste-Menehould. . .	Gilson, fils.
	Reims	Lemercier.
	Vitry-sur-Marne. .	De St-Genis.

		MM.
Marne (H.).	Chaumont.	Laloy, *malade.*
	Langres	Defroment.
	Wassy.	Guyot-Menisson.
Mayenne. .	Château-Gonthier. .	Lemotheux.
	Laval.	Leclerc-la-Jubertière.
	Mayenne.	Hirbec.
Meurthe . .	Château-Salin. . .	Laurent.
	Lunéville.	Drouin.
	Nancy	Mallarmé.
	Sarrebourg.	Henriet.
	Toul.	Bouchon.
Meuse . . .	Bar-sur-Ornain. . .	Desaux.
	Commercy.	Noël.
	Mont-Médi	L'Enfant.
	Verdun.	Gallois-Bouvilleu.
Meuse-Inf. .	Hasselt.	Faverau.
	Maëstricht.	Nypls.
	Ruremonde.	Guistoudt.
Mont-Blanc.	Annecy.	Gresset.
	Chambéry	Gabet.
	St-J.-de-Maurienne.	Descamps.
	Moustiers	Montmajeurs.
Mont-Tonnerre.	Deux-Ponts.	Eschbeck.
	Kayserslautern. . .	Amscheiden.
	Mayence.	Maczé.
	Spire.	Netzer.
Morbihan .	Lorient.	Trintiniau.

		MM.
	Ploermel.	Dumay.
	Pontivy.	Dargone.
	Vannes.	Glais, aîné.
oselle. . .	Briay.	Hieulle.
	Metz.	Daumont.
	Sarguemines. . . .	Villers, *malade.*
	Thionville.	Ham.
Nèthes	Anvers.	Mertens.
Deux).	Malines.	Demeulder.
	Turnhout.	Mesmaker, *mal.*
ièvre . . .	Château-Chinon. .	Etignard.
	Clamecy.	Gillien.
	Cosne.	Palleau-Ferville.
	Nevers.	Decolons-Vauzelle.
ord. . . .	Avesnes.	Desprès.
	Cambrai.	Fremicourt.
	Douay.	Duforet, aîné.
	Dunkerque.	Gigaud.
	Hazebrouck	Van Merris Hyodereck.
	Lille.	Debrigode.
se	Beauvais.	Leporquier-Devaux.
	Clermont.	Gagnage.
	Compiègne.	Esmard.
	Senlis.	Malezieux, père.
ne. . . .	Alençon	Vaugeon.

		MM.
	Argentan.	Goupil - Louvigny.
	Domfront	Berthre, père.
	Mortagne.	Thomas-Lapris
Ourthe. . .	Huy	Defooz.
	Liége.	Gasquy.
	Malmedy.	Nicolaï.
Pas-de-Calais.	Arras.	Corne.
	Béthune	Brarme.
	Boulogne.	Grandsire.
	Montreuil	Cressent.
	St-Omer	Francoville.
	St-Pol	Guffroy.
Pô	Pignerol.	Plochin.
	Suze.	Brayda.
	Turin.	Dalpozzo - Cisternœ.
Puy-de-Dôme.	Ambert	Vimat-Flonvat.
	Clermont.	Boirot.
	Issoire.	Moulin.
	Riom.	Beker.
	Thiers.	Gaubert.
Pyrénées (Basses).	Bayonne	Claveric.
	Mauléon.	Piscou.
	Oléron.	Mauco.
	Orthez.	Casémajor, puîné.
	Pau.	Dangorsse.

		MM.
yrénées (Hautes).	Argeles.	Francès, *malade.*
	Bagneres.	Dubernet, *mal.*
	Tarbes.	Lapalu, aîné.
yrénées-orient.	Ceret.	Jaubert.
	Perpignan	Lamer.
	Prades.	Vincent.
hin (Bas).	Barr	Freylag.
	Saverne	Reisse.
	Strasbourg.	Oberlin, *malade.*
	Weissembourg. . .	Keller.
hin (H.).	Altkirch	Blanchard.
	Befort	Gérard.
	Colmar	Valdner.
	Delemont	Brandag.
	Porentruy	Quinquerez.
in-et-Mo-selle.	Bonn.	Guérin, *général.*
	Coblentz	Masson.
	Simmern.	Pfender.
ône . . .	Lyon.	Nugue.
	Villefranche	Vaivolet.
ër	Aix-la-Chapelle. . .	Pelzer.
	Clèves	Hamelin-Beaurepaire.
	Cologne	Heermeann-Zuydtwick.
	Creveldt	Schippers.
mbre-et Meuse.	Dinant.	Tassin.
	St-Hubert	Esmengaud.
	La Marche.	Lambiot.

		MM.
	Namur.	Gislain, *mala*
Saône (H.).	Gray.	Martin.
	Lure.	Thomas.
	Vesoul.	Hugon.
Saône-et-Loire.	Autun.	Lachaise.
	Châlons-sur-Saône.	Clémenceau.
	Charolles.	Polipard.
	Louhans	Dupuget.
	Mâcon.	Benon-Lacomb
Sarre. . . .	Hirkenfeld.	Reischmann.
	Prum	Hulanus.
	Saarbruck	Dern.
	Trèves.	Hermes.
Sarthe . . .	St-Calais.	Loueau.
	La Flèche	Deravenel.
	Mamers	Drouard.
	Le Mans.	Godefroy.
Seine. . . .	St-Denis.	Decroix.
	Sceaux.	De Coulmiers.
	1.er arrondissem . .	Pastoret.
	2.e arrondissem . .	Mollien.
	3.e arrondissem . .	Richard - d'Aubigny.
	4.e arrondissem. . .	Godard.
	5.e arrondissem. . .	Berthereau.
	6.e arrondissem. . .	Dutremblay.
	9.e arrondissem. . .	Guillaumot.
Seine-Inf. .	Dieppe	Castel.
	Le Hâvre	Delonguemère.

		MM.
	Neufchâtel.	Gallye.
	Rouen	Lecouteulx.
	Yvetot.	Lemarié.
Seine-et-Marne.	Coulommiers. . . .	Gouest.
	Fontainebleau . . .	Besnard-St-Etienne.
	Meaux.	Lucy.
	Melun	Barré de St - Venant.
	Provins	Prévost.
Seine-et-Oise.	Corbeil	Andelle.
	Etampes.	Roger.
	Mantes.	Feugères.
	Pontoise.	Pihan de Laforêt.
	Versailles	Cholet.
Sésia	Bielle	Davoux.
	Santhia	Monateri.
	Verceil.	Campora, *malad.*
Sèvres (Deux).	Melle	Debourdeau,
	Niort.	Montrebœuf.
	Parthenay	Failly.
	Thouars	Richou.
Somme . . .	Abbeville	Blancart.
	Amiens	Duval, père.
	Doulens	Houbart.
	Montdidier	Cauvel.
	Péronne	Pincepré.
Stura. . . .	Coni.	Bonvicino.
	Mondovi.	Canaveri.

		MM.
	Saluces.	Riccati.
	Savillian.	
Tanaro. . .	Acqui	Agosti.
	Alba.	Gravier.
	Asti	Mattei.
Tarn. . . .	Albi	Pezous.
	Castres	Guy.
	Gaillac.	Loubers.
	Lavaur.	Latour-Déjean.
Var	Brignoles.	Maille.
	Draguignan	Jehan.
	Grasse.	Roubaud.
	Toulon.	Paul.
Vaucluse. .	Apt	Roman.
	Avignon.	Lépine.
	Carpentras.	Sobiratz.
	Orange.	Gaudemaris.
Vendée. . .	Napoléon	Jahan.
Vienne. . .	Chatellerault. . . .	Deschamps.
	Civray	Laubier - Grand-fief, père.
	Loudun	Richard, aîné.
	Montmorillon . . .	Viguier des Costes.
	Poitiers.	Allard.
Vienne (*Haute*).	Bellac	Lacroix.
	Limoges	Loysellequinière.
	Roche-Chouart . .	Laboulinière.
	St-Yriez.	Creuseint.

		MM.
Vosges . . .	St-Dié	Faveret.
	Epinal	Piers.
	Mirecourt	Estivaut.
	Neufchâteau. . . .	Bogard.
	Remiremont. . . .	Noël.
Yonne . . .	Auxerre	Reboul.
	Avalon.	Davoust.
	Joigny	Gaudes-Voves.
	Sens.	Tarbé.
	Tonnerre	Fayart - Bourdeille.

SOUS-PRÉFETS.

Ain. . . .	Belley	Charcot.
	Natua	Meurier.
	Trévoux.	Sausset.
Aisne. . . .	Château-Thierry. .	Corvoisier.
	St-Quentin.	Duuez.
	Soissons	Plancy.
	Vervins	Valery-Devisme.
Allier. . . .	Gannat.	Hennequin.
	La Palisse	Cossonnier.
	Mont-Luçon. . . .	Amelot.
Alpes (*B.*) .	Barcelonette	Ripert.
	Castellane.	Francoul (J.-J.).
	Forcalquier.	Clémentis, *inf.*
	Sisteron	Bignon.
Alpes (*H.*) .	Briançon.	Chaix (Barthel.).
	Embrun	Meissas (Nicol.).

		MM.
Alpes-Mar.	Monaco	Chassepot-de-Chapelaine.
	Puget-Theniers . .	Blanquis.
Ardèche. . .	L'Argentière. . . .	Bastide.
	Tournon.	Baude.
Ardennes. .	Réthel	Noblet.
	Rocroy.	Billandel.
	Sedan	Philippoteaux.
	Vouziers.	Coster, fils.
Arriége. . .	Pamiers	Galy-Gasparron.
	St-Girons	Bellonguet.
Aube. . . .	Arcis-sur-Aube . .	Parey.
	Bar-sur-Aube . . .	Rivière.
	Bar-sur-Seine . . .	Legouest.
	Nogent-sur-Seine .	Feugé.
Aude. . . .	Castelnaudary . . .	Robert-de-Saissac.
	Limoux	St-Gervais.
	Narbonne	Martin.
Aveyron . .	Espalion.	Carrié, jeune.
	Milhau.	Randon (J.-P.).
	St-Afrique.	Constance-St-Estève.
	Villefranche	Flaugergues (P.).
Bouch.-du-Rhône.	Aix	Aubert.
	Tarascon.	Paris (J.-Th.).
Calvados . .	Bayeux.	Lalouette (J.).
	Falaise.	Rulhière.

		MM.
	Lizieux	Le Cordier.
	Pont-l'Evêque . . .	Mollien.
	Vire	Asselin.
Cantal . . .	Mauriac	Lalo (Henri).
	Murat.	Chabanon.
	St-Flour	Bertrand.
Charente . .	Barbezieux.	Desprez.
	Cognac	Caminade.
	Confolens	Memineau.
	Ruffec.	Mimaud.
Charente-Infér.	Jonzac.	Thénard-Dumousseau.
	La Rochelle	Hersent-Destouches.
	Marennes	Guillotin-Fougeré, *inf.*
	Rochefort	Samuël-Bernard.
	St-Jean-d'Angely. .	Maillard.
Cher	St-Amand	Boityère-St-Georges.
	Sancerre.	Petit (P.-F.).
Corrèze. . .	Brives	Rebière.
	Ussel.	Raimond-Penieres.
Côte-d'or. .	Beaune.	Fremyet.
	Châtillon.	Martin.
	Semur.	Berthet.
Côtes-du-Nord.	Dinant.	Gagon, *malade.*
	Guingamp	Mauviel.

		MM.
	Lanion.	Le Grontec.
	Loudeac	Hillion.
Creuse. . .	Aubusson	Remy.
	Bourganeuf	Chassoux.
	Boussac	Bourdon.
Doire. . . .	Aoste	Martinet.
	Chivasso.	Marchetti.
Dordogne. . .	Bergerac.	Caze, fils.
	Nontron.	Geoffroy Boyer
	Riberac	Galaup.
	Sarlat	Malleville.
Doubs . . .	Baume.	Kilg.
	Pontarlier	Micaud.
	St-Hippolite	Bruneteau - Ste-Suzanne.
Drôme . . .	Die	Falquet-Travail.
	Montelimart. . . .	Gaud-Roussillac
	Nions	Pons.
Dyle	Louvain	Duchâtel.
	Nivelles	Berlaimont.
Escaut . . .	Oudenarde.	Constantin-Beyens.
	L'Ecluse.	Bazenerie.
	Termonde.	Devos-Derzèle.
Eure. . . .	Les Andelys	Guilbert.
	Bernay	Gattier.
	Louviers.	Frontin.
	Pont-Audemer. . .	Durand.

		MM.
Eure-et-Loir.	Châteaudun	Marceau.
	Dreux	Mars.
	Nogent-le-Rotrou .	Rouillé.
Finistère . .	Brest.	Lefèvre - Lapaquerie.
	Châteaulin.	Saillour.
	Morlaix	Duquesne.
	Quimperlé.	Morellet.
Forêts . . .	Bitbourg	Wilmar.
	Dieckirch	Boistel.
	Neufchâteau. . . .	Collard.
Gard. . . .	Alais.	Serres.
	Le Vigan.	St-Paul.
	Uzès.	Dazemar.
Garonne (Haute).	Castel-Sarrasins . .	Mieulet - Larivière.
	St-Gaudens	Roger.
	Muret.	Thomassin.
	Villefranche	Barrau.
Gers	Condom	Libé, *malade.*
	Lectoure	Junqua.
	Lombez	Cassassoles.
	Mirande.	Ducos.
Gironde . .	Bazas	Carrouge.
	Blaye	Aubert.
	Lespare	Cavaignac.
	Libourne	Lagreze.
	La Réole.	Joguet.

		MM.
Golo	Calvi.	Guibega.
	Corté.	Sébastiani.
Hérault . .	Beziers	Grenier.
	Lodève.	Fabreguettes.
	St-Pons	Barthés (A.).
Ille-et-Vilaine.	Fougère	Baron.
	St-Malo.	Boulet.
	Montfort.	Maudey.
	Redon.	Bayme, *malade.*
	Vitré.	Maurepas (Th.).
Indre. . . .	Leblanc	Gastebois.
	La Châtre	Cuinat.
	Issoudun.	Arthuys.
Indre-et-Loire.	Chinon.	Ruelle.
	Loches.	Lemaistre.
Isère	Marcellin	Grassot.
	Latour-du-Pin . . .	Sapey.
	Vienne.	Joly.
Jemmappes.	Charleroy	Troye.
	Tournay.	Lahuré.
Jura	St-Claude	Gacon.
	Dôle.	Augrer.
	Poligny	Fromond.
Landes. . .	Dax	Forsans.
	St-Séver	Castez.
Léman . . .	Bonneville.	Gavard.
	Thonon	Milliet.

		MM.
Liamone . .	Sartène.	Bartoli.
	Vico.	Susini.
Loir-et-Cher.	Romorantin	Léon-Lefebvre.
	Vendôme	Lefebvre.
Loire. . . .	St-Etienne.	Sauzéas.
	Rouane.	Hue-Lablanche.
Loire (H.). .	Brioude	Croze.
	Yssengeaux	Dauthier.
Loire-Inf. .	Ancenis	Luneaud.
	Châteaubriant . . .	Dutreil (Bern.).
	Paimbœuf	Maublanc.
	Savenay	Magouet.
Loiret . . .	Gien.	Dartonne.
	Montargis	Mesange.
	Pithiviers	Lambert.
Lot.	Figeac.	Lavernhe.
	Gourdon.	Niocel.
	Montauban.	Verninac.
Lot-et-Garonne.	Marmande.	Lamarque.
	Nérac	Villeneuve Barjemont.
	Villeneuve-d'Agen.	St-Genies, fils.
Lozère . . .	Florac	Cade.
	Marvejols.	Osty.
Lys.	Courtray.	Piquet.
	Furnes.	Herwin, aîné.
	Ypres.	Gallois.

		MM.
Maine-et-Loire.	Beaugé.	Duclaux.
	Beaupréau	Barré.
	Saumur.	Delabarbe.
	Segré.	Jarry-Montpelleray.
Manche . .	Avranches	Lehurey.
	Coutances	Paquet-Beauvais.
	Mortain	Pallix.
	Valognes.	Lemaignen.
Marengo. .	Bobbio.	Montiglio.
	Casal.	Charles Laville.
	Tortone	Carpani.
	Voguère	Bonard.
Marne . . .	Epernay	Carré.
	Ste-Menehould. . .	Le Roy.
	Reims	Drouet.
	Vitry-sur-Marne. .	Detorcy.
Marne (H.).	Langres	Berthol.
	Wassy	Clément.
Mayenne. .	Château-Gonthier. .	Meignan.
	Mayenne.	Chevallier.
Meurthe . .	Château-Salins . .	Noel.
	Lunéville.	Lejeune.
	Sarrebourg.	Le Père.
	Toul.	Gehin.
Meuse . . .	Commercy.	Hussenot.
	Mont-Médi	Gérard.
	Verdun.	Lefebure.

		MM.
Meuse-Inf. . .	Hasselt.	Arnoul.
	Ruremonde.	Liger.
Mont-Blanc.	Annecy.	Lemaignan.
	Moustiers	Avet.
	St-J.-de-Maurienne.	Bellemin.
Mont-Tonnerre.	Deux-Ponts.	Besnard, père.
	Kayserslautern. . .	Petersen.
	Spire.	Verny.
Morbihan .	Lorient.	Garnier.
	Ploermel.	Gaillard.
	Napoléon-Ville . .	Chabrolles.
Moselle. . . .	Briey.	Emmery.
	Sarguemines. . . .	Jacquinot.
	Thionville	Rolly.
Nèthes (Deux).	Malines.	Dewargny.
	Turnhout	Mesmaekers.
Nièvre . . .	Château-Chinon. .	Le Payen-de-Vigneulle.
	Clamecy	Laramée.
	Cosne.	Courroux-Desprez.
Nord.	Avesnes	Prissette.
	Cambrai.	Dumolard.
	Douay	Masclet.
	Dunkerque.	Schadet.
	Hazebrouck	Dequeux-St-Hilaire.
Oise	Clermont.	Le Riche.

		MM.
	Compiègne.	Jarry-Mancy.
	Senlis.	Fleury.
Orne. . . .	Argentan.	Bouffey.
	Domfront	Barbotte.
	Mortagne.	Delestang.
Ourthe. . .	Huy	Robinot.
	Malmedy.	Périgny.
Pas-de-Calais.	Béthune	Poidevin.
	Boulogne.	Duplaquet.
	Montreuil	Poultier.
	St-Omer	Benard-Lagrave.
	St-Pol	Garnier.
Pô	Pignerol.	Geymel.
	Suze.	Jacquet.
Puy-de-Dôme.	Ambert	Pourrat.
	Issoire.	Girot-Pouzol.
	Riom.	Faydit.
	Thiers.	Brugières-Laverchère.
Pyrénées (Basses).	Bayonne.	Armand Lom.
	Mauléon.	Diriat-Detchepare.
	Oléron.	Caillau.
	Orthez.	Paraige.
Pyrénées (Hautes).	Argeles.	Gertoux.
	Bagneres.	Ambialet.
Pyrénées-orient.	Ceret.	Lacour.
	Prades.	Isos.

		MM.
Rhin (Bas).	Barr	Cunier.
	Saverne	Reiss.
	Weissembourg. . .	Hausemann.
Rhin (H.).	Altkirch	Sommervogel.
	Befort	Burger.
	Delemont	Holtz.
	Porentruy	Daubert.
Rhin-et-Moselle.	Bonn.	Boosfeld.
	Simmern.	Vaurecum.
Rhône . . .	Villefranche	Sain.
Roër	Clèves	Keversberg.
	Cologne	Klespé.
	Creveldt	Jordans.
Sambre-et Meuse.	Dinant.	Delvingue.
	St-Hubert	Dewez.
	La Marche.	Briart.
Saône (H.).	Gray.	Crestin.
	Lure.	Matheron.
Saône-et-Loire.	Autun.	Creuzé.
	Châlons-sur-Saône.	Simonnot.
	Charolles.	Geoffroy.
	Louhans	Debrange.
Sarre. . . .	Birkenfeld	Therenim.
	Prum	Pettmesser.
	Saarbruck	Bordé.
Sarthe . . .	St-Calais.	Souin.
	La Flèche	Hardouin-Fichardière.
	Mamers	Contencin.

j

		MM.
Seine. . . .	St-Denis.	Dubos.
	Sceaux.	Houdoyer.
Seine-Inf. .	Dieppe	Cartier.
	Le Hâvre	Stanislas Faure.
	Neufchâtel.	Pocholle.
	Yvetot.	Legrand.
Seine-et-Marne.	Coulommiers. . . .	Frestel.
	Fontainebleau . . .	Valade.
	Meaux.	Godart.
	Provins	Simon.
Seine-et-Oise.	Corbeil	Bénard.
	Etampes.	Bouraine.
	Mantes.	Bonnel.
	Pontoise.	Vanier.
Sésia	Bielle	Ricatti.
	Santhia	Ronfani.
Sèvres (Deux).	Melle	Jard - Panvilliers.
	Parthenay	Charbonneaux.
	Thouars	Redon, *malade.*
Somme . . .	Abbeville	André Dumont.
	Doulens	Ponticourt.
	Montdidier	Lendormy.
	Péronne	Malafosse.
Stura. . . .	Mondovi.	Richeri.
	Saluces.	Bressi.
	Savigliano	Capelli.
Tanaro. . .	Acqui	Filly.
	Alba.	Trompéo.

		MM.
Tarn. . . .	Castres	Lachadenède.
	Gaillac.	Bermond.
	Lavaur.	Aussenac.
Var	Brignoles.	Philibert-de-St-Julien.
	Grasse.	Bain.
	Toulon.	Senès.
Vaucluse. .	Apt	Terras.
	Carpentras.	Boyer.
	Orange.	Guérin.
Vendée. . .	Montaigu	Clémenceau.
	Sables-d'Olonne . .	Menautau.
Vienne. . .	Chatellerault. . . .	Vincent Brauld.
	Civray	Pressac Desplanches.
	Loudun	Durand-la-Rennerie.
	Montmorillon . . .	Butaud.
Vienne (*Haute*).	Bellac.	Badou.
	Roche-Chouart. . .	Périgord.
	St-Yriez.	Gondinet.
Vosges . . .	St-Dié	Birot.
	Mirecourt	Céran-Lebrun.
	Neufchâteau. . . .	Cherrier.
	Remiremont. . . .	Richard.
Yonne . . .	Avalon.	Châteauvieux.
	Joigny	Ragon-Gillet.
	Sens.	Boulley.
	Tonnerre	Rathier.

Liste *des Députés militaires au Couronnement, qui se sont fait inscrire dans les bureaux du Maréchal d'Empire Gouverneur de Paris, avec les numéros de leurs régimens.*

GENDARMERIE.

MM.

1.er Ponsard, *colonel.*
2. Guérin, *chef d'esc.*
3. Cavalier, *colonel.*
4. Mignotte, *id.*
5. Noireau, *id.*
5. Jameron, *chef d'esc.*
6. Bergeron, *colonel.*
7. Malhy, *id.*
7. Laverdière, *ch. d'es.*
8. Martin (Ch.) *col.*
9. Geraut, *id.*
9. Seignan-Serres, *ch.*
10. Barbier-Lassaux, *col.*
11. Lecocq, *id.*
11. Beteille, *chef d'esc.*
12. Blanchard, *colonel.*
13. Almain, *id.*
13. Clément, *chef d'esc.*
14. Sirugue-Maret, *col.*
14. Dugallier, *ch. d'esc.*
15. Delafons, *colonel.*
16. Gauthier Bruslon, *id.*
17. Maupoint, *id.*
18. Richer, *chef d'esc.*
19. Saignes, *colonel.*
20. Pagnon-Laborie, *id.*
21. Bourdon, *id.*
22. Recco, *id.*
22. Tatin, *chef d'esc.*
23. Genneval, *colonel.*
24. Desbordelliers, *id.*
24. Boisserolle, *ch. d'es.*
27. Ducros-Aubert, *id.*

ARTILLERIE A PIED.

MM.

1.er Pernetti, *colonel.*
1.er Brumand-Villeneuve.
2. Demanelle, *colonel.*
3. Lobreau, *id.*
3. Lambinet, *ch. de bat.*
4. Rutty, *colonel.*
5. Demarçay, *id.*
6. Sénarmont, *id.*
6. Cabeau, *chef de bat.*
7. Vincent, *id.*
8. Aubry, *colonel.*

MM.

Dedon, aîné, *directeur d'artil. à Strasbourg.*

Ponge, *chef de bataillon, du 2.e pontonniers.*

ARTILLERIE A CHEVAL.

MM.

1.er Danthouars, *colonel.*
2. Delpire, *capit. com.*
3. Navelet, *colonel.*
4. Faure, *id.*
5. Foy, *id.*
6. Carbonnel, *id.*

INFANTERIE DE LIGNE.

MM.

1.er Berthelot-des-Graviers, *colonel.*
1.er Ganivel, *ch. de bat.*
2. Pouchain, *colonel.*
2. Homasset, *ch. de bat.*
3. Mouton, *colonel.*
4. Chobert, *major.*
4. Arnaud, *chef de bat.*
5. Teste, *colonel.*
5. Gaillard, *ch. de bat.*
6. Dufour.
7. Mitet, *chef de bat.*
8. Autier, *colonel.*
8. Marcouf, *ch. de bat.*
9. Pepin, *colonel.*
9. Grandjean, *ch. de b.*
10. Soulier, *colonel.*
10. Coulouny, *ch. de b.*
11. Vabre, *colonel.*
12. Vergez, *id.*
12. Fischer, *chef de bat.*
14. Mazas, *colonel.*
14. Henry, *chef de bat.*
16. Morin, *id.*
17. Conroux, *colonel.*
17. Arbod, *chef de bat.*
19. Manser, *colonel.*
21. Dufour, *id.*
21. Ducrost, *chef de bat.*
22. Schreiber, *colonel.*
22. Bonneville-Ayrat, *m.*
22. Dumont, *ch. de bat.*
23. Malherbes, *id.*
24. Sémelé, *colonel.*
24. Nadal, *chef de bat.*
25. Cassagne, *colonel.*
25. Gillot, *chef de bat.*
25. Durand, *id.*

MM.

27. Bardet, *colonel.*
27. Prevost-St-Cyr.
28. Hedig-Hossen, *col.*
28. Marion, *chef de bat.*
30. Valterre, *colonel.*
33. Raimon.
34. Dumoutier, *id.*
35. Breissand, *id.*
35. Vigent, *chef de bat.*
36. Graindorge, *colonel.*
36. Laudier, *chef de bat.*
37. Gauthier, *colonel.*
39. Maucune, *colonel.*
39. Valchiade, *ch. de b.*
40. Legendre, *colonel.*
40. Michel, *major.*
43. Raymond-Viviés, *c.*
43. Franchet, *ch. de b.*
44. Saudeur, *colonel.*
44. Lafosse, *major.*
45. Barrié, *colonel.*
46. Lanchanten, *id.*
46. Gauthier, *ch. de b.*
47. Delachastre, *col.*
47. Héraud, *chef de b.*
48. Cassine, *colonel.*
48. Georges, *chef de b.*
50. Lamartinière, *col.*
50. Juillet, *chef de bat.*
50. Cardenau, *id.*
51. Bonnet-d'Honnière.
51. Gallo, *chef de bat.*
52. Pastol, *colonel.*
52. Grobon, *chef de bat.*
53. Dignaron, *id.*
54. Philippon, *colonel.*
54. Varé, *chef de bat.*
55. Ledru, *colonel.*
55. Charles, *chef de bat.*
56. Boutroue, *colonel.*
57. Rey, *id.*
57. Barierre, *chef de bat.*
58. Nicolas, *id.*
59. Lacuée, *colonel.*
60. Cossard, *id.*
60. Fromont, *chef de b.*
61. Dorsenne-Lepaige.
61. Malval, *chef de bat.*
63. Lacuée, *colonel.*
64. Nerin, *id.*
65. Coustard, *id.*
65. Tuillé, *chef de bat.*
67. Roussetol, *id.*
69. Brun, *colonel.*
70. Rouyer, *id.*
70. Lanabere, *ch. de b.*
72. Ficatier, *colonel.*
72. Jourdan, *major.*
75. Lhuillier, *colonel.*
76. Faure-la-Jonquière.

MM.

79. Gondard, *colonel.*
79. Le Couturier, *c. de b.*
81. Bonté, *colonel.*
82. Peitavy, *ch. de bat.*
84. Sancet, *colonel.*
84. Toussaint, *c. de bat.*
85. Viala, *colonel.*
88. Curial, *id.*
88. Duhaupré, *ch. de b.*
92. Gruardel, *colonel.*
92. Tissot, *ch. de bat.*
93. Grillot, *colonel.*
93. Valence, *ch. de bat.*
94. Bazout, *colonel.*
95. Pecheux, *id.*
95. Raour, *ch. de bat.*
96. Barois, *colonel.*
96. Lacoste, *major.*
100. Ritey, *colonel.*
100. Delessard, *c. de b.*
100. Lacroix, *id.*
101. Cardeneau, *col.*
101. Julien, *ch. de bat.*
102. Jalras, *colonel.*
102. Pervot, *ch. de bat.*
103. Dumoulin, *col.*
103. Pasquier, *c. de b.*
105. Habert, *colonel.*
105. Trapier, *c. de bat.*
106. Roussel, *colonel.*
106. Autran, *ch. de b.*
108. Higonnet, *col.*
108. Chevallier, *c. de b.*
111. Gay, *colonel.*
111. Martin, *ch. de bat.*
112. Lolivier, *colonel.*
112. Vautier, *ch. de b.*

INFANTERIE LÉGÈRE.

MM.

1.er Bourgeois, *colonel.*
2. Schramm, *id.*
3. Mas, *id.*
3. Dubourg, *ch. de b.*
5. Bertel, *id.*
6. Laplan, *colonel.*
7. Boyer, *id.*
7. Faury, *chef de bat.*
8. Margery, *id.*
8. Bertrand, *colonel.*
9. Meunier, *id.*
10. Pouzet, *id.*
12. Laisné, *id.*
12. Aubry, *ch. de bat.*
13. Castex, *colonel.*
13. Terrier, *ch. de bat.*

MM.

14. Goris, *colonel.*
15. Desailly, *id.*
16. Harispe, *id.*
16. Obert, *ch. de bat.*
17. Vedel, *colonel.*
17. Devilliers, *major.*
18. Balaydier, *colonel.*
21. Tareyre, *id.*
21. Cheret, *ch. de bat.*
22. Goguet, *colonel.*
22. Davennes, *ch. de b.*
24. Marion, *colonel.*
24. Lestienne.
25. Godinot, *colonel.*
27. Charnolet, *id.*
27. Derbez-Latour,
27. Lenud, *ch. de bat.*
28. Pareske, *colonel.*
31. Mejean, *id.*
31. Aubert, *ch. de bat.*

CARABINIERS.

MM.

1.er Cois, *colonel.*
1.er Borel, *major.*
2. Morinoh, *colonel.*
2. Larcher, *major.*
2. Ismert, *ch. d'escad.*

CUIRASSIERS.

MM.

1.er Guiton, *colonel.*
2. Ywendorff, *id.*
3. Preval, *id.*
4. Herbault, *id.*
4. Chipault, *chef d'esc.*
5. Noirot, *colonel.*
5. Jacquemin, *ch. d'esc.*
6. Borel, *id.*
7. Offinstein, *colonel.*
8. Merlin, *id.*
9. Doumers, *id.*
10. Lataye.
10. Pierrot, *ch. d'esc.*
12. Belfort, *colonel.*
12. Bonne-Carierre.

DRAGONS.

MM.

1.er Arrighi, *colonel.*
1.er Queunot, *major.*
2. Privé, *colonel.*
2. Caseneuve, *ch. d'esc.*

MM.

2. Lavenant, *id.*
3. Fiteau, *colonel.*
5. Lacour, *id.*
6. Le Baron, *id.*
6. Remy, *chef d'escad.*
7. Debeine, *id.*
8. Bekler, *colonel.*
9. Maupetit, *id.*
0. Cavaignac, *id.*
1. Dabelle, *id.*
2. Pagés.
2. Tichmann, *ch. d'esc.*
3. Debrocq, *id.*
3. Dumas, *id.*
4. Lafon-Blaniac, *col.*
4. Louvet, *chef d'esc.*
7. Saint-Dizier, *col.*
7. Vigneron, *ch. d'esc.*
8. Ruat, *id.*
9. Baron, *id.*
19. St-Genies, *major.*
20. Reynaud, *colonel.*
21. Dumas, *id.*
22. Carrié, *id.*
22. Boyer, *chef d'escad.*
23. Briant, *colonel.*
23. Farine, *chef d'escad.*
24. Trouble, *colonel.*
24. Thomas, *chef d'esc.*
25. Rigaud, *colonel.*
25. Dumolard, *c. d'esc.*
26. Delorme, *colonel.*
26. Gerard, *chef d'esc.*
27. Tereyre, *colonel.*
28. Destrés, *id.*
28. Cuoq, *chef d'escad.*
29. Avice, *colonel.*
29. Magin, *chef d'esc.*
30. Dupré, *colonel.*

CHASSEURS A CHEVAL.

MM.

1.er Montbrun, *colonel.*
2. Bousson, *id.*
2. Guyon, *major.*
3. Grosjean, *colonel.*
3. Bareiller, *chef d'esc.*
4. Bruguière, *colonel.*
4. Stenheudt, *ch. d'esc.*
5. Corbineau, *colonel.*
5. Ameil, *chef d'escad.*
6. Bourgeois, *id.*
6. Regnaud, *major.*
7. Lagrange, *colonel.*
7. Barbé, *chef d'escad.*
8. Charpentier, *id.*

MM.

11. Bessières, *colonel.*
12. Defrance, *id.*
12. Pauttre, *major.*
13. Pultière, *colonel.*
14. Boudet, *id.*
14. Thiéry, *chef d'esc.*
15. Lepic, *colonel.*
16. Marchant, *chef d'es.*
16. Bonnemain, *major.*
19. Brue, *colonel.*
19. La Villette, *ch. d'es.*
19. Doney, *id.*
20. Marigny, *colonel.*
21. Berruyer, *id.*
22. Latour-Maubourg.
22. Luguez, *chef d'esca*
23. St-Germain, *col.*
24. Morin, *id.*
24. Lambert, *chef d'esca*
25. Soult, *colonel.*
26. Digeon, *id.*
26. Besnard, *chef d'esc.*

Evers, *colonel de la légion hanovrienne.*

HUSSARDS.

MM.

1.er Rouvillois, *colonel.*
2. Barbier, *id.*
3. Lebrun, *id.*
4. Merlin, *id.*
4. Merlin, *chef d'esc.*
5. Schwartz, *colonel.*
6. Pajol, *id.*
7. Marx, *colonel.*
7. Meda, *chef d'escad.*
8. Marulaz, *colonel.*
9. Guyot, *id.*
10. Lasalle, *id.*
10. David, *chef d'esc.*

DEMI-BRIGADES DE VÉTÉRANS.

MM.

1.re Mouret, *colonel.*
2. Grignon, *gén. de div.*
2. Prival, *id.*
2. Pernin, *command.*
3. Lambon, *chef de b.*
3. Aubugeois, *gén. de d.*
5. Charrière, *chef de b.*
6. Warnesson, *colonel.*
6. Leverrier, *ch. de bat.*

CAPITAINES DE VAISSEAUX.

MM.

Rolland.	Truttel.	Faur.
Maillot.	Montagnie.	Lemaran-Bois-Sauveur.
Maureau.	Bachetol.	Froment.
Polony.	Mamyneau.	
Robin.		

PRÉSIDENS DE CANTONS.

Département de l'Ain.	MM.
Amberieux.	Cozon (Louis).
Belley.	Monnier.
Champagne	Garin.
Hauteville.	Danveville.
Huis.	Guigard.
Lagnieu	Compagnon-la-Servette.
Ponein	Bochard.
St-Rambert	Falavier.
Seyssel.	La Chapelle-de-Bouren.
Virieu-le-Grand . . .	Jenin.
Bagé-le-Chatel. . . .	Montevrat, père.
Bourg	Riboud.
Ceyseriat	La Colière.
Coligny	Gamet.
Montrevel.	Robert.
Pont-d'Ain	Moyrer.
Pont-de-Vaux. . . .	Trambly-Liessardière, *mal.*
Pont-de-Vesle	Tardy.
Trefort	Mariétan.
Trivier-de-Courtoux .	Duscré, *malade.*

	MM.
Brenod	Carrier.
Chatillon-de-Michailles	Passeval-la-Chapelle.
Mornay	Branche.
Nantua	Douglas.
Oyonnax.	Roydellet.
Chalamont	Berard.
Châtillon-sur-Chalarenne	Humbert.
Meximieux.	Baret.
Montluel.	Ségaud.
Thoissey	Berthelon.
Trevoux.	Despinassy.
Trivier-s.-St-Mognan.	Chuimagne.

Départem. de l'Aisne.

Charly.	Grineau.
Château-Thierry. . .	Pinterel.
Condé.	Henry.
Fère-en-Tardenois. .	Lacan.
Ainsy-le-Château . .	Dubois de Courval.
Chauny	Carlier.
Coucy le-Château . .	Pipelet.
Craonne.	Montois.
Crecy-sur-Serre . . .	Sallandre.
La Ferre.	Dupuis.
Laon.	Louis.
Marle	Delamer.
Neufchâtel	Jamin.
Rosoy	Prud'homme.

	MM.
Sinona.	Pautuy.
Bohain	Carpentier.
Catelet	Priel.
Moy.	Leduc.
St-Quentin.	Fizeau.
Ribemont	Jonemaron.
St-Simon	Belin.
Vermand	Caulaincourt, père.
Braisne	Daumale.
Oulchy-le-Châtel. . .	Dujay, père.
Soissons.	Lalourcé.
Vailly.	Duruchanois.
Vic-sur-Aisne	Desevelinges.
Villers-Cotterets. . .	Colard.
Aubenton.	Desforges-Beaumé.
La Chapelle.	Marondier, *malade.*
Guise	Vieville-des-Essarts.
Lirson.	Colnet.
Nouvion.	Bourgeois.
Sains	Cappon.
Vervins	Dalery.
Wassigny	Vinchon.

Départem. de l'Allier.

Chantel-le-Château. .	Delesveaux.
Ebreuil	Fauget.
Ecurolles	Decombes.
Gannat	Lucas.
St-Pourçain.	Delacodre.
Cerilly.	Butty.

	MM.
Herisson	Favières.
Huriel.	Delestang.
Marcillac	Péronnet, *malade*.
Mont-Luçon.	Brade, *malade*.
Mont-Marault. . . .	Michelon.
Bourbon-l'Archambaut.	Dubouis.
Chevagnes.	Bayon.
Dompierre.	Saulnier.
Lurcy-le-Sauvage . .	Thier-Somoncier.
Le Montel.	Ripoud-Labrenne.
Moulins, *est*.	Gouthière.
ouest. . . .	Durin.
Neuilly-le-Réal . . .	Bujon.
Sauvigny	Saulnier.
Cusset.	Dussaroy-Vignolle.
Le Donjon.	Priveraud-Labontasse.
Jaligny	Deveaux-de-Chambert.
Mayet-de-Montagne	Brunet-Latour.
La Palisse	Lapoix-Fréminville.
Varennes.	Bouquet-Chazenille.

Départem. des Basses-Alpes.

Barreme.	Tarlanson.
Digne	Jouyne.
La Javie.	Estays.
Les Mées	Esmien.
Mezel	Fouchier, *malade*.
Moustiers	Clappier.

	MM.
Riez.	Reboul, *malade.*
Seyne	Piolle-Champforin.
Valensoles.	Leyton.
Banon.	Palhier.
St-Etienne-les-Orgues.	Rochebrune, *reçu sa l. tr. t.*
Forcalquier	Moisse.
Manosque.	Raffin.
Peyruis	Aillaud.
Reillanne	Martin, *reçu sa let. trop tard.*
Entrevaux.	David.
Barcelonette-de-Vitrolle	Roux.
Noyers	Saizieu.
Sisteron.	Devaux.
Turriers.	Eyssantier.
Volonne.	Richaud.

Départem. des Hautes-Alpes.

Aiguille	Richard.
Briançon.	Albert.
Grave	Maltronet.
L'Argentiere.	Bardonnèche.
Monestier.	Gendron.
Chorges	Allemand.
Embrun.	Laforge-Bellegarde.
Guillestre	Bennardel-Argenty.
Orcier.	Bayle.
Savines	Garnier.
Apres-les-Veynes . .	Lachau.
St-Bonnet	Martin.

	MM.
S-Etienne-en-Devolny.	Marcelin.
St.-Firmin.	Maigre.
Gap	Labastie.
La Batieneuve. . . .	Davin.
Larague.	Tournet-Ventelon, père.
Orpierre.	Faure.
Ribiers	Pellegrin.
Rozans.	Chouvet.
Serres.	Gontard.
Tallard	Clément.

Départem. des Alpes-Maritimes.

Briga	Chianea, *reçu sa let. tr. tard.*
Menton	Montéon.
Monaco	Tremois.
Perinaldo	Crabalona.
Pigne	Crabalona.
Sorgio.	Boulton.
Sospello.	Saramitte, *reçu sa let. tr. t.*
Aspremont	Gillette, *infirme.*
Nice, 1.er *arrond.* .	Massena, père.
2.e *arrond.* .	Miollis.
Rocabiglière	Mathieu.
Scarena	Uberti.
Utelle	Auda.
Villefranche.	Tiranti.
Beuil.	Lombard.
St.-Etienne.	Cafarelly.
Gillette	Geofroy.
Guillaumes	Lions.

MM.

Puget-Theniers. . . . Jonardi.
Roquesteron. . . . . Olivier, *reçu sa let. tr. tard.*
Villers. . . . . Garrel.

Départem. de l'Ardèche.

Burzet. . . . . Gancon.
Courcouron. . . . . Enjohas.
St.-Etienne-de-Lucdares . . . . Combes.
Joyeuse . . . . Comte.
L'Argentière . . . . Riffard.
Montpezat. . . . . . Chalas.
Thueyts. . . . . . . Roux.
Valgorge . . . . . . Duchamp.
Vallon. . . . . Valladier.
Les Vans. . . . . . Lahoudes.
Antraigues. . . . . Gamon, père.
Aubenas. . . . . . . Dalmas.
Bourg-St.-Andéol. . . Fabry.
Chommerac. . . . . Biousse.
St-Pierreville . . . . Chabal.
Privas. . . . . Defrances, *infirme.*
Rochemaure. . . . . Chevalier-Montrond.
Villeneuve-de-Berg. . Laboissière.
Viviers. . . . . Flangergues.
Voulte. . . . . Dazemur.
St-Agrève. . . . . . Brunel-Moze.
Annonay. . . . . . . Desfrançais-Delosmé.
Le Chaillard. . . . . Ferrand.
St-Félicien. . . . . . Malleval.

	MM.
Lamastre	Cros d'Avenas.
St-Martin-de-Valamas.	Guigon.
St.-Peray	Fairedes-Chabey.
Satillieu.	Dufaure-Satilien.
Servières	Chezé.
Tournon	Sanial-Lachava.
Vernoux.	Peyrot.

Départem. des Ardennes.

Charleville.	Bodson.
Flize.	Labauche.
Mezières.	Millet.
Monthermé	Desrousseaux.
Omont	Saladin.
Renwez	Guillaume.
Signy-le-Grand . . .	Goujon.
Asfeld.	Gillotin.
Château-Porcien. . .	Desligland.
Chaumont.	Seisé, *infirme.*
Juniville.	Henryon.
Novion-Porcien. . .	Gestaux.
Rhetel.	Fournival.
Couvin	Bivort.
Fumay.	Lefort, *reçu sa let. trop tard.*
Givet	Descagens.
Philippeville.	Cardon.
Rocroix	Cazin.
Rumigny	Beuret.
Signy-le-Petit	Goujeon.
Bouillon.	Jobart.

	MM.
Carrignan.	Gobert.
Monzon.	Bodson.
Raucourt	Fort.
Sedan, *nord*	Poupart-Creuslize.
sud.	Rousseau.
Attigny	Heurat.
Buzancy.	Davanne.
Le Chêne	Barré.
Grandpré	Goulet.
Machaut.	Gaqué.
Monthois	Damourette.
Tourneron	Hanotin.
Vouziers.	Doré.

Départem. de l'Arriège.

Ax.	Sans.
La Bastide-Seron. .	Bertrand.
Les Cabannes	Traversier.
Foix.	Boyer, aîné.
Lavelanet.	Mondiny, aîné, *malade*.
Querigut.	Condamy.
Tarascon	Rousse, aîné.
Vic-de-Sos.	Rousse, cadet.
Castillon	St-Martin, *reçu sa l. tr. tard.*
Ste-Croix	De Foix, *malade*.
St-Girons	Tusseau.
St-Lizier	Gauzas, aîné.
Massat	Géraud, aîné.
Oust.	Auziès.
Fossat.	Pauly, *malade*.

	MM.
Mas-d'Azil.	Lafite-Sentenac.
Mirepoix	Letu.
Pamiers.	Vergnes-Laprade.
Saverdun	Sol.
Varilhes.	Cassaing.

Départem. de l'Aube.

Arcis-sur-Aube . . .	Delahuproye.
Chavanges.	Mauvaix.
Mery-sur-Seine . . .	Croata, *malade.*
Rameru	Dubois.
Bar-sur-Aube	Pavée-Vandœuvre.
Brienne-le-Château. .	Pierret.
Fontaines	Delivigny.
Vandœuvre	Boussancourt.
Bar-sur-Seine	Bergeon.
Chaource	Balbe-Crillon.
Essoyes	Josselin-Martin.
Mussy.	Etienne.
Les Riceys	Bluget.
Marsilly-le-Hayer. . .	Paullentru.
Nogent-sur-Seine . .	Rivière.
Romilly	Belot.
Villenauce.	Jacob.
Aix-en-Othe.	Verollot.
Bouilly.	Blin.
Ervy.	Baillot.
Estissac.	Gennevais.
Lusigny.	Gervais.
Piney	Loyez.

	MM.
Troyes, 1.er *arrond.*	Jaillant.
2.e *arrond.*	Parisot.
3.e *arrond.*	Paillet-de-Loynes.

Départem. de l'Aude.

Alzonne.	Pascal Thoron.
Capendu.	Lespinasse.
Carcassonne, *est* . .	Rolland.
Conques.	Rolland-Fourton, père.
Lagrasse.	Tabarié.
Le Mas-Cabasdes. .	Lavalte.
Monthoumel	Raymond.
Montréal	Bonaffos.
Peyriac	Delort.
Saissac.	Boussac.
Tuhan.	Dufour.
Belpech	Achercahusac.
Castelnaudary, *nord.*	Dejean, aîné.
sud. .	Martin St-Jean.
Fangeaux	Marion-Gaja, père.
Sales.	Marsolan.
Alaigne	Voisins, aîné.
Arques	Peprata.
Belcaire.	Fourrié.
Chalabre.	Bezard.
St-Hilaire.	Guiard.
Limoux	Ribes.
Quillan	Varnier.
Roquefort.	Cussol, aîné.
Coursan.	Esperonnier.

	MM.
Durban	Montredon.
Ginestas.	Andreossy, père.
Lézignan	Pavé-la-Villeneuve.
Narbonne	Salaman.

Départem. de l'Aveyron.

St-Afrique.	Barasent.
Belmont.	Roque.
Camarez.	Cailet.
Cornus	Fabry.
Rome de St-Tarn . .	Joly-Cabanons.
St-Sernin	Cormary, *malade.*
St-Amans-des-Copts.	Noël.
St-Chesy	Finet.
Entraigues.	Grégoire.
Espalion.	Pons de Caylus.
Estaing	Cambonlas.
St-Geniès	Morand-Fligolle.
Ste-Geneviève. . . .	Daude.
La Guiole.	Baduel.
Mur-de-Barrez. . . .	Lambal.
St-Bauzely.	Poujade.
Campagnac	Lamath.
Laissac	Monestier.
Milhau	Dalbis.
Peyresau.	Monstuejols.
Salescuran	Blanchis, aîné.
Severac-le-Château. .	Grand-Sagnet-Dauterive.
Bozouls	Rogery.
Cassagne-Begoulies.	Chanson de Peyrables.

MM.

Conques.	Annat, *malade.*
Marcillac	Segurelle, fils.
Naucelle.	Imbert-Dubosc.
Pont-de-Salars. . . .	Dornès.
Requistal	Milhac.
Rignac.	Buisson.
Rodez.	Vaissette.
La Salvetat	Tairac.
Saveterre	Larafinie.
Albin	Perin-Lafargues.
St-Antonin	Pomier.
Asprieres.	Robert de Naussac.
Montbaton	Manhiaval, *invité trop tard.*
Najeac.	Crucdal, *malade.*
Rimpeiroux.	Salesse.
Villefranche.	Andrevand, *malade.*
Villeneuve.	Chatret.

Départem. des Bouches-du-Rhône.

Aix, *nord.*	Sallier.
sud	Bernardt, cadet.
Berres.	Sauffret.
Gardanne.	Bourguignon.
Istres	Berard.
Lambesc.	Cartier.
Les Martigues. . . .	Yaun.
Peyrotte.	Audan.
Salon	Rostaing, *malade.*
Trets	Jean.
Aubagne.	Bœuf.

	MM.
La Ciota.	Olivier.
Marseille, 1.er *arrond.*	Jourdan.
2.e *arrond.*	Lajet-le-Vieux.
3.e *arrond.*	Olive-Verdalle.
4.e *arrond.*	Ayean.
5.e *arrond.*	Noguier.
6.e *arrond.*	Delille.
Roque-Vaire.	Piraud.
Arles, 1.er *arrond.* .	Riped.
2.e *arrond.* .	Moreau.
Château-Renard. . .	Madier.
Eyguières.	Isnard.
Les Stes-Maries . . .	Vendrain.
Orgon.	Toulouse.
St-Remy.	Servan.
Tarascon	Moublet-Gras, *malade.*

Départem. du Calvados.

Balleroy.	Senot.
Bayeux	Delaunay.
Caumont	Aveline.
Isigny	L'Abbey-Druval.
Ryes.	Genas, aîné.
Trevieres	Saffray.
Bourguebus	Morin-Montéamisy.
Caen, *nord.*	Texier-Hautefeuille.
sud.	Lonvel-Jonville.
Douvres.	Lenormant.
Evrecy	Croisilles.
Tilly-sur-Seulles . . .	Neeltoutins.

	MM.
Troarn	Delaunay.
Villers-aux-Bocages .	Abaguesné.
Bretteville.	Faucillon-Duparc.
Contiboeuf.	Malherbe.
Falaise, 1.er *arrond.*	St-Valois-Léonard.
2.e *arrond.*	Brossard.
Thury-Harcourt. . .	Darthenay.
Lizieux, 1.er *arrond.*	Laroche-Perteville.
2.e *arrond.*	Nasse-Dubois.
Livarot	Dedouet, aîné.
Mezidon.	Paysant-du-Longpré.
Orbec.	Rivière.
Pierre-sur-Dive. . . .	Leroy.
Blangy.	Lecordier-Duperrey.
Cambremer.	Pagnel.
Dive.	Arcambal.
Honfleur	Lion-Dumontry.
Pont-l'Evêque. . . .	Dagrieu.
Aulnay	Ferault.
Le Beny-Bocage. . .	Debouaisne.
Condé-sur-Noireau.	Callais.
St-Sever.	Deroncherolles.
Vasse	Leconte.

Départem. du Cantal.

Aurillac, *nord.* . . .	Abadie.
sud	Perret.
St-Cernin.	Prax.
St-Mamet.	Vic.
St-Maurs	Peyronneng.

m

	MM.
Montsalvy.	Delmas.
La Roquebron. . . .	Faivelly, *malade*.
Vic-sur-Ceré	Sestrieres, fils.
Chaudes-Aigues. . .	Rougier, *malade*.
St-Flour, *nord* . . .	Borel de Montchauvel.
sud. . . .	Salvage.
Massiac.	Altarache.
Pierrefort.	Devillas.
Ruines.	Bernard.
Champs.	Mathieu.
Mauriac.	Duclaux.
Pleaux.	Vacher-Toumeime.
Riom	Chabanet.
Saigne.	Milauges.
Salers.	Salvages.
Allanches	Peuvergnes.
Marcenat	Tournade.
Murat.	Dubois-Miermon.

Départem. de la Charente.

St-Amand-de-Boixe. .	Maalde.
Angoulême, 1.re *part*.	Achard, Tison, d'Asgence.
2.e *part*.	Villarmin.
Blansac	Perrier.
Hiersac	Guissal-Chapitaux.
Montberon	Durousseau-Chabrot.
La Rochefoucault. .	Dubousquet.
Rouillac.	Briand.
La Valette.	Lanove.
Aubeterre.	Ganivet-des-Graviers.

	MM.
Baigne.	Piet, fils.
Barbezieux	Desmoutis.
Brossac	Delafaye-des-Rabiers.
Chalais	Michelon.
Montmoreau	Senemeau.
Châteauneuf.	Menaut.
Cognac	Turner.
Jarnac-Charente. . .	Marvaud.
Ségonzac	Joubert-Lapouyade.
Chabanois.	Peyroche.
Champagne-Mouton.	Col.
St-Claude	Garnier-Laboissière.
Confolens, *nord*. . .	Prevost-Dumarêt.
sud . . .	Babaud-Marcillac.
Montambœuf	Gros-Montambœuf.
Aigre	Deletang.
Mansle	Prevost.
Ruffec.	D'Hemry.
Ville-Fagnan.	Poitevin.

Départem. de la Charente-Inférieure.

Aunay.	Merveilleux.
St-Hilaire	Billet.
St-Jean-d'Angély . .	Debonnegens.
Lonlay.	Lazade.
Matha.	Guérin.
St-Savinien	Jouneau.
Tonnay-Boutonne . .	Griffon, aîné.
Archiac.	Bonneau.
St-Genis.	Poché.

	MM.
Jonzac.	Laverny.
Mirambeau	Mercier, père.
Montguyon	Thenard.
Montendre	Meriaud.
Mont-Lieu	Riquet.
St-Aignan.	Billotte.
Château-d'Oleron. .	Barbier.
Marennes	Fleury.
St-Pierre-d'Oleron. .	Guillotin.
Royan.	Renaud.
La Tremblade. . . .	Saulnier.
Aigrefeuille	Ladmirault.
Rochefort	Herbre-St-Clément.
Surgères.	Boulet.
Tonnay-Charente. .	Mercier.
Courson.	Juillot, père, *reçu sa l. tr. t.*
La Jarrie.	Roy.
Marans	Garos.
St-Martin-de-Ré . . .	Marcillas.
La Rochelle, *est*. . .	Bouscasses.
ouest .	Fleuriau.
Burie	Godet, père.
Cozes	Gaury.
Gemozac	Gantuel.
Pons.	Laurenceau.
St-Porchaire	Deviaud.
Saintes, 1.er *arrond.*	Faure.
2.e *arrond.*	Poitevin.
Saujon.	Bernard, aîné.

Départem. du Cher.	MM.
St-Amand.	Beguin, père.
Charenton.	Groffrinet.
Château-Meillant . .	Biarnais.
Châteauneuf.	Hervet.
Châtelet.	Beguin-Vandalon.
Dun-sur-Auron. . . .	Terasse-des-Billons.
La Guerche.	Masse.
Lignières	Perrot.
Nerondes	Massé.
Sancoins.	Dumont-Viesville.
Sauzay-le-Poitiers . .	Laroche.
Aix-d'Angillon . . .	Naudin.
Baugy	De Vuitry.
Bourges	Sallé.
Charost	Vallée.
Graçay	Water.
Levet	Gaulmier.
Lury.	Musnier.
Mehun	Moyret.
Menetou-Salon . . .	Dumont-de-la-Ghasnaye.
Vierson	Gourdan-des-Bruns.
Argent	Lemaître.
Aubigny.	Brunet.
La Chapelle-d'Angillon	Foucher-de-Lacour.
Henrichemont. . . .	Rougnon.
Lezay	Planchard.
Sancergues	Métairie.
Sancerre.	Sarton.
Vailly	Buchet-de-Pavillon.

Départem. de la Corrèze. MM.

Ayen. . . . . Dufour.
Beaulieu. . . . . . . Laplace, *malade.*
Beynac. . . . . Bedoch.
Brives . . . . Grivel.
Donzenac . . . . . . Breuil.
Juillac. . . . . Chavoix, *reçu sa let. tr. t.*
Larche. . . . . Marchant.
Lubersac . . . . . . Lavialle.
Meyssac. . . . . . . Roche.
Vigeois . . . . Nauche.
Argental. . . . . . . Escariet.
Corrèze . . . . Beyssac-Conté.
Egleton. . . . . . . Dambert.
Mercœur . . . . . . Laquenille.
La Pléan. . . . . . . Delzars.
La Roche-Canillac. . Gimazane.
Seilhac . . . . Lavialle.
Servières. . . . . . . Dumeilhac-Delvert.
Treignac. . . . . . . Chadenier.
Tulle, *nord.* . . . . Melon.
sud . . . . . Duval.
Uzerche. . . . . . . Ardant-Laganerie.
Bort. . . . . Porte-Chassaignac.
Bugeat . . . . Lagrange.
Eygurande. . . . . Lamajorie-Joursac.
Meymat. . . . . . . Materre.
Neuvic . . . . Dupuy.
Sornac. . . . . Plazanet.
Ussel . . . . Delmas.

Départem. de la Côte-d'Or.	MM.
Arnay-sur-Arroux . .	Godard-Barive.
Beaune, *nord.* . . .	Edouard.
sud	Lamarosse.
Belledéfense.	Hernoux.
Bligny-sur-Ouche . .	Boullenot.
Liernais	Dugond.
Nolay	Lavirotte.
Nuits	Tavernier-Boulogne.
Pouilly.	Godard, cadet.
Seurre.	Baudot, *malade.*
Aignai-Côte-d'Or . .	Petit.
Baigneux	Rolle.
Châtillon	Clery.
Laignes	Bernard.
Montigny-sur-Aube . .	Cottenet.
Recey-sur-Ource. . .	Buretey.
Auxonne	Morard-le-Bayette.
Dijon, 1.er *arrond.* .	Larché.
2.e *arrond.* .	Legoux.
3.e *arrond.* .	Dezé.
Fontaine-Française .	Claudon.
Genlis.	Tarnier, *malade.*
Gevrey	Corbabon.
Grancey-en-Montagn.	Mandat.
Is-sur-Tille	Rochet.
Mirebeau	Buvée.
Pontaillier-sur-Saône.	Bizot.
St-Seine.	Chauffier.
Selongey.	Demartinecourt.
Soubernon.	Rameau.

	MM.
Flavigny.	Bourée.
Montbard.	Champion-Beauregard.
Precy-sous-Tille. . .	Chevalier.
Saulieu	Bonnet, aîné.
Semur.	Guénau.
Vitteaux.	Belime.

Départem. des Côtes-du-Nord.

St-Brieux, 1.er *arron.*	Latimier-Duclezieux.
2.e *arron.*	Couppe.
Château-Landren . .	Cadiau.
Lamballe.	Besnier.
Lanvollon.	Gicquel.
Moncontour.	Glais.
Paimpol.	Lambert, fils.
Pleneuf	Pasturel, *infirme.*
Ploner.	Moy-des-Portes.
Plouha	Videment.
Quintin.	Fleury, *infirme.*
Brohon	Touzé.
Dinant, *est*	Néel.
ouest. . . .	Gondelin.
Evran.	Moncet.
St.-Jouan-de-l'Isle . .	Robert.
Jugon.	Ribault.
Matignon	Genty.
Plancoët.	Lavigne-Rouault.
Plelon.	Roquelin.
Plonbalay	Delourmel.
Bégard	Letriec.

	MM.
Belle-Isle-en-Terre. .	Allain-Launay.
Botcha.	Jouan, *malade*.
Bourbriac	Guillon.
Callac.	Guiot, *malade*.
Guingamp.	Vistorte.
Mael-Carhaix	Couteller.
Plouagat.	Lecorvaisier.
Pontrieux.	Bernard.
Rostrenen.	Lebris.
Lannion.	Despoirriés.
Lezardrieux	Letroudre, fils.
Peros-Guirec	Allain.
Plestin	Vigien.
Plouaret.	André.
La Roche-Derien . .	Lesaux.
Treguier	Cavan.
Colinée	Houis.
Corlay.	Tilly-Kveno.
Goarec	Racinet.
Lachèze.	Carré.
Loudeac.	Robin.
Merdrignac	Onfray.
Mur.	Traboulay.
Plouguenast.	Viet.
Uzel	Morice.

Départem. de la Creuse.

Aubusson	Espagne.
Auzance.	Durat.

	MM.
St.-Sylvain-de-Bellegarde	Laporte.
Chenerailles.	Aibier.
Courtine	Dessasses.
Croc.	Cornudet.
Evaux	Vertadier.
Felletin	Coutandon-Villars.
Gentioux et Pallier .	Coulisson-Dumas.
Les-Champs-St-Sulpice.	Assosant.
Benevent	Boutelot.
Bourganeuf.	Laumond.
Pontarion	Faure-Conat.
Royère	Lepetit.
Maule.	Prevost.
Boussac.	Trebuchet, *reçu sa let. tr. t.*
Chambon	Duprey-Latat.
Châtellux	Regnauld, *malade.*
Jarnage	Peroux.
Ahun	Jorand.
Bonnat	Poissonnier Desforges.
Dun.	Perperol.
Grand-Boury-Salagnac	Rebière Nouvelon.
Gueret	Parat.
La Souterraine . . .	Martin-Ducouret.
St-Vaury.	Voisin-Gartaupe.

Départem. de la Doire.

Aoste	Rebogliatti.

	MM.
Chatillon	Luboz.
Donas.	Dalle.
Fontaine-More . . .	Gadin.
Valpelline.	Vacher.
Verre	Barbier.
Villeneuve.	Nicole.
St-Benigno.	Balbis.
Caluso, ...	Gioanetti.
Chivas.	Actis.
St-Georges	Botta.
Rivaloro.	Rossi.
Rivara.	Obert.
Candia	Roffinelli.
Caravin	Fontana.
Castellamont	Vagina, père.
Chiaveran.	Guysielmo.
Cuorgné.	Rovetti.
Ivrée	Zanetti, *malade*.
Locana	Roscio.
St-Martin.	Sartoris.
Pont.	Craveni.
Setimo-Vittone . . .	Germanetti.
Strambin	Pavetti.
Vico.	Gattino.
Vistrour.	Gallo.

Départem. de la Dordogne.

St-Alvère	Morand-du-Puch.
Beaumont.	Ters.
Bergerac.	Condère.

	MM.
Cadouin.	Gouzot.
Cunéges.	Bontemps.
Eymet.	Carquet.
Issigeac	Laurrière, *malade.*
Laforce	Chevalier-Laubaîne.
La Linde.	Rambaud.
Monpasier.	Laval, aîné.
Velines	Dussault.
Ville-Franche-de-Lon-chaps	Bonnefois, *malade.*
Villemblard	Poulhiac.
Bussière-Badil	Durousseau.
Champagnac-Belair .	Délage.
Jumilhac-le-Grand. .	Chapel-Jumilhac.
Lanouaille.	Cipierre.
Mareuil	Dereix.
Nontron.	Durand-Nouaillac.
St-Pardoux-la-Rivière.	Laplaçade.
Thiviers.	Theulier.
Brantôme	Dalby Fayard.
St-Pierre-de-Chignac.	Clergeaud.
Excideuil	Bon.
Grignols.	Valbrun-Belair.
Hautefort	Sacrouzille, père, *infirme.*
Périgueux	Lauxade.
Savignac-les-Eglises .	Mallet, aîné.
Thenon.	Vidal, fils, *malade.*
St-Jean-de-Vergt . .	Laterrière, père.
St-Aulaye	Galamp, jeune.
Monpont	Becheau, *malade.*

	MM.
Montagrier	Pasquier-Ducluzeau.
Mucidan	Leybardie-Lougas.
Neuvic	Simon, *malade*.
Riberac	Poumeyrol.
Verteillac	Teissière.
Belves	Lapalisse.
Bugue	Limoges.
Carlux.	Lavigerie.
St-Cyprien	Laval.
Domme	Sepière.
Montignac.	Lagorce.
Salignac	Lacalprenède-Coste.
Sarlat	Selves, aîné.
Terrasson	Remy de Mery.
Ville-Franche-de-Belvès	Lavaur, fils.

Départem. du Doubs.

Baume.	Marchand.
Clerval.	Bourquenay.
Isle-sur-le-Doubs . .	Laude.
Pierrefontaine. . . .	Richard.
Rougemont	Tanchard.
Roulans-St-Eglise . .	Deschamps, fils.
Vercel.	Ferniot.
Amancey	Besson.
Audeux	Camus, fils.
Besançon, *nord* . . .	Arbilleur.
sud. . . .	Bonard.
Boussière	Barrière.

	MM.
Marchaux	Attalin.
Ornans	Saget.
Quingey.	Renaud.
Blamont.	Cléry.
St-Hippolyte.	Perciot.
Meiche	Pourcelot.
Le Russey.	Belin.
Levier.	Mourcet.
Mont-Benoît.	Morand.
Morteau.	Gaudion.
Mouthe	Vincent, *malade.*
Pontarlier.	Renaud.

Départem. de la Drôme.

Bourdeaux.	Vigne.
La Chapelle-en-Vercors.	Guillot.
Châtillon	Pascal.
Le Crest, *nord.* . . .	Rigaud de Lille.
sud. . . .	Tavan.
Die	Lagier la Condamine.
La-Motte-Chalençon.	Magnan-Duclaux.
Luc-en-Diois	Morin.
Saillans	Pourtier, aîné.
Dieulefit.	Morin.
Grignan.	Grosses.
Marsanne	Montlovier.
Montelimart.	Chegnet.
Pierrelatte.	Rouvière.
Le Buis	Fare.

MM.

Nyons. . . . . Deydier.
Remuzat. . . . . . . Marcellin.
Sederon. . . . . . . Roux.
Bourg-du-Péage . . . Vial.
Chabeuil. . . . . . . Bellon.
St-Donat. . . . . . . Paul.
St-Jean-en-Royans . Ezingeard, père.
Le-Grand-Serre . . . Martin.
Loriol. . . . . Blancard.
Romans . . . . Revol.
Tain. . . . . Jourdan, père.
Valence. . . . . . . St-Germain.
St-Vallier. . . . . . . Fleury, fils, *malade.*

Départem. de la Dyle.

Anderlech. . . . . . Ruzette.
Asscha . . . . Grubber.
Bruxelles, 1.er *arron.* Lapuente, *malade.*
2.e *arron.* VanLanghenhoven.
3.e *arron.* Beughem.
4.e *arron.* Delanoy.
Hall. . . . . Muyzewinckel.
La Hulpe . . . . . . Defrichermont.
Lennich-Martin. . . Dersveyts.
Ucle . . . . Verassell.
Woluwe-St-Etienne. Massaux.
Wolverthem. . . . . Hendricka.
Aerschot. . . . . . . Craenen.
Diest . . . . Despoelberg.
Glabbeck.. . . . . . Derickmans.

	MM.
Gretz	Donison.
Hacgt.	Kessel.
Léau	Bleykaert.
Louvain, 1.er *arrond.*	Douyn de Châtre.
2.e *arrond.*	Verlat.
Tirlemont, 1.er *arr.*	Loyaerts.
2.e *arr.*	Dattier, *malade.*
Genappe.	Art.
Hérinnes	Poederlé, aîné.
Jodoigne	Dolescaille.
Nivelles, 1.er *arrond.*	Marchot.
2.e *arrond.*	D'Arras.
Perwez	Pierret.
Wavre.	Herpigny.

Départem. de l'Escaut.

Oudenarde, 1.er *arr.*	Raepsaet.
2.e *arr.*	Fonson.
Grammont	Beyheyn.
Herzèle	Devos.
Maria-Hoorebeke . .	Truyen.
Nederbrakel.	Dhont, père.
Ninove	Permanes.
Renaix.	Fostier.
Sottegheim	Vandamme.
Assenade	De Peuhtemerre.
Axel.	Lœlands.
Capryke	Audenœerde.
Eccloo	Hennequin.
Hulst	Tegelberg.

	MM.
Ysendyk.	Benteyn.
Oosrbourg.	Casteel.
Cruyshautem	Vandermken.
Deynse	Ottevaer.
Eccloo.	Beclaert.
Everghem.	Dhooge.
Gand, *nord*.	Van Sambeke.
sud	Oudaert.
est.	Reyens.
ouest.	Van der Hacgen.
Loochristy	Lautthière.
Nazareth	Spillebant.
Nivelle	Carbonnelle.
Oosterzeele	Eggermont.
Sommerghem.	Daumink.
Waerschoot.	Dulong.
Alost, 1.er *arrond*. .	Declercq.
2.e *arrond*. .	Lencekeurs.
Beveren.	Versnissen.
St-Gilles.	Dubrouwer.
Hamme.	Ysebrant.
Lokeren.	Taek.
St-Nicolas.	Demulder.
Tamise	Brackmann.
Termonde.	Schauthier.
Wetteren	Vilain.
Zele.	Gheeroffle.

Départem. de l'Eure.

Les Andelys.	Flavigny.

	MM.
Ecos.	Bois-Dennemest.
Estrépagny	Lefebvre-Voumesnil.
Gisors.	Fourmont-Tournay.
Grainville.	Leblond.
Lions	Combault-d'Auteuil.
Beaumesnil	Agis de St-Denis.
Beaumont-le-Roger.	Duval.
Bernay.	Mutel.
Brionne	Coupey.
Chambrois.	Debonneville.
Thiberville	Duval.
St-André.	Ledier.
Breteuil.	Daupeley.
Conches.	Defougy.
Damville.	Potin.
Evreux, *nord*. . . .	Lieudé-de-Semauville.
sud.	Barré-des-Authieux.
Nonancourt.	Darjuson.
Pacy.	Dennoulier.
Rugles.	Lemaréchal.
Verneuil.	Vallée-des-Noës.
Vernon	Rigault.
Gaillon	Graveron.
Louviers.	Le Camus, aîné.
Neubourg.	Dupuis.
Pont-de-l'Arche . . .	Lemaître.
Tourville	Godart.
Beuzeville.	Delamotte.
Bourgthéroude . . .	Devarin.
St-Georges-Vièvre . .	Beauval.

	MM.
Montfort-sur-Rille . .	Rabasse.
Pont-Audemer. . . .	Eude.
Quillebœuf	Depillon.
Routot.	Lereffait.

Départem. d'Eure-et-Loir.

Auneau	Lambert.
Chartres, *nord* . . .	Brocheton.
sud. . . .	Coubré-St-Loup.
Courville	Dussieux.
Illiers	Desligneres, père.
Janville	Champigneau.
Maintenon	Chapelain-Serresville.
Vove	Duroure.
Bonneval	Gamas.
Brou	Maignan.
Château-Dun	Guérineau-Chessardieres.
Clois.	Loger, fils.
Orgères	Pasquier de Luneau.
Anet.	Nugues.
Brezolles.	Laboullaye.
Château-Neuf. . . .	Forest.
Dreux.	Mahiel-St-Claire.
La Ferté-Vidame . .	Féneant.
Nogent-Roulebois. .	Devougny-Boquestant.
Senonches.	Levacher.
Authon	Durand-Pizieux.
La Loupe	Caquet.
Nogent-le-Rotrou . .	Fergon-Travers.
Thiron-de-Gardais. .	Chaline.

Départem. du Finistère.	MM.
Brest, 1.er *arrond.* .	Guilhem.
2.e *arrond.* .	Duplanis, *infirme.*
3.e *arrond.* .	Lebreton.
Isle-d'Ouessant. . . .	Heré.
Landernau	Mallassis.
Lannillis.	Abjeard.
Lesneven	Kermenguri.
Plabennec.	Moyot.
Ploudalmezeau . . .	Corric.
Ploudiry.	Pouliquen.
Plongastel-Daoulas. .	Goubin, père, *infirme.*
St-Renan.	Mevel, père.
Carhaix	Sedissez-Penaurum.
Château-Lin.	Lelievre, *infirme.*
Château-Neuf-du-Faon.	Bernard.
Crozon	Thiphaigne.
Le Faon.	Courtois.
Huelgoat	Gaillard-Kersausec.
Pleyben	Delaunay.
Landivisiau	Abyral.
Lanmeur	Chaillon, aîné.
Morlaix	Philippe-Delville.
Plouescat	Delaunoy.
Plonzevède	Carné.
St-Pol-de-Léon . . .	Kerhern.
Le Pouton.	Frenel.
Sizun	Sanquer.
Taulé.	Borgnis-des-Bordes.
St-Theogoneo. . . .	Tromelin-le-Dalle.

	MM.
Arzaneau	Légal.
Bannalec	Prevost.
Pontaven	Mauduit.
Quimperlé.	Descourbes.
Scaër	Tredern.
Concarneau	Laporte.
Douarnenez.	Grivart.
Fouesnant.	Hernir.
Plogastel	Le Breton.
Pont-Croix	Guerno.
Pont-l'Abbé	Kerillis.
Quimper.	Ledeau.
Rosporden.	Girard.

Départem. des Forêts.

Artzfeld.	Tucks.
Bitbourg.	Holzemer.
Dudeldorff	Bochkoltz.
Echternach	Herweg.
Neuerbourg.	Gerardy.
Clervaux.	Neumann.
Dieckirch	Donnershausen.
Osperen.	Lichtenberg.
Vianden.	Coster.
Wiltz	Hobscheidt.
Arlon	Poncelet.
Bettembourg	Schmit.
Betzdorff	Dumont.
Grewenmacher . . .	Thiry.
Luxembourg, *nord.*	Wan der Bach.

	MM.
Luxembourg, *sud.* .	Servais.
Mersch	Sauer.
Messaucy	Herddesdorff.
Remich	Aubertz.
Bastogne	Hoffschmidt, *malade.*
Etalle	Tschoffen.
Fauxvillers	Scheneder.
Florenville	Richard.
Houfalise	Deburthé.
Neufchâteau.	Jacques, dit Rozières.
Paliseul	Dufour.
Sibret.	Machuray.
Virton.	Gerard.

Départem. du Gard.

Alais	Firmas-Periés.
St-Ambroix	Palges-des-Mages.
Anduze	Coulomb, aîné.
Barjac.	Laborie-Thureux.
Genolhac	Dauthun.
St-Jean-du-Gard. . . .	Boudon-la-Solle.
Ledignan	Valère.
St-Martin-Valgagues.	Duclaux-Farolle.
Vezenobre.	Claris.
Aigues-Mortes. . . .	Esparron.
Aramon.	Sauvan-Daramon.
Beaucaire	Privat.
St-Gilles-les-Boucheries.	Baron, père.
St-Mamet.	Routon.

	MM.
Marguerites.	Labaume.
Nîmes, 1.er *arrond.* .	Rouverié, Coubiere, Genas.
2.e *arrond.* .	Fournier.
3.e *arrond.* .	Noailles.
Sommières	Laroque-Monteils.
Vauvert.	Moinier.
Bagnols	Brueys.
St-Chaptes	Deleuze.
Lussan	Thomas-St-Laurent.
Pont-St-Esprit. . . .	Defages-Chazols.
Remoulins.	Froment-Castilles.
Roquemaure.	Serenne-d'Aqueria.
Uzès.	Durnaud-Valabris.
Villeneuve-lès-Avignon	Barbier-Rochefort.
Alzon.	Laroquette-Belveze.
St-André-de-Valborgne	Debroche.
St-Hippolyte	Mauri-Lapeyrouse.
Quissac.	Redier.
La Salle.	Manvel-Saumane, *malade.*
Sauve.	Veulon.
Sumène.	Tarteiron.
Trèves	Bouat.
Valleranque.	Teuton.
Le Vigan	Laroquette.

Départem. de la Haute-Garonne.

Beaumont.	Laborde-Cazeaux.
Castel-Sarrazin. . . .	Carrère-Pichels, *malade.*

	MM.
Grizolles	Bouloc-Cabanac.
Montech	Vicoze, *circonst. partic.*
St-Nicolas.	Guiringaud.
Verdun	Vinsac.
Villeboumier	Gerla, aîné, *malade.*
Aspet.	Latour, *infirme.*
Aurignac	Goutelongue.
Bagnères	Nadau.
St-Béat	Fontin.
St-Bertrand-de-Comminges	Casassus.
Boulogne	Pelleport-Jaussac.
St-Gaudens	Dispan.
L'Isle-en-Dodon . . .	Malbois, *malade.*
St-Martory	Court.
Montrejeau	Lassus-Camon.
Salies	Rouède.
Auterive.	Belot, *malade.*
Carbonne	Gonyn, *malade.*
Cazerès	Duston.
Cintegabelle.	Valmalette.
Fousseret	Lasserre.
St-Lys	Manene.
Montesquieu	Grandis-la-Roque.
Muret.	Janole.
Rieumes.	Castaing.
Rieux	Augueret, *infirme.*
Cadour	Pérignon (P.-J.).
Castanet.	Huc.
Fronton.	Adhemar.

	MM.
Grenade.	Pérignon.
Leguevin	Cyprien.
Montastruc	Faysan.
Toulouse, 1.er *arron.*	Carrery.
2.e *arron.*	Tissinier.
3.e *arron.*	Casseirol.
4.e *arron.*	Dessolles.
Verseil.	Pro.
Villemur.	Pendavies.
Caraman.	Blanc-la-Selve, aîné.
Lanta	Peytes.
Montgiscard.	Ortric, aîné.
Nailloux.	Duperrier, aîné.
Revel	Faure.
Ville-Franche	Gabalda.

Départem. du Gers.

Auch, *nord.*	Sentex.
sud	Baour-Abel.
Gimont	Labarthe.
Jegun	Daubas.
Saramon.	Laloue.
Vic-sur-Losse	Cassaignolles.
Cazaubon	Capin, aîné.
Condom.	Gaichaies, *malade.*
Eauze	Daydies.
Mont-Réal.	Lassales-Ceriau, *malade.*
Nogaro	Trimalies-Maignant.
Valence	Thoré-de-Roses.
St-Clar	Dinloiché.

	MM.
Fleurance	Laborde-Lacanan, père.
Lavit-de-Lomagne . .	Dauriol, aîné.
Lectoure	Montbrun, aîné.
Mauvesin	Montbrun.
Mirande.	Tartanac.
Cologne.	Chabanon.
Isle-Jourdain	Dumas, aîné.
Lombès	Marcelier.
Sammatan.	Daumezon, père.
Aignan	Labeaume.
Marciac.	Delong.
Masseube	Laforgue-Calixte.
Mielan	Lafitte-Montus.
Mirande.	Perès.
Montesquiou	Barres.
Plaisance	Darech.
Riscle.	Daubons.

Départem. de la Gironde.

Auros.	Marbotin-Contenseuil, *m.*
Bazas	Guirant.
Captieux.	Taurin.
Grignols	Laujac-Charrier.
Langon	Lafon, *malade.*
Prechac	Lalanne.
St-Symphorien . . .	La Peyre.
Blaye	Chery-Fidele.
Bourg	Valentin.
St-Ciers-la-Lande. . .	Batteau.
St-Savin.	Duranteau.

	MM.
St-André-de-Cubsac.	Latour-Dupin.
Audenge.	Dumora, jeune.
Belin.	Sauvay, *malade.*
Blanquefort	Pomier-de-Loudon.
Bordeaux, 1.er *arron.*	Gramont.
2.e *arron.*	Desfourniel.
3.e *arron.*	Martignac, *malade.*
4.e *arron.*	Bounin, *malade.*
5.e *arron.*	Brezetz.
6.e *arron.*	Barbe.
La Brède.	Peyrebrune.
Cadillac.	Duluc, aîné, *infirme.*
Carbon-Blanc	Montaigne, *malade.*
Castelnau-de-Médoc .	Lynch, *malade.*
Créon.	Lecomte.
Pessac.	Duvagier, *malade.*
Podensac	Leblanc.
La Tête-de-Buch . .	Turgau, *malade.*
St-Macaire	Bouchereau.
Montségur.	Deniau.
Pellegrue	Bonac, *malade.*
La Réole.	Lasseine.
Sauveterre.	Cornoieau.
Targon	Cursier.
St-Laurent-de-Médoc.	Bichon.
Lespare.	Lussac.
Pauilliac.	Daux.
St-Vivien.	Fauchey.
Branne	Aymen, *malade.*
Castillon.	Roy.

	MM.
Coutras	Trigaut.
Ste-Foy-la-Grande. .	Mestre.
Fronsac	Clémenceau.
Guitres	Largeteau.
Libourne	Lacare-Gaston.
Lussac	Drivet.
Pujols.	Barbot.

Départem. de l'Hérault.

Agde	Sicard.
Bedarrieux	Theron.
Beziers, 1.er *arron.* .	Bernard.
2.e *arron.* .	Nallet, cadet.
Capestang.	Vidal.
Florensac	Paulmier-Fontenille, aîné.
St-Gervais-la-Ville. .	De Serviès-Campredon.
Montagnac	Rey-Lacroix.
Murviel.	Farret.
Pezenas.	Sales, fils.
Roujan	Mérigeaux.
Servian	Py, fils aîné.
Le Caylar.	Rouquette, *reçu sa l. tr. t.*
Clermont	Verny.
Gignac	Lausade.
Lodève	Martin.
Lunas	Bonafé, aîné, *malade.*
Aniane	Privat.
Castries	Barreau.
Cette	Mercier, *malade.*
Claret	Cavalier.

	MM.
Frontignan	Argelliès.
Ganges	Molinès.
Lunel-la-Ville	Mourgues.
S-Martin-de-Londres.	Ragniol.
Les Matelles.	Vagnier.
Mauguio.	Constan.
Mèze	Granal.
Montpellier, 1.er *arr.*	Tesses.
2.e *arr.*	Lajard.
3.e *arr.*	Perdrix.
St-Chinian.	Tricou.
Olargues	Bas-Cesso.
Olonzac.	Laur.
St-Pons	Roger-Cabanes.
La Salvetat	Raynaud.

Départem. d'Ille-et-Vilaine.

Autrain	Duhil-Bengzé.
St-Aubin-Cormier . .	Plihon.
St-Brice	Gouin-Germondais.
Fougères, 1.er *arron.*	Rallier.
2.e *arron.*	Binel-Jeaúniere.
Louvigné-du-Désert.	Lenicolaï-Clinchamps.
Cancale	Avice-Villejon.
Château-Neuf. . . .	Gauthier.
Combourg.	Lodin.
Dol	Denoüal.
St-Malo	Amsinck.
Pleine-Fougères . . .	Fauvel.
Pleurtuit	Delabouexière.

	MM.
St-Servan	Magon-St-Elier.
Tinteniac	Robion.
Becherel.	Le Regner.
St-Méen.	Michel.
Montauban	Trouessart.
Plélan.	Nicolle.
Bain.	Blery.
Fougeray	Guichand.
Guichen.	Le Batard-Villeneuve.
Maure.	Du Couedic.
Pipriac	Rosy-St-Solain.
Rédon.	Theloan.
Le Sel.	Paischoux.
St-Aubin-d'Aubigné .	Leguay.
Château-Girons . . .	Delagresillonais.
Hédé	Deslandes, père.
Janzé	Lesire.
Liffré	Lemoine.
Mordelles.	Farcy de la Ville-Dubois.
Rennes, *nord-est* . .	Lemerer.
sud-est. . .	Desbois.
sud-ouest. .	Boberil-Cherville.
nord-ouest.	Lorin.
Argentré	Mouezi-du-Tertre.
Château-Bourg . . .	Porten.
La Guerche.	Varin-du-Frambois.
Retiers.	Lancelot.
Vitré, 1.er *arrond*. .	Degennes (Pierre).
2.e *arrond*. .	Degennes (André).

Départem. de l'Indre.	MM.
Belabre	Delanet.
St-Benoît-du-Sault. .	Debreniord.
Le Blanc.	Delacou-Marivault.
St-Gaultier	Rachepelle.
St-Martin-Tournon.	Moreau-Desbroix.
Argenton	Auclerc-des-Côtes.
Busançais	Savary-Lancosne.
Château-Roux. . . .	Crublier-Chaudaire, père.
Châtillon	Moreau-des-Breux.
Ecueillé.	Dupuy.
Levroux.	Barbancois.
Vallançay	Hérisson.
St - Vincent - d'Ardentes.	Blanchard, père.
Aigrande	Tollaire-des-Gouttes.
La Châtre.	Perigois.
Éguzon	Baulet de la Coux.
Neuvy-St-Sépulcre. .	Thabaud.
Ste-Sévère.	Devilleneuve.
St-Christophe. . . .	Delestang.
Issoudun, *nord.* . .	Leconte.
midi. . .	Delavanveste.
Vatan	Delarue.

Départem. d'Indre et Loire.	
Azay-le-Rideau . . .	Chesneau.
Bourgueil	Courtis.
Château-la-Vallière .	Hery, *malade.*
Chinon	Chemon-Bagneuf.
Isle Bouchard	Drouin.

	MM.
Langeais.	Champigny-Aubin.
Ste-Maure.	Cesvet.
Richelieu	Carcier, *infirme.*
La Haye.	Brung.
Ligueil.	Gauthier-Laferrière.
Loches	Pottier.
Montrésor.	Letigny.
Pressigny (le Grand).	Delafouchardière.
Preuilly	De la Tremblay.
Amboise.	St-Martin.
Bleré	Villeneuve.
Château-Renaud . .	Laplace.
Neuilly-pont-Pierre .	Brault.
Neuvy-la-Loire. . . .	Gendron.
Tours, *nord.*	Guizol.
centre.	Calmelet.
sud	Cormery.
Vouvray.	Lamardelle, père.

Départem. de l'Isère.

Allevard.	Gauthier.
Bourgdoisans	Cosson.
Clelles.	Gueymart.
Corps	Bersnon.
Dormêne	Dubois.
Entraigues.	Brunet.
Goncelin.	Julien.
Grenoble, *nord.* . .	Paganon.
est. . . .	Revol, cadet.
sud-est. .	Montalban.

	MM.
St-Laurent-du-Pont .	Margot.
Mens	Accariaz.
Monestier-Clermont.	Valentin.
La Mure.	Guillot.
Sassenage	Falquet-Planta.
Le Touvet.	Pison-St-Hilaire.
Vif.	Beriat, cadet.
Villars-de-Lans . . .	Jullien.
Vizilles	Chuzin.
Voiron.	Thivollier.
St-Etienne-de-Geoire.	Cochet.
St-Marcellin.	Vallier.
Pont-en-Royans . . .	Bellier, père, *infirme*.
Rives	Duperon.
Roybon	Silvestre-St-Orne.
Tullins	Farconnet.
Vinay	Heurard.
Bourgoin	Charvet.
Cremieu.	Plantier.
St-Geoire	Roche.
Grand-Lemps.	Couturier.
Morestel.	Pecond, *infirme*.
Pont-de-Beauvoisin. .	Pillon.
La Tour-du-Pin . . .	Murinais.
Virieu.	Aprin-Lésieu.
Beaurepaire	Suat, père.
La Côte-St-Jean. . .	Forgeret.
Heyrieu	Bied.
St-Jean-de-Bournay .	Moidieu-Berger.
Meyzieu.	Faure.

	MM.
Roussillon.	Robert-Dugardier, *malad.*
St-Symphorien. . . .	Lombard.
La Verpillière. . . .	Goner.
Vienne, *nord*	Bouthier, aîné, *malade.*
sud.	Charvet.

Départem. de Jemmappes.

Beaumont	Polchet.
Binch	Delblois.
Charleroy, 1.er *arron.*	Debruges.
2.e *arron.*	Drion.
Chimay	Dubrenquet.
Fontaine-l'Evêque . .	Maghée.
Gosselies	Moriame.
Merbes-le-Château. .	Dubois.
Seneffe	Crousse.
Thuin.	Durvooz.
Boussu	Colmant.
Chièvres.	Criguillon.
Dour	Cailleau.
Enghien.	Parmentier.
Lens	Plessart.
Mons, *nord.*	Gendebien.
sud	Houzé.
Pâturages	Mathieu d'Avay.
Rœulx.	Croy-Solze.
Soignies	Mary.
Antoing.	Leclément.
Ath	Deproost.
Celles	Leclercq (Louis).

	MM.
Ellezelles	Leclercq.
Frasnes	Desromains, *malade.*
Lessines.	Faquenier.
Leuze	Simon.
Peruwelz	Deblois.
Quevaucamps	Flescher.
Templeuve	Prevost.
Tournay, 1.er *arrond.*	Derasse.
2.e *arrond.*	Delossy.

Départem. du Jura.

Les Bouchoux. . . .	Jaquenod.
St-Claude	Dolard.
Moirans.	Mayard-Vomgland.
Morez.	Jobey.
Petites-Chiettes . . .	Bouvet.
Chaumergy	Ribelot.
Chaussin.	Vauschier.
Chemin	Bourge.
Dampierre.	Caron.
Dôle.	Bouvier.
Gendrey.	Besson.
Montbarey	Terrier-Moniell.
Montmirey-Château.	Rossignoux.
Rochefort.	Lameth.
St-Amour	Bernard.
Arinthod	Rochel.
Bletterans.	Gardo.
Clairvaux	Prost.
Conliége.	Nicolas.

	MM.
Coulanges.	Dauphin.
St-Julien	Guillaumot.
Lons-le-Saulnier. . .	Chevillard.
Orgelet	Babey.
Sellières.	Bonnemur.
Voiteur	Mareschal.
Arbois.	Bouvenot.
Champagnole	Monnier (Joseph).
Nozeroy.	Combette.
Les Planches	Monnier.
Poligny	Masson.
Salins	Bousson.
Viller-Farlay	Aigrot.

Départem. des Landes.

Castets.	Boucau, *malade.*
Dax	Daracq.
St-Esprit.	Roll. Montpellier.
Montfort	Batbedat.
Peyrehourade. . . .	Zalanne-Sir, *malade.*
Pouillon.	Despujeaux.
Soustons.	Fumeret, *malade.*
St-Vincent-Tirosse .	Wanduffet, aîné.
Arjuzan	Poudens.
Gabarret.	Cours-la-Balle.
Grenade.	Borit.
Labrit.	Duperey, père.
Mimizan.	Dulaurent.
Mont-de-Marsan . .	Laurans.
Parantis-de-Borns. . .	Furgan.

	MM.
Pissos.	Dupouy, fils.
Roquefort.	Courallet.
Sabres.	Castaigne.
Sore.	Fourciangues.
Villeneuve.	Mauriet.
Aire.	Papin.
Amou.	Lonné-Cantarie.
Geaune	Dupouy, aîné.
Hagetmau.	Labeirie-Ourlicat.
Mugron.	Larreire.
St-Sever.	Basquiat.
Tartas, 1.er *arrond.*	Duprat.
2.e *arrond.*	Dupoy.

Départem. du Léman.

Bonneville.	Revilliod.
Chamonix.	Bossonay.
Cluses.	Hugard.
Megève	Desforges.
La Roche.	Croset.
Salanches	Cartier, *reçu sa l. tr. t.*
Samoëns.	Rouge.
Tanninge	Audrier.
Viuz-en-Sallaz. . . .	Duchosal.
Carouge.	Montfalcon.
Chesne-Toneix . . .	Farin, fils.
Collonge.	Girod.
Frangy	Carelli.
Genève, *est.*	Boissier.
ouest. . . .	Rouph, père.

	MM.
Genève, *centre* . . .	Maurice.
Gex.	Fabry.
St-Julien.	Lagrange.
Reignier.	Duclos.
Douvaine	Violland.
Evian	Arminjon.
St-Jean-d'Aulph . . .	Plagnat.
Thonon.	Favrat.

Départem. de Loire-et-Cher.

St-Aignan	Bardon.
Ouzouer-le-Marché .	Lambert.
Blois, *est*	Duverzeaux.
ouest	Turpin.
Bracieux.	Brondes.
Contres.	Moutinier.
Marchenoir	Main.
Mer.	Roger.
Montrichard.	Calmelet.
Mennetous	Bernard-Sauveterre.
La Motte-Beuvron .	Delaplace.
Neung-sur-Beuvron .	Beauharnais.
Romorantin	Thuault.
Salbris.	Faure, fils.
Selles-sur-Cher . . .	Dauvergne, aîné.
St-Amand.	Sarrazin.
Droué.	Breton, père.
Montdoubleau. . . .	Leroy.
Montoire	Augis.
Morée.	Saumery.

MM.

Savigny	Liger-Sauvigny.
Selommes.	Bonvallet.
Vendôme	Rochambeau, père.

Départem. de la Loire.

Bourg-Argental . . .	Pupil-Dallier.
St-Chamond.	Grangier.
St-Etienne, *est* . . .	Chovet-Lachance.
ouest. .	Craponne.
St-Genest-Malifaux . .	Quinson.
St-Héant	Ravel-Montagny, *malade*.
Rive-de-Gier.	Maniquet.
Boen.	Rochefort.
St-Bonnet-Château .	Vissaguet.
Chazelles	Pupier-Brioude.
Feurs	Deburonne.
St-Georges-Couzans.	Recorbet, *malade*.
St-Jean-Soleymieu .	Chevassieu-d'Audebert.
Montbrisson.	Aulne, *malade*.
Noire-Table.	Perdrigeon.
St-Rambert	Mellet-Maudan.
Belmont.	Chenzeville.
Charlieu.	Michelet.
St-Germain-Laval . . .	Coste.
St-Haon-le-Châtel . .	Michon-Dumarais.
St-Just-en-Chevalet. .	Farjon.
Néronde.	Dulieu-Chessevaux.
La Pacaudière. . . .	Donniol.
Perreux	Tardy.

	MM.
Roanne	Bergier.
St-Symphorien-Lay .	Deavernay-des-Arbres.

Départem. de la Haute-Loire.

Auzon.	Juge.
Blesle.	Ducros.
Brioude.	Labastide.
La Chaise-Dieu . . .	Richard.
Langeac.	Tujat.
Paulhaguet	Chapuis.
Pinols	Dangles.
Lavoute près Chillac.	Romeuf.
Alègre.	Harent, neveu.
Cayres.	Pertuis.
Craponne	Porrat-de-Lolme.
Fay-le-Froid.	Royer.
St-Julien-Chapteuil .	Mauras.
Loude.	Sauzet-St-Clément, *malad.*
Monastier.	Gimbert-du-Villars.
St-Paulien.	Chabron-Sollillac.
Pradelles	Deribains.
Le Puy, *nord-ouest.*	Besquent.
sud-est. . .	Chabalier.
Saugues.	Boulangier.
Solignac-sur-Loire . .	Rome.
Vozey.	Dubois, père.
Bas	Ribeiron, *malade.*
St-Didier-et-la-Sauve.	Celle-de-Bie.
Monistrol-de-Loire .	Julien-Villeneuve.

	MM.
Montfaucon.	Jousserand.
Tence.	Luzy.
Yssengeaux.	Champagnac.

Départem. de la Loire-Inférieure.

Ancenis.	Collineau, fils.
Ligné.	Guicheteau, *reten. p. affair.*
St-Mars-la-Jaille. . .	Guitard.
Riaille.	Meslin.
Varades.	Giegneau.
Châteaubriant. . . .	Ernoust-Provotais.
Derval.	Poligné.
St-Julien-Vouvantes.	Jousseau.
Moisdon-la-Rivière. .	Lensier.
Nort.	Urvoy.
Nozay.	Grimard.
Rougé.	Leroux.
Aigrefeuille.	Roch.
Bonaye	Delaville.
Carquefou.	Potiron-Bois-Fleury.
La Chapelle-sur-Erdre.	Delisle-du-Fief.
Clisson.	Gautres.
Légé.	Le Page-Dubois-Chevalier.
Loroux-Bottereau. .	Terrien.
Machecoul	Laheu.
Nantes, 1.er *arrond.*	De Bernier.
2.e *arrond.*	Gédouin.
3.e *arrond.*	Briand-du-Marais.
4.e *arrond.*	Gandon.

r

	MM.
Nantes, 5.ᵉ *arrond.*	Mosneron-Dupin.
6.ᵉ *arrond.*	Bouteiller.
St-Philibert	Juchaulle-des-Jamonieres.
Vallet.	Le Grand-la-Pommeraye.
Verton	Bureau-Batardiere.
Bourgneuf.	Goullin, fils aîné.
Paimbœuf.	Lemercier.
Le Pélerin.	Moreau.
St-Père-en-Retz . . .	Blanchard.
Pornic.	Babin.
Blain	Potier.
Le Croisic.	Gaudin.
St-Etienne-de-Monluc	Bricard.
St-Gildas-des-Bois. .	Rousseau.
Guémené.	Simon.
Guérande.	Herbert.
Herbignac.	Delaunaye.
St-Nazaire.	Dufresne, *malade.*
St-Nicolas-de-Redon.	Chatellier.
Pont-Château. . . .	Lescot.
Savenay.	Dufrénon.

Departem. du Loiret.

Briare.	Henry-Longueve.
Châtillon-sur-Loire.	Seguier-St-Brisne.
Gien.	Rameau.
Ouzouer	Burdel, père.
Sully	Baucheron-Boissoudis.
Bellegarde.	Malterre.

	MM.
Château-Renard. . .	Maussion-Fougerel.
Châtillon-sur-Loing.	Mahuelle.
Courtenay.	Leroux.
Ferrières	Amiot.
Lorris.	Lecaulchois.
Montargis.	Levnir-de-l'Isle, père.
Beaugency	Duchalais.
Château-Neuf. . . .	Perrot.
Checy.	Roussel-des-Pourdon.
Notre-Dame-Cléry. .	Bigoslas-Thouanne.
La Ferté-St-Aubin. .	Poinchou.
Jargeau.	Dugaignean-Chamvolains.
Ingré	Lambert-la-Refaudière.
Mehun	Hubert-Piedor.
Neuville.	Brady.
Olivet.	Caillard.
Orléans, 1.er *arrond.*	Crignon-Desormeaux.
2.e *arrond.*	Bouchet.
3.e *arrond.*	Denradieres, curé.
Patay	Gajin.
Bazoches-les-Gallerandes	Rolland-Chambaudain.
Beaune	Fougeroux-Suval.
Malesherbes.	Hutteau.
Pithiviers	Provensal-St-Hilaire.
Puiseaux.	Butry.

Départem. du Lot.

Cahors, *nord*. . . .	Agar.
sud. . . .	Faydel.

	MM.
Castelnau	Perrier, aîné, *malade*.
Catus	Caviole, aîné, *malade*.
Cazals.	Bouzon.
St-Géry	Armand.
Lalbenque.	Gayette, *malade*.
Lauzès, ...	Valery.
Limougne.	Naurissard.
Luzech	Pages.
Moncuq.	Solacroup de la Devie.
Puy-l'Evêque	Bessieres.
Brétenoux.	St-Priest, *reçu sa l. tr. tard*.
Cajarc.	Salgues.
La Capelle-Marival .	Lecarriere.
St-Ceré	Sireyes, père.
Figeac, *est*	Gach.
ouest	Josions, père.
Livernon	Vaissié.
La Tronquière. . . .	Arnaudvie.
La Bastide	Murat.
St-Germain.	Montal.
Gourdon	Albert.
Gramat	Bonnassies, *malade*.
Martel	Lachèze-Murel.
Payrac	Hebrard-Maurifon.
Salviac.	Gransault-Fontenilles.
Souillac.	Verninac-St-Maur.
Vayrac	Bonneval.
Bourg-de-Visat . . .	Dufour.
Caussade	Lacoste-Montausier, *malad*.
Caylux.	Gattié, *malade*.

	MM.
La Française	Inard.
Lauzerte.	Thourou-Lamélonie.
Moissac.	Perin-Grandpré.
Molières.	Montratier.
Monclar.	Rigac-Foncave, *malade.*
Montauban, 1.er *arr.*	Dubroca.
2.e *arr.*	Duc-Lacrapelle, *malade.*
Montpezat	Depeire.
Negrepelisse	Violette-Mortarien.

Départem. de Lot-et-Garonne.

Agen, 1.er *arrond.* .	Laroche-Monbrun, aîné.
2.e *arrond.* .	Duprat, aîné.
Astaford.	Larivière, *infirme.*
Auvillard	Saintunaire, *infirme.*
Beauville	Vigné, fils.
Montaigut	Moulhia.
La Plume.	Dubernard-l'Eussan.
Port-Ste-Marie. . . .	Merle-Dubarry, *malade.*
Prayssas.	Chevigné.
Puymirol	Brissolles, aîné, *malade.*
Roquetinbaut	Duchanin.
Valence.	Mouling, *malade.*
Bouglon.	Lassaubolle.
Castel-Jaloux	Dutour.
Castel-Moron	Poitevin-de-Barris.
Damazan	Laruffié.
Duras.	Boucherie-Mignon.
Lauzun	Grangeneuve.
Marmande	Lalyman.

	MM.
Mas-d'Agénois. . . .	Duvigneau.
Meilhan.	Laprade.
Seiches	Flouret.
Tonneins.	Maleprade.
Francescas	Dupin.
Houeilles	Dudevant, oncle.
Lavardac	Dubosq, père.
Mezin.	Danglade.
Nérac	Gaudé.
Cancon	Sabatier.
Castillones	Bérand, fils.
Fumel	Treuty-de-Cussac.
Ste-Livrade	Bujac.
Monclar	Latour.
Montflanquin	Passelayques.
Penne.	Godailh de la Roquette, *m.*
Tournon	Lisle-Ferme.
Villeneuve-d'Agen. .	Daubert.
Villeréal.	Issartier.

Départem. de la Lozère.

Barre	Renouare.
Ste-Enimie	André.
Florac.	Pons.
St-Georges-Levesac .	Monestier-de-Vaulancy.
St-Germain-Calbrete.	Combet.
Meyrueix	Belon.
Pont-de-Montvert. .	Pagès.
Aumont.	Cayla.
La Canourgue. . . .	Paradan.

	MM.
Chanac	Pascal, fils.
St-Chely	Bès, père.
Chirac.	Diculofes.
Fournels.	Viala.
Malzieu	Roux.
Marvejols	Valette de Besgourhac.
Serverette.	Enjelvin.
St-Amans	Musseguin.
Bleymard	Chevalier.
Château-Neuf-Randon.	Laborie.
Grandrieux	Laporte-Belviala.
Langogne	Mathieu.
Mende.	Beauregard.
Villefort.	Benoît.

Départem. de la Lys.

Ardoye	Van Brabant.
Bruges, 1.er *arrond.*	Van Outrive-Copenne.
2.e *arrond.*	Vaidewale.
3.e *arrond.*	Van Bossele.
4.e *arrond.*	De Deurwaerder.
5.e *arrond.*	Veracusemane-Pardo.
Ghistelles	Demayer.
Ostende.	Declerck.
Ruysselède	Algoel.
Thielt.	Delcambe.
Thourout, 1.er *arron.*	Serruys.
2.e *arron.*	Delache.
Avelghem	Decoek.

	MM.
Courtray, 1.er *arron.*	Willems.
2.e *arron.*	Lecamus.
3.e *arron.*	Robyn.
4.e *arron.*	Debaen.
Harlebeck.	Devolder.
Ingelmunster	Libbrecht.
Menin.	Angillis, père.
Meulebecke.	Loelandts.
Moorzeele.	Van Achère.
Ost-Roosbeke. . . .	Denekere.
Dixmude	Peclaert.
Furnes	Van der Meersch.
Haeringhe.	Bataille.
Nieuport	Blankaert.
Elverdinghe.	Hopsomer.
Hooglède	Demey.
Messines	Becquart de Warthelon.
Passchendale	Bayaert.
Poperinghe	Van der Brouck.
Wervicq.	Van Eslande.
Ypres, 1.er *arrond.* .	Merghelinck.
2.e *arrond.* .	Desange.

Départem. de Maine-et-Loire.

Angers, *nord-est.* . .	Benoist, père.
sud-est . . .	Regnier-Dechamboureau.
nord-ouest .	Joubert.
Chalonne	Fleury.
St-Georges	Legloux.
Louroux-Beconnais .	Bidon.

	MM.
Pont-de-Cé	De Jully.
Baugé	Ferrière-Ducoudray.
Beaufort.	Danquetil-Deruval.
Longué	Demaillé.
Noyant	Heare-Boissimont.
Seiches	Lebloy.
Beaupréau.	Jouet-Pidonault.
Champtoceaux. . . .	Michelin, aîné.
Chemillé.	Briandeau, père.
Cholet	Lecoq.
St-Florent.	Gottereau.
Montfaucon.	Thenaisie.
Montrevault.	Bouchet.
Doué	Delavaud.
Gennes	Hilaire.
Montreuil-Bellay . .	Gueniveau de la Raye.
Saumur, *nord-est*. .	Quesnay-St-Germain.
sud	Esnaud.
nord-ouest.	Figogne-Montpassan.
Thouarcé-le-Champ.	Bourgeois.
Vihiers	Girard-Charnaie.
Briollay	Langlois.
Candé.	Lanzereau.
Château-Neuf. . . .	Le Matheux.
Durtal.	De L'Humeau.
Le Lion-d'Angers . .	Tondouze.
Segré	Jallot.

Départem. de la Manche.

Avranches.	Trenière-Bresmenil.

	MM.
Brecey.	Le Thimannier-Lartour.
Ducé	Lottin de Laire.
Grandville.	Mequin-Jouville.
La Haye-Pesnel. . .	Nestet.
St-James	Collin de Longchamp.
Pontorson.	Bardelet.
Sartilly	Duchemin.
Ville-Dieu.	Lemonier-Dugage.
Brehal.	Le Boucher.
Cérisy-la-Salle. . . .	Le Brun.
Coutances	Fremin-Dumesnil.
Gavray	Le Cervoisier.
La Haye-du-Puits. .	Hottot.
Lessay.	Le Gruel.
St-Malo-de-la-Lande.	Lemaître.
Montmartin-sur-Mer.	Duparc-Courrage.
Périers	Fauvelle-la-Raisinière.
St-Sauveur-Landelin.	Desmarts.
Canisy.	Savary.
Carentan	Cornavin-Chauvalon.
St-Clair	Capelle.
St-Jean-de-Daye . . .	Lécuyer.
St-Lô	Le Jolis.
Marigny.	Beaugendre.
Percy	Dufouc.
Tessy	Courtin.
Thorigny	Le Comte Ste-Suzanne.
Barenton	La Crosnier-Dutheil.
St-Hilaire-Harcouet .	Gauthier.
Isigny	Clouard-Fauconniere.

	MM.
Juvigny	De la Houssaye.
Mortain	De Vaufleury St-Cyr.
St-Pois	Cursel.
Sourdeval	Duhamel.
Le Teilleul	Vaufleury.
Barneville	Lefollet-Desmarres.
Beaumont.	Duval.
Briquebec	Lemarois.
Cherbourg.	Delaville.
Ste-Mère-Eglise . . .	Frigoult-Liesville.
Montebourg.	Adam des Préleries.
Octeville.	Duchevreuil.
St-Pierre-Eglise. . .	Touzard.
Les Pieux	Debeaudrap.
Quettehou.	Letort d'Anneville.
Sauveur-sur-Douves.	Angot.
Valognes	Sivard-Beaulieu.

Départem. de Marengo.

Alexandrie, 1.er *arr.*	Baciocchi.
2.e *arr.*	Vegezzi.
Bosco	Ricci.
Cassine	Zoppi.
Châtillas	Francini.
Felizzano	Fenero.
Sezzé	Ceaetti.
Valence	Cardenas.
Bobbio.	Malchiode.
Savetierel	Gazzoli.
Varzi	Massa.

	MM.
Casal	Varese.
Gabiano.	Canna.
Moncalvo	Mellana.
Montemagno	Vespa.
Montiglio	Ordonazzo.
Pontestura	Dellavalle.
Rossignano	De Regibus.
St-Salvatore	Istria.
Ticinetto	Dellavalle.
Villanova	Finazzi.
St-Sebastiano	Giacoboni.
Castel-Novo.	Costa.
Sarraville	Bottozzi.
Tortone.	Ratti.
Vala-Nova-Alvernia .	Valeri.
Vospède.	Cavalchini.
Argine.	Vagnossi.
Broni	Mussini.
Casteggio.	Vinco.
Codeville	Jellicorni.
Sale	Ghisillieri.
Silvano	Brambilla.
Soriasco.	Nervi.
Stradella.	Scanarotti.
Voghère.	Zaniné.

Départem. de la Marne.

Châlons-sur-Marne. .	Mouton.
Ecury-sur-Coole . . .	Loisson, fils.
Marson	Richard.

	MM.
Suippes	Aubert.
Anglure.	Godot-des-Bordes.
Avize	Lorite.
Dormans	Vallin.
Epernay.	Moet.
Esternay	St-Martial.
Fère-Champenoise. .	Charlot.
Montmirail	Frerot.
Montmort.	Boutin.
Sezanne.	Bruley-Moutier.
Vertus.	Geoffroy
Dammartin-Yèvre. .	Piot.
Ste-Menehould . . .	Gilson, père.
Ville-sur-Tourbe . .	Hannetel.
Ay.	Durand.
Beine	Chappedoye.
Bourgogne.	Raquiard.
Châtillon	Gadinot-Caincas.
Fismes.	Clicquot.
Reims, 1.er *arrond.* .	Moignon.
2.e *arrond.* .	Moreau.
3.e *arrond.* .	Menesson, *malade.*
Verzy	Valence.
Ville-en-Tardenois .	Sahuguet-de-Termés.
Heiltz-le-Maurupt. .	Heriot.
St-Remy-Bouzemont.	Montandre.
Sompuies	Dugrés.
Thiéblemont	Chorez.
Vitry-sur-Marne . . .	Barbié.

Dép. de la Haute-Marne. MM.

Andelot.	Bourgon.
Arc-en-Barrois. . . .	Belgrand.
St-Blain.	Marguin.
Bourmont.	Landriau.
Chaumont.	Brocard.
Juzennecourt	Velut.
Nogent	Guerreau.
Vignory.	Husson-Descorrées.
Ville-sur-Aujon . . .	Gallée.
Auberive	Parisot.
Bourbonne	Usnnier.
Le Fay Billot. . . .	Buisson.
La Ferté-sur-Amance.	Lallement, *infirme.*
Langres.	Drevon.
Longeau.	Defroment.
Montigny.	Loiselot.
Neuilly-les-Langres.	Magnieu.
Prauthoy	Fourel-d'Hautebois.
Varennes	Chevillé-Champigny.
Chevillon	Roussel.
St-Dizier	Rozel.
Donjeux.	Bourgeois.
Doulevent.	Berthelin.
Joinville.	Guyot-Menisson.
Montierender	Moncey.
Sailly	Henrion-St-Amand.
Wassy	Raulot.

Départem. de la Mayenne.

St-Aignan-sur-Roë. .	Chevalier.

	MM.
Bierné.	Bonchamp.
Château-Gontier. . .	Noël.
Cossé-le-Vivien . . .	Rondelon.
Craon.	Lecaute.
Grez-en-Bouëre . . .	Enjubault.
Argentré	Berset d'Autherive, père.
Chailland	Gascoin-Villette.
Evron.	Bouvet.
Laval, *est*.	Guilet, aîné.
ouest	Letourneur-Mouette.
Loiron.	Duchesnay.
Ste-Suzanne.	Dalibourg.
Ambrières.	Guesdon.
Bais.	Hirbec.
Couptrain.	Normand, fils.
Ernée.	Dodard.
Goron.	Lebourdais.
Le Horps.	Ferère.
Landivy.	Jamin-Dufresnay.
Lassay.	Gueret-Lavergés.
Mayenne, *est*. . . .	Cheminant.
ouest. . .	Maurice Larue.
Pré-en-Pail	Vauvert.
Villaines-la-Juhel . .	Perdrigeon.

Départem. de la Meurthe.

Alberstroff	Deuskerken-Bosroger.
Château-Salins . . .	Guintard, aîné.
Delme.	Goulet-Rugi, fils.
Dieuze.	Bossu.

	MM.
Vic	Morel.
Baccarat.	Renault, père.
Bayon.	Drouot.
Blamont.	Regnault, *infirme.*
Gerbeviller	Bande.
Haroué	Le Jeune.
Lunéville, *nord.* . .	Curien.
sud-est. .	Bailly.
Vézelise.	La Chasse, aîné.
Nancy, *nord.*	André.
est	Henry.
ouest	L'Allemand.
St-Nicolas.	Grand-Jean-Bouzonville.
Nomény.	Anthoine.
Pont-à-Mousson. . .	Viard.
Fenétranges.	Westermann, *malade.*
Lorquin.	Malherbes.
Phalsbourg	Parmentier.
Rechicourt	Germain, fils.
Sarrebourg	Collignon.
Colombey.	Grivaux.
Domêvre	Wilbert.
Thiaucourt	Collot.
Toul, *nord*	Houillon.
sud.	Bouchon.

Départem. de la Meuse.

Ancerville.	Lallemant.
Bar-sur-Ornain. . . .	Henriot, *absent.*
Ligny	Gerardin.

	MM.
Montier-sur-Saux . .	Lefebvre.
Revigny.	Lorigue.
Triancourt	Grimon.
Vaubecourt	Baudot *malade.*
Vavincourt.	Aubert.
Commercy.	Monter.
Gondrecourt.	Olry.
St-Mihiel.	Mazilliere.
Pierrefitte.	Maury.
Vaucouleurs.	Voisin.
Vigneulles - Hatton-Chatelle.	Gay.
Void.	Brigeac.
Damvilliers.	Duroux.
Dun.	Haussard.
Montfaucon.	Batilly.
Montmédy.	Jodin.
Spincourt.	Chonet-Bollemont.
Stenay.	Huez-Durotoy.
Charny	Lagenissiere.
Clermont	Mannechaud.
Etain	Marchand, fils.
Fresnes-en-Wœvre. .	Garot.
Souilly.	Bourguin.
Varennes	Carré.
Verdun	Lambry.

Départem. de la Meuse-Inférieure.

Beerigen.	Nicolaï.
Hasselt	Cox.

	MM.
Herck.	Hermans.
Looz.	Darschot.
Peer.	Morin.
St-Trond.	Meester.
Bilsen.	Clerx.
St-Galoppe	Clermont.
Heerlen	Roebroechs.
Maëstricht, *nord*. .	Coenegracht, *malade.*
sud. . .	Membrède.
Mechelen	Kœlhotz.
Meerssen	Schoen-Maeckers.
Oirsbeck.	Wulf.
Rolduc.	Cornely.
Tongres.	Van der Meer.
Achel	Van den Dangan.
Brée.	Jacobs.
Maaseyck.	Gelders.
Nedercruchten . . .	Roosen.
Ruremonde	Van der Enne.
Venloo	Van der Varo.
Wert	Van Halen.

Départem. du Mont-Blanc.

Annecy, *nord*. . . .	Presset.
sud	Philippe.
Faverges.	Ruphy.
Rumilly.	Descostes, *reç. sa l. tr. tard.*
Thônes	Duroc.
Aix	Chevalay.
La Biolle.	Dimier.

	MM.
Chambéry, *nord* . .	La Palme.
sud . . .	Fatteur-la-Serral.
Chatelar.	Dumas.
Les Echelles.	Gagnon.
St-Genis.	Rose.
L'Hôpital	Dubois.
Montméliant	Pichon.
Novalaise	Poncet.
St-Pierre-d'Albigny .	Molot.
Pont-Beauvoisin. . .	Crelet.
La Rochette.	Puget.
Ruffieux.	Fortis.
Yenne.	Goybet.
Aiguebelle.	Fugé.
La Chambre.	Clerc.
St-Etienne-de-Cuine .	Emin.
St-Jean-de-Maurienne, *nord* . . .	Boch.
sud	Garin.
Lans-le-Bourg. . . .	Davrieu.
-St-Michel	Ducroz.
Modane.	Lanfrey.
Beaufort.	Blanc (Ambroise).
Bourg-St-Maurice . .	Gonthier.
Conflans.	Fontaine.
Moutiers, *nord*. . .	Abondance, *infirme*.
sud. . . .	Muraz.

Départem. du Mont-Tonnerre.

Deux-Ponts	Esebeck.

	MM.
Hombourg.	Zoeller.
Landstul	Bolgard.
Meddelsheim	Salher, *malade.*
Neuhornbach. . . .	Hanitz.
Pirmasens.	Jeamby.
Waldfischbach. . . .	Zanz, *malade.*
Goellheim.	Gross.
Kaiserslautern. . . .	Rettig.
Lautereckein	Baumann.
Obermoschel	Schmidt, *malade.*
Otterberg	Wiegand.
Rockenhausen. . . .	Fabel.
Winnweiler.	Fasciola.
Wolfstein.	Witt.
Alzey	Mathy.
Bœchtheim	Susemukl.
Bingen.	Albertino.
Kirchheim-Bohlanden.	Weinkauf.
Mayence, 1.er *arr.* .	Sturtz.
2.e *arr.* .	Macké.
Niederolm.	Hermès.
Oberingelheim. . . .	Hausen.
Oppenheim	Emonds.
Woetstein.	Leitz, *malade.*
Woerstadt.	Burckhardt.
Durckheim	Retzer, *malade.*
Edeukoben	Schantz.
Franckenthal	Weber.
Germersheim	Wolmer.

	MM.
Grunstadt.	Camuzi.
Mutterstadt.	Lambert.
Neustadt	Grohé, *malade.*
Pfeddersheim	Horthal.
Spire.	Freitay.
Worms	Fruhinzholz.

Départem. du Morbihan.

Auray.	Bonnard.
Belle-Isle-sur-Mer . .	Spital.
Belz.	Rumigo.
Hennebond	Le Tohie.
Lorient, 1.er *arrond.*	Regnier.
2.e *arrond.*	Le Guevel du Courois.
Plouay	Jolivet.
Pluvigner.	Beard, père.
Pont-Scorf-Leisben .	Cougontal.
Port-Liberté.	Lestrohan.
Quiberon	Lemaux.
Guer	Genson.
St-Jean-Trevelay . .	Rouxel.
Josselin.	Trévelo.
Malestroit	Sierres-la-Gravelais.
Mauron.	Bonamy.
Ploermel	Rouault.
Rohan.	Herpe.
La Trinité	Courtel, fils.
Baud	Corbel.
Cleguerec.	Jouan.
Le Faouet	Doyen.

	MM.
Gourin	Bosquet.
Guemenée.	Lemoine-Kouren.
Locminé	Toursain.
Pontivy	Le Gout Toulgoned.
Allaire	Voisin.
Carentoir	Cheval.
Elven	Renaud.
Grandchamp	Ozo.
Muzillac	Lemasne.
Questemberg	Bellyno.
La Roche-Bernard .	Thomas-Closmadem.
Rochefort.	Jouan.
Sarzeau	Degatine, cadet.
Vannes, *est*.	Lauzer.
ouest . . .	Labouhellei, aîné.

Départem. de la Moselle.

Audun-le-Roman. . .	Bulotte.
Briey	Miscault.
Conflans	Henry.
Longuyon	Guillaume.
Longwy	Guillemare.
Boulay	Limpach.
Faulquemont	Durback.
Metz, 1.er *arron*. . .	Jaunez.
2.e *arron*. . .	Thomas.
3.e *arron*. . .	Goussaud.
Pange.	Le Jeune.
Verny.	Suby.
Vigy	Turmel.

	MM.
St-Avold.	Lumbert.
Bitche.	Cochois.
Forbach.	Verdelet.
Rorbach.	Nilsch.
Saralbe	Devaulx.
Sarguemines	Cetto.
Grostenquin.	Thiebault.
Volmunster.	Durand, *reçu sa let. tr. t.*
Bouzonville	Terrier.
Cattenom.	Trotyanne, *malade.*
Launstroff.	Tailleur.
Metzerwisse.	Descrienne.
Reling.	Renaud, *malade.*
Sarre-Libre.	Renault.
Thionville.	Elminger.
Tholay	Tespert, *malade.*

Départem. des Deux-Nèthes.

Anvers, *nord.* . . .	Van Heuxthovey.
est.	Le Poitevin.
sud	Mertins.
ouest. . . .	Van Lerins.
Brecht.	Van Ostayen.
Coutigh.	Sringael, *malade.*
Eckeren.	Van der Mecsen.
Santhoven.	Fonteyn.
Vilrick	Rayemackers.
Duffel.	Venden Eyndere.
Heystopdenberg . .	Mosselman.
Lierre.	Strimermans.

	MM.
Malines, *nord* . . .	Demeester.
sud. . . .	Werbruggen.
Puers	Marneffe.
Arendonck	Wouters, père.
Hoogstraeten	Bruynentz, *malade*.
Herenthals	Heylen.
Moll	Wanpraet.
Turnhout.	Van Genechten, *malade*.
Westerloo.	Helsin.

Départem. de la Nièvre.

Château-Chinon. . .	Colon.
Châtillon-en-Bazois. .	Piroux.
Luzy	Bertrand-Rivière.
Mont-Sauche	Gagneraux-Palmaroux.
Moulins-Engilbert . .	Isambert.
Brinon-les-Allemands.	Leclerc Juvigny.
Clamecy.	Tenaille-Dulac.
Corbigny	Guillien.
St-Ormes	Houdaille.
Tannay	Delavenne des Bordes.
Varzy	Paichereau.
St-Amand.	Dethon.
La Charité	Chaillon-Minerotte.
Cosne.	Ferrand.
Donzy.	Patteau-Terville.
Pouilly	Guillerault-Villerve.
Premery.	Gestu-St-Benin.
St-Benin-d'Azy . . .	Bard, *malade*.
Decize	Blondat-Levanges.

	MM.
Dorne	Boncrepy.
Fours	Joubert.
Nevers	Leblanc-Heuilly.
St-Pierre-le-Moutier.	Murandat d'Oliveau.
Pougues	Huart.
St-Saulges	Bault.
Départem. du Nord.	
Avesnes, *nord*	Godefroy.
sud	Pillot.
Bavay	Manesse.
Berlaymont	Delcroix.
Landrecies	Botteaux.
Maubeuge	Luce.
Quesnoy, *est*	Barbier, père.
ouest	Baillon.
Solre-Libre	Desmanet, *malade.*
Trelon	Despret.
Cambray, *est*	Richard-Fremicourt.
ouest	Bouchelet-Lafosse.
Carnières	Bricourt.
Cateau-Cambresis	Mortier, père.
Clary	Bracq.
Marcoing	Herman.
Solesmes	Rappe.
St-Amand	Vaché.
Idem	Dubois.
Arleux	Desmoutiers.
Bouchain	Plichon.
Douay, *nord*	Taffin, aîné.

	MM.
Douay, *ouest*. . . .	Mellez.
sud.	Dumoulin.
Marchiennes	Goube.
Nord-Libre	Langlois.
Orchies.	Josson.
Valenciennes, *est*. .	Benoît, aîné.
nord.	Carrez, aîné.
sud .	Douzand.
Bergues.	Vecniminen, *infirme*.
Bourbourg	Buret.
Dunkerque, *est* . .	Emmery.
ouest .	Mazuel, aîné.
Gravelines	Simonis.
Hondtschoote. . . .	Debil.
Wormhoudt.	Condeville.
Bailleul, *nord-est*. .	Behaegel-Dehaene.
sud-ouest.	De Kyspotter (Louis).
Cassel.	Moreel.
Hazebrouck, *nord*. .	De Kyspotter (Pierre).
sud. . .	Vandewalle.
Merville	Duquesne.
Steenworde.	Moreel de Carne.
Armentières.	Tirant.
La Bassée.	Guilbert.
Haubourdin.	Wicart.
Lannoy	Capron-Muthon.
Lille, *nord-est*. . . .	Schoeppers Crepy.
centre	Roussel, fils.
sud-est. . . .	Lenglars.
sud-ouest. . .	Dumaisnil.

	MM.
ouest.	Van Hænacker.
Pont-à-Marq.	Rose.
Quesnoy-sur-Deule .	Guillard.
Roubaix.	Defrenne-Dervaux.
Seclin.	Quecq.
Templeuve	Lezaire.
Tourcoing, *nord* . .	Waltuine, *malade.*
sud. . .	Pollet de Suremont.

Départem. de l'Oise.

Auneuil.	Titon.
Beauvais, *nord* . . .	Derivière.
sud. . . .	Borel.
Chaumont.	Descourtils.
Coudray-St-Germer.	Michel Walon.
Formerie	Despiez.
Grandvilliers	Suleau.
Marseille	Leclerc-de-Blicourt.
Méru	Danse-Boulaine.
Nivillé.	Malinguehen.
Noailles.	Demay.
Songeons	Personne-Songeons.
Breteuil.	Bayart.
Clermont	Chretien-St-Berthe.
Crevecœur.	Levêque.
Froissy	Boulla d'Orville.
St-Just	Guilbon, père.
Liancourt	Prevost.
Maignelay.	Palissot-Beauvais.
Mouy.	Cassiny.

	MM.
Attichy	Armand-d'Ivry.
Compiègne	Lancry.
Estrées-St-Denis . .	Chevalier.
Guiscard	Decolzy.
Lassigny.	Murgantin.
Noyon.	Berthe-Pommery.
Ressons	Lehoc.
Ribécourt.	Desacre de l'Aigle, aîné.
Betz.	Tronchon.
Creil	Boucherez.
Crespy	Delahaute.
Nanteuil Haudouin .	Girardin, fils.
Neuilly-en-Thel. . .	Bruyant.
Pont-Ste-Maxence. .	Leclerc.
Senlis.	Girardin (Louis).

Départem. de l'Orne.

Alençon, *est.*	Le Mouton Boisdefré, aîné.
ouest. . . .	Chausson-Courtilloles.
Carrouges.	Leveneur.
Courtomer	St-Simon-Courtomer.
Mesle-sur-Sarthe . .	Bonvoust.
Séez.	Chambebois, *infirme*.
Argentan	Dorglande.
Briouze	Chausson-Lasalle, *malad.*
Ecouché.	Guérin-des-Noës.
Exmes.	Chausson-Lasalle, jeune.
La Ferté-Fresnel . .	Villette-Ravecon.
Gacé	Larouvrage.
Merlerault	Richer.

	MM.
Mortrée.	Porriquet.
Putanges	Laisné Desjardins.
Trun	Colombel.
Vimoutier	Davernes.
Athis	Laisné des Hulis.
Domfront.	Leroy-Desaires, père, *m.*
La Ferté-Macé . . .	Lemeunier-la-Gerardière.
St-Gervais-de-Messey.	Dumesnil-Bonhomme.
Juvigny	Paispré.
Passais	Jorré-Morinière.
Tinchebray.	Lelièvre-Provotière.
Bazoches-sur-Hoësne.	Bernier.
Belesme.	Bailleul, *malade.*
L'Aigle	Le Grand de Bois-Landry.
Longny	Duriez.
Mortagne.	Dureau de la Malle, père.
Moulins-la-Marche .	Renault.
Nocé	Bove.
Pervenchères	Bellier.
Rémalard	Charpentier.
Le Teil.	Rouillon.
Tourouvre	Abot.

Départem. de l'Ourthe.

Avenne	Joniaux.
Bodegnée	Defooz.
Ferrières	Foulon.
Héron.	Ledroux.
Huy.	Dautrebande, *malade.*
Landen	Hemptienne.

	MM.
Nandrin.	Thirion.
Dalhem	Biennei, *malade.*
Fleron.	Daudrimond.
Glons	Renaers.
Herve.	Debefre.
Hollogne-aux-Pierres.	Delheye Paludé.
Liége, 1.er *arrond.* .	Beanin
2.e *arrond.* .	Regnier.
3.e *arrond.* .	Darkentel, père.
4.e *arrond.* .	Gasqui.
Louvegnée.	Van der Maes.
Seraing	Buissens.
Waremme.	Peteurs.
Aubel	Nicolay.
Cronembourg	Hach.
Eupen.	Hodiamont.
Limbourg.	Lonhienne, *malade.*
Malmédy	Stembach.
Schleyden	Poensgen.
Stavelot	Maquet.
Theux.	Godin.
Verviers.	Desalles-Briolley.
Viel-Salm	Otte.
St-Vith.	Maquel.

Départem. du Pas-de-Calais.

Arras, *nord.*	Vaillant.
sud.	Bertin.
Bapeaume.	Boniface, *malade.*
Beaumetz	Rossart.

	MM.
Bertincourt	Brisseau-Beaumetz.
Croisilles	Payen.
Fouquevillers	Alexandre.
Marquion	Dubuisson.
Vimy	Gondmetz.
Vitry	Normand, aîné.
Béthune.	Baillencourt.
Cambrim	Dubois-Guy.
Carvin-Espinoy . . .	Becq.
Houdain.	Boisgerard.
Lens.	Leroy.
Lillers.	Canvet.
Norrent-Foules . . .	Cocud.
La Ventie.	Taffin.
Boulogne	Piseport, *malade.*
Calais	Michaux.
Dèvres.	Magnet-la-Sabloniere.
Guines	Bernet.
Marquise	Libert-Leporcq.
Samet.	Dublairel-Durieux.
Campagne.	Dauvin.
Estaples.	Danay.
Fruges	Dufour.
Hesdin	Cacheleux.
Hucqueliers.	Marquant.
Montreuil.	Enlart.
Aire.	Deslions.
Audruick	Dethose.
Fauquembergues . .	Hermant.
Lumbres.	Barbier.

	MM.
St-Omer, *nord* . . .	Defrance, aîné.
sud	Duval.
Tournehem	Francoville.
Aubigny.	Petit.
Auxy-la-Réunion . .	Walart.
Avesne	Defremincourt.
Heuchin.	Beghin.
St-Pol.	Asselin.
Wail.	Barbier.

Départem. du Pô.

Bricheras	Brigone, *reçu sa l. tr. tard.*
Cavour	Briasga.
Cumania	Bianchi.
Fenestrelle.	Bermond.
Latour.	Vertu.
None	Saviliani.
Perouse	Durand.
Perrero	Pod.
Pignerol.	Audeffrendi.
Vignon	Marchisis.
Ville-Franche	Teser.
Avigliana	Montabon.
Bardonêche	Agnes.
Bussolin.	Re.
Cezane	Ailland.
Giaveno.	Fasella.
Oulx.	Bermond.
Suze.	Bombard.
Villar-d'Almese . . .	Baratta.

	MM.
Carignan	Molo-Nomalli, *r. sa l. tr. t.*
Carmagnole	Villione.
Casaborgon	Casanova.
Coselle	Maffey.
Ceres	Bruno.
Chieri.	Pastoris.
Corio	Canassesia.
Gassino	Bologna.
Lanz	Chionio.
Moncalier.	Lasi.
Orbassan	Chiavanisa.
Poirin.	Mazzuchi.
Quiers	Goffi.
Riva-de-Quiers. . . .	Curbis.
Rivoli	Ferrera.
Turin, 1.er *arrond.* . .	Laugier.
2.e *arrond.* . .	Bossi.
3.e *arrond.* . .	Harcourt.
4.e *arrond.* . .	Cavalli.
5.e *arrond.* . .	Vianzon.
6.e *arrond.* . .	Costa.
Venerie	Vignath-St-Gilli.
Vici	Schiari.

Départem. du Puy-de-Dôme.

Ambert	Pourrat.
St-Amand-Roche-Savine	Teyras-Granval.
St-Anthême	Col.
Arlant.	Bravard-Vieusac.

X

	MM.
Cunlhat.	Bastier-Medat.
St-Germain-l'Herm .	Mozat-Liberté.
Olliergues.	Pallas.
Viverols.	Imbert.
St-Amand-Tallende .	Le Normand.
Billom.	Lacombe.
Bourg-Lastiq	Bogros.
Clermont, *nord*. . .	Boirot.
est. . . .	Dumas, *infirme*.
sud . . .	Levet.
sud-ouest.	Sablon.
St-Dié.	Coiffier.
Herment	Peyronnet.
Pont-sur-Allier. . . .	Bexufrere, père.
Rochefort.	Peyronnet.
Vertaizon	Besse.
Veyre.	L'Ami.
Vic-sur-Allier	Rougier.
Ardes.	Flat.
Besse	Chaudeson.
Champeix.	Dupuis-Seneze.
St-Germ.-Lambron .	Dartis-Lafomelle.
Issoire.	Monestier.
Jumeaux.	Sadourny.
Sauxilanges	Espanion.
Tauves-et-St-Gal. . .	Martin.
La Tour.	Moulin, père.
Aigue-Perse	Dulin-Lamothe, *malade*.
Combrondes.	Maignot.
Ennezat.	Ducrochel-Misanges.

	MM.
St-Gervais	Archimbaud-Lagarde.
Manzat	Randon.
Menat.	Matheix.
Montaigut.	Chevalier, *malade*.
Pionsat	Maugerel.
Pontaumur - Landogne.	Duperoux.
Pont-Gibaut.	Bontares.
Randan	Vincelet.
Riom, *est*.	Deval.
ouest.	Favare.
Châteldon.	Moussier.
Courpiere.	Goyon.
Lezoux.	Fayard-Dalbins.
Maringue	Baudet, père.
St-Remy.	Chassaigne-Dubost.
Thiers.	Tiberolles, aîné.

Départem. des Basses-Pyrénées.

Bayonne, *nord-ouest*.	Dechegaray.
nord-est. .	Dufourcq, *reçu sa l. t. tard*.
La Bastide-Clairence.	Delissade.
Bidache	Ducamp.
Espelette	Galan.
Hasparren.	Fegals.
St-Jean-de-Luz . . .	Seremboure.
Ustaritz.	Sorhaits, l'aîné.
St-Etienne-Baigorry .	Harismendy.
St-Jean-Pied-de-Port.	Bayen, *malade*.
Iholdy.	Franchistagny.

	MM.
Mauléon	Philippes.
St-Palais.	Piscou.
Tardets.	Duhart.
Accous	Laclede.
Aramitz.	Ducout.
Arudy.	Pommé.
Laruns	Larriviere.
Lasseube	Menjoulet.
Ste-Marie-d'Oleron. .	Cap-de-Pon.
Monein	Lassalle-Bachaulet.
Oleron	Manco.
Arthez.	Dufourcq.
Arzac.	Despruets.
Lagor.	Campagne, père.
Navarrinx.	Barralde.
Ortez	Dufau.
Salies	Larroncy-Souleux.
Sauveterre.	Claverie.
Clarac.	Bonnemaison.
Garlin.	Surrante.
Lembeye	Sorbé, aîné.
Lescar.	Bergé, *malade*.
Montaner	Geuré-Barthet.
Morlaas.	Bergeret.
Nay	Daugerot, père.
Pau, *est*.	Casebonne.
ouest	Picamith, *infirme*.
Pontac	Bataille, aîné.
Thèze.	Fanget, fils aîné.

Dép. des Hautes-Pyrénées. MM.

Argeles . . . . Trezarsieu.
Aucun. . . . . Balentie.
Lourde . . . . Abbadie-Verduzan, père.
Luz . . . . Gradet.
St-Pé . . . . Labatut, fils.
Arreau . . . . Ducuinq, aîné.
Bagnères. . . . . Rousse, *malade.*
Bordères. . . . . Aubiban.
Campan. . . . . Dauphole.
Castelnau-Magnoac . Lacassin.
La Barthe. . . . . . Duplan, *malade.*
Lannemezan. . . . . Dubernet.
Mauléon-en-Barousse. Rusterie.
Nestier . . . . Broca-Rivière.
Vielle . . . . Blancon.
Castelnau-Rivière-
Basse . . . . Dareau-Laubarede.
Galan. . . . . Daries-Donat.
Maubourguet . . . . Fondeville.
Ossun. . . . . Merillon, aîné.
Pouy-Astruc. . . . . Peré, aîné.
Rabastens. . . . . . . Lucantis, père.
Tarbes, *nord* . . . . Dangos.
sud. . . . . Garrere, *malade.*
Tournay . . . . Loustan, *reçu sa l. tr. tard.*
Trie. . . . . Curie-Seimbrès, *malade.*
Vic-Bigorre . . . . . Lafeuillade, aîné.

Dép. des Pyrénées-Orientales.

Argelès . . . . Bosch, aîné.

	MM.
Arles	Serradell.
Ceret	Jaubert, cadet.
Prats-de-Mollo. . . .	Jouano-le-Damien.
Millas.	Perone, père.
S-Paul-de-Fenouillet .	Bataille, cadet, *malade.*
Perpignan, *est* . . .	Mathieu.
ouest . .	Palmerole.
Rivesaltes	Pares.
Thuir.	Amanrich, aîné.
La Tour	Raynall.
Mont-Louis.	Delcasso.
Olette.	Rameu, cadet.
Prades.	Roca.
Saillagonza	Battle-des-Guinguettes.
Sournia	Solere.
Vinca	Bosch.

Départem. du Bas-Rhin.

Barr.	Gross, *malade.*
Benfeldem.	Roesch.
Erstein	Karst.
Marckolsheim. . . .	Koeffer.
Obernai.	Montbrizon.
Rosheim.	Nicolas.
Schelestat.	Schaal.
Villé.	Gross.
Bouxwiler.	Hossmeistre.
Drulingen.	Hoppé.
Hochfelden	Keiffer.
Marmoutier.	Schwey.

	MM.
Saar-Union	Fremont.
La Petite-Pierre. . .	Schmidt.
Saverne	Betting.
Bischwiler.	Heusch.
Brumath.	Spilz.
Geispolsheim	Zappfett, *malade.*
Haguenau.	Loyson.
Molsheim.	Marquaire.
Oberhembergen. . .	Dartein.
Strasbourg, 1.er *arr.*	Mathieu.
2.e *arr.*	Lotzbeck.
3.e *arr.*	Livio.
4.e *arr.*	Levrault.
Truchtersheim . . .	Quirin.
Wasselonne.	Pasquai.
Bergzabern	Belling.
Candel	Heusler.
Dahn	Danenbasser.
Landau	Demontant.
Lauterbourg.	Lambert.
Niederbronn.	Drion.
Seltz-Benheim. . . .	Mast.
Soultz-sous-Forêts. .	Rosentric.
Weissembourg. . . .	Keller.
Woerth	Gerard.

Départem. du Haut-Rhin.

Altkirch.	Klakler.
Ferrette.	Niederberger.
Habsheim.	Riber.

	MM.
Hirsingen	Hell.
Huningue.	Blanchard.
Landser.	Wendling.
Mulhausen.	Hoffer.
St-Amarin.	Gissy.
Befort.	Gérard.
Cernay	Bachlin.
Dannemarie.	Brungard, *malade.*
Delle	Belin.
Fontaine	Guittard.
Giromagny	Triponé.
Massevaux	Angleman.
Thann.	Maraudet.
Andolsheim.	Patocky.
Colmar	Albert, aîné.
Ensisheim.	Cointel.
Guebwiller	Reichsteller, *malade.*
Kaisersberg.	Barbier.
Ste-Marie-aux-Mines.	Collombel.
Munster.	Martmann, *malade.*
Neufbrissack	Sehlachter.
La Poutroye.	Greney.
Ribauvilliers.	Beer.
Rufac.	Schneider.
Soultz	Waldner.
Wintzenheim. . . .	Schauenburg.
Bienne.	Wildermelt.
Courtelary	Morel.
Délémont	Brodhag.
Lauffon.	Laquiante.

	MM.
Moutier.	Moschard.
Audincourt	Parrot.
Montbéliard.	Duvernois.
Porentruy.	Quinquerez.
Saignelegier.	Aubry.
Ste-Ursanne.	Verdat.

Départem. de Rhin-et-Moselle.

Arweiller	Kriechel.
Adenau.	Creutzberg.
Bonn, *intra muros.*	Fischenick, *trop occupé.*
extra muros.	Geroel, *malade.*
Remagen	Wachendorff.
Rheinbach	Deuster.
Ulmen.	Birck.
Virnebourg	Beck.
Wehr.	Colomben.
Andernach	Nachsheim.
Boppard.	Fœlix.
Coblentz.	Bruges.
Cochheim.	Tippel.
Kaisersesch	Aster.
Luzerath	Schumen.
Mayen.	Hartung, *malade.*
Munstermaifeld . . .	Kaysersfeld.
Polch	Luxem.
Rubenach.	Brixius, *malade.*
Treis	Wulfing.
Zell	Cœnen.
Bacharach.	Horstman.

	MM.
Castellaun.	Roehling.
Creutznach	Freis.
St-Goar.	Wachter.
Kirchberg.	Fredenberg.
Kirn.	Korbach.
Simmern	Deuster.
Sobernheim.	Neuman.
Stromberg.	Lang.
Trarbach	Pfender.

Départem. du Rhône.

L'Arbresle.	La Croix.
Ste-Colombe	Cochard, *malade.*
St-Genis-Laval . . .	Saget.
Givors.	Charrier-de-Grigny.
St-Laurent-de-Chamousset.	Chirat, aîné.
Limonest	Morand-Gouffrey.
Lyon, 1.er *arron.* . .	Sain-Rousset.
2.e *arron.* . .	Rambaud.
3.e *arron.* . .	Coudère, *malade.*
4.e *arron.* . .	Pericault.
5.e *arron.* . .	Cerisat, aîné.
6.e *arron.* . .	Nugues.
Mornant.	Robin, père.
Neuville.	Faysathonay.
St-Symphorien . . .	Boisse.
Vaugneraye.	Rieussec.
Anse.	Dupuis.
Beaujeu	Saulaville.

MM.

Belleville . . . . Venay.
Bois d'Oingt. . . . . Fornas.
Monsols. . . . . Ducrous de Chavagny.
St-Nizier . . . . Agniel.
Tarare . . . . Girod.
Thizy. . . . . Chervin.
Ville-Franche . . . . Dulac.

Départem. de la Roër.

Aix-la-Chap.[e], 1.er *ar.* Pelzer.
2.e *ar.* Oliva.
3.e *ar.* Jacobi.
Borcette. . . . . Pastor.
Duren. . . . . Schull.
Eschweiller . . . . . Englerth, *malade.*
Froitzheim. . . . . . Trimborn.
Geilenkirchen. . . . Denegri, *malade.*
Gemund. . . . . Siberg.
Heinsberg. . . . . . Eynatten.
Linnich . . . . Hompesch.
Monjoie. . . . . Schmitz (Charles).
Sittard. . . . . Schmitz.
Calcar. . . . . Hamelin.
Clèves. . . . . Van Spaen.
Cranembourg . . . . Belderkoff, *malade.*
Goch . . . . Deloé de Vissem.
Gueldres . . . . Hoensbroich.
Horst . . . . Keverberg, *infirme.*
Wanckum. . . . . . . De Wiemart, *infirme.*
Xanten . . . . Jorissen, *malade.*

	MM.
Bergheim	Bessel de Prenty.
Bruhl	Valbott.
Cologne, 1.er *arrond.*	Clespé.
2.e *arrond.*	Hermann-Juitenick.
3.e *arrond.*	Puchs.
4.e *arrond.*	Herman-Lohurs.
Dormagen.	Haldenhoven.
Elsen	Salm-Dick.
Juliers.	Grunniwald.
Kerpen	Rolshausen, *malade.*
Lechenich.	Gimnich.
Weyden.	Furstemberg.
Zulpich	Kauphausen.
Bracht.	Van der Straetem.
Creveldt.	Van der Leyen.
Erkelens.	Gromans.
Kempen.	Emans, *infirme.*
Meurs.	Van Essen, *malade.*
Neersen.	Bolling.
Neuss	Jordans.
Odenkirchen.	Henrisch.
Rheinberg.	Van der Rhur.
Ordingen	D'Halberg.
Wiersen.	Reyer.

Départem. de Sambre-et-Meuse.

Beauraing.	Delwal.
Ciney	Maillin.
Dinant	Damoiseau.
Florennes . , ...	Jacquier-Rosée.

	MM.
Walcourt	Barchi-Fontaine.
Gédinne.	Sagebin.
St-Hubert.	Esmanjaud, *malade.*
Nassogne	Delvaux.
Wellin	Acmael.
Durbuy	Lambiotte.
Erezée.	Philippin.
Havelange.	Daubremont.
Laroche.	Orban.
Marche	Domne.
Rochefort	Poncelet.
Andenne	Degotte.
Dhuy	Demarotte-d'Ostin.
Fosses.	Dejaissel.
Gembloux.	Lubin.
Namur	Akermand.

Départem. de la Haute-Saône.

Autrey	Perret.
Champlitte	Blanchart.
Dampierre	Drouhot.
Fresne-St-Mammetz.	D'Hennezel.
Gray	Desclans-Masson.
Gy.	Menans.
Pesmes	Lamarche.
Champagney.	Lombard.
Faucogney.	Grosjean.
Héricourt	Noblot.
St-Loup	Vuilley.
Lure	Goisset.

MM.

Luxeuil . . . . Desgranges, aîné.
Melisey . . . . Pernot.
Saulx . . . . Bertrand.
Vauvillers . . . . . . Doillon.
Villers-Senel. . . . . Bourgon.
Amance. . . . . Ferrand.
Combeau-Fontaine. . Vuilemot.
Jussey. . . . . Laforêt.
Montboson . . . . . Coillot.
Noroy-le-Bourg. . . . Corne.
Port-sur-Saône. . . . Roussel.
Rioz. . . . . Mouillet.
Scey-sur-Saône . . . Bressand.
Vesoul . . . . Hugon, *malade.*
Vitrey. . . . . Barthelemy Jaurie.

Départem. de Saône-et-Loire.

Autun. . . . . Demommerot.
Couches. . . . . Lesage.
Epinac. . . . . Beaune, *malade.*
Issy-l'Evêque. . . . . Frappet.
S-Léger-sous-Beuvray. Delagoutte-Montange.
Lucenay-l'Evêque . . Champeaux.
Mesvres. . . . . Cochet.
Mont-Cenis . . . . . Granet.
Buxy. . . . . Gautheret.
Chagny . . . . Louis.
Châlons-sur-Saône,
nord . . . Boyelleau.
sud. . . . Commaret.

	MM.
St-Germain-du-Plain.	Sordet.
Givry	Royer-Sangeot.
St-Martin-en-Bresse .	Dumolard.
Mont-St-Vincent. . .	Lefevre.
Sennecey-Grand. . .	Bonne.
Verdun-sur-Doux. .	Benoît.
Bellevue-les-Bains. .	Pinot.
St-Bonnet-de-Joux. .	Beaumont.
Charolles	Derymon.
Chauffailles	Drée.
La Clayette	Geoffroy.
Digouin.	Maublanc-Chriseuil.
Gueugnon.	Michel, *malade.*
La Guiche.	Pernot.
Martigny	Dupuis-des-Claines.
Pallinges.	Quarre-Champvigny.
Paray-le-Monial. . .	Riballier.
Semur-en-Brionnais .	Degouvenain.
Toulon-sur-Arroux. .	Magneaud.
Cuizeaux	Chaignon.
Cuizery	Deschamps-Lavilleneuve.
St-Germain-du-Bois.	Truchot.
Louhans.	Larmagnat.
Montpont.	Guigot.
Montret.	Bert.
Pierre.	Thiard.
La Chapelle-de-Guinchay.	Cortambert.
Cluny	Dessaigne.
Jouvence	Ravier.

	MM.
Lugny.	Desolmes.
Mâcon, *nord*. . . .	
sud.	Bruys-Vaudran.
Matour	Lacharme.
Tournus.	Laval.
Tramaye	Barraud.

Départem. de la Sarre.

Baumholder.	Wilsch.
Birkenfeld.	Nell.
Coussel	Muller, *malade.*
Grumbach.	Gerber, *malade.*
Hermeskeil	P. Feister.
Meisenheim.	Purgalli.
Blanckenheim. . . .	Kynds.
Gerolstein.	Schmitz.
Kilburg	Schmitz.
Lyssendorff	Peuchen.
Prum	Kinds.
Arneval	Nestcler.
Bleiscastel.	Brixuire.
Merzig.	Artois, *reçu sa let. tr. t.*
Ottweiler	Leydorff.
Sarrebruck	Mandel.
St-Wendel.	Cetto.
Waldemohr	Lang.
Berncastel.	Zetto.
Budelich.	Harowé.
Contz	Becker.
Pfalzel.	Henies.

	MM.
Sarrebourg.	Warsben.
Schweich	Englert.
Trèves	Garreau.
Witlich	Weis.

Départem. de la Sarthe.

Boulouere.	Gager.
St-Calais.	Musset.
La Chartre	Bouiniere-Beaumont.
Château-du-Loir. . .	Honeau.
Le Grand-Lucé . . .	Graffin.
Vibraie	Vasseur.
Brulon.	Chevallier.
La Flèche.	Larue-Ducan, père.
Le Lude.	Lecamus.
Malicorne.	Saugaire-Souligny.
Mayet.	Herte-Merville.
Pontvalain.	Pioger.
Beaumont-sur-Sarthe.	Delelées.
Bonnestable.	Nadot.
Fresnay	Perrochel.
La Ferté-Bernard . .	Gondouin.
La Fresnaye.	Alleaume.
Mamers.	Guérin.
Montmirail	Moussu.
St-Paterne.	Hauteclair, père.
Tuffé	Menjot-de-Beunes.
Ballon.	Clinchamp, père.
Conlie.	Drouard.

	MM.
Econoy	Longueval-d'Harancourt.
Loué	Pasquier.
Le Mans, 1.er *arron.*	Vauguion.
2.e *arron.*	Lambert-Lavanerie.
3.e *arron.*	Samson-Lorchere.
Montfort	Ogier.
Sillé-le-Guillaume . .	Mascarel.
La Suze.	Serrurier-Lafaye.

Départem. de la Seine.

St-Denis.	Beville.
Neuilly	Gauthier.
Nanterre	Manet.
Pantin.	Deroy.
Paris, 1.re *municip.* .	Pastoret.
2.e *municip.* .	Bonaparte (Louis).
3.e *municip.* .	Richard-d'Aubigny.
4.e *municip.* .	Mollien.
5.e *municip.* .	Bertheraud.
6.e *municip.* .	Dutremblay.
7.e *municip.* .	Laumond.
8.e *municip.* .	Jacobé-Naurois.
9.e *municip.* .	Guillaumot.
10.e *municip.* .	Albert de Luynes.
11.e *municip.* .	Serrurier.
12.e *municip.* .	Lemercier.
Charenton.	Coulmiers.
Sceaux.	Muiron.
Villejuif.	Cambry.
Vincennes.	Viennot.

Dép. de la Seine-Inférieure. MM.

Bacqueville . . . . . Osmont.
Bellencombre . . . . Goust.
Dieppe . . . . Duval.
Envermeu. . . . . . L'Abbé.
Eu. . . . . Guignon.
Longueville . . . . . Lavinay.
Offranville. . . . . . Langlois.
Tostes. . . . . Morin-d'Anvers.
Bolbec. . . . . Deschamps.
Criquetot-Lesneval. . Adam-Grandval.
Fécamp . . . . Desportes.
Godarville. . . . . . Letellier.
Le Havre . . . . . . Begouen.
Ingouville . . . . . . Ourse, aîné.
Lillebonne. . . . . . Aubery.
Montivilliers. . . . . Alexandre.
St-Romain. . . . . . Duval-Despréménil.
Argueil . . . . Bonardy.
Aumale . . . . Beuvain-Montillet.
Blangis. . . . . Decormeil.
Forges-les-Eaux . . . Daubusson.
Gournay. . . . . . . Bodin.
Londinières . . . . . Pernet.
Neufchâtel. . . . . . Patry.
St-Saen . . . . Frigot.
Boos. . . . . Amiot-Guenet.
Buchy. . . . . Debocherville.
Clères. . . . . Depommeren.
Duclair . . . . Dinaumare.
Elbeuf. . . . . Delarue.

	MM.
Grand-Couronne. . .	Delamare.
Marommes	Demarets.
Pavilly.	Decairon.
Rouen, 1.er *arrond.*	Defontenay, aîné.
2.e *arrond.*	Carel.
3.e *arrond.*	Leboullanger.
4.e *arrond.*	Guerout.
5.e *arrond.*	Defontenay.
6.e *arrond.*	Morisse.
Cany.	Cher, fils.
Caudebec	Rochechouart-Mortemart.
Doudeville.	Labarbe.
Fauville-en-Caux. . .	Deschamps-Bois-Hebert.
Fontaine-le-Dun. . .	Mallet.
Ourville.	Lasnon.
St-Valery-en-Caux . .	Le Seigneur.
Valmont.	Castillon.
Yerville	Lebegue-de-Germiny.
Yvetot.	Castillon.

Départem. de Seine-et-Marne.

La Chapelle-Egalité .	Hutteau.
Château-Landon. . .	Lavocat.
Fontainebleau. . . .	Dubois-d'Arneuville.
Lorrès.	Guillot-Blancheville.
Montereau-Fault-Yonne.	Lesparda, aîné.
Moret.	Cardinal.
Nemours	Berthier.
Claye	Monclair.

	MM.
Crecy	Brussel, aîné.
Dammartin	Lavollée.
Ferté-sous-Jouarre. .	Regnard.
Lagny	Delevis.
Lisy-sur-Ourcq. . . .	Lelievre-Lagrange.
Meaux.	Pinteville-Cernon.
Brie-sur-Hières. . . .	Fontaine-Cramayel.
Le Châtelet.	Poan-de-Villers.
Melun, *nord*	Despatys.
sud.	Gontaut-Brion.
Mormant	Geoffroy-de-Monjai.
Tournan.	Meunier.
Bray-sur-Seine. . . .	Jodrillac.
Donnemarie.	Charpillon.
Nangis.	Tarbé.
Provins	Rousselet.
Villiers-St-Georges. .	Lefebvre.

Départem. de Seine-et-Oise.

Arpajon.	Laisné.
Boissy-St-Léger . . .	Andelle.
Corbeil	Dumas.
Longjumeau.	Joly-de-Fleury.
Dourdan, *nord* . . .	Catellan.
sud. . . .	Charrier.
Etampes.	Bouraine.
La Ferté-Alais. . . .	Jumilhac.
Mérinville.	D'Astorg.
Milly	Debizemond.
Bonnières.	Soulaigre.

	MM.
Houdan	Mathieux-Despréaux.
Limay.	Bonnel, fils.
Magny.	Lerat-Mugnitot.
Mantes	Huat.
Ecouen	Antheaume.
Emile.	Latour.
Gonesse.	Roger.
L'Isle-Adam	Lamoignon.
Luzarche	Boucher.
Marinès.	Demontier.
Pontoise.	Dejunquieres.
Argenteuil.	Locré.
Chevreuse.	Deselle.
St-Germain-en-Laye .	Degauville.
Limours.	Haudry.
Marly-la-Machine. .	Fontaine.
Meulan	Chandelier, *malade.*
Montfort-l'Amaury .	Sancé.
Palaiseau	Debonnaire.
Poissy.	Vesque.
Rambouillet.	Levasseur.
Sèvres.	Moreau-Lavigerie.
Versailles, *nord.* . .	Dezille.
sud . . .	Berthereau.
ouest. . .	Briere.

Départem. de la Sesia.

Bielle	Degenova Pettinengo.
Bioglio.	Faccio.
Cacciorna	Mappuquetti, *reç. sa l. tr. t.*

	MM.
Candelo.	Moglia.
Cavaglia	Salesio.
Cossato	Eridis.
Graglia.	Ballio.
Mont-Grando	Minazio.
Mosso-Ste-Marie. . .	Sella.
Buronzo.	Berzetto.
Cigliano.	Bobba.
Crescentino	Monatery, *reçu sa let. tr. t.*
Livorno	Insola.
Santhia	Forneris.
Agnona	Lachetti, *malade.*
Crevacore	Fava.
Gattinara	Paglini.
Masserano.	Berna.
Quinto	Assigliano.
Stroppians	Martorilly.
Trino	Ghesir.
Verceil, 1.er *arrond.*	Arborio.
2.e *arrond.*	Zappeloni.

Départem. des Deux-Sèvres.

Brioux.	Vincent-Nourry.
Celle	Duval.
Chef-Boutonne . . .	Laubier.
Chenay	De Maire.
La Motte-St-Heraye.	Gaillard.
Melle	Aimé, père.
Sauzé-Vaussay	Brolhié-Chambre.
Beauvoir-sur-Niort. .	Morissot.

	MM.
Champdeniers. . . .	Avrain.
Coulonges.	Chauvin-Hersant.
Fontenay.	Laidin-Laboutine.
St-Maixent , 1.er *ar.*	Gille-Lacoudre.
2.e *ar.*	Girault-Crouzon.
Mauzé.	Fraigneau, fils, aîné.
Niort, 1.er *arrond.* .	Briault.
2.e *arrond.* .	Brisson.
Prahec.	Chauvin, aîné.
Airvaux.	Fribault, *reçu sa let. tr. t.*
St-Loup	Laurent-Labadie.
Mazières.	Chabofeau.
Menigouste	Guernieau.
Moncoutant.	Hery-Gallos.
Parthenay.	Turquant-Danzay, *infirme.*
Secondigny	Bronant.
Thenezay	Tonnet, aîné.
Argenton-le-Château.	Chavin-Boissel.
Bressuire	Guerin.
Cerisaye.	Nobaham.
Châtillon-sur-Sèvres.	Chauvin.
Thouars.	Jounault.
St-Varent	Berthré de Bourmisseau.

Départem. de la Somme.

Abbeville, *nord.* . .	Hecquet d'Orval.
sud . . .	Tillette-Mautort.
Ailly-le-Haut-Clocher.	Buteux.
Ault.	Biville.
Crecy	Dupuis.

	MM.
Gamaches.	Leboucher.
Hallancourt.	Douné.
Moyenneville	Lefebvre-Villers.
Nouvion.	Bouteiller.
Rue	Wignier-Beaupré.
St-Valery	Ricot.
Amiens, *nord-est*. .	Delamorlière.
sud-est . .	Laurendeau.
sud-ouest.	Tondu.
nord-ouest.	Berville.
Conty.	Dubois.
Corbie.	Lameth.
Hornoy	Danzel.
Molliens-Vidame. . .	Lequieu de Moyenneville.
Oisemont	Deriencourt.
Picquigny	Duliége.
Poix.	Claré.
Sains	Barbier d'Aucourt.
Villers-Bocage. . . .	Jourdain de Thieulloy.
Acheux	Delaunay.
Bernaville.	Montaigu.
Domart	Bucy.
Doullens.	Banastre.
Ailly-sur-Noye. . . .	Debussy.
Mont-Didier.	Dupuy.
Moreuil	Decambray.
Rosière	Mollet.
Roye	Presvost.
Albert.	Lemarchant-Gomicourt.
Bray.	Estournel.

	MM.
Chaulnes	Torchon.
Combles.	Coutte.
Ham	Demarolle.
Nesle	Nervo.
Péronne.	Hiver.
Roiselle	Magnier.

Départem. de la Sture.

Borgo-St-Dalmazzo .	Bodin.
Boves	Abellonio.
Busca	Grimaldi.
Caralio	Serrali.
Centallo.	Bouvicini.
La Chiusa.	Berzesio.
Coni.	Eula, *malade.*
St-Damiano	Olivero.
Demont.	Pinelli.
Dronero.	Ponze-St-Martin.
Roccavion.	Audifredi.
Valgrana.	Durando.
Vinay	Floris.
Cairo	Chiarlone.
Carru	Rovère.
Ceva.	Palartrini, *malade.*
Dohans	Ferrero.
Garessio.	Ruffino.
St-Michel	Mongardi.
Millesimo	Delfino.
Mondovi, 1.er *arrond.*	Bougisanni.
2.e *arrond.*	Gervosio.

	MM.
Murazzano.	Imberti.
Rocca-di-Baldi	Prandi.
Salicetto.	Rodolo.
Torre.	Borghèse.
Ville-Neuve.	Fenoglio.
Barge	Biancone.
Moretta.	Barberis.
Paesana	Destrui.
St-Pierre.	Morello.
Revello	Gallo, *reçu sa let. tr. tard.*
Saluzzo	Gastaldi.
Verzuolo	Mangiardi.
Venasca.	Colmo.
Bene.	Lucio.
Cavaller-Maggiores .	Cambiau-Ruffin.
Cherasco	Pron.
Castiglione	Colomberi.
Fossano.	Ferreri.
Racconiggi.	Buscaty.
Savigliano.	Bochi.

Départem. du Tanaro.

Acqui	Agoste, *reçu sa l. t. tard.*
Castelletto.	Porta.
Dego.	Piantelli.
Incisa	Scoffone.
Nice.	Corsi-Viano.
Spigno.	Canonica.
St-Stefano.	Bianchi.
Visone.	Gianolio, *reçu sa let. tr. t.*

	MM.
Albe.	Gravier, *malade*.
Bossolasco.	Canonica.
Brà	Valfré.
Canale.	Pizzone.
Courtemiglia	Carrara.
Guarène.	Roero.
Morra.	Bollano.
Sommariva-del-Bosco.	Gherzi.
Asti.	Ardizzone.
Canelli	Dellera.
Château-Neuf. . . .	Freylin.
Cocconato.	Radicati.
Costigliole.	Borquino.
St-Damiano	Traffano.
Mombercelly	Siriati.
Montafia	Luchino.
Montechiaro.	Doglio.
Porta-Comaro	Beruti.
Rocca-d'Arazzo. . . .	Camprini.
Tigliole.	Vandero.
Villa-Nova.	Riccio.

Départem. du Tarn.

Alban.	Fregeville.
Albi.	Gorsse.
Monesties.	Campenas.
Pampelonne.	Corduries-de-Salveridonde.
Réalmont	Barthes.
Valderies	Groc.
Valence.	Calmes.

	MM.
Ville-Franche	Combes, *malade.*
Amand-la-Bastide . .	Bedenes-Lalagade.
Angles.	Larroque.
Brassac	Boulade-Peyramen.
La Bruguière	Sabre-d'Envieu.
Castres	Dorlatour.
La Caune.	Cabanes, cadet.
Dourgne.	Balette.
Lautrec.	Samson-Lacabié, aîné.
Mazamet	Escande-Lagmiste.
Mont-Redon.	Decompte.
Murat.	Benne, père.
Roque-Courbe. . . .	Bonnafous.
Vabre.	Julien.
Vielmur.	Carles.
Cadalen.	Dupin, aîné.
Castelnau-de-Montmirail.	Boudet.
Cordes.	Garton-Villefranche.
Gaillac	Montaigne.
Lisle.	Compayre.
Rabastens.	Darnaud.
Salvagnac	Murat.
Vaour.	Belaygne.
Cuq-Toulza	Argenvilliers.
Graulhet.	Abrial.
Lavaur	Guibert.
St-Paul	Roux-Champagnac, cadet.
Puy-Laurens.	Solomiac-Farmieres.

Départem. du Var.	MM.
Barjols.	Poitevin.
Besse	Thanaron.
Brignolles.	Deissautier.
Cotignac	Garnier.
Ginasservis	Trachel.
St-Maximin.	Martin.
Roque-Brussanne. . .	Bremond.
Tavernes	Aubert.
Aups.	Gerard.
Callas	Cat.
Comps.	Lions.
Draguignan	Cartier.
Fayence.	Arnoux.
Fréjus.	Raimond-Lacepede.
Grimaud.	Amic.
Lorgues.	Amalin, *malade.*
Salerne	Ardouin.
St-Tropez.	Caussemille.
Antibes	Gazan, *reçu sa let. tr. tard.*
Auban.	Sassy.
Le Bar	Consolat.
Coursegoules	Frédy.
Grasse.	Luce, père.
Vallier.	Cavalier.
Vence.	Bouyllon.
Bausset	Sicard.
Collobrières.	Honorenty.
Cuers	Olivier.
Hières.	Filhé.
Ollioules.	Meline.

MM.

Toulon, *est*. . . . . Boisselin.
ouest. . . . Courtes.

Départem. de Vaucluse.

Apt. . . . . Sollier, *malade*.
Bonnieux . . . . Enselmes.
Cadenet. . . . . Gerard, père.
Gordes . . . . Roustan.
Perthuis. . . . . Olivier-Giraud.
Avignon, *nord* . . . Palun.
sud. . . . Puy.
Bedarides . . . . Masson.
Cavaillon . . . . Monier.
L'Isle . . . . Gontard.
Carpentras, *nord*. . Eydoux.
sud. . . Ayme.
Mormoiron. . . . . . Labuyre.
Pernes. . . . . Proul.
Sault . . . . Courtois, *malade*.
Beaumes. . . . . Grandmarais.
Bollène . . . . Granet-Lacroix.
Malaucène. . . . . . Joannis.
Orange, *est*. . . . . Durand.
ouest. . . . Martin.
Vaison. . . . . Barbeirassi, *malade*.
Valréas . . . . Grandpré.

Départem. de la Vendée.

Chaillé-les-Marais . . Priougeau.
Chantonnay. . . . . Beauharnais.

	MM.
La Châtaigneraye . .	Mallet-Lanoue.
Fontenay	Beaille-Germon.
L'Hermenault. . . .	Tendron-Vassé.
St-Hermine	Marchequay-Dupartal.
S-Hilaire-sur-l'Autise.	Boutheron.
Luçon.	Chauveau.
Maillezay	Baron.
Mareuil	Leleu.
Les Essarts	Collinet.
St-Fulgent.	Gourraud.
Les Herbiers	Juhan, *malade.*
Montaigu	Audynet, père, *malade.*
Mortagne	Hullin.
La Roche-Servière. .	Sorin.
La Roche-sur-Yon. .	Birotheau.
Beauvoir.	Bret.
Challans.	Danian, *malade.*
L'Isle-Dieu	Auger.
La Motte-Achard . .	Birotheau-Desbouraudières.
Moutiers-les-Maux-faits.	Rousse.
Noirmoutier.	Piet.
Palluau	Bourdin.
Sables-d'Olonne. . .	Menanteuil.
Talmont.	Garnier, aîné.

Départem. de la Vienne.

Châtellerault.	Deschamps-Barbet.
Dangers.	Devoyer.
Leigné-sur-Usseau. .	Ménaut.

	MM.
Lencloistre	Bourgines, fils.
Plumartin.	Labussiere.
Vouneuil	Amiraut, aîné.
Availles	Corderoi-Dutiers.
Charoux.	Machet-Martiniere.
Civrai	Pontenier-Grandive.
Couhé.	Mallet-de-Faye.
Gençay	Chevalier.
Loudun.	Dumoutier.
Moncontour.	Lemlaud, jeune.
Monts.	Deferrière.
Moutiers-Trois . . .	Desrues.
Chauvigny.	Deluzine.
L'Isle-Jourdain . . .	Patharin-Lagosne.
Lussac.	Augry.
Montmorillon. . . .	Gervais-Lafond.
St-Savin.	Belloux.
La Trimouille.	Luneau.
St-Georges-les-Baillargeaux.	Durand-Parigny.
St-Julien-l'Ars.	Chevalier.
Lusignan	Tribert.
Mirebeau	De Beuvier, *malade*.
Neuville.	Maille.
Poitiers, 1.er *arrond.*	Dalbaye.
2.e *arrond.*	Bourgeois.
La Ville-Dieu	Montaigu.
Vivonne.	Barbier-de-la-Planche.
Vouillé	Lamirault.

Dép. de la Haute-Vienne. MM.

Bellac	Raffart-Panissat.
Bessines.	Ramigeon.
Château-Poinsac. . .	Deverines-Deshormeaux.
Dorat	Vidard-le-Bougéoniere.
Lauriere.	Léobardi-Duvignand.
Magnac-Laval. . . .	Decressac-Bachelerie, *mal.*
Mézières	Robineau-Gajoubert.
Nantiat	Conty, *infirme.*
S-Sulpice-les-Feuilles.	Puifferat.
Aixe.	Duverger.
Ambazac	Rouard-de-Cars.
Château-Neuf. . . .	Martinot-Lavalade, *malade.*
Eymoutiers	Ruben-la-Condamine.
St-Léonard	Masburel-Basti.
Limoges, *nord* . . .	Reculés-Poulonzat, *malade.*
sud. . . .	Mallevergue-Fressiniat.
Nieul	Palaudrivaud.
Pierre-Buffière. . . .	Landry-Masgardeau.
Aradour-sur-Vayres .	Duvoisin-Laserve.
St-Junien	Pouliot, aîné.
St-Laurent-sur-Gorre.	Pery-St-Auvent.
St-Mathieu	Gros-Tramer.
Rochechouart. . . .	Legros-Puisseguy.
Chalus.	Garebeuf.
St-Germain-les-Belles-Filles. . . .	Blondeau.
Nexon.	Arbonneau, aîné.
St-Yrieix	Dugareau-Lamechenie.

Départem. des Vosges. MM.

Bruyères. . . . . . . Willaume, *malade.*
Châtel. . . . . Cosserat.
Epinal. . . . . Plers.
Rambervilliers. . . . Tardu.
Xertigny. . . . . . . Florant.
Brouvelieure . . . . Vanlot.
Corcieux. . . . . . . Somier.
St-Dié. . . . . Tréxou.
Fraise. . . . . Flayeux.
Gerardmer . . . . . Ulry.
Raon-l'Etape. . . . . Prestre.
Saales. . . . . Collin.
Schirmeck. . . . . . Champy.
Senones. . . . . . . Gaury.
Bains . . . . Falatier.
Charmes. . . . . . . Aubert.
Darney . . . . Jaquemin.
Dompaire. . . . . . Vautrin.
Mirecourt. . . . . . Thirion.
Monthureux-sur-Saône. . . . . . . Rausseaux.
Vittel . . . . Hugo.
Bullegneville. . . . . Marand.
Châtenois. . . . . . Andreux.
Coussey. . . . . . . Bouchon.
La Marche . . . . . Bresson.
Neufchâteau.. . . . Cherpetel.
Saulxures . . . . . . Laurent.
Plombières. . . . . . Jacolet, fils.
Ramonchamp . . . . Houillon.
Remirecourt. . . . . Félix.

Départem. de l'Yonne.	MM.
Auxerre, *ouest* . . .	Robinet-Pontagny.
est.	Leclerc.
Chablis	Letors, *malade*.
Coulange-la-Vineuse.	Duché.
Coulange-sur-Yonne.	Soufflot, aîné.
Courçon.	Lavillette-Molesme.
St-Florentin.	Seguier-St-Brisson.
St-Sauveur.	Dudefant.
Signelay.	Remond-Lamotte.
Toucy.	Perthuis.
Vermanton	Gilbert-Latour.
Avallon	Boudin.
Guillon	Laureau, *malade*.
L'Isle-sur-Serein. . .	Davout.
Quarré-les-Tourbes . .	Guyard.
Vezelay	Tenaille-Volabelle.
Aillau-sur-Tholon . .	Robinet-Malville.
Bleneau.	Carreau.
Brinon.	Fernel.
Cerisiers.	Salmon.
Charny	Collet.
St-Fargeau	Robineau.
Joigny.	Dumoulard.
Villeneuve-s.-Yonne.	Foacier.
Cheray	Guyot.
Pont-sur-Yonne . . .	Laporte.
Sens, *nord*	Billebant.
sud.	Cave.
Sergines.	Lami.
Villeneuve-s.-Vanne .	Begue.

MM.

Ancy-le-Franc	Vernot-de-Jeux.
Crusy	Fourcade.
Flogny.	Fayard-Bourdeille.
Noyer.	Droin.
Tonnerre	Jacquesson-Vauvignol.

COMMANDANS DES GARDES NATIONALES.

MM.

Ain	Bichat.
Aisne.	Dupont.
Allier.	St-Victor.
Alpes (Basses). . .	Joseph.
Alpes (Hautes) . .	Perres.
Alpes-Maritimes. .	Castellinard.
Ardèche.	Latourette.
Ardennes	Poupan-Neuflize.
Arriége	La Bauche-Chateaumont.
Aube	Boilletot-Meallat.
Aude	Serres.
Aveyron.	Pogay.
Bouch.-du-Rhône.	L. Pascal-Roux.
Calvados.	La Pommeraye.
Cantal.	Vigier.
Charente	La Roche.
Charente-Infér. . .	Barbot-la-Trésorière.
Cher.	Gambon.
Corrèze.	Forsse.
Côte-d'Or	La Baume.
Côtes-du-Nord . .	Morin.
Creuse	Fanchier.

	MM.
Doire.	Zordinot.
Dordogne.	Reclus.
Doubs.	De Thiennans.
Drôme	Lavalette.
Dyle.	Despittaell.
Elbe (Isle)	Monglas.
Escaut.	Van Prossem.
Eure.	Hellot.
Eure-et-Loir. . . .	Caillé.
Finistère	Perrier.
Forêts.	Abinet.
Gard	Desponches.
Garonne (Haute).	Nicole.
Gers.	Cuno-Bellos.
Gironde.	Batré.
Golo	Gaffory.
Hérault	Reban.
Ille-et-Vilaine . . .	Velluet.
Indre	Alla-Denise.
Indre-et-Loire. . .	Pichereau.
Isère	De Montal.
Jemmappes	Warocqué.
Jura.	Goiffon.
Landes	La Barthe.
Léman	Favre.
Liamone.	Rocassera.
Loir-et-Cher. . . .	Boutrais.
Loire	De la Chaise.
Loire (Haute). . .	Vachon.
Loire-Inférieure. .	Chevy.

	MM.
Loiret.	Le Brun.
Lot	Cahors.
Lot-et-Garonne . .	Lugat.
Lozère	Descambons.
Lys.	Filon.
Maine-et-Loire. . .	Haudeville.
Manche.	Letellier-Pierre-Fite.
Marengo	Prati.
Marne.	Bruyant.
Marne (Haute). .	Buret.
Mayenne	Nery-du-Roset.
Meurthe	Forel.
Meuse.	Magnier.
Meuse-Inférieure .	De Brochegrave.
Mont-Blanc. . . .	Durhone.
Mont-Tonnerre . .	Perro.
Morbihan.	Mauperrin.
Moselle	Cetto.
Nièvre.	Chambrun.
Nord	D'Hellin.
Oise.	Danse.
Orne	Dumboutier-le-Fontenelle.
Ourthe	Malherbe.
Pas-de-Calais . . .	Serrbe-Cardeon.
Pô.	St-Martin.
Puy-de-Dôme. . .	Monestier.
Pyrénées (Basses).	Brana.
Pyrénées (Hautes).	D'Arnaud.
Pyrénées-Orient. .	Bosca.
Rhin (Bas)	Moris.

	MM.
Rhin (Haut) . . .	Zipfel.
Rhin-et-Moselle. .	Huan.
Rhône.	Roussel.
Roër.	Leheins.
Sambre-et-Meuse .	Balant.
Saône (Haute) . .	Blanche.
Saône-et-Loire. . .	Chaussier.
Sarre	Watster.
Sarthe.	Le Prince-Clairrigny.
Seine	
Seine-Inférieure . .	Baudry.
Seine-et-Marne . .	Le Gros.
Seine-et-Oise. . . .	Messié.
Sésia	Lanin.
Sèvres (Deux). . .	Baugier.
Somme	D'Hubert.
Stura	Cordero.
Tanaro	Grassé.
Tarn	Dufau.
Var	Hugon-Lange.
Vaucluse.	Besson.
Vendée	Godet.
Vienne	Canuel.
Vienne (Haute). .	Le Lon.
Vosges	Parisot.
Yonne.	Febvre.

CULTE PROTESTANT. — PRÉSIDENS DE CONSISTOIRES.

MM.

Maron. Rabaud-Pommiers.

MM.

Mestrezat.
Morelle.
Petersen.
Pietsch.
Hern.
Alègre.
Mordant.
Rang.
Martin.
Derouville.
Diergard.
Blanchon.
François-Martin.
Mouchon.
Gachon.
Lombard-Lachaux.
Dejoux.
Sabonadières.

VICE-PRÉSIDENS DES CHAMBRES DE COMMERCE.

MM.

Delentre.
Brunaud.
Meuls.
Beauvens.
Lancel.
Serdobbel.
Lasalle.
Mappes.
Carlonne.
Jalobert.
Colas-Debronville, père.
Alexis Perlau.
Vignon.
Debaussay.
Hillot.
Schertz.

INSPECTEURS EN CHEF AUX REVUES, ET COMMISSAIRES ORDONNATEURS DES GUERRES.

Inspecteurs en chef aux Revues.

MM.

Denniée.
Malus.
Gauthier.
Pille.
Servan.

Commissaires ordonnateurs des Guerres.

MM.

Sartelon.
Dukermont.
Dubreton.
Bondurand.
Pelletier.
Chambond.
Marchand.

MEMBRES DU CONSEIL GÉNÉRAL DE COMMERCE, SÉANT A PARIS PRÈS LE MINISTRE DE L'INTÉRIEUR.

MM.

Foache.
Semons.
Audibert.

CONSEIL GÉNÉRAL DU DÉPARTEMENT DE LA SEINE.

MM.

Quatremère-de-Quincy.
Demautort.
Rouillé-Delétang.
Raguideau.
Rougemont.
Mallet.
Godefroy.
Delaistre.
Gelot.
Perrier.
Bellart.
Pérignon.
D'Harcourt.
Boscheron.
Petit.
Davillers, aîné.
Daligre.
Devaisnes.
Micoud.
Trudon-Desorme.
Gauthier.

INSTITUT.

MM.

Desfontaines.
Bigot-Préameneu.
Laporte-Dutheil.
Méhul.

SOCIÉTÉ IMPÉRIALE D'AGRICULTURE.

M. Tessier, *Président.*

DÉPUTATIONS COLONIALES.

St-Domingue.

MM.

De Raynaud.
Morin.
Dupont de Gault.
Millot.
Caignet.
Léomont.

Cayenne.

Lahorie.
Pascaud.
Mesnard.
Vidal.

Isles de France et de la Réunion.

Dubuc-Marcussi.
Barbé.

MM.

Drouet.
Saulier.
Cossigny.

La Guadeloupe.

Deretz.
Lemercier de Richemont.
Leblond.
Gondrécourt, père.
Dantier.

La Martinique.

Dubus.
Baufond, l'aîné.
Maupertuis.
Laronty.
Desbrosses.
Perinelle.

De l'Imprimerie des Sciences et Arts, rue Ventadour, N.° 474.